CW00524636

L'amour
et les sabots de la mort.

J'ai eu mes vingt-neuf ans le dix-huit février. Quelle chance, pourrait-on croire ? Mais non…du moins pas pour moi.

Une date qui restera malheureusement gravée à tout jamais dans ma mémoire. Oh ce n'est pas que je n'aimerais pas l'effacer, mais même si je le voulais, je pense que je n'y arriverai pas.

Il me faudrait notre cher Merlin et une de ses potions magiques pour que j'aie une amnésie sélective, et comme vous vous en doutez, c'est impossible. Déjà que ce Merlin ne trouvait pas grand-chose, alors lui demander cela serait de l'ordre de la mission impossible. Inutile de mélanger l'histoire du Graal et de la série télévisée.

Allons ma chère Marine, laisse ce brave Merlin essayer de trouver comment fonctionne deux ingrédients ensemble et démerde toi avec ta vie et tes souvenirs.

Ah oui ! Il m'arrive de parler toute seule. Autant vous le dire tout de suite et commencer à vous y faire sinon vous n'allez pas tout comprendre de mon histoire et vous risquez de vous mélanger les pinceaux.

Donc je reprends ; j'ai vingt-neuf ans et voilà qu'en cette année je garde déjà en ce mois d'avril, un souvenir horrible. Un souvenir que je ne pourrais pas zapper comme j'ai pu zapper certains évènements de ma vie.

Tout a une fin dit une citation ou un genre comme ça, mais moi je me disais que c'étaient des grosses conneries tout ça ou que ça n'arrivait qu'à certaines personnes mais que rien n'aurait de fin avec moi et pourtant en cette année deux-mille dix-huit, je fais partie de ce tableau de citation ou du truc comme ça, il y a une fin aussi pour moi… Vous le croyez-vous ? Une fin pour moi ? C'est du n'importe quoi cela.

Je pensais que cette fin n'était pas vraiment une fin, juste une fin, histoire que ce mot aille dans le registre vocabulaire de son jargon pour faire comme les autres mais non, ce mot fin avait vraiment le sens du mot fin.

Ma vie est dans un tourbillon, un ouragan ou plutôt un ouragan en tourbillon dans un siphon d'évier ou un abruti aurait appuyé sur le bouton de fonctionnement de cette bouche avaleuse de toutes saloperies qu'on jette après avoir débarrassé les assiettes.

Il avait décidé de rompre avec moi…

Le fameux jour de mon anniversaire, là où on était tous réunis pour le célébrer comme il se devait. Ce jour qui serait un nouveau tournant dans ma vie comme tous ceux des années précédentes.

Et quel tournant ? Mon Dieu, un tournant sur une route ou le virage s'effectue en un trois cent soixante degrés, oui !

Le tournant de la honte, de l'abandon, de la lâcheté…

Au bout de ce tournant, un précipice. Je m'y suis précipité dedans à pieds joints ou pour être plus exacte, on m'y avait poussé à pieds joints sans me mettre au préalable un parachute de couleur bleu clair.

Pourquoi bleu clair ? Oh c'est juste parce que j'aime cette couleur et qu'elle ressort bien avec mes yeux bleus et tant qu'à mourir au fond d'un précipice, autant que ce soit avec de la beauté et avec les couleurs qu'on aime.

Le « on m'avait précipité dedans… » C'était mon cher Jonathan.

Mon cher est à ce jour un début de titre qui doit être banni de mon vocabulaire.

En effet ce cher Jonathan, allias Nathan, laissez-moi vous le présenter :

Cheveux noirs, yeux verts, peau quelque peu bronzée, presque mat comme on dit dans notre vocabulaire désignant une catégorie de personnes. Il était de nationalité Française mais en lui coulait du sang d'un pays étranger.

Du haut de ses un mètre quatre-vingt pour quatre-vingt kilos de muscles. Taillés dans le roc à force de faire ses sports de hauts niveaux et autres.

Des abdominaux à faire pâlir les Dieux des arènes. Enfin s'il y en a.

C'est lui mon assassin. Ce bel étalon, beau comme Apollon qui s'est en ces nombreux jours transformé en un bourreau et moi étant évidemment sa victime.

Il me précipitait dans ce trou sans fond, sans remords, sans discuter, sans appel.

Je me suis retrouvée de tout à rien ou pour être plus exacte sur les mots, à devenir rien… ce qui revient au même.

Ma vie avait un sens, elle était comme une voiture roulant à vive allure sur une autoroute sans limitation de vitesse. Ma vie roulait dans un fluide total mais Jonathan avait mis un tournant renversant sur ma belle autoroute et ça été mon crash.

Une réussite dans la vie sociale. Plein d'amis.

Un centre équestre en plein épanouissement, une réussite sur la reproduction de nos chevaux…

Deux belles voitures et un camion van. Un compte en commun qui reflétait la couleur violette si on regardait le beau nombre d'argent amassé en toutes ces années et si on devait se dire comment serait ma tapisserie si je prenais les billets pour les coller sur mes murs…ce serait des beaux billets de 500 euros.

Bref, je respirais, depuis pas mal d'années la gloire et le bonheur, jusqu'à ce jour où tout est devenu noir le néant, trou noir de l'espace m'avait tout englouti, moi, ce bébé, tout ce qui m'appartenait sauf Jonathan. Normal c'était lui le trou noir. Mon trou noir. Celui qui a réussi à tout me prendre sans me laisser réussir à voir ne serait-ce qu'une étincelle d'illusion.

Un bébé en moi, un papa trop protecteur et égoïste, des querelles, des soupçons, le travail, une bêtise, un acharnement, un cheval, l'inconscience, l'accident, les sabots qui piétinent, l'hôpital, le réveil brutal devant cette triste réalité, la perte... plus de sens à la vie et...

Laissez- moi-vous conter ma vie du début à cette fin si renversante :

Je suis née en février mille- neuf cent quatre-vingt-neuf, en une journée hivernale dans les dix heures trente du matin à l'hôpital de Melun en Seine et Marne dans le soixante-dix-sept.

Ma mère en me mettant au monde avait perdu un minimum de poids de trois kilos cent soixante en poussant fort pour me faire voir le monde extérieur et passer de l'eau à l'air. Tel un poisson ou batracien je suis devenu un vertébré.

La sage-femme pour me dire bonjour et bien venu me mit la tête à la renverse et comme bise de gentillesse me mit une baffe sur le cul.

Je me suis mise à pleurer et là la sage-femme (drôle de nom pour une personne qui vous met des baffes... sage... non mais et puis quoi encore ?) me tendit à ma mère en disant d'un air satisfait :

Voici donc la petite Marine Madame Harry en me tendant à ma maman comme pour se débarrasser de moi.

 Donc ma mère, malgré sa sueur (sûrement qu'elle n'était pas à cheval sur l'hygiène ma mère ; elle aurait pu au moins aller se prendre une douche tout de même) me prit dans ses mains.

Elle semblait fatiguée de son travail de minière, elle avait fait expulser la gêne de sa grotte privée. (Et encore une fois sans se laver avant, cela ne m'étonne pas que nous, étant bébé nous sortons tous sale, on prend avec nous toute la saleté dedans nos mères en fait). Donc elle semblait fatiguée et moi ils ne pensaient pas que je pouvais également y être bien plus qu'elle. À cet instant pendant plus d'une heure je suis passée de rien au dur travail de la vie, spéléologue, archéologue... et ceci sans lampe pour m'aider à sortir de cette grotte noire et rempli de pires choses sales et gluantes.

À la sortie, voyant un truc éblouissant que les humains appellent la lumière, il fallait aller affronter cela comme si on avait demandé subitement à ma mère d'aller se jeter dans un volcan nous... bref il me fallait affronter des choses effrayantes qui m'attrapaient pour me faire sortir de ma grotte et au travers de grandes herbes noires et piquantes (l'épilation n'existait pas en ce temps-là) il m'a fallu me battre et ma faire piquer de partout pour me jeter dans un vide total.

C'est ça qu'on appelle bienvenue ? Nous mettre déjà au travail et nous faire sentir ce qu'est le gout de la mort ? Nous mettions en recherche de la lumière en nous poussant vers une sortie par des contractions qui serviront comme coup de pieds au cul comme on dit pour nous faire d'un coup sortir de notre océan.

Ma mère, cette personne avec qui j'ai ressenti un certain calme dans ses bras, une fois mes pleurs un peu atténués.

5

Puis, comme si j'étais un trophée, je me suis retrouvé dans les mains moins douces d'une autre personne.

Sa peau était rugueuse et il me faisait mal malgré le fait qu'il se voulût être doux.

Sa bouche immense venait à moi pour ne me donner pas un mais plusieurs baisers. Le front, mes joues ne furent pas épargnées.

Il ne s'était même pas donné la peine d'aller se brosser les trucs blancs que je n'avais encore pas à ce moment. Ma première dent sortit vers un an et demi. Ma première douleur dans la bouche.

Et des parents si fiers de voir l'objet de ma souffrance. Un peu sadiques les parents tout de même. Ils étaient heureux de voir ce truc qui pointait sa tête en me bousillant ma gencive.

Je m'égare.

Donc ce père à l'haleine puante de tabac et de bière qui se donnait un immense plaisir de me saouler de son haleine et me polluer de sa nicotine encore prise en sa bouche.

Départ dans ma vie. Un départ catastrophique et sans pitié.

Une expulsion sans passer devant un tribunal et sans préavis.

Dehors à sûrement crié ma mère et les gens de la salle d'accouchement.

On commençait à me montrer qui détenait le pouvoir je présume.

Ma mère.

De son prénom Dominique. Le teint un peu bronzé, yeux en amande, marron.

Mon père.

Éric, blond, yeux bleus.

Elle travaillait juste avant comme serveuse dans un bar.

Mon père lui, heureusement ne travaillait pas dans ces mêmes lieux mais pourtant il aimait être dedans et en gouter plus qu'il ne le fallait les sortes d'alcools et surtout les bières.

Pas de travail à ce moment-là.

Trois frères cadets. Kevin, Jeremy et Mickael.

La petite dernière venait faire sûrement ombre au tableau des hommes de la maison mais ils ont dû s'y habituer.

Mickael était plus proche de moi que les autres. Sûrement car lui-même était le dernier et il voulait peut-être jouer avec quelqu'un et il n'avait que moi sous la main.

On vivait une résidence dans la ville de Savigny le Temple. Loin de ressembler au nom de la ville, nous vivons une maison simplette.

Nous sommes restés jusqu'en deux-mille cinq en cette résidence et après mes parents ont déménagés pour Couture D'Argençon dans une maison plus grande louée par la mairie.

Ma mère cumulait les petits emplois entre nettoyage de vieux et vieilles, ramassage de légumes comme les asperges. Elle se fracassait le dos pour gagner une misère. Ça me faisait assez mal de la voir rentrer en cet état pour qu'on puisse manger ou donner à boire à mon père.

Lui, il allait un peu bosser, faire quelques missions mais jamais rien n'allait alors il quittait son emploi et il buvait pour oublier cet emploie qui ne le méritait pas d'après lui.

Il aimait écumer les bars et revenait jamais seul, toujours accompagné de sa cuite.

Alors là, à son arrivée on comprenait tout de suite qu'il était en colère et qu'il fallait que nous tous on se taisent, pendant qu'il sirotait une énième bière ou qu'il faisait un petit somme récupérateur. Faut dire qu'il avait une belle descente et ça devait le fatiguer de la remonter par la suite.

Ma mère avait de nouveau trouvé un emploi chez une amie qui tenait un bar.

Elle rentrait tard et à chaque fois mon père se réveillait pour l'engueuler pour diverses raisons aussi fausses les unes que les autres.

Comme vous pouvez vous en douter, mon cher père avait la jalousie ancrée en lui et il aimait se faire des films sur ma mère avec un gars imaginaire.

Parfois ça finissait aux coups et mes frères devaient intervenir et c'est eux qui prenaient les coups de mon père.

Je ne voyais pas la beauté des contes en mes parents et je m'étais juré que je ne serais jamais comme eux.

Je me laissais le soir, quand la tempête était passée pour laisser place au calme, aller à vagabonder les yeux fermés à des pensées et des images où je me voyais plus grande avec mon mari et mes cinq enfants dans une harmonie totale.

Je me laissais aller sur ce fil de pensées échappatoires, telle une barque sur son court d'eau, et m'endormait pour aller rencontrer de beaux rêves.

Tous les jours je jouais maintenant avec mes poupées Barbie et Ken.

Ils se mariaient toujours avec moi mais hélas la plupart du soir je voyais la voix de la séparation chez mes parents même s'ils n'en parlaient pas vraiment. Je pouvais voir que ma mère en avait totalement marre de devoir travailler pendant que mon père au lieu de veiller sur nous et nous surveiller aller voir au bar si leurs bières étaient toujours de bonnes températures.

À mes douze ans ma mère, lasse de mon père et de sa vie le mit dehors un soir ou il était encore saoulé.

Il lui avait encore tapé dessus, peut-être, était-ce la fois de trop ce coup-ci et elle prit son courage à deux mains et l'envoya dehors en lui fermant la porte. Il alla chez un pote pour s'achever.

C'était leur fin, du moins la fin de leur union. La fin du calvaire pour ma mère. La fin de mes rêves pour moi de les voir une fois se remettre bien ensemble.

Je ne pouvais pas en vouloir à ma mère, elle avait ses raisons même si pour moi, je les comprenais pas vraiment à cette époque.

J'étais prise comme dirait l'autre en sandwichs.

D'un côté ma mère et de l'autre mon père qui avait gagné un hébergement chez des amis communs à eux. Pourquoi gagner ? C'est simplement le fait que ces amis là et plus précisément l'homme aimaient boire eux aussi et en prenant mon père chez eux, c'était de l'alcool tous les jours. Tout le monde y gagnait son compte sauf pour moi car quand je voyais ces trois adultes en état d'ivresse et se faire ce qu'il adorait de mieux, du moins après boire qui cela restait en première position, donc critiquer et comme par hasard, le sujet critiqué et qui revenait très souvent était ma mère.

Eh oui, même devant moi, on la critiquait. Ils oubliaient sûrement que j'étais là.

Ce qui me soulagé, c'était que mes copines Laura et Chloé étaient là.

Laura avait treize ans et Chloé était plus jeune que moi d'un an.

Nous nous entendions bien et nous discutions de choses et d'autres comme des jeunes ados de cet âge-là.

On se racontait ce qu'on voulait faire plus tard dans la vie, quel genre de garçon on aimerait avoir comme chéri Combien d'enfants on voudrait et on donnait même des prénoms

Enfermées dans la chambre on passait nos soirées à rire et discuter

Souvent nous jouions aussi pendant que les parents, eux, vidaient des bouteilles de vin.

8

Mon père se mettait toujours dans des états ivre mort

Une fois, à cause de son alcool méchant, il m'a dit quelque chose qui ne m'avait pas plu, alors je lui ai répondu comme je le faisais assez souvent. Puant l'alcool à plein nez, il vint vers moi et me prit par le cou pour m'étrangler. Heureusement que les parents de mes amies étaient là pour le faire me lâcher.

La mère de Laura et de Chloé a appelé ma mère pour lui raconter et ni l'une ni deux, elle est venue me rechercher. Encore une dispute entre eux deux.

Une autre fois ou je devais encore me sauver, mon père bien encore arrosé par son vin, prit son scooter et fonça sur la voiture de ma mère pour pas que je reparte.

Il y a eu plusieurs épisodes de cette sorte-là.

Ma mère en avait plus que marre que ma vie soit en danger et m'interdisait d'aller le voir tant qu'il picolerait.

Après de nombreuses semaines, elle était en contact avec un autre homme.

Elle décida qu'on parte le rejoindre et vivre auprès de lui.

Une semaine avant le grand départ, elle me le dit, sans me le demander. Elle avait décidé.

J'avais qu'une semaine pour dire mes adieux à mes amis.

Je me retrouvais chez un homme qui avait deux enfants.

Je ne les connaissais pas mais je fus bien accueillie.

Je n'arrivais pas à oublier mes amies.

Voyant cela, ma mère et son nouvel ami décidèrent de m'emmener là-bas un peu en vacances.

Mon père, propre à ses bonnes vieilles habitudes, buvaient toujours.

J'avais grandi et quand je voyais qu'il pétait un câble, je me barrais chez des amies pour me réfugier jusqu'au lendemain.

Il avait quitté ses amis, ou bien c'était eux qui l'avaient mis dehors plutôt.

Il avait un logement maintenant et je venais un peu en vacances chez lui et chez mes amies.

J'avais à cet instant plus de quatorze ans.

J'eus mon deuxième petit copain.

Il était gentil et attentionné, c'est ce que j'aimais chez lui et en plus on se connaissait depuis longtemps.

Il me faisait bien rire et il avait toujours des blagues ou des histoires marrantes à me raconter.

Il s'appelait Thomas et il avait juste un an de plus que moi.

Ses cheveux bruns luisaient sous le soleil et ses yeux marrons me berçaient déjà à cette époque vers un monde ou tout me paraissait irréel tellement c'était beau.

Dans le village, quand on se voyait ou qu'on allait à notre rendez-vous, on se faisait la bise pour pas que les gens aillent trop jaser sur nous et que ça revienne aux oreilles de mon père, qui lui ne l'aurait certainement pas vu du bel œil.

On aimait se promener et dès que on était sur un chemin hors des regards curieux des gens et du quand diras-tu, on se rapprochait.

La première fois que nous sommes sortis ensemble, je m'en rappelle comme si c'était hier.

Thomas et moi, nous nous étions vus un matin et on s'est parlé plus d'une heure. Il me faisait bien rire et j'étais bien avec lui mais l'heure passait et midi arrivait. Il nous fallait rentrer pour manger.

Thomas me demanda alors si on pouvait se voir l'après-midi même. Normalement je devais être avec Laura et Chloé pour qu'on aille se baigner et je lui dis.

Il avait l'air ennuyé et je dois avouer que cela m'embêter moi aussi.

Je voulais presque laisser mes copines en plan mais je sais qu'elles m'en auraient voulu.

J'ai donc tout bêtement demandé à Thomas si lui ne voulait pas venir avec nous l'après-midi et cette demande avait l'air de le satisfaire.

Il me dit un grand oui avec un grand sourire.

Il avait de belles petites dents blanches.

On se donna rendez-vous à treize heures trente à l'arrêt de bus.

En rentrant chez mon père, à Laura pour lui dire que Thomas viendrait avec nous en lui ajoutant juste « j'espère que cela ne vous dérangera pas ? »

Une fois réunis tous les quatre nous sommes partis pour notre étang pas loin de chez nous.

10

Nous avons tous pris nos vélos pour parcourir ces cinq kilomètres de distance.

On était habillés de shorts et de maillots et dessous nous avons mis notre maillot de bain. Le mien était rose.

Arrivés à l'étang après avoir fait des couses entre nous Laura ouvrit les festivités en enlevant son maillot blanc ou il y avait dessus un groupe de musique puis son short jean. Elle était vêtue de son maillot de bain bleu.

Elle avait plus de seins que moi et secrètement je la jalousais.

Je voyais Thomas qui la regardait et je sentais comme une boule au ventre.

À cet instant je voyais que Laura plaisait bien à Thomas.

Elle le vit la regarder mais ne s'en offusqua pas, au contraire elle lui avait souri.

Chloé s'était déshabillée elle aussi.

De son jeune âge, elle avait déjà de belles formes mais pas aussi généreuse que sa sœur. Son maillot de bain à Chloé était noir.

Thomas se mit lui aussi à retirer son maillot de foot et son short bleu marine. Il avait un maillot de bain noir lui aussi et on pouvait voir la bosse dans celui-ci de son sexe qui commençait à se dresser.

Il n'attendait personne et se jeta à l'eau immédiatement.

Laura le suivit de près et moi j'étais comme une pauvre idiote sur l'herbe, encore habillée.

—Viens Marine. Me cria Thomas en me regardant.
—Il était rentré dans l'eau et en avait jusqu'à la hauteur de sa poitrine.
— Le fixant, je me décidai à me déshabiller moi aussi et une fois en maillot de bain, je me mis à courir vers l'eau.

Je rentrais dedans tout doucement, elle était quand même froide.

Laura plongea d'un seul coup la tête les premiers prés de Thomas en l'éclaboussant.

Chloé en rigola et se mit à son tour à l'éclabousser de ses mains en prenant de l'eau et en lui jetant.

Thomas se mit à son tour à prendre de l'eau et à nous éclabousser toutes les trois.

Je criais car elle était froide mais je rigolais en même temps.

Même pas cinq minutes après, je m'amusais moi aussi à l'éclabousser.

Laura alla essayer de le couler mais elle n'y arriva pas.

Il était plus fort qu'elle et il la coula, lui.

On avait rigolé comme ça en jouant pendant plus d'une heure et après nous sommes revenus sur la berge pour nous sécher sur nos serviettes.

Thomas, lui restait assis, torse nu.

Il nous lançait des blagues et nous on en rigolait.

Peu de temps après, il me proposa tout doucement d'aller se promener et je lui dis oui.

On se mit à laisser Laura et Chloé sur leur serviette en leur prétextant une excuse du genre qu'on allait voir quelque chose et qu'on revenait dans cinq minutes.

Laura se mit à rire en se mettant de nouveau la tête sur sa serviette.

On commença à faire le tour de l'étang et Thomas à vue un petit chemin. Il me demanda si je voulais l'accompagner car il voulait juste voir ou ce chemin menait.

Je lui dis comme une imbécile que ce chemin menait à un parking.

Il avait fait un drôle de tête et c'est là que je me suis mordu la lèvre comme ça m'arrivera de le faire de nombreuses fois bien après ce jour-là.

Mon grand défaut est de parler trop vite et de réfléchir qu'après. Je suis Blonde et cela vient peut-être de cela.

Voyant que j'avais parlé trop vite, j'ai bafoué :

—Enfin je crois mais je ne suis plus trop sûre mais si tu veux, on y va et on verra.

Thomas me sourit aussitôt et prit le début du chemin. Quelques mètres plus loin et quelques phrases et rires plus tard

Thomas doucement en s'approchant de moi, vient me prendre la main avec la sienne.

Je ne l'ai pas repoussé et timidement ma main moite s'emboitait dans la sienne.

Il avait du mal à croisé ses doigts dans les miens tellement je me retrouvais quelque eu crispée.

Je sentais mon cœur battre fort, il devenait pareil à un bruit d'orage. Je pensais que Laura et Chloé, d'où elle était due l'entendre.

Je me mis à fermer un peu les yeux et à respirer doucement pour reprendre mon souffle.

Sûrement que Thomas devait l'entendre et je me sentais mal à l'aise de ma peur.

Quelques secondes plus tard, ma main et la sienne ne faisaient qu'une seule et nous marchions sans nous échanger un mot.

Je me laissais bercer par la quiétude de ce moment pour moi magique.

Au bout du chemin, je fus prise de déception en voyant un immense parking, mais à quoi devais-je m'attendre ? Qu'il se soit volatilisé pendant les jours précédents ?

On ne pouvait pas aller plus loin.

Thomas me dit qu'il devait refaire son lacet même si celui-ci n'était pas défait.

Il se mit au bord du chemin ou il y avait de l'herbe et se mit assis pour défaire ce lacet et le refaire, tout doucement, c'était comme s'il débutait en ce domaine or je l'avais vu les faire avant de partir se promener, les faire avec une vitesse incroyable.

Une fois celui-ci fini, il mit ses mains vers l'arrière et tendit ses jambes vers l'avant.

Il regarda un point précis et subitement il leva sa tête comme pour se faire bronzer son visage.

Il était d'une grande beauté et mes yeux ne pouvaient s'empêcher de l'admirer.

— Tu es pressée d'aller rejoindre les autres ? Me demande-t-il.

— Non, pas vraiment. Mes joues devaient avoir pris sur la palette de couleur un peu, beaucoup de rouge.

Il me proposa de m'asseoir.

Ce que je fis. Installée pas trop loin de lui, les bras sur mes genoux repliés, je regardais à mon tour vers devant moi une petite fleur blanche.

Thomas se mit à me parler de choses et d'autres pour enfin arriver à un sujet plus intime.

Sans vraiment me regarder et en jouant avec une brindille d'herbe cassée par ces mains quelques secondes avant, il me dit que je lui plaisais bien et qu'il serait heureux de sortir avec moi.

Rouge pourpre devait être mes joues encore plus qu'avant. Je les sentais me brûler.

— Toi aussi, tu me plais.

M'entendais-je lui répondre.

Il recula de quelques centimètres pour venir à ma hauteur et en me regardant de ses yeux magnifiques, il avança sa bouche pour venir me faire un baiser sur ma joue.
Mon cœur battait de plus en plus et je l'entendais, il était pareil à une grosse caisse ou on la martelait de coups.
Timidement, je lui rendis son baiser sur sa joue mais au moment du contact, Thomas tourna la tête et c'est sur ses lèvres que mon baiser alla se faire.
Il prit ma main et continua à m'embrasser sur la bouche.
Nos langues se goûtèrent en une danse humide et hésitante.
Je ne savais pas si je faisais ça bien. Si Thomas aimait cela.
Je me posais pleins de questions pendant que ma langue continuait tant qu'à elle à explorer la sienne.
J'avais fermé mes yeux pour mieux savourer ce moment.
Mon premier vrai baiser amoureux et romantique car j'avais retrouvé une confiance en ce garçon, une confiance que j'avais perdue.
Avec le temps tout s'efface ou s'estompe, tout du moins. Les blessures se cicatrisent petit à petit mais la méfiance peut rester encore aux aguets.
De temps en temps, Thomas et moi, nous nous arrêtions de nous embrasser pour nous regarder dans les yeux.
Il me disait des mots doux et moi je l'admirais.
Tout de moi était devenu chaud.
Il me réembrassa de nouveau mais ce coup-ci il mit sa main sur ma taille pour la caresser.
Je lui tenais la nuque et nos langues se fouillaient de nouveau.
Ses mains caressaient maintenant mon ventre pour aller toucher le tissu du haut de mon maillot de bain.
Mon ventre ressentait une espèce de boule en lui mais aussi une douce chaleur.
Il pressa ses doigts sur ma poitrine. Je le laissais faire. Il me regarda puis baissa ses yeux vers mon maillot de bain.
De ses doigts il commença à descendre le tissu pour mettre à jour mes seins aussi gros que des mandarines.
Je me sentais gênée et lui retira les mains.
— Non. S'il te plaît.

Il ne me dit rien et se mit debout. Je pouvais voir par le tissu de son maillot de bain tendu que son sexe avait durci. Mais ne me sentant pas à l'aise de regarder à cet endroit, je baissais immédiatement les yeux et me leva en lui proposant de retrouver les autres.
Il me dit oui et nous avons fait le chemin sans se dire un mot.

Laura et Chloé étaient toujours sur leur serviette le dos au soleil. Elles adoraient se faire bronzer, tout comme moi d'habitude. Parfois on venait à cet endroit juste pour se faire dorer la pilule. Je me suis étendue sur ma serviette et sans un mot ou un regard, Thomas s'assit tout en regardant l'eau. Ce jour-là, il a essayé de me prendre la main malgré la présence de mes copines. Laura avait quant à elle, remarqué ce petit jeu et en souriait.

La fin d'après-midi arriva et il était l'heure de repartir vers notre village. Laura ta sa sœur avait la permission jusqu'à dix-huit heures trente et il était déjà dix-huit heure trente. Il nous fallait plus de vingt minutes pour rentrer. Mes deux amies allaient être sûrement punies après avoir eu un bon savon et elles ne sortiraient peut-être pas le lendemain. Arrivés au village, je demandais à Laura de me tenir informé. Thomas leur dit merci et leur fit la bise. Nous repartions tous les deux. Thomas en gentleman malgré son jeune âge insista pour me raccompagner jusque devant ma porte. J'ai essayé de le quitter un peu avant mais il resta très persuasif. A la porte ou habitait mon père, Thomas voulu me dire au revoir. Je lui fis la bise et sa bouche dérapa pour venir m'embrasser sur les lèvres. Je mourais d'envie de l'embrasser et de le tenir dans mes bras mais je n'en fis rien. Il me regarda longuement dans les yeux. Il me troublait terriblement. D'un geste rapide, je lui déposai un nouveau baiser sur la bouche en lui disant que je viendrais le voir le lendemain et j'ouvris la porte marron pour m'engouffrer dans les escaliers.

Le lendemain comme je l'avais prévu, mes amies n'eurent pas le droit de sortir et elles étaient punies toutes les deux en faisant un peu de jardin.

Pour ma part, je sortis et comme j'avais pu le promettre à Thomas, j'allais le voir. A l'évocation de mon prénom que sa mère lui avait crié pour lui dire que j'étais devant la porte à l'attendre, Thomas ne se fit pas prier et dévala rapidement l'escalier pour venir me rejoindre. Nous nous fîmes la bise car mon hôtesse nous regardait. Ensuite nous nous sommes mis à marcher dans le village. Je lui fis part des mésaventures et des punitions de Laura et Chloé. Il était dégouté pour elles.

Nous nous promenions dans les rues en discutant de banalités lorsque Thomas me demanda si je ne voulais pas retourner à l'étang. C'était vrai qu'il faisait très chaud en ce mois de juillet. Tout le long de ces rues parcourues, il m'avait souvent regardé et j'en avais fait autant du coin de l'œil.

Je lui avais répondu que j'étais d'accord pour que nous retournions aux gours, notre étang mais il me fallait avant aller chercher mon maillot de bain chez mon père. Il allait en faire autant et on s'était donné rendez-vous vingt minutes plus tard à l'arrêt de bus.

Une fois près de l'étang, Thomas ne perdit pas une seconde et hâtivement, il ôta son pantalon de jogging et son maillot blanc et bleu. Il était de nouveau en maillot de bain noir et mes yeux allaient regarder vers son sexe. Il me regardait en souriant. Je me sentais confuse de m'être sûrement fait surprendre dans ma vision et essayant de faire comme si rien n'était, je me mis à me déshabiller également. Je quittai mon tee-shirt jaune et mon petit short noir. J'avais opté pour mon nouveau maillot de bain blanc que j'avais acheté une semaine plus tôt. Thomas me regardait lui aussi à son tour et le voyant me fixer, mes joues prirent feu. Rigolant bêtement, je fis un sprint vers l'eau pour m'arrêter devant la rive. Je n'étais pas du genre trop téméraire pour entrer dans l'eau froide. Mon cher compagnon, tant qu'à lui n'hésita pas une seconde et se mit la tête le premier dedans pour faire un petit crawl. Pour ma part je descendais doucement dans l'eau et m'arrêta même quand elle était au niveau de mon nombril.

Thomas nageait toujours en allant de la surface vers le fond. L'eau à présent était montée à la hauteur de ma poitrine et prenant mon courage à deux mains, je me mis à descendre encore plus pour que l'eau m'arrive presqu'à la hauteur de mon cou. Thomas se mit à nager près de moi et vint m'éclabousser le visage.

Plus par reflexe qu'autre chose, je levais mes mains à la hauteur de mon visage pour me protéger et me mis à émettre un cri. Thomas se mit à rire. Je le regardais, toujours en train de nager autour de moi en m'envoyant de plus en plus d'eau. Je me débattais comme je le pouvais en repoussant de mes deux mains de l'eau vers lui mais une fois que j'ai ouvert de nouveau les yeux, je pus voir qu'il n'était pas devant moi. Je sentis deux mains sur mon corps et je fus comme projetée dans l'eau. J'avalais une tasse et me mis à tousser en recrachant. Thomas était mort de rire. Je me jetais vers lui pour essayer de le couler à mon tour mais il était bien plus fort que moi et de ses mains assez dures pour son âge, il fit de moi sa prisonnière. Il me laissa longuement comme ça. Je pouvais sentir sa force m'emprisonnant et je sentais également quelque chose de dur contre mes fesses qui ne pouvait pas être ses mains puisqu'elles me tenaient. Nous sommes amusés comme cela pendant plus de deux heures puis Thomas me retourna vers lui et de sa bouche il vint prendre la mienne. Je ne fis plus attention à rien, ni si quelqu'un se trouvant dans les parages pouvaient nous voir et répéter, je l'embrassais également. C'était trop bon et j'adorais sentir la douceur de sa langue qui fouillait la mienne.

Laura et Chloé purent par la suite être témoin de nos amours car on ne se cachait plus devant elles. J'ai oublié de préciser que Laura avait déjà un bébé. A quatorze ans, Laura était déjà enceinte. Le village jasait sur son compte, sa mère et son beau-père l'avaient pris en mal, à tel point qu'ils l'avaient placée en foyer. Elle me parlait souvent de son bébé et aussi de ses rapports sexuels. J'étais assez curieuse sur le sujet mais je ne me sentais pas prête à franchir le pas de me donner entièrement à Thomas. Je ne voulais même pas lui toucher son sexe et je lui retirais la main quand lui, me touchait ne serait-ce ma poitrine. Tout me revenait subitement à l'esprit.

Je l'aimais lui aussi, mais je m'étais promis de ne faire l'amour qu'avec celui avec qui je serais fortement amoureuse et que nous vivrions toute notre vie ensemble en faisant des enfants et un beau mariage. C'était ma philosophie de vie à cette époque et je ne voulais pas aller contre ma volonté pour me forcer à faire plaisir à un garçon. Il fallait qu'il me prouve à quel point il m'aimait. Pour moi c'était fini d'être crédule et docile. J'en avais hélas déjà fait les frais quelques temps auparavant.

Cela faisait un peu plus de cinq ans que les évènements s'étaient déroulés.
Je me souviens, c'était un samedi soir.

J'allais chez des voisins à nous. Mon père, déjà à cette époque aimait user de l'alcool et dès qu'il pouvait en mettre un ou plusieurs verres en son gosier, il en était content.

Comme d'habitude, il ne se souciait guère de son état après et ni des attitudes agressives qu'il pouvait avoir envers quiconque et même ses amis. L'alcool le rendait méchant, papa. Je le surveillais quand je le pouvais mais j'étais une enfant et une enfant ça pense avant tout à en profiter et à s'amuser.

Qu'est-ce qu'un enfant peut faire au beau milieu des grands à écouter leurs histoires ? Aucun intérêt pour une enfant d'être témoin de leurs bêtises et surtout des haussements de ton sans aucune raison vraiment particulière. Je savais déjà que c'était pour la plupart du temps mon père qui était fautif dans les histoires, les échanges d'insultes, les gros mots, les menaces et même les coups échangés mais il restait avant tout mon papa et ça me faisait mal de le voir comme ça et si jamais il se battait et que son visage par exemple saignait je me transformais en une gentille infirmière.

Ma mère en avait déjà à cette époque ras la casquette, même si elle en portait pas.

Donc quand je le faisais rentrer à la maison, tant bien que mal, c'était ma mère qui reprenait le flambeau d'infirmière et se mettait à le soigner tandis que lui au lieu de se taire et de a laisser faire, lançait des injures et des menaces envers son « agresseur ».

Il voulait y retourner et comme il le disait si bien, il voulait lui donner son compte. Il vous faut savoir que papa était du genre sympa avec les autres quand il n'avait pas bu mais une fois l'alcool en lui, il devenait un grand idiot et il faisait appel à de la méchanceté sans pour cela qu'il y ait une bonne raison. Ça le prenait comme ça, sûrement que le dernier verre passait mal et qu'il voulait se rendre le plus fort.

C'était pire sottise mais c'était papa et même en lui en parlant le lendemain quand il acceptait de nous écouter, il avait du mal à être d'accord avec nous en se disant qu'il était bête et méchant sous l'emprise de l'alcool et qu'il serait préférable qu'il arrête la beuverie. Il nous disait que oui mais vous connaissez ce dicton « paroles d'alcoolique ». Bref ça ne l'empêchait pas de revoir ses soi-disant amis qui le lendemain ou le surlendemain n'étaient plus ses ennemis comme par miracle. Je pense bien que le miracle s'appelait bouteille à picoler.

Je retournais avec lui voir ce voisin.

Vous allez penser que j'étais une espèce de folle ou un style de sado masochiste déjà à cette époque ? Vous vous trompez. J'en avais vraiment mare de ces histoires à six sous, mais il y avait Emmanuel.

Emmanuel, le fils de nos voisins était beau. Il avait un an de plus que moi et donc était en sixième année. Il faisait partie des grands comme on disait.

Emmanuel, blond aux yeux bleus, comme moi était la beauté incarnée/ Quand je le voyais, je me sentais rougir mais j'étais contente de le voir. Quand il parlait, je buvais toutes ses paroles et mes yeux fascinés par sa beauté ne le quittaient pas. Dès qu'il marchait, je le suivais du regard. Il lui arrivait de venir nous voir dans la cuisine ou ses parents et mon papa buvaient leur verre en discutant des gens ou du travail.

Il venait et il me regardait mais assez rapidement. Assez car je me retrouvais les joues en feu en le regardant parler avec sa mère. Un jour, sa maman lui proposa de jouer avec moi dans la chambre en lui disant que je serais certainement mieux avec lui, là-haut qu'avec eux, écoutant leur blabla. Il me regarda et me proposa de monter donc avec lui. Je ne me suis pas fait prier et je l'avais suivi. Sa chambre était bien rangée, pas comme la mienne où tout traînait, chaussettes sales ou propres même, pull, maillots, jupes, culottes et brassières. Il avait un petit bureau mais assez grand pour faire ses devoirs de grand, encore une chose que nous n'avions pas en commun non plus. Son petit lit, était couvert d'un drap house ou on pouvait voir des chevaux. Mes yeux l'admiraient, j'adorais les chevaux. Sur une étagère, il y avait quelques livres comme croc blanc, Jules Vernes, des BD aussi comme tintin et Spirou. Au fond de la chambre, sous la fenêtre, il y avait une grande malle. Emmanuel avança vers elle et l'ouvrit pour en sortir des voitures et des camions. Il me proposa de le rejoindre et de me servir si je voulais jouer avec lui. Je pris deux voitures dont un taxi et une autre qui ressemblait à une voiture de super héros. Sur le grand tapis posé sur le sol ou il y avait des routes de dessiner dessus, Emmanuel jouait déjà en se construisant un monde bien à lui, ou devrais-je dire de garçon plutôt. Nous avons joué pendant longtemps en se construisant chacun son espace, son propre garage et surtout sa propre histoire. Moi, des voitures qui roulaient bien et qui ne faisaient pas de l'embardée sur les voix et tant qu'à lui, il faisait toujours des accidents. Ila allait même me foncer dedans. Il arrivait à me faire bien rire et je me sentais bien avec lui. Ma voiture lui échappait quand il s'était donné pour la énième fois l'objectif de me faire faire un accident quand j'entendis mon papa m'appeler de sa voix forte. Je laissais les voitures sur le tapis, remercia Emmanuel et redescendit. Mon père, une fois de plus était saoul et voulait immédiatement quitter cet endroit pourri comme il le criait à cet instant et ceci avant qu'il ne commette une grosse bêtise. Il faut vous dire que mon père aimait surtout se défendre avec des couteaux et il en sortait un dès qu'il le pouvait. Il me tenait la main et me tirait dessus pour fuir cet endroit. Emmanuel était lui aussi descendu et il me regardait partir de chez lui sans vraiment comprendre ce qui avait encore bien pu se passer entre mon père et sûrement le sien.

Il me fit signe de la main quand j'étais au bord de la porte d'entrée. Je pleurais. La honte mélangée avec le ras le bol m'avait encore gagnée à cet instant.

Hurlant tout ce qu'il pouvait en proférant des dures injures, papa me poussa devant lui avant de fermer la porte dans son dos, ou je devrais plutôt dire avant de la claquer.

Chez moi, jouant à la Barbie, je me mettais à penser à Emmanuel et je le revoyais dans mes pensées. Parfois je m'arrêtais de jouer à la maman ou autres histoires inventées par mon imagination pour aller m'étendre sur le lit. Je fermais les yeux et je revoyais les yeux bleus d'Emmanuel et d'autres fois je nous revoyais jouer à la voiture et rire.

Il me manquait.

Habilement, je me rendais vers mon père pour aller lui parler des voisins et suivant ce qu'il me disait je continuais mes questions. Si jamais il rouspétait encore contre eux alors je me taisais et je remontais vers ma chambre. Je mettais mon poste en route et écoutais de la musique tout en repensant encore à Emmanuel. Un soir je suis allée voir ma mère qui ne travaillait pas ce jour-là et je lui posais quelques questions. Elle me répondait sans vraiment chercher le pourquoi de toutes ces questions… était-ce le coté rien à foutre qu'elle avait déjà à cette époque ou la politesse de respecter ce que je cachais ?

— Maman.
— Oui Marine.
— Quand on pense souvent à un garçon, ça veut dire qu'on est amoureuse de lui ?
Disons que cela dépend de comment on pense à ce garçon et de combien de fois.
— Souvent
— Alors oui on peut être amoureuse de lui, surtout si le soir avant de s'endormir, on pense très fort à lui et au réveil aussi.
Et puis il y a aussi l'état de manque qui y joue ma Puce.
— Comment ça ?
— Si tu y penses souvent à ce garçon et si celui-ci te manque très très souvent dans tes journées par exemple.
— Ah BEN OUI… A ces mots je sentis mes joues rougir.

Ma mère ne l'avait pas vu ou elle était bonne comédienne à faire comme si elle ne s'en était pas aperçu et surtout ni entendu ma dernière phrase qui quelque part me trahissait. En tout cas, elle ne quittait pas son livre des yeux et ne me regarda pas sur le côté.
J'embrassais maman sur la joue en lui disant que j'allais remonter jouer dans ma chambre. Je n'avais pas vu le petit rictus de ma mère sur le coin de ses lèvres.

Emmanuel et moi, nous sommes croisés un jour sur la route en rentrant tous les deux de l'école et Emmanuel est venu discuter avec moi. De ma part je ne l'aurais jamais été l'abordé, j'étais trop timide à cette époque et ce défaut ne m'a jamais laissé tomber depuis. Il me demanda quand je revenais et il me dit qu'il pensait à moi depuis ce jour. Sa révélation était pour moi un grand cadeau du ciel, c'était comme si, Emmanuel me demandait de l'épouser et mon cœur se mit à battre la chamade et j'avais du mal à respirer et encore plus à lui dire que à moi aussi il me manquait… enfin du moins de jouer avec lui… que je lui avais dit comme une belle menteuse que j'étais déjà mais je ne voulais pas qu'il sache que je l'aimais car OUI c'est vrai j'aimais Emmanuel, je le savais grâce à maman qui m'avait aidée à ouvrir les yeux quand j'étais venue lui poser des questions le soir ou elle lisait. Maman savait mieux que quiconque ce qu'était l'amour donc elle ne pouvait pas se tromper sur ce que je ressentais pour ce garçon qui me manquait et à qui je pensais tout le temps.

Sur le chemin du retour de l'école, Emmanuel et moi parlions de l'école et des élèves. Il me demanda si j'avais un amoureux et je lui ai répondu que non en regardant les bouts de mes chaussures. Je n'allais pas lui dire à cet instant que c'était lui mon amoureux. Il l'aurait sûr et certain mal pris et se serait enfoui. Emmanuel faisait partie des grands, lui, et moi encore des petites puisque j'étais en CM2.

Qu'est ce qu'il pouvait en avoir à faire d'une petite fille comme moi ?
Dans son école il y avait des bien plus belles et en plus du fait qu'elles étaient plus grandes que moi, elles devaient avoir déjà des seins tandis que moi, il n'y avait que leurs emplacements de faits. Ils ne voulaient pas grandir ni sortir. Tous les jours je me regardais dans la glace de ma chambre mais je voyais toujours la même chose, des œufs sur le plat, et encore même pas éclos.

De ma petite voix, sans pour autant le regarder, je lui demandais à mon tour si lui avait une amoureuse. Je regrettais aussitôt ma question car sa réponse allait me faire mal, me faire souffrir et peut être même pleurer quand il allait me dire qu'il en avait une.

— Non, je n'en ai pas.

Sa réponse raisonna en moi et mon cœur se mit à battre plus bruyamment que je suis sûre que dans le village, tout le monde devait l'entendre. Je ne savais plus quoi dire et pourtant j'étais si contente. Il me fallait lui dire quelque chose et ne pas rester comme ça, comme une pauvre idiote de petite fille de CM2 sans avoir une discussion. Mais rien ne sortait, Mon petit sourire de joie allait laisser place à un liquide qui allait remplir mes yeux, tellement j'avais honte de moi. Emmanuel me regarda et je sentais son regard sur moi. Je détournais la tête en regardant une autre direction pour pas qu'il puisse voir ma gêne et ma honte et surtout mes yeux en pleurs. Le soleil était éblouissant et je me mis à me frotter les yeux. Il m'observait toujours tout en marchant à mes côtés.

LEBLANC Franck_L'amour et les sabots de la mort_Datel'envoi_Romance

— Tu as mal les yeux ? me demande-t-il.

— Oui un peu, c'est ce soleil qui me fait cela. Il me pique les yeux et ça me brûle.

Emmanuel s'arrêta subitement. Instinctivement j'en avais fait autant. Il me regardait de ses yeux bleus.

Je pouvais le sentir sans le regarder pour autant. Je me sentais rougir. Il allait sûrement me dire qu'il devait se sauver ou bien qu'il ne me crût pas et qu'il avait bien vu que ce n'était pas à cause du soleil que mes yeux étaient pleins de larmes mais que je pleurais comme une petite fille. Je voulais prendre la fuite pour ne pas subir une nouvelle honte mais mes jambes ne m'obéissaient pas et je suis restée sur le trottoir, près d'Emmanuel, comme une pauvre imbécile qui allait entendre une phrase qui allait tuer mon pauvre cœur qui se faisait encore plus entendre à cet instant. C'était sûrement bien fait pour moi et que je le méritais. Il prit un kleenex dans a poche et le plia pour de sa main, venir essuyer mes yeux bleu brillant. A l'intérieur de moi-même, ce geste me provoqua un sursaut mais je restais de nouveau immobile sans même broncher. Je laissais Emmanuel m'essuyer les yeux sans mot dire. Un fois les yeux essuyés, Emmanuel me regarda avec un sourire et me dit :

— Voilà c'est mieux. C'est vrai que ce soleil tape fort et parfois cela m'arrive aussi à moi que mes yeux coulent tout seul. C'est ça d'avoir des yeux bleus.

Et en disant cela, il se mit à rire tout en remettant son kleenex dans sa poche. Je pris sur moi et me mis à le regarder dans les yeux lui aussi. Nos regards se rencontrèrent.

Il me sourit, et en un geste tendre me remit une mèche rebelle de mes cheveux vers l'arrière de mes oreilles. On se regardait sans bouger. Je n'avais plus de voix ni de salive et encore moins de jambe pour me faire rester debout. D'ailleurs je ne savais pas vraiment comment elles pouvaient me maintenir en cette position tandis que moi, je les sentais en coton. Il s'avança vers moi et de ses lèvres il me déposa un tendre baiser sur mas paupières baissées par reflexe. Mes joues devaient être rouges, mais d'un rouge vif, aussi rouge qu'une tomate bien mûre.

Le clocher de l'église de notre village sonna cinq coups. Dix-sept heures, on avait déjà quinze minutes de retard sur l'heure habituelle de notre trajet. J'avais dit à maman que je rentrais aussitôt l'école pour aller avec elle faire des courses au grand magasin de la ville de Niort. Elle m'avait dit de ne pas traîner car elle travaillait le soir à vingt-heures. Je regardais Emmanuel et lui en fit part tout en m'excusant.

J'ai pu croire voir une déception dans ses yeux mais il me souriait en me disant que cela ne faisait rien et qu'il comprenait.

« ÇA NE FAISAIT RIENNNNNN » à cette phrase, mon cœur se mit de nouveau à s'emballer et j'ai cru en ce moment-là qu'il allait exploser en moi.

Mes yeux me piquèrent de nouveau mais je ne voulais pas qu'Emmanuel me voit encore pleurer. Je ne pense pas qu'il aurait encore cru l'excuse du soleil une deuxième fois. Je me mis à renifler comme une imbécile.

LEBLANC Franck_L'amour et les sabots de la mort_Datel'envoi_Romance

D'ailleurs qu'est-ce que j'étais d'autre qu'une imbécile ? Croire que ce garçon qui était en sixième année s'intéressait à moi était tout simplement stupide et donc me donna le titre de l'imbécile. Beau comme il l'était, il devait avoir toutes les filles à ses pieds et donc avait l'embarras du choix. Qu'est-ce qu'il ferait d'une imbécile comme moi ? Il discutait avec moi, tout simplement parce qu'on était voisins et que mes parents et les siens se connaissaient bien et c'est TOUT. Chez lui, il était seul, comme il était fils unique et il devait sûrement s'ennuyer et ça tombait bien qu'une voisine vint chez lui, ça lui permettait de faire et créer ses accidents pour faire un peu plus vrai de son monde imaginaire avec ses belles voitures.

Je lui dis « Salut ! » sans pour cela le regarder et me mis à me sauver pour aller rejoindre la rue suivante pour rentrer chez moi.

Étendue sur le lit, je nous revoyais. Je sentais ses baisers sur mes paupières et je fermais encore plus les yeux pour mieux les ressentir. J'entendais ma mère monter et je me suis mise debout et enfilais mes chaussures. Elle entra dans ma chambre une fois que je lui ai dit oui quand elle avait frappé. Elle vint à moi et me prit dans ses bras pour me dire bonjour. J'étais contre elle mais mes pensées étaient très loin de cette pièce. Le visage au-dessus de mes cheveux, après m'avoir fait un énième bisou, ma mère me dit d'une petite voix qu'elle était désolée mais que nous ne pourrions pas aller au magasin aujourd'hui car elle reprenait le travail plus tôt ce soir et par conséquence on irait demain à la place de ce jour. À cet instant, c'était la foudre qui me frappait. J'avais quitté mon amoureux en courant pour ne pas être en retard pour ce foutu magasin et là, ma mère qui s'excuse de ceci et cela car on n'allait pas ALLER DANS CE MAGASIN…elle se foutait de moi là… c'était pas possible… elle se foutait de ma gueule…

Je me levais brusquement et me mis à redescendre à toute allure les escaliers pour ressortir de chez moi. Je courais à perdre haleine pour aller rejoindre Emmanuel sur son chemin de retour. Il devait, lui, traverser encore trois rues avant d'être chez lui et donc je devais le trouver une rue avant la sienne. Le souffle coupé, j'arrivais à cette rue mais il n'était pas en vue, je courais encore malgré le point qui me faisait mal sur le côté de mon corps et mon souffle coupé mais je voulais le rattraper, lui parler encore et encore… Rien non plus dans sa rue. Il était rentré. Je me mis à mettre un coup de pied dans un caillou pour le faire aller à quelques mètres de moi. J'hurlais à vomir cette injustice.

Subitement, je le vis. Il arrivait et mon sourire comme par magie me revint. Mon cœur qui était sauvé de son infarctus causé par ma mère, se remit à battre plus fort de nouveau. Mon point de côté m'avait lui aussi laissé en paix et ma respiration était subitement elle aussi revenue à la normale. OUF TOUT ALLAIT POUR LE MIEUX.

Enfin je pouvais me retrouver devant lui et nous reprendrions notre discussion là où on l'avait laissé peu de temps avant. Peut-être qu'il oserait ce coup-ci m'embrasser plus bas, sur le nez et ensuite que nos bouches viendraient se rencontrer pour s'unir. Oui c'était sûrement comme cela que ça allait se passer ou un genre comme ça mais une chose était sûr, c'était que j'allais dire à Emmanuel que je l'aimais et que je tenterais de l'embrasser comme on voit si bien les grands le faire ou comme dans les films.

Je m'apprêtais à l'appeler lorsque mes yeux virent Stella qui tournait elle aussi dans la rue et le rejoindre. Ils se sourirent et rigolèrent. Stella, une voisine de notre village était une fille de dix-sept ans et elle n'était pas à son premier petit copain. Ici on la surnommait la tombeuse ou la tueuse. Pas un garçon ne lui résistait, ils lui couraient tous après. Faut dire que cette Stella avait tout pour plaire. Elle était belle et avait de belles formes généreuses que les garçons aimaient regarder et même en parler entre eux. Elle lui tendit une cigarette mais Emmanuel refusa. Elle lui tendit alors un chewing gum et là il ne refusa pas. Elle lui déposa un baiser sur la joue et elle se mit à rire. Ils ne m'avaient même pas vu. Je les regardais avec haine. Une boule au ventre s'était fait une place en moi et me tenaillait brutalement. Mes yeux se mirent à couler une rivière sur le sol. Je voulais hurler mais je me suis mise à courir dans la direction opposée. Je pestais contre ma mère qui avait osé me faire ce coup là, à moi. Moi qui était si bien avec mon Emmanuel… mon amoureux… le seul qui me regardait avec des yeux doux comme du miel… des yeux qui me faisaient voir que j'étais quelqu'un, une femme…

Je me mettais à vraiment m'inventer des histoires. C'était sûrement le fait de trop jouer avec mes Barbie. Je me mis à pester maintenant contre mes poupées qui m'avaient tant et si bien bercée dans un univers depuis que les jeux s'étaient métamorphosés dans un univers qui se voulait réel en me projetant moi-même comme l'héroïne de mes histoires inventées dans ma poupée Barbie la plus belle ainsi que son cher mari à la chevelure blonde et aux abdominaux incroyables.

Car ils étaient désormais mariés elle et lui. Marine et Diego. Oui ils s'appelaient comme cela et leurs enfants, deux exactement s'appelaient Thiébaud et Jade. Oui je me jurais que je ne jouerais plus non plus avec elles, que la vie n'était pas ce que, elles, mes poupées me faisaient croire. La vie était tout simplement injuste.

À cet instant tout se mélangeait en ma tête, la fiction et la réalité.

Je voulais déjà tellement rencontrer le grand amour dans ma vie quand je serais prête que je me voyais dans mes poupées. Bien sûr, tout de cette imagination devait aller vers le futur. Je pensais aimer que vers les vingt ans mais la vie était tellement fâite de surprises et d'imprévus qu'on ne pouvait jamais savoir quand est ce qu'on allait vraiment aimer la première fois.

Je ne suis pas rentré chez moi car j'étais en colère contre ma mère et le monde entier et je me suis sauvée à l'étang. Aux gours il n'y avait personne et je me suis installée contre un arbre. Ma colère avait un peu diminué pour laisser place à ma grande tristesse et c'est contre ce vieil chêne que je me suis mise à pleurer tout mon saoul.

Je me vidais de toutes mes larmes et elles venaient se mélanger à la terre. Elle allait sûrement se déverser dans l'étang mais à dire vrai, au moment là je n'en avais rien à faire. Seul comptaient en cet instant ma solitude et de fermer les yeux pour essayer d'oublier mais hélas, je ne pouvais pas oublier quoique ce soit et certainement pas mon cher amour.

Je le revoyais avec cette Stella et mon imagination faisait elle-même des siennes en me les faisant imaginer en s'embrassant et en se laissant aller à se découvrir les corps en se touchant et sûrement en faisant l'amour. Voilà, j'en étais sûre, ils allaient faire l'amour… Ils devaient faire l'amour à cette heure-ci. Ils devaient sûrement être chez lui dans sa chambre et allongés sur le lit, ils devaient jouer avec leurs corps. Je me suis mise à crier de tout mon cœur ma rage. Heureusement pour moi, il n'y avait personne. Du moins c'est ce que je croyais car je n'avais vu personne à mon arrivée mais comme je pleurais déjà en arrivant je n'avais pas vu Roland un autre voisin qui pêchait de l'autre coté à l'abri d'un autre grand arbre. C'est ma mère qui me l'a dit le soir quand je suis rentré avec Kevin. Il était venu me chercher vers les vingt heures sur la demande de ma mère. Roland me voyant encore là à son départ, était allé voir ma mère pour le lui dire. Ce qui l'inquiétait c'était le fait qu'il m'avait vu pleurer mais surtout entendu crier à en perdre la voix. Ma mère m'apporta un plateau dans ma chambre ou étaient mis dessus de la charcuterie, des yaourts, du pain et un verre de sirop. Au début, j'ai refusé son repas et je ne voulais pas lui parler mais je me suis mise une fois de plus à craquer et j'ai de nouveau pleuré et c'est là qu'elle m'a pris dans ses bras en me disant des mots doux et me demandant ce que je pouvais avoir.
Je lui avouais tout d'Emmanuel et de mes sentiments envers lui. Ma mère me serra plus fort dans ses bras et m'embrassa de nouveau le dessus de ma tête. Je ne pouvais plus m'arrêter de pleurer et en sanglotant je lui fis part de cette colère que j'avais contre elle et lui en dis les raisons. Ma mère me berça en m'embrassant de plus belle et en me disant que je me trompais. Je lui ai dit que non et que j'avais bien vu cette Stella avec Emmanuel. Elle me dit de la regarder dans les yeux et d'une voix douce, elle me susurra que ceci était impossible car elle avait téléphoné elle-même à Emmanuel pour lui demander s'il ne m'avait pas vu. Bien sûr, avant elle avait téléphoné à Laura et Chloé pour savoir si je n'étais pas avec elles. Elle s'était inquiétée vers les dix-neuf heures trente. Et en téléphonant à Laura, celle-ci lui avait dit de voir du côté d'Emmanuel. Et quand elle avait demandé à Emmanuel si celui-ci ne m'avait pas vu, il lui aurait dit que je l'avais quitté vers les dix-sept heures et que lui était rentré depuis dix-sept heures trente, Après avoir pu renseigner Stella sur le travail qu'elle devait faire chez un de ses cousins à Niort. À cette phrase, mes yeux ne pleuraient plus et je retrouvais une joie et même un sourire de soulagement.
Je pris maman dans mes bras et l'embrassais en lui disant que je l'aimais plus que tout au monde. Tout dans ma tête retournait droit et je ne voyais plus un ciel gris ou noir mais plein de belles lumières, tel un arc en ciel qui illuminerait ma vie de nouveau. Je me suis mise à manger tout ce qui avait sur le plateau sous le regard bienveillant de maman.
En la regardant, je pus voir qu'elle avait les yeux tout rouges. Elle avait dû pleurer pendant qu'elle me tenait serrée contre elle. Une fois le repas fini, ma maman remonta comme il fallait à couette pour mieux me couvrir et me proposa de me lire une histoire. Je lui dis que oui et que je voulais celle de la belle au bois dormant. Je partais doucement en écoutant sa douce voix me conter ce comte qui allait m'aidait à me promener dans le pays des rêves ou mon Emmanuel serait dedans.

À l'école le lendemain, je ne faisais que penser à Emmanuel et aussi à cette nuit passée.

Je pensais la veille au soir partir vers de beaux rêves et en fait ça été l'inverse. J'ai vu Emmanuel tenir la main de Stella et l'embrasser longuement avec la langue. Après si cette S... lui caressait le torse et il avait l'air d'aimer cela. Ils étaient tous les deux aux gours. Elle se tenait couchée sur une grande serviette rose et lui juste à côté d'elle sur une serviette bleue. Ils étaient vêtus de leur short. Lui son short jean mais torse nu, elle, avec son short blanc et son maillot à bretelles rose qui faisait en sorte qu'on voit bien sa grosse poitrine. Elle était penchée vers lui et sa bouche était colée à la sienne. Sa main descendait le long de son torse pour hésiter vers son nombril. Ses mains à lui qui était dans ses cheveux descendaient à présent le long de son dos pour venir remonter son maillot et lui caresser le dos. Leur étreinte durait une éternité. Elle avait osé mettre sa main sur son short et lui déboutonna ses boutons pour le faire descendre le long de ses cuisses. Je pouvais voir l'effet que ses caresses lui produisaient par ce beau renflement dans son maillot de bain noir.

Il se battait avec son maillot à elle et pour l'aider, elle s'en dévêtit directement en le jetant un peu plus loin. Ses seins qui étaient tout de même cachés par un soutien-gorge blanc se trouvaient maintenant sur lui tandis que leurs langues continuaient leurs danses. Elle mit sa main sur le renflement de son maillot de bain et lui pratiquait une caresse dessus. Il aimait cela et ne se fit pas prier pour l'embrasser dans son cou et de sa main il essayait de lui retirer son soutif. Voyant la peine qu'il avait, elle le retira elle-même, dévoilant au moment ses gros seins si généreux. De la même manière elle retira son short blanc et se mit sur lui. Ses mains à lui étaient sur ses fesses car il avait descendu son bas de maillot de bain. Elle ondulait du bassin sur lui. C'est à ce moment que je m'étais réveillée en sursaut en me retrouvant assise dans le lit et en pleurant. Le réveil sonna de son bruit fort. Je me suis levée et je me suis prise une douche directement. Je n'ai pas pu manger tellement ce maudit rêve me hantait.

Je regardais par la fenêtre de la classe pendant que mon maître nous faisait un cours sur du français. J'avais hâte de quitter l'école. Ce qui me tracassait, c'était la façon dont j'allais voir Emmanuel et ce que j'allais lui dire. J'hésitais pendant ces moments entre le voir ou fuir en rentrant directement chez moi. Avec un peu de chance, il finirait ses cours plus tard que moi et que nous ne nous croiserons pas. Oui j'aimais cette idée et elle sera la bonne. Je le verrais plus tard. Un autre jour. Ça sera mieux. Oui mais si cette Stella le voyait elle de nouveau et si ... et si... Tout se bousculait en moi et il me fallait faire un gros effort pour essayer de chasser toutes mes idées au grand galop. Ça ne durait pas plus de trente secondes et de nouveau mes pensées revenaient vers lui. Heureusement une voix me fit sortir de mon angoisse. C'était notre maître qui voulait que j'aille au tableau pour effectuer une dictée devant toute la classe.

Seize heures trente et la sonnerie de fin de journée de cours se mit à retentir. Je sortis de la classe en étant accompagnée de Chloé. Nous discutâmes des punitions des deux sœurs et comme si que cela la démangeait, Chloé me demanda où j'étais la veille. Je me mis à lui expliquer sans honte et sans oublier l'essentiel. Elle me regardait et me dit qu'elle n'en revenait pas que cette Stella puisse vouloir draguer Emmanuel. Je lui ai dit que d'après ma mère ce n'était pas cela et un petit ouf sortit de sa bouche. Elle était contente pour moi et en plus elle comme Laura et beaucoup de filles du village n'aimaient pas cette Stella. Arrivée non loin de ma rue où je résidais, j'entendis une voix qui criait mon prénom. Je me retournais et je pu voir Emmanuel qui faisait signe de la main en venant à pas rapide vers nous. Chloé me regarda. Moi, je regardais Emmanuel. À ma hauteur, il me salua de sa voix prise par un essoufflement. Il avait dû courir pour venir nous rejoindre. Je lui dis salut à mon tour sans pour cela lui tendre la joue. À sa tête, j'ai bien compris que lui, il l'attendait son bisou.

— Tu dois rentrer tout de suite Marine ?
— Non. Enfin si mais je pourrais ressortir si je préviens ma mère.
— Ok, vas-y je t'attends.
Je laissais Chloé repartir seule et m'enfila dans ma rue pour aller prévenir ma mère comme je lui avais dit. En redescendant, je me rendis là où je l'avais quitté et il était là.
Il ne bougeait pas et m'attendait.
Il me sourit.
— Tu ne vas pas prévenir tes parents ?
— Non, pas besoin, je leur ai dit hier que je penserais te rejoindre aujourd'hui aussitôt l'école et que donc je rentrerais vers dix-huit heures trente.

Il avait anticipé à ce qu'on se voit aujourd'hui et il en avait parlé à sa mère. J'étais prise de joie mais je ne voulais pas le laisser paraître devant lui. Je me retournais pour cacher ma joie en faisant comme si j'éternuais. Nous sommes partis pour retourner à l'étang. Nous ne nous sommes pas baignés mais nous avons pris le temps de parler de ce moment de la veille. Quand je lui ai parlé de Stella, Emmanuel s'était mis à rire mais en voyant mon regard noir lancé vers lui, il s'était arrêté aussitôt. Il devinait que ceci ne me faisait pas rire du tout, MOI. Il m'expliqua ce que ma mère m'avait dit et en ajoutant plus de détails. Bien sûr il admettait que cette Stella était une bien jolie fille (ses mots à ce moment me torturaient encore plus que je ne l'aurais imaginé mais je ne lui dit rien) mais que pour lui elle faisait partie des allumeuses et que ce genre de fille ne lui plaisait pas du tout. Mon cœur se remit à battre de nouveau en entendant cela. Après cela je le regardais et vint sceller ma bouche à la sienne. Nos langues se fouillèrent et je trouvais cela très bon. Quelques jours plus tard, mon père revenait chez les parents d'Emmanuel. J'étais contente et à chaque fois j'y allais avec lui. Nous nous retrouvons dans sa chambre comme d'habitude. Si nos parents se doutaient de ce qu'on faisait en haut plutôt que jouer, ils auraient peut-être mis fin à cela. Nous retrouvons sur son lit et comme deux bons

26

amoureux comme il se doit, nous passions notre temps à nous embrasser et à nous chatouiller.

Quelques fois en nous embrassant Emmanuel se mettait contre moi et lorsqu'il était contre moi, je pouvais sentir quelque chose de dur au travers de son short de foot. Mais là où je le sentais mieux, c'était quand il venait me faire rouler pour m'embrasser et m'embêter, là je me retrouvais sur lui quand je gagnais notre bataille de chatouilles et en le regardant bien dans les yeux, je me baissais pour lui mettre ma langue dans sa bouche pour rechercher la sienne.

Sur lui, je pouvais sentir la dureté de son sexe contre mon entrejambe et cela me faisait tout bizarre en moi. C'était comme si je volais tellement je me sentais bien et transportée mais je ne savais pas vraiment ce que cela pouvait être. Maintenant je le sais parfaitement, évidement. Mais quand on a que onze ans, on ne sait pas si c'est vraiment cela. Je me rappelle juste que j'aimais sentir cette bosse de son short qui venait contre moi, parfois sous mes fesses et pour mieux la sentir et en faisant un geste presque de l'état naturel de la vie, je bougeais à venir à califourchon pour que sa partie de mâle vienne rencontrer ma partie à moi de fille. J'y pensais souvent chez moi à cela et cela me faisait un truc bizarre en mon ventre et en mon bas ventre.

J'avais souvent des envies de pipi et je ne sais pas quoi. Une fois c'est mon doigt qui est venu à l'encontre de mon sexe et je me suis touché. Oh bien sûr, pas toucher comme une grande qui se masturbe réellement mais comme une fille jeune qui va ou ça la démanche. J'essayais de porter des jupes depuis ce jour-là, et je pouvais mieux sentir l'effet que je faisais à Emmanuel. Je l'embêtais exprès et m'arrangeais pour être toujours au-dessus de lui. Je pense qu'il aimait cela lui aussi, car il commençait à mettre des petits coups de bassins et là je bougeais encore un peu plus mon corps pour mieux le sentir. Je me sentais bizarre à l'intérieur de mon sexe mais je ne pouvais pas vraiment m'arrêter.

Un après-midi, dans une journée d'un week-end, je suis allé chez lui. J'étais habillée d'un chemisier blanc et d'une petite jupe noire. Emmanuel était tors nu et il portait un short en synthétique de couleur bleu. Nous étions que tous les deux et nous nous sommes mis à rejouer. Sur le lit, on a fait durer plus longtemps que l'habitude nos embrassades et par conséquent nos coups de bassins. Emmanuel avait la respiration qui s'accélérait en même temps qu'il m'embrassait et ses coups de reins devenaient de plus en plus fort. Je riais par moment de le voir comme ça et je pouvais voir sur lui des perles de sueur. Allongée à un moment sur lui, je sentais son torse contre moi et je ne sais pas vraiment comment, mon chemisier s'était ouvert de deux boutons.

Relevée vers le haut, je dominais Emmanuel et je continuais instinctivement mon coup de balancier sur lui. Ses mains étaient sur mes hanches et ma taille et il me regardait fixement. La sueur le gagnait davantage et ses coups de bassins se faisaient plus brutaux et pressant. Il avait également les yeux sur ma poitrine, du moins sur mes œufs au plat mais de le voir les regarder comme il le faisait, je pense que cela lui plaisait. J'aurais dû remettre mon chemisier en ordre et donc en refermer les boutons ouverts mais je ne le fis pas, bien au contraire je me mis à me pencher vers lui afin qu'il ait une meilleure vue sur mes futurs seins. Il dégagea une main de mes hanches

27

et me la glissa sur l'un d'eux pour me le caresser. Je ne lui dis rien et tout en le regardant et en continuant ce que je faisais je lui fis un beau sourire comme pour l'encourager. Je sentais sur l'étoffe de ma culotte toute sa partie dure de son sexe. Il écarta un peu son short et son caleçon pour que son pénis entre en contact bien plus direct avec mon slip. De sa main restée sur son sexe, il se frotta à moi, ce qui me fis sentir une caresse de tout le long sur mon sexe et qui se continuait. Il écarta mon slip et mit le bout de son pénis à l'entrée de mon vagin. Je ne pouvais pas me dégager. J'étais trop bien et une envie m'avait saisi de la sentir plus. Une porte claqua. Ses parents rentraient et sa mère monta à l'étage en l'appelant. Vite fais-je me suis dégagée de lui et debout sur le sol, j'ai remis mes boutons pour refermer mon chemisier. Emmanuel, rouge et en sueur, se leva brutalement pour aller vers la porte d'entrée de sa chambre. Sa mère rentra et nous regarda chacun notre tour. J'étais rouge vif je pense car je pus sentir mes joues devenir comme de vilaines brûlures au fer à repasser. Je lui dis un bonjour de ma voix que j'essayais à faire redevenir normale malgré mon souffle court et la boule dans la gorge que j'avais dedans. Elle me répondit en regardant son fils, elle lui demanda ce qu'on faisait. Il lui prétexta une excuse sur des exercices de sports qu'il me montrait et auquel j'avais dû l'aider. Sa mère lui sourit en entendant cela et lui dit qu'ils allaient partir. Pour moi c'était la belle excuse car je commençais à ne plus sentir mes jambes me tenir et je manquais d'air également. Une fois dehors, je pris une pleine respiration d'air chaud et me mis à filer vers ma rue pour me rendre chez moi et aller prendre une douche bien froide. Je me sentais plein de honte et me promis que tout devait arrêter au risque tout aille plus loin et que nos parents découvrent que nous nous autorisons de nous aimer comme des adultes, au risque que je me retrouve enceinte. Même si je n'avais pas encore eu mes premières règles, j'avais quand même peur du risque de grossesse si on faisait l'amour. Et rien que cette idée de nous voir faire l'amour me faisait peur tout de même, maintenant que j'avais repris un minimum de raison. Moi qui me projetait dans le futur et assez tard en plus pour fonder une famille et de donner mon corps au garçon, j'étais très surprise par cet ébat qui avait eu lieu quelques temps avant. Je me dis que d'un sens, heureusement que sa mère était venue sinon on aurait fait la chose. Je nous voyais tous les deux nus sur le lit, moi sur lui ou lui sur moi, tout nu ou presque et en train de faire cela et que sa mère rentre à l'improviste dans la chambre et nous surprenne. Quelle honte et surtout quels problèmes on aurait pu avoir après par nos parents respectifs.

Je ne voyais plus Emmanuel, ou si celui-ci essayait de me rejoindre, je pressais le pas et une fois une rue tournée, je me mettais à courir pour aller m'enfermer chez moi.

Un soir, mon père rentrant de chez les parents d'Emmanuel, vint me voir dans ma chambre. J'étais à mon bureau et je faisais mes devoirs quand mon père vint près de moi. Il se mit au-dessus de mon dos et regarda mes devoirs. Je me retournais et lui demandais s'il voulait quelque chose en particulier. Il se mit à m'adresser un sourire, je pouvais sentir qu'il avait bu de l'alcool mais il ne me paraissait pas dans un état d'ébriété. Il sortit une enveloppe de sa poche et me la remit puis sortit de ma chambre.

Je décachetai l'enveloppe et en sortit une feuille de papier à carreaux prise dans un grand cahier, elle était pliée en quatre.

« Chère Marine, ma bien aimée.

Je t'adresse ce courrier car je ne te vois pas depuis déjà plus d'une semaine et je ne comprends pas le pourquoi.

Je ne sais pas ce que je t'ai fait et je m'excuse si je t'ai fait quelque chose de mal.

Mais je voudrais que tu me dises au moins le pourquoi si tu le veux bien ?

La journée je pense toujours à toi et même la nuit c'est pareil.

Je rêve de toi, j'aime bien mais je n'aime pas aussi car tu es pas là et que je ne te vois pas donc ça me rend triste.

J'essaie de te voir mas je n'arrive pas à te voir.

Ton père vient à la maison mais toi tu ne viens plus. À CHAQUE FOIS JE VIENS VOIR si tu es là mais tu n'y es pas.

Il n'y a que ton père.

Je suis triste de ne plus te voir et nos rigolades me manque beaucoup.

Si c'est pour le coup ou ma mère nous à gaulé je suis désolé et si tu le veux on ne fera plus rien.

Tu es la femme de ma vie Marine et tu me manques.

Là, comme ton père est encore dans la maison, je vais lui donner cette lettre en espérant qu'il ne la lise pas.

Réponds-moi je t'en prie ou viens me voir ou attends-moi à la sortie de l'école le soir.

Je t'embrasse.

Emmanuel. »

Lorsque je lus sa lettre mon cœur se serra et se mit à battre fort encore une fois. J'avais ressenti une boule au ventre et une envie de pleurer m'avais envahi. Il est vrai que je ne m'attendais pas à avoir une lettre d'Emmanuel et encore moins qu'il eut le courage de la faire faire passer par mon propre père qui aurait pu avoir la curiosité de la lire. Le lire m'avait fait un bien extrême et je voulais vraiment le revoir. Maintenant je m'en rendais bien compte. Je m'étais caché la vérité car je ne le voyais pas et n'avait rien de lui, mais maintenant que j'avais lu sa lettre, je voulais être de nouveau avec lui. Je m'endormis cette nuit-là avec du mal car mes pensées se bousculaient trop et je nous imaginais ensemble.

Ma nuit fut merveilleuse et j'avais perdu mon pucelage en rêve. C'était très agréable comme rêve. On était tous les deux dans sa chambre et on faisait comme la dernière fois qu'on s'était vu sauf que là sa mère n'est pas arrivée et que son sexe dur sorti de son short est venu en moi quand j'étais sous Emmanuel. Je me suis réveillée en m'étirant et en y repensant. L'envie de faire l'amour avec Emmanuel était fondé et je le désirais. Le réveil se mit à sonner en me tirant de mes rêvasseries et de mon doigt qui commençait à venir farfouiller sous ma culotte.

Je me levai et but mon chocolat et mangeais mes céréales pour enfin aller me prendre une bonne douche qui allait un peu consoler l'on envie qui m'assaillait encore entre les jambes et je me mis à partir pour l'école en souriant.

Le soir en sortant des cours, je n'ai pas attendu Chloé et je suis partie directement tout en prenant quand même mon temps. Je marchais le long des rues en m'arrêtant de temps en temps. Arrivée à ma rue, je me suis arrêtée pour attendre mais rien. Emmanuel devait quitter plus tard et je ne le verrais pas. J'étais déçue. Mon père était là, dans la salle à manger en buvant une bière. Je marchais vers lui et lui demanda s'il n'avait pas l'intention d'aller voir les parents d'Emmanuel. Il me dit qu'il n'en avait pas l'intention mais que s'il avait une raison, il le ferait volontiers. En me disant cela il me fit un clin d'œil. Je ne sais pas si c'était pour que je fasse une lettre et qu'il se ferait complice avec joie ou bien si c'était que je fasse une lettre et que cela lui ferait une bonne excuse pour aller boire quelques verres. Peut m'importait le motif, pour moi le principal c'est qu'il voulait y aller.

— Je monte faire une lettre et tu la donneras à Emmanuel alors ?

— Bien Marine. dit-il en se levant pour aller se rechercher une autre bière. A le voir comme cela, je savais qu'il boirait énormément et qu'une dispute éclaterait ce soir. Je me rendais complice de cela et en plus contre ma mère car à cette époque il commençait à devenir agressif. Mais l'amour pour Emmanuel prit le dessus de la conscience et je me précipite vers ma chambre et prit du papier à écrire dans mon bureau.

« Cher Emmanuel.

Je réponds à ta lettre qui m'a fait du bien au cœur.

Je l'ai lue et relue une fois que mon père me l'a donné.

J'en ai même dormi avec.

Tu n'as rien fait de mal je te rasure Emmanuel.

C'est simplement le fait qu'on a failli se faire prendre lorsque nous embrassons et que ta mère nous à regarder bizarrement qui m'a mis ko.

Je pense à toi tout le temps et tu me manques aussi.

Moi aussi, j'adore qu'on se chatouille et que nous nous embrassons. J'ai trop envie de retrouver ta belle bouche et ta langue.

Ta voix me manque aussi et ton rire aussi.

Je t'ai attendu aujourd'hui mais tu as dû quitter plus tard que moi.

Peut-être demain ?

Je ferais comme aujourd'hui et flânerais sur les rues qui sont longues à marcher sans toi.

Marine.

Ps : J'adore quand tu es en petit short de foot (mdr) »

Je mis cette lettre dans une enveloppe et la descendis à toute allure les escaliers pour aller rejoindre mon père qui était toujours installé dans la salle à manger avec une énième canette. Je lui donnais. Il avait l'air content et but sa bière d'un trait en me disant que cela n'attendait pas. Encore une fois je ne savais pas s'il parlait de la lettre ou de la soif mais je m'en foutais, le principal était qu'il joue au facteur.

Quinze jours plus tard.

Je n'ai enfin pu revoir Emmanuel que trois jours après lui avoir remis la lettre, du moins que mon père le lui a transmis. J'en étais même arrivée à douter de mon père de le lui avoir donné et je l'ai harcelé toujours de la même question « est-ce que tu lui as bien donné en main propre ? » Bien évidement, toujours la même réponse qui disait que la lettre avait bien était entre les mains d'Emmanuel.

Pourquoi trois jours ? Simplement parce qu'Emmanuel avait des heures de cours en plus et un peu plus de foot à faire. Tout simplement mais pour moi, je ne le voyais pas comme cela sans avoir de ses nouvelles et sans le voir malgré que je prenne VRAIMENT tout mon temps pour rentrer chez moi.

Nous sommes revus le week-end d'après. Il ne faisait pas vraiment beau mais il ne pleuvait pas, alors nous avons convenu de nous promener au bord de l'étang avec Laura et Chloé. Impossible d'y échapper. Il nous a été très difficile de nous absenter d'eux ne serait-ce qu'un quart d'heure pour qu'on puisse nous embrasser tranquillement.

Pendant de longs mois, nous sommes vus avec mes deux amies et aussi seuls. On appréciait ces moments à deux et on en profitait pour nous parler en nous propulsant vers le futur et en nous faisant de beaux plans ou projets, comme avoir une maison, des emplois, des enfants…

Un dimanche, ses parents n'étaient pas là. Ils étaient invités dans leur famille et Emmanuel avait trouvé X excuses pour ne pas aller avec eux. Cela avait fonctionné et il avait la maison à lui tout seul. Il m'en fit part et nous étions contents. Le dimanche midi, Laura m'appela pour me proposer de se voir. Je lui prétextais le fait que je ne me sentais pas vraiment bien et que j'allais restée tranquillement à la maison sous ma couette. En bonne amie, Laura me demanda si je voulais qu'elle vienne me rejoindre et donc rester avec moi, même si je dormais. Je lui avais répondu que je préférais rester seule. Peut-être l'avais-je vexée mais il était hors de question qu'elle vienne ou que j'aille avec elles deux.

A quatorze heures, je sonnais à la porte d'Emmanuel. Dehors il pleuvait mais ça ne m'avait pas empêché de mettre une petite jupe et un chemisier, le même que celui de la dernière fois, sous mon blouson noir. Emmanuel m'ouvrit sa porte, il portait son short bleu et il avait juste un petit maillot. Pas de chaussons ni chaussures étaient à ses pieds et ses cheveux étaient encore mouillés. Il devait juste de finir de prendre sa douche. Il me fit rentrer en m'invitant dans la salle à manger. Assise sur le canapé de cuir noir, je regardais devant moi le grand aquarium placé au côté de la grande télévision. Les poissons nageaient en faisant des tours et des détours dans leur habitat. Il y en avait des gros et des petits et de toutes sortes de couleur. J'étais fascinée par leur façon de se déplacer quand Emmanuel vint à moi avec un panaché dans la main et me le proposa. Il s'assis près de moi mais pas contre moi, disons à une distance respectable. Il mit ses jambes en tailleur sur le canapé et me regardait fixer les poissons en buvant le panache. Quand mes yeux se sont tournés vers lui, je n'ai pas pu m'empêcher de regarder vers l'intérieur de ses cuisses. Assis comme il était et pieds repliés sous ses jambes, son short était écarté et je pouvais voir une bonne partie de son caleçon rouge et en voir des formes dedans de ses testicules. Cette vue me rappela la dernière fois et mes rêves érotiques, ce qui me troubla. Je bus une fois de plus en ma canette verte pour essayer à ne pas penser à cela et que mon trouble se retire.

Emmanuel me proposa un nouveau panache que j'acceptai sans vraiment en avoir envie pourtant mais je voulais qu'il s'absente de ce canapé. Il se leva et je pus voir encore plus de sa partie au travers du tissu. Il marcha vers la cuisine. J'en profitais pour retirer deux boutons de mon chemisier afin de faire un décolleté sur mes seins quasiment plats. Je n'avais pas mis de brassières ou soutien gorges. Emmanuel revint et me tendit la petite bouteille verte et s'essaya comme il était auparavant. Je mis le goulot à ma bouche et vida la moitié de la canette d'un trait. Je me mis à le regarder et j'avais toujours la même vue que tout à l'heure. Je décide de me mettre comme Emmanuel. Mes jambes en tailleur moi aussi et mes pieds nus maintenant car j'avais retiré mes escarpins venaient sous mes jambes. Instinctivement, je plissai ma jupe et la tendit le long de mes jambes pour qu'elle cache ce qu'elle devait cacher. Je regrettais mon geste mais trop tard, il était fait. J'entamais une conversation sur les poissons que je voyais et en les montrant, je pouvais alors bouger mon corps sur ce canapé. Le mouvement voulu a eu contre toute attente de relever quelque peu ma jupe. J'ai pu voir les yeux d'Emmanuel se baisser et regarder vers mes cuisses. Il se leva du canapé pour aller à son aquarium et me fit les présentations des espèces des poissons, scanners, lèche vitre, néons, goupilles et bien d'autres… pendant ce temps là, il avait sa tête tournée vers les poissons, de ma main, je relevais un peu plus ma jupe et écartais un peu plus les cuisses. Vu comment elle était relevée, je pensais qu'Emmanuel en s'asseyant pourrait voir ma culotte blanche avec un titi dessus. Quelques minutes après avoir fait don de sa culture des poissons ainsi que ses algues et le bon fonctionnement de son immense aquarium, il vint de nouveau s'asseoir en face de moi sur le canapé. Il prit sa bouteille de panaché sur la table basse et il la leva à sa bouche pour se prendre une pleine gorgée afin de la boire. Je pus voir ses yeux descendre de nouveau sur mes cuisses et vers l'intérieur de celles-ci. Moi, de mon côté, je regardais vers l'intérieur des siennes ou je pouvais désormais voir un plus gros renflement de son caleçon. Nous sommes restés comme cela à nous épier de longues minutes sans vraiment parler sereinement. Quelques mots banals sortaient de sa bouche ou de la mienne mais rien qui laissait à faire une conversation

— Toujours chatouilleux ? lui demandais-je.
— Non. Et il se mit à rire.

Les jeux étaient lancés.

Je me mis à aller vers lui pour lui mettre mes doigts à ses côtés et le chatouiller.

Il se mit à rire à pleines dents et à se débattre en voulant retirer mes mains.

— Tu vas voir, me dit-il.

Accompagnant ses gestes à sa parole, il se jeta sur moi et se mit à me chatouiller à son tour. Étant très chatouilleuse, je ne pouvais pas résister et me mis à rire.

J'essayais bien de me débattre comme je le pouvais mais Emmanuel était ben plus fort que moi et en plus en se jetant sur moi, il me fit me renverser sur le canapé et se trouvait lui sur moi.

Nos têtes étaient l'une contre l'autre.

Ses doigts s'agitaient comme des milliers d'insectes venant marcher sur moi sur chaque côté de mon corps. Je me contorsionnais sous son corps et ma respiration devenait de plus en plus rapide. Je devenais à court d'air et Emmanuel voyant cela se mit à cesser le mouvement de ses doigts araignée mais sans pour cela se retirer de sur moi.

Il me regarda avec un petit sourire et m'embrassa la paupière droite puis la gauche pour aller descendre sur mon nez pour enfin finir à ma bouche.

Nos langues se fouillaient en faisant une danse à elles seules.

Je pouvais sentir contre moi son érection au travers de son short.

Ma jupe étant relevée, son sexe vint contre mon slip directement.

Mes mains caressaient les cheveux d'Emmanuel puis on dos tandis que les siennes allaient vers mes seins nus.

Il remua sur moi son bassin et sa respiration comme la dernière fois se fit plus rapide.

Des gouttes de sueur perlaient de son front et de ma langue je les bus du bout de ma langue. Emmanuel se laissa faire et je sentais entre mes cuisses que son sexe ne cessait de durcir.

Mes mains allaient maintenant sur le bas de son dos.

Il m'embrassa dans le cou et je mis ma tête sur le côté pour mieux lui offrir. J'avais ces scènes à la télévision et sur l'internet.

Ça me faisait comme des chatouillements mais pas les mêmes que ceux de ses doigts et je me sentais comme envahi de quelque chose que je ne pourrais pas définir à l'intérieur de moi-même.

L'intérieur de mes cuisses me démangeait également et je voulais sentir encore plus son sexe sur moi.

De mes mains, je tirais le tissu de son short par le dos pour le descendre. Emmanuel m'aida en se relevant un peu et en tirant lui-même sur son short. Ses gestes devenaient plus rapides et plus brutaux en le retirant comme si celui-ci le gênait et qu'il voulait s'en débarrasser hâtivement.

Il continuait de sa langue et ses lèvres de passer de mon cou à mes lèvres tout en gesticulant de plus belle de son bassin.

Mes doigts prirent son caleçon et je le tirai lui aussi vers le bas de ses jambes. Emmanuel, une fois de plus m'aida en le retirant rapidement.

Son sexe nu, cette fois-ci fut contre ma culotte ou je sentais une humidité à l'intérieur.

J'adorais le sentir et je l'accompagnais dans son mouvement de bassin.

Ce qui devait se passer se passa et en cet après-midi, Emmanuel m'avait fait être une femme en me faisant l'amour sur son beau canapé noir.

J'ai su quelques temps plus tard que pour lui aussi c'était sa première fois.

Nous nous étions dépucelés en même temps. Quelle grande preuve d'amour pouvait-on donner de plus en notre couple ? Rien de plus, pour moi c'était grandiose et en même temps c'était notre secret et il devait rester tel que.

Emmanuel et moi, nous nous sommes revus de nombreuses fois en intimité et il trouvait toujours le moyen après ce jour là d'avoir avec lui des préservatifs achetés dans les distributeurs fait pour cet usage près des pharmacies.

Il avait de l'argent de poche et se servait de cet argent là et un jour ou il lui manquait les deux euros, il avait été contraint d'aller les piquer à sa mère dans son portemonnaie.

Le premier jour où il en mit un pour la première fois, nous n'avons même pas fait l'amour tellement on a rigolé ensemble.

Il n'arrivait déjà pas à l'ouvrir et ensuite à s'en servir. Il cherchait comment il se mettait et il l'avait mis à l'envers. Ce qui a eu comme conséquence de se retirer en moi et en se retirant de moi, le préservatif tomba sur le sol.

Après cet incident, Emmanuel savait maîtriser le bon fonctionnement des préservatifs et aucunes autres fois il ne l'avait remis à l'envers. Il avait dû sûrement s'entraîner chez lui mais par respect et gène aussi je ne lui avais pas posé la question.

Nous faisions l'amour dès que nous le pouvions, que ce soit chez lui ou chez moi de temps en temps et un jour nous l'avons même fait au bord de l'étang vers le soir ou nous avons menti à nos parents en leur disant que nous allions au cinéma regarder un film d'action. Pour de l'action, c'était de l'action mais si nos parents avaient su ce que nous faisions réellement au lieu de mater un film, je pense que, eux, ils auraient passé à l'action envers nous.

Évidemment devant Laura et Chloé, nous nous taisions comme nous l'avions dit mais nous nous faisions des petits signes que nous seuls connaissions et nous nous mettions à rire bêtement devant mes amies qui nous regardaient avec un air suspicieux. On aurait dit qu'elles se doutaient de quelque chose et une fois que j'ai pu, j'ai dit à Emmanuel qu'il nous fallait redoubler de prudence. Emmanuel ne comprenait plus vraiment la raison de ce secret et il me montrait même son mécontentement pour cela.

Il aurait voulu que nous mettions tout à plat avec Laura et Chloé et que nous nous cachions plus vraiment. Il est vrai que devant mes amies nous ne nous embrassions plus du tout désormais tandis qu'au départ de notre relation, lorsque nous n'avons pas encore fait l'amour ensemble, nous nous embrassons sans en être gênés.

Mon silence et mon entêtement à vouloir qu'on garde cela pour nous seuls l'exaspérait et Emmanuel croyait même que j'avais honte de notre relation.

34

Alors Emmanuel essayait qu'on ne voit plus mes amies ou alors que très peu pour qu'on puisse profiter l'un de l'autre dans tous les sens du terme.

Je ne le voyais pas comme cela et je m'obstinais a vouloir être avec mes amies. Ce qui un jour déclencha une dispute assez sérieuse entre nous.

Pour moi, elle m'avait blessé mais on allait surmonter cela. Tout me paraissait normal et pas dramatique. Il est vrai que chez moi, des disputes il y en avait souvent, alors pour moi, tout était normal.

Il y a eu de plus en plus de disputes et Emmanuel commençait à prendre de la distance en me prétextant qu'il était en pleine révision de ses cours ou qu'il devait faire plus de foot et d'autres sport. Je l'ai cru sans me poser de questions.

Plus de deux mois étaient passés et nous nous disputions encore assez souvent. Mais je n'en démordais pas. Je ne voulais pas me montrer devant tout le monde en lui donnant la main et encore moins l'embrasser.

Je lui faisais la bise et lui embrasser la bouche que quand nous étions que tous les deux et sans avoir une chance de nous faire voir.

Un jour de sortie pour les gours, nous avons dû y aller en présence de Stella qui devait parler avec Emmanuel de son travail chez son cousin.

J'ai pris quelques distances et je me mettais à discuter avec mes deux amies, elles aussi présentes. J'étais jalouse mais je ne voulais pas le montrer tout comme je ne voulais rien montrer de nous deux.

Emmanuel me regardait souvent et je faisais comme-ci rien n'était.

Nous arrivons au bord de l'étang et nous nous mîmes tous en maillot de bain sauf Emmanuel qui lui avait un short à la place.

Laura avait enfilé un maillot de bain bleu marine et Chloé son maillot de bain noir. Moi, j'avais opté pour mon autre maillot de bain noir. Quant à Stella, elle avait mis un maillot de bain blanc qui montrait bien ses formes.

Emmanuel la regardait et moi, je regardais Emmanuel qui la matait. Une fois qu'il voyait que je le regardais la lorgner, il détourna le regard d'elle et me fit un sourire. Je l'ignorais par une certaine colère et jalousie.

Nous étions tous dans l'eau à nous éclabousser pendant que la belle Stella était couchée sur sa longue serviette rose ou était dessiné un couple qui s'embrassait.

Nous on s'éclaboussait et Laura et Chloé essayaient de couler Emmanuel comme toujours et comme toujours c'était Emmanuel qui les coulées.

Moi je restais à nager pendant leurs jeux. Je ne voulais pas m'approcher d'Emmanuel. Mais c'est lui qui se rapprocha de moi et sans aucune permission il me mit la tête sous l'eau.

Ses mains sur moi me faisait du bien mais j'étais comme envahi par une colère et je ne voulais pas rire avec lui. Je lui en avais fait part et il m'avait regardé avec tristesse.

— L'eau est bonne à ce point-là pour que vous restez dedans aussi longtemps ? nous demanda Stella qui s'était assise.

— Qu'est-ce que ça peut bien te faire ? Dis-je à voix basse. Emmanuel m'entendit et il regarda vers Stella et puis vers moi avec un petit sourire.

35

— Oui elle est excellente, lui répondit-il avec un large sourire. Ce qui a eu le don de m'énerver encore plus et je lui lançais un coup de pied sous l'eau.

— Il me regarda et me saisit par mes hanches. Je me débattais et lui criais à son oreille qu'il avait qu'à aller la rejoindre sa pétasse.

Il essaya de me détendre en me caressant les hanches et je lui retirais ses mains avec violence en le fixant de travers.

Il décida d'abandonner et de me dire :

— Tu as raison, j'y vais puisque tu me demandes d'y aller.

Et là il s'écarta de moi pour aller rejoindre la berge et se coucher près de la belle Stella aux gros seins.

Je pestais dans l'eau, mes yeux étaient remplis de haine et de colère.

Laura et Chloé venaient à moi en nageant et elles se mirent à m'éclabousser pour que nous jouions ensemble. C'est ce que je fis en ignorant Emmanuel.

De temps en temps je lorgnais vers Emmanuel et Stella. Il était installé à un mètre d'elle et je pouvais entendre qu'ils parlaient ensemble mais sans comprendre leur conversation.

Dix minutes plus tard, Emmanuel qui maintenant riait aux éclats avec Stella se retrouvait couché plus qu'à une vingtaine de centimètres d'elle et de sa serviette.

Elle aussi, je pouvais l'entendre rire. Emmanuel devait lui sortir des blagues ou des choses comme ça pour qu'elle se glousse à ce point ou au moins elle exagérait.

Laura vint à moi et me dit de ne pas m'occuper d'eux et que je ferais mieux de les accompagner pour nager. Ce que je fis.

A mon retour, mes yeux fixaient Emmanuel et Stella avec stupeur.

Il était en train de lui passer de la crème bronzante sur le dos et pour bien lui imbiber toutes les parties de son dos, il lui décrocha la ficelle de son maillot de bain.

Il prenait de l'huile et en renversa une tonne sur sa peau et délicatement il la caressait et même la massait. Il prenait son temps dans ses mouvements.

Il était sensuel, je peux même dire qu'il frôlait la vulgarité, la perversion.

Mon cœur se mettait à battre de plus en plus fort, je le croyais déjà au maximum mais lui, il me montrait que j'étais encore loin de me connaître.

Mon angoisse montait en moi en même temps que ma colère. Je voulais lui crier d'arrêter, lui crier ma souffrance, ma jalousie mais quelque chose en moi me l'interdisait.

Alors avec la boule au ventre je me mis à replonger dans l'eau comme si rien n'était. Comme si mes yeux n'avaient rien vu. Comme si tout était naturel mais rien n'était naturel. Emmanuel et son massage sur Stella. Emmanuel et moi juste en amis. Mes rires avec Stella et Chloé. RIEN n'était exact sauf ce que je ressentais à cet instant. Colère, jalousie, haine, l'envie d'aller me battre avec Stella.

Laura vint à moi et me proposa de nager encore plus loin. J'étais si décidée à remonter pour faire éclater la vérité et bien plus. J'envoie un regard dans la direction de la berge, Emmanuel était sur le bas du dos avec ses mains que je connaissais si bien. Je pris la décision de nager au loin et de tourner de cette manière, le dos à cette scène si pathétique et grossière.

Laura, Chloé et moi-même nagions vers le large tout en discutant de l'ami de Laura qu'elle s'était trouvé depuis peu lors d'une soirée où je n'avais pas voulu les accompagner.

Je faisais celle qui l'écoutait avec une extrême attention mais mon esprit était bien ailleurs, il était à l'aguet sur cette berge.

Laura, tout en me confiant des secrets sur ce nouveau chéri se mit à rire, elle fut accompagnée de sa sœur et voyant cela, j'en fis autant sans vraiment en connaitre vraiment la raison.

Stella avait retiré le haut de son maillot de bain afin que les mains d'Emmanuel puissent bien enduire toutes les parties de sa peau de son dos.

Emmanuel laissait aller maintenant ses mains devenues expertes sur ce dos abandonné pour lui. Il ne restait pas insensible et il sentait que dans son short, son pénis avait pris une ampleur maximum. L'élastique de son caleçon lui faisait mal et avec délicatesse, il baissa un peu ce caleçon en libérant son gland qui restait caché à l'intérieur de son short.

Stella avait tourné à ce moment-là sa tête et elle avait regardé sa main plongée dans son short.

Il la regarda et devint tout rouge. Comme pour s'excuser de l'avoir surpris, elle lui fit un beau sourire et remis sa tête sur le côté de la serviette tout en le regardant toujours dans les yeux. Il était allongé sur le ventre et il se sentait gêné, il sentait également une gêne contre son sexe. Il aurait préféré être sur le dos ou même être sans rien sur lui à cette heure-ci mais c'était impossible.

De temps en temps il regardait derrière lui et voyait Marine nager tout en le regardant de temps à autre. Il se sentait encore plus gêné et il voulait arrêter mais le désir de continuer était plus fort que lui. Il aimait enduire ce dos de cette huile de bronzage et toucher la douceur de la peau de Stella.

—Vous venez ! C'était Laura qui venait de leur crier cette question.

Emmanuel nous regarda et se frotta les mains encore pleines d'huile sur la serviette de Stella.

Il se leva et courut jusqu'à l'eau pour y plonger sans même se mouiller avant.

En quelques brasses il nous avait rejoint tandis que nous continuions notre nage tranquillement.

Je foudroyais du regard quand il commença à venir près de moi. Il n'en fallait pas plus à Emmanuel pour comprendre que je ne lui adresserais pas la parole pour l'instant. Il décida de faire une nage sous l'eau et aller explorer les profondeurs même s'il ne voyait rien au fond.

37

Quelques jours après cela, Stella et Emmanuel devaient se voir pour que celui-ci aide la jeune fille pour un compte rendu de son travail. Il alla chez elle et il ne l'avait pas dit à Marine. D'ailleurs à quoi bon, puisque depuis cet après-midi passé au bord de l'étang, Marine, ne lui avait pratiquement pas adressé la parole hormis pour lui faire des réflexions. Il avait eu beau lui dire qu'il ne s'était rien passé de mal entre lui et Stella, elle ne voulait rien entendre et elle lui disait même qu'elle en avait rien à faire et qu'il aurait pu se la faire, elle en avait rien à foutre. Elle disait ça par fierté et sous l'emprise d'une certaine colère et jalousie mais évidemment elle ne le pensait pas du tout. Mais ça il ne le saurait pas. Les réactions et les reproches de Marine de plus en plus rapprochées, commençaient à l'exaspérer et lui-même se demandait si en finir entre eux ne serait pas la meilleure solution. Le soir, il avait de plus en plus de mal à s'endormir car il ne faisait que penser à elle, à eux, à leurs disputes inutiles et insensées. Même en cours on lui reprochait d'être présent en classe mais absent mentalement et moralement. Ses potes voyaient eux même que quelque chose n'allait pas mais même en essayant de savoir le pourquoi, ils n'avaient pas pu avoir de réponses et au vu de son détachement pour eux, ils avaient, eux même préférés s'écarter de lui.

A la porte de Stella, il resta un long moment à hésiter avant de tendre une main vers la sonnette. Il voulait faire demi-tour mais la porte en bois massif s'ouvrit. Il se retrouvait nez à nez avec les parents de Stella qui le regardèrent et appelèrent leur fille en lui disant que son invité était au pied de leur maison. Emmanuel leur dit bonjour, tout en sentant ses joues rougir. Il ne savait même pas pourquoi de cette gêne mais il la sentait bel et bien et il en avait même baissé les yeux.

Les deux parents rirent devant cette timidité et lui dirent bonjour avant de crier pour leur fille qu'ils rentreraient que vers les vingt et une heure et qu'il ne fallait pas qu'elle les attende pour souper. Stella descendit l'escalier en bois qui menait du rez de chaussée à l'étage pour venir au-devant d'Emmanuel. Elle était vêtue d'un ensemble survêtement bleu marine. La sueur perlait de son front.

— Salut Emmanuel, lui dit-elle en lui faisant la bise sur les joues.
— Salut Stella, lui souffla Emmanuel.
— Rentre, je t'en prie. Comme tu as pu le voir mes parents sont partis jusqu'au soir et me voilà une fois de plus seule dans cette grande maison.
Disant cela, Emmanuel put voir sur le visage de la jeune fille une certaine désolation. Effectivement, il arrivait très souvent que Stella devait rester seule et se débrouiller toute seule, que ce soit pour se faire à manger comme pour dés fois faire le ménage et ses devoirs en surplus. Ces parents devaient souvent partir pour quelques jours ou aller en réunion et même comme ce soir en repas d'affaires.

Même si cela faisait quelques années déjà qu'elle devait être autonome, elle ressentait comme un abandon et souvent elle enviait les autres jeunes de son âge qui avaient leurs parents toujours chez eux le soir.

Dehors, elle ne laissait rien paraître et faisait comme si tout allait pour le mieux. De toute façon, a quoi bon se plaindre, personnes en auraient rien à faire de sa pauvre vie de solitude et c'est pour cette raison qu'elle avait souvent eu différents copains afin de combler les vides occasionnés par l'absence de ses parents.

Il lui arrivait aussi de se montrer en colère devant eux car elle avait tout de même du mal à gérer cela toute seule et elle n'avait plus d'amies à qui se confier. La seule amie qui la comprenait dans ces moments difficiles était parti avec ses parents vivre dans une grande ville. Cela faisait plus de deux ans maintenant.

Ils leur arrivaient de se donner des nouvelles par téléphone ou par voix audio via Skype ou compte Facebook mais Stella ne voulait plus vraiment l'embêter avec ses soucis surtout depuis que Yolande avait rencontrer son âme sœur comme elle lui disait si bien.

— Assieds-toi, tu veux quelque chose à boire ? Coca, soda, bière ?

Ils étaient dans la grande salle à manger ou un canapé d'angle blanc venait prendre un quart de la pièce. Une télé incurvée était incrustée dans un mur en face.
Un grand écran de plus d'un mètre de long.

Elle lui ramena la bière qu'il lui avait accepté. Il n'en buvait que très rarement mais là en cette journée, il voulait volontiers en boire une. Il avait besoin de se remonter lui-même en buvant cette boisson.

Stella prit la télécommande et lui tendit en lui disant de mettre la chaîne qu'il désirait. Elle s'excusa en lui disant qu'elle devait aller prendre une douche car elle venait de faire sa séance de sport et elle prit congé en remontant vers le premier étage.

Il plaça son portable devant lui sur la table basse en bois massif et alluma le grand téléviseur et pianota la télécommande jusqu'à trouver une chaîne où il pourrait voir des clips.

Le téléphone sonna. C'était Marine. Il le prit en main et comme s'il était en faute, il se retourna pour voir si Stella ne se trouvait pas derrière lui.

Son doigt alla sur l'icône vert d'entrée mais il ne fit pas le mouvement de son doigt pour répondre. La sonnerie retentit quatre fois puis plus rien.

Plusieurs fois son portable se mit à sonner mais il fit celui qui ne l'entendait pas.

— Tu ne décroches pas ?

Dit la voix de Stella derrière lui tout à coup.

Emmanuel attrapa son portable et le mit en arrêt pour ensuite le glisser dans sa poche de pantalon.

39

Stella le regarda faire et vit qu'il se sentait comme embarrassé. Elle devinait que ça devait être Marine qui était l'auteur de ces appels. Elle ne lui en dit rien mais sourit de la situation. Elle se doutait bien qu'il y avait plus qu'une simple amitié entre lui et Marine et elle le lui avait demandé le jour de leur baignade, évidement Emmanuel lui avait caché la vérité mais elle n'était pas dupe et avait bien vu son changement de comportement quand il y avait Marine ou quand elle lui répondait sèchement. Elle ne lui avait pas dit qu'elle ne le croyait pas et pour être honnête, la réponse qu'il lui avait donné à sa question concernant une liaison entre lui et Marine, où il avait répondu non, l'arrangeait bien, même si elle ne l'avait pas cru un seul instant.

Stella avait les cheveux mouillés et elle s'était vêtue d'une jupe très courte et d'un débardeur assorti à la couleur de sa jupe, c'est-à-dire noir à rayures blanches.

Emmanuel, toujours assis sur le canapé la regarda longuement mais ses yeux étaient plus du genre à jouer aux explorateurs, allant de son visage à ses belles jambes en passant par sa belle et généreuse poitrine.

Elle lui fit un sourire et elle savait qu'il ne restait pas indifférent devant ses charmes.

Elle alla vers la cuisine pour de nouveau aller chercher à boire et pieds nus, elle marcha en dandinant son fessier. Elle sentait son regard sur elle et elle aimait cela.

Provoquer les mecs était vraiment dans sa philosophie de vie. Elle ne savait pas réellement le pourquoi de ces jeux de séductions mais elle s'en amusait.

Une canette de bière dans chacune de ses mains, elle revint vers Emmanuel qui la regardait toujours.

Elle lui sourit de nouveau et vint en face de lui.

Avec l'ouvre bouteille, elle décapsula les deux canettes et en tendait une vers Emmanuel qui la prit.

Elle reposa ensuite le décapsuleur sur la table basse et prit deux sous verres dans leur carton.

Tout en s'abaissant pour sortir deux verres de sous cette table basse, Emmanuel put voir que Stella ne portait pas de soutien gorges et donc par conséquent il put voir la blancheur de ses deux beaux seins et même ses tétons.

Son sexe grossit immédiatement et ses joues se mirent à devenir rouge.

Il but plus de la moitié de la bière d'un trait tout en continuant de laisser ses yeux dans le maillot écarté du cou de Stella.

Elle le regarda et elle put voir ses yeux sur ses siens.

Elle plaça une main en direction de son maillot pour le coller à sa peau et avec un petit sourire, elle dit :

— Oups pardon. Je suis désolée et tu dois me prendre pour une salope non ?

Les joues encore plus rouges qu'avant, Emmanuel la regarda et but sa deuxième partie de bière.

L'alcool commençait un peu à lui monter à la tête ou était ce la beauté de Stella et son désir à lui ?

40

— Non. Pour moi, tu n'es pas une salope mais une fille super chouette au contraire. Et c'est plutôt à moi de te dire pardon d'avoir regardé sous ton maillot.

Stella se mit à rire.
Il la trouvait encore plus belle.

— Ils sont trop gros, tu ne trouves pas ?
— NON.

Ses yeux fixaient à l'endroit où ses seins étaient recouverts de son maillot.

— Tu veux une autre bière ? lui demanda-t-elle en buvant elle aussi une pleine gorgée de la sienne.
— oui, je veux bien.
Décontenancé, le jeune garçon regardait devant lui et n'osait plus regarder la belle jeune fille qui repartait vers la cuisine.
— Moi je les trouve trop gros mes seins. Ah au fait si tu veux je peux aller mettre des sous-vêtements ? Mais il fait tellement chaud tu ne trouves pas ?
Il tourna la tête en sa direction et la regarda se pencher dans l'énorme frigidaire américain.
Elle avait vraiment un beau cul et son pénis se tendait à lui faire mal. De sa main, il le prit au travers du tissu comme pour l'étouffer.
— Non je t'assure qu'ils sont très beaux... répondit-il tout en rougissant de plus belle.
Enfin du peu que j'ai pu voir à la plage.
Il mentait et elle le savait mais elle ne lui en dit rien.
Elle revenait vers lui avec une bière et une fois de plus elle se pencha devant lui pour saisir le décapsuleur.
Les yeux du jeune Emmanuel n'osaient plus vraiment regarder et pourtant il en avait tant envie.
— C'est vrai tu les ne trouves pas trop gros toi ?
— Non
— Oui mais tu les as vu que sous le maillot de bain comme tu dis et sous le maillot de bain ils sont comme étouffés.
— Oui peut être mais je suis sûr qu'ils sont magnifiques tes seins.
Stella lui tendît la bière qu'il prit pour la verser dans son verre.
Stella enleva son maillot devant lui ; exhibant ainsi sa belle poitrine.
Il renversa un peu de bière à côté de son verre et maintenant la fixait.
Ses yeux étaient rivés sur ses deux seins ou il passait de l'un à l'autre avec des yeux écarquillés au maximum.
Stella le regarde dans les yeux avec un petit sourire.

— Voilà, alors dis-moi honnêtement si tu ne les trouves pas trop gros et moches maintenant que tu les vois entièrement ?

En bafouillant Emmanuel lui dit qu'il n'avait jamais vu des seins aussi beaux que les siens.

Sur cela il ne pouvait pas lui mentir, les seuls qu'il avait vu était ceux de Marine et ceux des autres filles étaient eux même assez petits.

— Non ils sont vraiment plus que magnifiques…

Il ne pouvait plus détacher son regard de sur ces seins qui se dressaient fièrement devant lui juste à quelques pas.

Stella le regarda de nouveau pour baisser ses yeux vers le haut de son corps et se mit à rire en regardant sa propre poitrine.

Elle la fit bouger en la faisant gesticuler. Ils bougeaient avec droiture et fierté.

Elle se mit à rire en les regardant.

— Ça me fait plaisir que tu les trouves magnifiques. Je pensais que je ne te plaisais pas.

« Plus rouge encore que moi tu meurs » se pensa le garçon, tout en continuant de fixer les seins qui se mettaient comme à danser devant lui.

Stella vint se mettre à ses côtés et elle lui dressait ses seins fièrement devant son visage.

Emmanuel commençait vraiment à sentir l'alcool faire son effet et il avait quelques gouttes de sueur qui perlaient de son front tandis qu'emprisonné dans son pantalon son pénis voulait être libéré.

Stella prit le verre de bière de son hôte et en renversa sur le haut de son corps et en arrosant amplement ses beaux seins.

— Si tu as soif Emmanuel, ne te gêne pas. Elle tendait ses seins vers lui tout en lui disant cela. Quelques gouttes de bière tombaient du bout de sa poitrine pour venir couler le long de son ventre.

Emmanuel ne se fit point prier et déjà de sa bouche, il venait lécher le corps de Stella.

Elle remit un peu de bière pour l'inviter à continuer tout en lui appuyant sur ses cheveux.

Elle lui proposa de la suivre et c'est ce qu'il fit.

Ils montaient tous les deux à l'étage et entrèrent dans la chambre de Stella qui venait de s'allonger sur son lit en le regardant avec un large sourire au visage.

Il pouvait voir qu'effectivement la jeune femme ne portait rien non plus sous sa jupe.

Il la rejoignit.

A l'école Stella et Emmanuel se voyaient pendant les pauses récréations ou pauses déjeuners, le soir ils revenaient, quand leurs horaires de fin de cours étaient identiques, en même temps.

Marine ne voyait plus vraiment une fois de plus Emmanuel. Il lui avait encore une fois prétexté le foot ou ses devoirs mais ce qu'il ne savait et qu'il en était loin de se douter c'est que dans son établissement les autres jeunes parlaient de ce nouveau couple. Une amie de Laura lui en avait parlé au téléphone et évidement Laura était venue à en parler à son amie Marine.

Le téléphone sonna en ce soir de ce lundi. Emmanuel était dans sa chambre à écouter des chansons sur son ordinateur. Il regarda longuement son portable et se décida à décrocher.

C'était Marine qui l'appelait.

— Salut c'est Marine, il faut qu'on se parle.
— D'acc.
— Demain soir après les cours, ok ?
Le mardi, il ne rentrait jamais avec Stella, il quittait à seize heure trente et elle à dix-sept heures.
— Ça me va. Je te rejoints au niveau de ta rue d'accord Marine ?
— Ça marche.
— À demain alors ?
— Oui à demain.
Elle raccrocha aussitôt et se mit sur son lit pour pleurer. Elle aussi écoutait de la musique.
Quelques chansons d'amour chantées par des jeunes rappeurs.
Ella appela Laura pour se changer les idées sans pour cela lui dire pour le coup de fil et le rendez-vous avec Emmanuel.

Le lendemain, Emmanuel arriva devant Marine et comme d'habitude devant le monde, lui fit la bise. A ce jour cela l'arrangeait.

— Tu vas bien ? Lui demande-il.
— On fait aller et toi ?
— Oui ça va, à part ces rendez-vous de foot comme je te le dis souvent.
Disant cela, il sentit ses joues rougir et il baissa ses yeux vers le sol.
Je m'arrête au coin de ma rue. Elle était déserte.

— Je veux la vérité Emmanuel.

Il me regarda droit dans les yeux. Je voyais qu'à cet instant il aurait préféré ne pas être là., il détacha son regard vers le fond de la rue, comme s'il cherchait quelqu'un au lointain mais il n'y avait personne pour lui venir en aide. Nous étions vraiment seuls.

Tout en gardant ses yeux vers le sol il bafouilla :

— Quelle vérité Marine ?

À ses yeux, je pus voir qu'Il était saisi d'une peur tout d'un coup et qu'il regrettait vraiment d'être venu à ce rencard. Il se sentait prit dans un piège et aucune faille en ce filet, juste la vérité comme issue.

— TOUTE la vérité.

Ma voix se faisait plus dure et mes yeux brillaient de larmes mais je me retins de pleurer devant lui, il aurait manqué plus que ça.

— Comment ça ?
— Arrête ce jeu tu veux bien ? Tout le monde parle de toi et de cette Stella, ta copine. Celle que tu t'affiches partout avec. A l'école pendant les récrés…A la cantine et même en sortant de ton lycée.

Tu repars avec elle.

— Ah ça !!! lui souffla-t-il en regardant ses baskets.
— Explique-toi, lui hurla-t-elle.
— Ben on parle un peu ! C'est tout.

Je le fixe de nouveau droit dans les yeux et à cet instant je sus rien qu'en le regardant qu'il me mentait. Je peux dire que je commençais à la connaître sur des points à ce jour, et surtout je savais très bien quand il se mettait à me mentir devant moi. Il avait son regard fuyant et ses rouges devenaient cramoisies par la honte et en sa gorge qui se retrouvait bien serrée par le mensonge, il déglutinait comme pour chercher de l'air. Sûrement que le mensonge l'étouffait.

— Il ne se passe rien ? C'est bien cela ?
Il se tut.
— Ok alors on va retourner à ton bahut et attendre que ta Stella sorte et on lui demandera sa version à elle.
Emmanuel se sentait perdu. Il la regarda dans les yeux pour de nouveau redescendre ses yeux vers le sol. Il était coincé et ça, il le savait comme il le savait d'avance que Stella dirait la vérité car elle ne voulait rien cacher de leur union à qui que ce soit.
Il décida de lui révéler la vérité même si cela lui fendait le cœur et qu'il ressentait une boule à l'intérieur de son ventre.

44

— Ok oui il se passe quelque chose entre nous deux.

Avec une immense colère, je le regarde et je sentais en moi mes nerfs se mettent en boule. Je mourrais d'envie de lui fiche une gifle mais je me retins.

— Depuis quand ? Le jour où tu lui mettais de la crème bronzante à cette pétasse ?
— Non.
— QUAND ? lui hurlais-je, sans me soucier si quelqu'un pouvait nous voir ou nous entendre. Je n'en avais plus rien à foutre de tout et même si on nous espionnait ou que quelqu'un passait à ce moment, je m'en foutais.
— Une semaine après. J'ai dû aller chez elle le samedi suivant et c'est là que nous avons fait l'amour.
À cet instant, je n'ai pas pu retenir plus longtemps mes larmes et je me mis à pleurer de tout mon saoul. Je lui hurlais au visage :
— JE t'ai tout donné. Mon corps et tout. Je te faisais confiance et TOI tu as été baiser cette pute aux gros seins espèce de connard.
— C'est fini entre nous, tu ENTENDS ??????
Après lui avoir balancé ma vérité, je pris la fuite pour aller me réfugier chez moi et pleurer sur mon oreiller jusqu'à ce que je m'endorme. Évidement je n'ai pas eu faim et j'ai donc fait abstraction du repas du soir.
Ma mère est venue me voir pour me consoler et me demander ce que j'avais, je ne lui ai pas dit la vérité et je lui ai même demandé de me laisser seule. Chose qu'elle à accepter sans dire un mot.
Le soir-là, j'ai pu entendre une fois de plus mes parents s'engueulaient mais je n'en avais rien à foutre. Je pensais à Emmanuel et à ma pauvre naïveté et je me suis juré que jamais plus je me ferais avoir comme ça par un garçon et comme vous pouvez vous en douter chers amis qui me lisaient en ce moment, j'ai dû insulter tous les garçons de la terre par des noms horribles en les maudissant au plus haut point.
Mon petit cœur du haut de mon jeune âge était meurtri, Salie, traînée dans la plus grosse boue qui puisse exister et je n'arrivais pas à le soigner comme je n'arrivais pas de revoir dans ma tête Emmanuel et moi-même ou bien cette saleté de Stella et lui.
Tard dans la soirée, la nuit était déjà tombée, je pris mon téléphone et envoyais un message à Emmanuel.
Ce message était le suivant :

« Ordure,
Tu es bien comme tous les mecs, un pur salaud.
Tu m'as eu en beauté et moi comme une pauvre idiote, je me suis laissé bernée par toi et tes belles paroles de connard.
Je t'ai tout donné, mon amour, mon cœur, ma confiance et mon corps… surtout mon corps. Moi qui voulait le donner à l'Amour de ma vie, le futur père de mes enfants.
Je t'ai fait même confiance pendant que tu me mentais. Je t'ai cru comme une pauvre conne que je suis quand tu me disais que tu étais au foot ou en cours et TOI espèce

de vicelard tu sautais TA SALOPE DE STELLA. Tu es qu'un connard et un gros salaud et je regrette ce qui s'est passé entre nous.

Je ne veux plus JAMAIS te revoir ni même avoir de tes nouvelles.

Efface mon numéro et ne viens même plus chez moi.

Je ne veux plus rien de toi et de ta sale gueule.

Va sauter ta pétasse et va te branler entre ses gros seins. »

Je passais mon temps avec mes deux amies et Thomas. Cette fois ci nous ne nous cachions plus devant Laura et Chloé car Thomas avait su me rassurer et me dire des choses que je savais au fond de moi mais que je ne voulais pas voir.

Il est vrai qu'Emmanuel après lui avoir lancé mon dernier message, m'avait répondu :

« Marine

Je suis nul et je m'excuse.

C'est toi que j'aime et pas Stella.

Ses seins, même s'ils sont gros comme tu sais si bien le dire ne m'intéressent pas autant que les tiens.

Pourquoi tu ne me demandes pas pourquoi j'ai fait l'amour avec elle ?

Je vais en fait te dire le pourquoi.

Simplement parce que je t'aime TOI mais que toi tu ne veux que personne ne le sache et je me sens vexé car je pense que tu as honte de moi.

A chaque fois qu'on peut être ensemble, il faut que tu viennes avec tes copines et là on ne peut rien faire. Même pas un simple baiser.

C'est ça que j'ai essayé de te dire plein de fois et que si ça continuait ainsi je risquais de te quitter car ça devenait trop dur pour moi de cacher aux autres l'amour que j'ai pour toi.

Tu ne le sais pas mais j'ai eu des colles car je quittais l'école pour prendre le bus pour venir te rejoindre à ton école, juste pour qu'on reparte ensemble.

Je ne te le disais pas mais ça me faisait trop de peine de ne pas pouvoir te voir ne serait-ce qu'une journée, alors je dégageais de l'école ou même je manquais mes cours en attendant de te voir.

Mais toi tu préférais être avec tes copines et qu'on taise notre amour.

Voilà pourquoi je l'ai fait, juste pour savoir ce que ça fait d'être loin de toi avec une autre et de faire l'amour avec une autre pour t'oublier mais c'est impossible.

J'ai rompu avec Stella.

Je t'aime TOI et pas elle.

A toi de voir, mais si tu me reveux, je veux qu'on se montre ensemble.

Je t'embrasse.

Tu seras le seul et unique amour de ma vie.

Les autres ne comptent pas pour moi

Et je t'attendrais toute ma vie.

Ceci sera mon dernier message, c'est à toi de voir.

Je sais que je t'ai fait trop de peine et que j'ai été qu'un minable sur ce coup là.

Réponds-moi stp et donne-moi une deuxième chance.

Emmanuel »

En lisant son message, je me suis mise à pleurer une fois de plus mais il m'avait dégoûtée et je ne lui avais jamais redonné de nouvelles. Quand j'ai dû expliquer cela à Thomas pour qu'il comprenne d'où me venait ma peur il m'avait répondu que cet

47

Emmanuel avait été con mais qu'il comprenait qu'il voulait que tout soit à la vue de mes copines et que lui aussi ne le supporterait pas longtemps de se cacher.

C'est là et seulement là que j'ai réalisé la peine que j'avais pu faire à Emmanuel, mais est-ce que lui s'est vraiment rendu compte de celle qu'il m'avait fait subir ? Je ne lui ai jamais posé la question par la suite et pour moi je pensais bien qu'elle serait sans réponse.

Pour en revenir à Thomas, ce sympathique et beau jeune homme qui usait de grande patience avec moi, je dois avouer que petit à petit je devenais de plus en plus amoureuse de lui. Il posait ses lèvres sur les miennes, il me rendait déjà folle sans même les poser, juste à venir contre moi, derrière moi, je me sentais comme envahie par une envie irrésistible de l'embrasser et d'aller plus loin. Je devais me faire violence pour ne pas succomber et le repousser. Ça devenait de plus en plus dur et je pense que Thomas le savait ou le sentait car il en jouait et il venait très souvent me surprendre en venant m'embrasser dans le cou ou la nuque. A chaque fois, mon corps était pris de chair de poule et les quelques poils que j'avais sur mes bras se redressaient aussitôt.

A plusieurs reprises, j'ai pu sentir les lèvres douces de Thomas sur ma nuque, mêlées avec son souffle chaud. Je fermais les yeux et me laissais envahir de cette bonne sensation de désir encore plus.

Parfois je me retournais et lui tendais mes lèvres pour qu'on puisse s'échanger un long et merveilleux baiser ou je ne bougeais pas en le laissant faire.

Ses lèvres parcouraient petit à petit toute ma nuque tandis que ses mains venaient sur moi au niveau de la taille, puis se glissaient sous mon vêtement pour venir me caresser mes seins enveloppés sous mon soutien-gorge à dentelle.

J'aimais énormément ses caresses et je sentais contre mes fesses son corps qu'il venait frotter doucement et puis plus énergiquement en faisant onduler son bassin.

Je dois avouer que j'adorais même ce mouvement érotique, certains prendraient cela comme de la perversion mais en fait il n'est rien de plus naturel pour exprimer son désir et montrer son excitation à sa partenaire. Pour ma part, je le classerais dans les actes primaires. Nous sommes bien d'accord que ce geste ou d'autres gestes que je pourrais écrire sont des gestes fais avec sa propre copine ou femme ou maîtresse pour certains et non pas sur ou contre une personne qu'on ne connaît pas, là ça tourne à de la pure perversité, le non-respect et rentre dans le code civil, ce qui inclut des peines de prisons et des amandes. Je dis cela car je pense que des mecs peuvent confondre l'acte sensuel, désir mutuel et provoqué par les corps amoureux et autre chose. Beaucoup de femmes se font tripotées ou se font touchées dans les transports en communs que ce soit en chine ou en France, par exemple à Paris dans les TER.

Messieurs arrêtaient de croire que votre sexe est le désir des femmes et qu'il est comme un bouton poussoir pour faire monter le désir chez elles, ce n'est pas vrai, seul le désir monte chez vous et en vous et vous humiliez la femme en vous frottant à elle. Nous ne sommes pas des animaux et encore même pour les animaux, cela se passe autrement et à des moments bien précis de leur vie ou plus précisément dans l'année. Alors Messieurs, restons des humains et non des êtres ignobles bien pire que des bêtes.

Revenons à mon Thomas et ces petits jeux pour me provoquer.

Il m'arrivait comme je le dis un peu plus haut, de le repousser, soit avec des simples phrases ou parfois avec les mains mais parfois, prise par mon désir hormonal, je le laissais faire et c'est là qu'il commençait à se frotter plus énergiquement.

Mes tétons se durcissaient sous ses doigts et il devait bien le sentir car il s'amusait à me les pincer entre ses deux doigts ou à me les frotter du bout de son doigt.

J'avais du mal à me contenir et ma respiration se faisait plus rapide. Je sentais en moi le désir m'envahir. Il m'était vraiment de plus en plus difficile de calmer ma propre libido mise en route à ces moment-là.

Le soir, pour la plupart du temps, je me couchais sur mon lit et je fermais les yeux en repensant à ces moments intenses. Le désir me pénétrait aussitôt et je laissais mes doigts allaient à la rencontre de ces seins si bien dorlotés par Thomas. Mon sexe qui devenait liquide me tiraillait et là aussi je laissais une de mes mains, la droite pour être précise, venir la calmer. Je déboutonnais mon short ou si j'étais en pyjama, je glissais ma main à l'intérieur et je me caressais tandis que Thomas me faisait l'amour ou me léchait en mon imagination.

Oui, se retenir devenait difficile et quand je rembarrais Thomas et qu'il obtempérait, je me retrouvais parfois insatisfaite dans tous les sens du terme. Alors j'allais le voir et l'embrassais moi-même et il continuait ses douces caresses pendant que nos langues dansaient dans leur emprise.

Il n'y avait pas de clés sur la porte de ma chambre et une fois j'ai eu très peur.

Pendant que je me masturbais, mon père est venu toquer et je me suis senti comme cette fois avec la mère d'Emmanuel, toute gênée. Je tremblais de partout et j'ai remis mon short que j'avais descendu à mi-cuisse à sa place et remis aussi mon soutien-gorge avant de baisser mon maillot.

J'ai dit « oui » à mon père mais je me sentais toute rouge et en sueur.

Je ne pense pas que mon père a pu se douter de quelque chose mais le lendemain, à table, je lui ai parlé de mettre un verrou à l'intérieur de ma porte. Il était surpris mais le surlendemain j'avais un verrou tout neuf d'installé.

Plusieurs fois aussi, l'envie me prenait sous la douche mais je me retenais le plus que je le pouvais.

Je vais vous parler à présent de ma passion. Elle date depuis que j'ai eu mes cinq ans. En me promenant avec ma mère sur les chemins blancs au travers des bois, j'aimais voir toutes sortes d'animaux sauvages.

Nous avons pu nous arrêter pour pouvoir admirer de magnifiques chevreuils qui étaient dans un champ pour manger paisiblement des jeunes pousses ou de la belle herbe. Parfois on en voyait aussi dans un champ de blé, ils aimaient venir dedans pour s'y installer. On a aussi rencontré quelques sangliers qui traversaient la route le soir.

Des blaireaux traversaient eux aussi le bitume pour sortir d'un bois et aller dans l'autre en face.

De nombreux lièvres galopaient devant nous en s'enfuyant en nous voyant.

De nombreux oiseaux avec leurs plumes de belles couleurs s'envolaient sur notre passage.

Mais ce que j'adorais plus que tout, c'est quand on passait près d'un parc ou trois chevaux y étaient.

Il y en avait un tout marron, un blanc et un noir.

Le noir était un cheval de trait d'après ma mère. Le marron était un de course et le blanc, un qui servait pour les ballades et des sauts.

Ma mère connaissait le propriétaire de ces chevaux et j'ai pu la rencontrer.

Elle faisait des concours et elle avait pleins de médailles, de coupes chez elle.

Elle habitait une grande ferme et elle avait une petite clairière pour faire ses exercices. Dedans il y avait des barres de saut d'obstacles et des cerceaux.

Les trois chevaux étaient là pendant tout l'été et l'hiver, elle les rentrait à l'étable.

A chaque sortie, je demandais à maman d'aller nous promener vers les chevaux et nous y restions des heures entières.

Ma mère, un jour prit un sac et nous nous rendions aux chevaux et là, elle m'a donné un bout de pain dur qui était dans le grand sac et me montra comment le mettre sur ma petite main pour que le cheval vienne le prendre sans pour cela me mordre la main.

Maman avait demandé l'autorisation de pouvoir les approcher à la propriétaire et celle-ci lui avait dit qu'elle était d'accord et même que nous pouvions aller dans le parc avec eux en faisant bien attention de refermer les clôtures derrière nous.

C'était un des plus grands jours de ma vie quand maman et moi sommes rentrées dans le par cet que les trois chevaux sont venus nous rejoindre et manger notre pain.

Après nous nous mettions assises dans l'herbe tandis que nos trois amis les chevaux mangeaient l'herbe autour de nous.

J'en caressais toujours un et jamais ils n'avaient eu un geste méchant avec moi ni ma mère.

Maman avait quelques craintes et elle préférait rester éloignée de leurs bouches, du moins ses mains et quand elle les caressait, elle se méfiait.

Moi non.

Ils ne me faisaient pas peur et ne m'intimidaient pas du tout, bien au contraire et ceci malgré la belle hauteur des deux moins gros.

Le noir, un Percheron si mes souvenirs sont bon était justement lui aussi grand mais aussi gros mais qu'est-ce que je le trouvais beau. C'était mon préféré des trois et il avait toujours droit à plus de pain que les deux autres.

Un après-midi lorsque nous étions dedans avec eux, la propriétaire arriva pour leur donner à boire.

Elle vint à nous pour nous saluer et discute avec maman de choses et d'autres.

Elle me proposa de faire une petite balade sur le dos de ce beau cheval noir.

Je n'allais pas lui dire non, bien au contraire, ma joie était immense et elle ne pouvait pas me faire un meilleur cadeau.

Elle me porta et me mit sur le dos de ce cheval et elle lui dit d'avancer. Il la suivait comme un chien suit son maître.

A chaque fois que je montais sur ce cheval, car je montais assez souvent par la suite puisque la propriétaire avait donné son numéro de téléphone à maman et donc maman avait donné elle aussi le sien et elles s'appelaient pour se voir au champ ou chez elle. Donc, je pouvais monter sur ses chevaux dès que nous y étions. De sur un des chevaux, je me voyais la plus grande et mes yeux étaient fascinés par les diaporamas environnant.

Je dominais le parc tellement il était haut et je pouvais voir également tous les champs. Cela faisait des grandes étendues remplies de couleurs s'offraient à mes yeux.

Des grands champs de blé étaient encore de couleur vert et commençaient à devenir jaune tandis que d'autre fais que d'herbe à foin étaient verts et de multiples couleurs suivant ce qui poussaient dedans. Je pouvais voir le rouge des coquelicots, le jaune du colza, le violet de la lavande, le jaune et noir des têtes dressées des tournesols recherchant la chaleur des rayons de soleil et bien encore plus tard les longues plantes vertes du maïs.

Le beau cheval de trait s'appelait Flambert, il servait à tirer des choses de sa ferme mais elle adorait sa race nous avait elle dit un jour.

Ses deux autres, le marron qui lui, faisait des belles courses et en remportait souvent avait le nom de Soprano, grâce à ses premières places il lui faisait gagner beaucoup d'argent.

Pour ce qui est du cheval blanc, ou devrais-je dire la jument, elle avait le nom de Caprine et elle aussi lui faisait gagner de l'argent dans sa discipline de sauts.

Ils Étaient tous les trois dociles et pas peureux. Ils écoutaient bien et j'étais assez à l'aise sur leur dos. La propriétaire mettait parfois juste une petite couverture mais pour la plupart du temps je montais a cru.

J'avais trouvé ma vraie passion du haut de mes cinq ans et grâce à ma mère, j'ai pu faire de ma passion à un centre équestre pas très loin de chez nous à partir de mes sept ans jusqu'à mes douze ans.

J'ai pu passer quelques galops, oh pas énorme car c'est un par années et pendant les trois premières années j'ai appris à connaître les chevaux et leurs particularités ainsi que les poneys et les doubles poneys. Ce sont sur eux que je suis monté pour mes différentes ballades et mes quelques sauts et donc par conséquent passer mes galops.

Il y avait Zébulon, double poney à la robe marron et à la crinière de deux couleurs, marron et noire. Ce cher double poney, je montais sur lui pour effectuer des ballades de tous genre, petites, moyennes et des grandes. J'adorais être sur lui et partir vers les champs ou les bois envoisinant le centre équestre.

Pour chaque sortie effectuée j'étais émerveillée de la beauté de la nature.

Zébulon était d'un tempérament très calme et pas craintif. Il avait dû être bien éduqué et désensibilisé. Parfois nous partions au trot, je préférais cela que la marche.

Nuggets était un formidable double poney ou j'avais pris plaisir d'apprendre avec lui le saut d'obstacles.

Il était à l'écoute de la voix comme des gestes. Il savait de lui-même anticiper un saut et quand je volais dans les airs, j'étais toute heureuse. Nuggets avait une robe également marronne mais assez foncé.

51

Et il y avait ce cher Litchie. Elle était toute noire et son poils une fois brossés et lavés, luisaient. Elle m'emmenait vers la découverte du vent dans mes cheveux.

J'ai pu la faire aller au galop au bout de quatre ans dans ce centre et quand je l'ai fait galoper pour la première fois, c'était l'apothéose. J'avais une crainte en cette première fois et je redoutais de me fiche la tête à terre mais ce ne fut pas le cas.

J'étais sur elle, bien assise au départ sur ma selle noire et les rennes marrons en main. Je la faisais marcher puis la mettait au trot pour ensuite la faire partir sur un galop. Cette première fois s'était déroulée en clairière.

Puis voyant mon expérience qui se faisait de semaine en semaine, ma prof décida un jour qu'on parte faire une ballade. Je commençais à préparer Zébulon ce jour là mais la prof vint à moi en m'emmenant Litchie.

— Non Marine, aujourd'hui tu iras en ballade avec Litchie.

La ballade se transforma assez vite en trot puis sur un grand chemin d'herbe, la prof sur son cheval Espagnol du prénom de Piedro me dit de la suivre.

Elle mit son cheval au galop et j'ai dû en faire autant avec Litchie.

Il faisait beau et la chaleur était assez dense. Le cheval au galop me laissait profiter de la bonne fraicheur du vent que la puissance de mon cheval faisait faire dans mes cheveux comme sur mon visage.

Tout devenait magique. Les champs qui se trouvaient autours de nous passaient à grande vitesse, ou pour être plus exact vous comprendrez que c'est nous qui allions à grande vitesse.

On avait réussi ce jour-là à débusquer un chevreuil.

Quelle merveille pour les yeux.

L'air qui venait se contre ma tête était frais et bon. J'ouvrais la bouche pour la respirer à fond et la faire aller au fond de mes poumons.

Je savais un peu les gestes à faire pour le galop sur la selle, monter, descendre etc…

Il m'était arrivé de demander à Emmanuel de venir avec moi pendant que nous sortions ensemble et il avait dit oui mais il n'avait pas la même passion que la mienne. Lui c'était le foot, moi le cheval.

Il venait tout de même pour être avec moi vers le début et nous rigolons très souvent.

Je me rappelle, Emmanuel et Appolo… un sacré duo. Appolo ne voulait pas vraiment d'Emmanuel sur son dos et il lui avait fait savoir dans la promenade en le faisant passer par au-dessus de lui.

Il n'y a pas eu de casse ce jour là mais des bons fous rires.

Ces expériences se sont répétées une bonne dizaine de fois avant qu'Emmanuel ne m'avoue que ce n'était pas pour lui l'équitation.

Une fois il avait mal tombé et donc aussi il s'était mal réceptionne sur le sol. C'est le poignet qui a pris et il a eu le poignet cassé… Hôpital et plâtre pendant plus de trois semaines.

Voilà, c'était la fin pour lui entre lui et le cheval.

Ma mère m'emmenait à chaque fois et elle me regardait faire mes exercices dans la clairière ou si je partais en ballade, suivant le temps, elle lisait ou allait se promener jusqu'à ce que je termine mon cours d'une ou deux heures suivant le temps que ma mère pouvait me consacrer et aussi celui de ma prof évidement.

Le centre équestre se trouvait dans un petit village du nom de Ranville. Il y avait que très peu de maisons en ce lieu.

Autour de ce centre, on pouvait voir des près ou des paddocks ou étaient mis dedans diverses races de chevaux.

Dans certains, plusieurs chevaux cohabitaient et dans les paddoks, souvent il n'y en avait qu'un. Sûrement un pensionnaire.

Ce centre équestre comme la plupart pouvait recevoir beaux nombres de chevaux contre une attribution qui varie d'un endroit à un autre. Là il est question de beaucoup de choses qui peuvent être pris en compte et pas seulement le bon vouloir pour le prix de la ou du propriétaire.

En effet, là où j'étais, ma prof faisait des cours pour débutant mais aussi pour des confirmés. Elle avait les galops nécessaires et l'expérience en supplément (ce qui pour moi est ce qui est de mieux pour ce genre de travail).

Elle avait déjà emmené des jeunes femmes et même quelques hommes, (cette discipline du cheval est plus appropriée pour le sexe féminin, ne me demandez pas le pourquoi je ne le sais pas moi-même.) vers des belles réussites extraordinaires, comme des courses ou des sauts et elle faisait même des apprentissages pour attelage ou elle initiait et éduquait un cheval de trait pour tracter des énormes choses qui se faisaient traînés derrière l'animal, tels des grumes d'arbres qui allaient de petit diamètre à de très gros ou encore des charrettes, des roulottes, des anciennes charrues etc... Elle aimait travailler ce style et souvent elle en parlait des heures et des heures avec les personnes qui avaient des chevaux de traits comme des traits du nord, des percherons, l'irish cob, le comtois, le dales, le mulassier poitevin (de ma région), et elle est même venu à en parler avec une personne ayant chez elle des yakoutes.

Il m'arrivait de demander à maman de m'emmener la voir simplement travailler avec un des chevaux de bât ou d'attelage.

C'était impressionnant ce qu'elle pouvait leur faire faire et jamais ne elle leur criait dessus.

Il y avait des récompenses qu'elle faisait elle-même chez elle pour eux et leur donnait quand ils la méritaient.

D'années en années, je pouvais savoir des choses que jamais je n'aurais cru savoir un jour, que ce soit des noms pour des postures, des sports, du matériel ou même des races et les origines de ceux-ci.

Je restais de longues heures auprès d'elle et la regardait faire.

Parfois, travaillant en clairière, elle me disait ce qu'elle faisait et j'étais toute ouïe. J'adorais de plus en plus le monde du cheval.

Ma passion se transformait en mon vouloir en faire mon travail, tout comme elle et je lui demandais des conseils, des renseignements.

Elle voyait que je m'intéressais de plus en plus à ses pensionnaires et à leurs bonnes éducations alors elle me proposa de venir s'occuper d'eux avec elle et ses ouvriers et qu'elle m'enseignerait tout sur le domaine du cheval et que je pourrais monter gratuitement les chevaux quand le temps me le permettrait.

Bien sûr elle en avait également parlé avec ma mère pour lui demander son autorisation.

J'ai commencé à travailler chez elle vers mes neuf ans. Elle me disait que je lui rappelais elle-même à mon âge et elle en riait et bien sûr je riais avec elle aussi.

Ma mère m'avait acheté du matériel comme des bottes, une bombe, une cravache, du matériel pour soigner les chevaux…juste le nécessaire on va dire, une brosse dure et une douce, une brosse à peigner, une étrille, une éponge, un cure pieds, et quelques autres accessoires que je n'utilisais pas. Le tout était rangé dans une caisse en plastique conçue pour ce matériel.

J'étais fière d'avoir ma propre caisse de matériel pour soigner les chevaux et les poneys.

Je m'appliquais toujours dans mon brossage et quand je leur peignais leur crinière, je faisais comme si c'était mes cheveux que je coiffais.

Au lieu d'un quart d'heure pour ses soins, je mettais le double et parfois bien plus. Tout dépendait du temps que j'avais devant moi et aussi du cheval, de sa patience et de l'amour que je lui portais. J'avais mes préférés.

Quand il y avait cours pour débutant et que je pouvais être là, je venais pour les nettoyer, les sceller et préparer le matériel nécessaire.

Je regardais les sauts qui se faisaient dans la grande clairière.

Des chevaux faisaient des sauts de plus d'un mètre cinquante et je restais admirative devant ce travail effectué.

Une fois la prof avait réussi un saut d'un mètre soixante-deux avec un cheval professionnel qui était ici pour le travail et donc il était pensionnaire en ce lieu.

Je ne réalisais pas et ne savais pas le prix des chevaux mais ils y en avaient qui devaient dépassés les dix mille euros.

J'ai su un jour qu'un pensionnaire coutait dans les quarante mille euros car il avait gagné des courses énormes avec de gros gains.

C'est Laure, une ouvrière qui m'expliqua certaines connaissances sur la valeur d'un cheval et par conséquent son pédigrée.

C'est avec Laure aussi que j'ai pu apprendre les différentes races de poneys comme ; L'Highland qui est un poney écossais, le Dales qui est d'origine du nord d'Angleterre, le New Forest qui lui vient du Sud de l'Angleterre, le Connemara originaire de la belle Irlande, le Fjord celui-ci est type norvégien, le Fell, lui aussi vient du Nord d'Angleterre, le beau nom Dartmoor, du sud Angleterre, Haflinger notre beau Autrichien, le Shertland, le plus petit et qui vient de l'Ecosse et le cheval de la Caspienne celui-ci vient d'Iran. Bien sûr il y a aussi l'Islandais qui lui existe depuis plus de mille ans, le fameux et impressionnant Welsh dont il y a quatre types.

J'ai appris cela car Laure voulait faire son propre élevage par la suite de poneys et évidement elle était incollable sur leur sujet.

Elle travaillait là depuis plus de six ans et elle avait des hauts niveaux, que ce soit en sauts ou en country.

J'aimais la voir bosser la country et l'aider à tout préparer pour ses entraînements. Elle les faisait tous les samedis après les cours et ça lui prenait plus de trois heures de temps.

Dans la carrière nous préparons le matériel si elle n'avait pas eu à retirer ceux des sauts d'obstacles mais j'aimais surtout aller avec elle sur le terrain fait exprès pour cela.

Sur ce grand terrain plat de plus de trois cent mètres de long il y avait placé dessus deux haies dont une était haute d'une cinquantaine de centimètres et l'autre atteignait les quatre-vingt centimètres, un peu plus loin que la plus petite était positionné un tronc couché de diamètre égal à quatre-vingt centimètres maintenue par deux poteaux, encore plus loin on y avait mis toujours entre deux poteaux de bois toute une rangée de pneu de voiture et on y avait ajouté une barre de bois au-dessus qu'on pouvait mettre à la hauteur choisie, après il y avait un Hunter c'est-à-dire deux rondins de bois ou dedans on coince des bottes de pailles et on avait pris soin de faire un toit de bergerie pour l'avant dernier obstacle, une palissade en bois mise dans un certain angle contre deux poteaux, on l'inclinait comme bon nous semblait suivant le travail demandé et surtout suivant le cheval qui y travaillait et on finissait bien sûr par la plus haute haie.

Laure faisait ce parcours plusieurs fois tout en montant les obstacles petits à petit.

Tout ceci ressemblait aux sauts d'obstacles mais en moins haut et sur du matériel ressemblant plus à la nature. Le travail était chronométré.

Laure avait eu de nombreux prix pour le cross-country. Elle me montra comment faire et me le faisait pratiquer de temps en temps.

J'adorais voler dans les airs par au-dessus des obstacles.

Je me sentais comme libre et prise par le vent et la vitesse.

Laure m'avait prêté des livres sur le sujet ainsi que des documents que je dévorais chez moi dans ma chambre.

Ma mère m'avait elle aussi acheté des livres, tels des livres sur les différentes races de chevaux mais aussi sur l'équitation en général.

Je peux vous dire que c'était mes livres préférés ainsi que des romans sur des jeunes filles avec des chevaux comme Milady, art et cheval, Black beauty etc…

J'aimais aussi les séries ou les films ou il y avait des chevaux comme heartland, zoé et raven, le cheval de l'espoir, Wilfire, Klara et bien sûr l'homme qui murmurait aux oreilles des chevaux.

Je lisais tout sur les chevaux, leur vie sociale, que ce soit en tant que sauvage ou domestique.

Je regardais des documentaires, des choses sur YouTube comme comment éduquer son cheval éthologiquement (ce sens me convenait parfaitement et c'était la pratique de ce centre équestre).

Parfois après avoir lu ou regardé quelque chose qui me sidérait, j'allais au centre et je le faisais, du moins j'essayais de le faire…c'était du travail et souvent j'aboutissais par un échec alors que ce soit la prof ou Laure ou même un propriétaire, ils m'aidaient et me disaient qu'il fallait que je m'arme de patience.

Le meilleur atout pour le monde du cheval est la patience suivie de la bienveillance de nos amis et l'écoute.

C'était la phrase de ce centre, la propriétaire l'avait faite inscrire en pyrogravure sur un plan de bois.

A ce sujet je lui avais pos é des questions, surtout pour l'écoute que je ne comprenais pas vraiment car pour moi, ça devait être le cheval qui devait nous écouter et elle m'avait alors répondu que non c'était les deux et en bon soigneur et maître de chevaux il fallait vraiment les écouter car les chevaux nous parlaient.

Je ne vous dis pas que à ce moment là je l'avais regardé avec des gros yeux. J'ai dû même penser qu'elle devait être malade ce jour là et par mon toupet je lui avais fait la réflexion.

Elle avait tout simplement ri.

Je ne la voyais que rarement rire et j'aimais la voir comme cela.

-Non Marine, je ne suis pas malade. Tu sais les chevaux nous considère comme des leurs et non comme un être humain et donc il faut une hiérarchie. Nous devons être des dominants et faire ce qu'ils feraient, eux dans le monde sauvage. De plus, les chevaux nous parlent par leurs mouvements, leurs corps, leurs maladies, leur caractère ce jour-là, leur crainte, leur non vouloir travailler etc… nous devons voir tous les signes du cheval car une fois qu'il est allongé et malade c'est que c'est grave et c'est avant si on le peut qu'il faille le soigner et pour son éducation c'est pareil, il est semblable à un enfant qu'on éduque et ceci toute la vie. Bien sûr il aura vu des choses avec toi et les retiendras mais s'il ne voit pas ces choses régulièrement, il les perdra et pourra donc éprouver une peur. Le cheval et même celui de trait, à tes yeux sont des animaux extraordinaires et forts mais pour eux, ils ne se voient pas comme ça et c'est sûrement un bien pour l'humain, et ils montrent des peurs pour rien et sa première défense au cheval c'est prendre la fuite.

Avant ils étaient attaqués par des loups ou autres et ils devaient fuir pour ne pas se faire manger, cet instinct de fuir est resté chez le cheval et c'et pour cela que quand un cheval dort quelques minutes ou parfois plus d'une heure, un autre reste debout à ses côtés pour faire le guetteur et au moindre signe, il prend la fuite et en faisant cela, il donne l'alerte à celui qui est couché et qui lui va se relever brusquement et fuir aussi.

Je la regardais me dire tout cela en buvant toutes ses paroles.

Le monde du cheval était vraiment grandiose.

Du haut de mes neuf ans je savais que je voulais en faire partie moi aussi et avoir plus tard des chevaux, pleins évidements puisque j'étais jeune et que je ne connaissais pas les dépenses et les barrières qui se mettaient en ce monde.

Pour moi, il y avait des chevaux et point.

J'ai vite appris par la suite la face cachée de toute cette beauté, la face cachée et la dureté pour pouvoir vivre de sa passion, mais je n'en suis pas là…

Il y avait eu quelques fois ou Emmanuel comme je le disais un peu plus haut venait avec moi pour faire de la ballade mais aussi certaines fois, il venait juste pour me regarder monter sur un double poney ou alors ça lui arrivait d'être là pour découvrir le monde du cheval et de ses travails.

Nous nettoyons la cour ou des box par exemple ou nous brossons des chevaux avant une ballade d'une association qui louait les services pour plus de deux heures.

Il avait essayé le cross-country mais ça lui avait coûté une belle gamelle et une grande peur. Depuis ce jour-là, s'en était fini pour lui cette pratique.

Nous parlions de choses et d'autres, d'école, des devoirs, des vacances mais moi, je lui parlais sans cesse des chevaux et de vouloir moi aussi exercer en ce métier.

Il nous arrivait de partir en ballade tous les deux pendant deux heures et nous nous arrêtons plus loin vers un grand champ qui se situé à côté d'un bois.

Nous étions à l'ombre et nous rions, quand nous ne nous embrassons pas.

Une fois Emmanuel m'avait presque fait l'amour en cet endroit mais un des chevaux est venu vers nous et je me suis mise à rire et à remonter mon pantalon et ma petite culotte rose.

Quand nous nous revoyons chez lui ou chez moi, je lui parlais de nouveau des chevaux et du projet de travail. Je lui ai demandé un jour s'il ne serait pas intéressé par ce travail et s'il ne voudrait pas que nous fassions cela plus tard quand nous serons adultes.

Il ne m'avait pas dit non mais il ne m'avait pas dit oui mais moi je continuais à parler avec lui en faisant construire notre belle histoire d'amour autour de nombreux chevaux. Emmanuel s'en amusait et il souriait avant de venir m'embrasser et bien plus de temps en temps.

Je me rappelle une fois il avait monté Pediello un trotteur Français. Il l'avait bichonné et s'était décidé à venir faire du cross-country avec Laure et loi même.

Nous avons regardé laure faire son parcours et elle le fit avec un temps record.

Puis ça été à mon tour, je montais Nuggets et j'ai effectué un tour.

Emmanuel prit le départ avec son beau cheval marron clair ; il passa le premier obstacle sans tomber mais au deuxième le cheval vola dans les airs sans se soucier qu'il avait quelqu'un sur son dos et Emmanuel se vit propulser dans les airs pour venir retomber à plus de deux mètres plus loin.

Après avoir couru à lui et nous être assurées qu'il n'avait rien, juste eu une nouvelle belle peur nous nous sommes mis à rire de pleine voix.

Sa chute était incroyable et nous en avons rigolé plusieurs fois après ce jour-là.

J'avais pu emmener aussi Laura et Chloé à ce centre équestre ou nous avons pu nous faire une ballade en double poney.

La ballade s'était bien déroulée et nous avions papoté de choses et de rien. Nous avions plus rigolé en nous imaginant Chloé tomber de cheval quand je leur avais raconté le récit d'Emmanuel et ses chutes.

Oh bien sûr je n'oubliais pas de raconter les miennes et je voyais mes amies se tordre de rire sur leur monture.

J'ai oublié de vous parler réellement de mes amies.

Voilà en fait étant jeune et dans ce même village, comme partout je pense, les enfants essaient de se trouver des amis.

Pour cela heureusement il y a l'école, à mes yeux le meilleur endroit (qui se dirait site de rencontre réel en fait ne croyez-vous pas ? Qui n'a pas eu sa première amie, ses joies, ses peines, son premier amour, son premier baiser ?).

Nous avons fait connaissance si on peut dire cela comme ça lors d'une récréation. Même si Laura était plus âgée que moi, ça ne l'a pas empêché de venir avec moi pour jouer (l'avantage des campagnes auprès des villes ou là en ces campagnes tout le monde se mélangent).

Nos jeux allaient de la corde à sauter, à la maîtresse, puis plus tard nous jouions aux chevaux imaginaires, j'adorais ce jeu. Courir en tenant un cheval par une main sans qu'il existe et se courir après pour se tuer ou bien faire des courses. On y jouait très souvent.

Bref...

Donc de fil en aiguille, Laura et moi, nous nous sommes rapprochées et nous nous témoignons une très belle amitié et aussi une belle complicité.

Chloé qui était donc plus jeune que moi était à mes yeux une peste, je ne l'aimais pas vraiment ou pas, disons-le carrément.

Dès que nous pouvions la mettre de côté nous la mettions et elle, elle faisait sa gueule pour qu'on la prenne avec nous et évidement au vu de sa mère Laura devait prendre sa petite sœur.

Parfois on l'envoyait à des endroits chercher quelque chose et Laura et moi en profitions pour monter nos vélos et se barrer.

Les deux sœurs n'avaient pas le même caractère ni même les mêmes délires.

Laura parfois se tailladait les veines, oh ne vous imaginez pas que beaucoup de sang en tombait, ça ressemblait plus à des griffures de chats plutôt qu'à de lourdes saignées comme les tranchées des baïonnettes. Rien de grave en soi mais je n'ai jamais su pourquoi elle se faisait ça, je pensais qu'elle se passait le temps comme elle le pouvait. Moi je ne l'aurais pas fait car il fallait du courage pour se couper les veines.

Nos jeux en extérieurs étaient d'une extrême simplicité. Nous adorons monter sur les poubelles et même les fouiller.

Il arrivait que des gens du village jettent des vêtements de leurs enfants devenus trop grands pour ces habits et ils les mettaient aux poubelles donc nous nous fouillons les poubelles à la recherche de vêtements et souvent on tombait sur des sacs de fringues de garçons de l'âge d'Alexis son petit demi-frère qui était plus jeune qu'elle d'à peu près une dizaine d'années.

Toutes fières nous ramenons les affaires trouvées à sa mère tandis que Chloé tirait la tronche en nous regardant de travers et en pleurant tout en nous insultant.

C'est plus tard, quand je suis revenu voir mon père séparé que je me suis mise bonne amie avec Chloé et je me suis détachée de Laura...Oh elle restait ma bonne amie mais on avait plus les mêmes délires en fait.

Laura fumait la cigarette et ce qu'on pouvait mettre dedans et elle buvait dès qu'elle le pouvait. Sûrement depuis qu'elle a dû aller en foyer et que son bébé à la naissance lui fut retiré pour aller dans une famille d'accueil.

Elle passait son temps à voler et faire une multitude de conneries quand elle ne se droguait pas ou picolait pas.

Parfois je me retrouvais chez elle lors d'une permission qu'on lui avait octroyée ou chez des copains à elle et je restais des heures assises sur un fauteuil les regardant se passer le pétard tout en écoutant de la musique à fond.

Je ne touchais pas à la cigarette mais j'adorais être en ces lieux où je me sentais zen.

Il faut dire que même pour un non-fumeur, la fumée recrachée des autres vint dans nos poumons et nous fit de l'effet au cerveau. Je me sentais détendue, zen comme je l'ai dit plus haut et que je me sentais très bien. Je dormais à moitié ou comatais pendant que la musique nous gueulait dessus des paroles qui parfois je n'arrivais pas vraiment à décrypter mais peu importe, vu dans l'état que je me retrouvais, je l'aimais cette musique et cette ambiance à ne rien faire me plaisait aussi.

Laura était dans « son monde » mais je ne faisais pas parti de ce monde en vrai et c'est peut-être pour cela que je me suis plus rapprochée de sa sœur Chloé, qui elle ne faisait pas de conneries comme ça et puis elle avait grandi comme nous tous et donc elle avait pris un peu de maturité et on commençait à avoir des gouts communs, que ce soit de jeux, de conversations ou des garçons.

Ce cher Thomas, que j'ai connu grâce à Laura me plaisait bien comme vous avez pu le lire précédemment. Il était beau, doux, patient, serviable, rigolo, pas radin, respectueux et il me montrait qu'il m'aimait. Il faisait des exercices et un peu de musculation dans les bois sur un parcours.

Il aimait la natation et la pêche. Il lisait des beaux livres, des séries aussi comme des mangas et comme tous les garçons, il aimait passer du temps à jouer sur des jeux sur ordinateur et il n'aimait pas les chevaux… ces deux points sont pour moi très dur à accepter car quand il jouait sa partie, il restait planté devant son ordi et ne sortait qu'à la fin et pendant ce temps-là, je poirotais comme une pauvre imbécile et lui après avoir fini (parfois plus d'une heure après) il venait à moi sans s'excuser du retard, comme si tout était normal. Je lui en voulais mais devant son beau sourire, je craquais comme une imbécile et il le savait très bien et en jouait de ça.

Parfois on avait rendez-vous avec les filles ou d'autres copains copines et il venait toujours en retard, à ses yeux, tout était normal. Pendant son attente, je pestais sur lui, contre lui et disais même que ça n'irait pas loin entre nous s'il continuait comme cela mais une fois ce beau Thomas devant moi et ses lèvres sur mes joues, j'en oubliais ma colère et presque par la même occasion mes moyens mais il y avait nos amis et il fallait jouer de la retenue et ne rien dévoiler encore.

Je sais, comme il avait pu me l'insinuer quand je lui avais parlé de mon anecdote avec Emmanuel, que Thomas m'avait bien fait comprendre que sur ce domaine il le comprenait et que lui-même n'aimerait pas devoir se cacher de tous en notre relation. Mais je ne me sentais pas prête, j'avais la crainte de montrer notre amour en plein jour et d'être déçu et même d'être la risée de nos amis si nous nous quittions. Un peu comme Emmanuel et moi-même quelques années auparavant.

J'en avais tout de même parlé avec Laura et je lui avais même raconté toute l'histoire entre Emmanuel et moi.

Elle en a souri et m'a dit qu'elle s'en doutait de notre union car tout se voyait malgré nos cachotteries.

Je me sentais assez mal en lui racontant cet épisode de ma vie, la tristesse m'avait envahi subitement…disons les choses honnêtement une pointe de nostalgie s'était emparée de moi.

Je n'oubliais pas Emmanuel malgré ce qu'il m'avait fait mais je lui en voulais toujours et ne souhaitais plus le revoir de ma vie.

Bon, pardonnez-moi, je me suis encore éloignée mais c'est pour bien vous faire comprendre qu'Emmanuel avait une bien grande place en ma vie et qu'il avait eu les clés de mon cœur et avait su ouvrir la cage qui délivrait le vrai sentiment qui s'appelle AMOUR.

Donc Thomas n'aimait pas les chevaux et ceci ne me comblait pas dans le bonheur ni dans une éventuelle projection du « peut-être que nous aurions plus tard des enfants suite à notre beau mariage et notre centre équestre. »

Sinon, il était adorable et attentionné.

Nous parlions de multiples choses ensemble et même quand je me mettais à lui parler des chevaux, il avait la gentillesse et le respect de m'écouter parler. Bien sûr, lui ne parlais pas pendant ce temps et il me laissait raconter tout ce que j'avais envie.

Avec des années de plus je peux vous dire qu'il me laissait bel et bien parler et que JE CROYAIS qu'il était attentionné et conquis par mes dires mais en fait il était présent de sa personne mais à plus de cent mille lieux de moi mentalement.

Une hâte avait-il, c'était de retrouver sa Game.

Moi aussi je jouais à quelques jeux, comme la Wii ou des autres jeux ou j'habillais des personnages et leur faisais vivre une vie de mon choix etc. Mais je préférais aller dehors avec mes amis que rester enfermée pour ça.

Si j'avais dit cela devant ma mère, je suis sûre qu'elle m'aurait regardé d'un air interrogateur car il est vrai que souvent en ma chambre je restais enfermée à écouter des musiques ou à jouer des jeux sur la tablette de ma mère que je lui piquais sans aucun scrupule. Même si, elle-même s'en servait pour jouer ou regarder quelque chose je faisais tout pour l'avoir en la rusant en lui disant que j'en avais besoin et que c'était important et qu'une fois rapidement fini avec cette tablette, je la lui rendrais…Le rapidement était d'une longue durée de temps en fait et quand elle voulait la reprendre je faisais la gueule pour qu'elle cède et me la laisse. Par la suite, j'ai été pire, je lui piqué directement sans me soucier de ce qu'elle faisait avec. A mes yeux, je voulais donc je devais avoir et je pense que TOUT était comme cela pour moi.

Mais, comme je le disais, si je devais aller avec mes amis, alors musique, jeux etc… ne comptaient pas et je sortais.

Il m'était arrivé d'aller chez Thomas qui ne me calculait quasiment pas quand il jouait un jeu, il était en Game avec des « potes » et ceci était important pour lui, bien plus parfois que moi-même.

Alors, je restais là, assise sur le canapé ou sur son lit, si ses parents étaient absents et je jouais moi aussi de mon côté ou bien j'échangeais des messages avec Laura ou Chloé.

En deux mots et franchement je me faisais royalement C….

Mais je prenais mon mal en patience. Qu'est-ce qu'on ne fait pas pour quelqu'un avec qui on sort.

Par contre ce qui m'agaçait également chez lui, c'était ce manque de patience que lui avait et ses sauts d'humeurs.

Dès qu'il perdait une partie, il se mettait à hurler et il me faisait faire des bonds comme ce n'était pas permis, heureusement que je n'étais pas une personne ayant des problèmes au cœur.

Son manque de patience et ses énervements n'allaient pas que sur les jeux perdus.

Quand, moi j'arrivais en retard, il souriait au départ et me disait que ce n'était pas grave mais au fur et à mesure le ton changea et il commençait à me faire des reproches en me disant que s'il avait su, il aurait joué une Game de plus ou alors que j'aurai pu le prévenir comme ça il aurait pas attendu tout ce temps pour rien etc…en fait même ne serait-ce qu'un quart d'heure était très long pour lui comme retard, tout du moins quand c'était moi qui le faisait attendre car quand c'était un de ses copains qui avait plus d'une demi-heure de retard pour une Game, il disait que cela ne faisait rien et qu'il n'avait pas vu le temps passé hors moi, je le voyais s'impatienter et même dire des choses pas si agréables que ça mais bien sûr, ça aussi je n'allais pas le dire, même si cela ne me plaisait pas de sa part.

On dit bien que nous avons tous nos propres défauts et moi-même, j'avais les miens donc je pensais que tout cela était dans l'ordre des choses naturelles.

Jusqu'au jour ou…

Laure m'invita à venir avec elle regarder un cross-country.

Elle avait été conviée à y participer et elle me dit qu'il y aurait plein de gens.

Après accord de mes parents, sous une dispute assez violente entre eux car ma mère le lui en avait parlé le soir même et qu'il était ivre ce jour là, comme à son habitude, tout était prétexte pour gueuler et même maintenant taper sur ma mère. Il lui avait assigné deux claques et un coup de pied au ventre en disant qu'il en avait marre d'être au courant des choses à la dernière minute. Voyant cela, je dis à mon père en criant que je l'ai su qu'aujourd'hui et que par conséquent ça ne pouvait qu'être aujourd'hui bien sûr que maman pouvait le savoir.

Il me cria de me taire et d'arrêter de protéger ma mère et qu'elle méritait de savoir qui commandait ici, et de paroles aux gestes il lui avait fallu que deux minutes pour le faire et c'est là qu'il lui donna les deux claques et le coup de pied quand ma mère avait voulu se protéger.

Mes deux plus grands frères arrivèrent et les séparèrent mais mon père avait voulu leur taper dessus et c'est Jeremy qui se mit en face de lui. Des coups furent échangés entre eux deux et je n'ai pas vu la fin car je me suis sauvé me réfugier dans m chambre pour ne plus voir cela une fois de plus.

Sur mon lit, je pleurais de tout mon corps et je maudissais mon connard de père. Je ne voulais plus faire de cheval à cet instant.

C'est ma mère quelques temps plus tard qui était venu me voir dans la chambre pour me consoler.

Je pleurais encore en lui parlant et je criais des mots méchants de sur mon père. Je m'en foutais qu'il m'entende, il m'énervait de trop et même s'il voulait me taper moi aussi, il le pouvait…voici les mots que je criais à ma mère.

Elle me pressa contre elle et me calma comme elle pouvait en me disant des mots de réconfort et gentils.

Elle me dit aussi qu'il avait trop bu et qu'il n'avait pas bien compris ce qu'on lui demandait.

Je lui répondis que je n'irai pas à ce cross, que j'en avais plus rien à foutre etc…

Ma mère trouva les mots qu'il fallait pour me faire arrêter de pleurer et de me persuader de continuer ma passion et qu'il fallait à tout prix que j'aille avec Laure à cette course/épreuve.

Dans son beau 4.4 et son Van, Laure et moi parcourons les quelques kilomètres de distances pour se rendre vers Nantes où se déroulait son épreuve.

C'est vrai qu'il y avait pleins de monde et il y avait plus de soixante concurrents.

Laure ne flippait pas, au contraire, elle avait l'air sereine et j'étais stupéfaite de la voir comme ceci. Je lui en fis part et elle en rigola en me disant :

— Tu crois que je n'ai pas peur mais tu te trompes Marine. J'ai un peu les frousses mais tu sais comme je te l'ai déjà dit, pour les chevaux, il ne faut pas que tu montres ta peur car eux, ils la ressentent et ça peut faire tout fauter donc tu dois te canaliser et prendre sur toi et te dire que tout va bien se passer.

En me disant cela, elle caressa la tête de son beau cheval blanc du nom de Sniffer (se prononce Sniffeur). Puis elle me demanda si je voulais bien l'aider à le préparer.

Brosse en main, je me mis à le soigner pendant que Laure le coiffait.

Il n'y avait que des beaux chevaux et les gens avaient de belles tenues.

On avait mis une musique de country.

Soixante-deux concurrents allaient faire cette épreuve longue de plus de trois kilomètres six cents avec douze obstacles comme une haie, un talus, un fossé, un muret, un hunter, un obstacle de pneus, un tronc couché, un toit de bergerie, un autre muret, une autre barrière, un autre hunter et une grande haie, en un temps chrono.

Laure avait mis comme tenue une veste de western au-dessus de son gilet, un chapeau, un pantalon de country.

Elle était splendide et Sniffer aussi.

J'étais fière d'eux deux.

Je pouvais assister d'assez près aux épreuves et ce fût incroyable.

Des jeunes femmes comme des jeunes hommes passaient cette épreuve aisément et je pouvais admirer des chevaux faire de beaux bonds au-dessus des obstacles.

Tout était de pure beauté.

C'était au tour de Laure et Sniffer.

Ils étaient sur le départ quand le pistolet se fit entendre et Laure fit partir au galop son beau cheval pour aller au plus vite à l'obstacle numéro 1, le saut d'une haie de plus de quarante centimètres de haut. Elle vola dans les airs bien au-dessus de cette hauteur et elle partit de nouveau au galop vers l'obstacle numéro 2. C'était un talus qu'elle devait monter et passer par-dessus et elle le fit sans aucune difficulté et poursuivant son galop elle se dirigea vers un Hunter pour effectuer un superbe saut. Elle fit retomber les jambes avant de Sniffer un peu plus loin et lui assigna de ses talons un coup au flan en criant un « yeahh » pur que sa monture aille tout droit pour effectuer un autre saut.

Sniffer leva ses jambes avant au-dessus du muret puis ses deux jambes arrières et sans freiner sa folle course il alla tout droit passer l'épreuve du tronc, suivi de celle des pneus.

J'étais les yeux grands ouverts devant ces beaux sauts et je rêvais de devenir comme elle.

Sniffer passa aisément la barrière de rondin de bois et alla en éclair au dernier obstacle.

La haie était haute de plus de quatre-vingt-quinze centimètres et j'avais pu voir depuis le début des chutes de personnes concurrentes.

Je retenais mon souffle en voyant Sniffer filait vers cet obstacle.

Je serrais mes petits doigts et priais pour qu'elle réussisse.

Au grand galop, le cheval blanc arriva devant la haie et lui avec Laure s'envolèrent dans les airs une énième fois, à la retombée du cheval il lui fallait courir encore vingt-cinq mètres et refaire demi-tour pour revenir en ligne droite au point de départ.

Quand les jambes avant de Sniffer dépassèrent la ligne d'arrivée, le chrono s'arrêta.

 Elle avait affiché le meilleur temps de tous les concurrents qui avaient passé avant elle.

ONZE MINUTES TRENTE DEUX SECONDES.

Tout le monde applaudit pendant que le candidat suivant était sur la ligne de départ.

C'était un homme sur un beau cheval marron clair.

Le coup de pistolet se fit entendre et l'homme et son cheval chevauchaient au grand galop pour franchir à leur tour les douze obstacles.

Il avait affiché un temps de cinq secondes de plus que Laure.

Lui et son cheval avaient eu droit à un tonnerre d'applaudissement.

Plus tard il y a eu deux autres Chrono qui s'affichaient inférieur que celui de Laure.

Elle regardait ses concurrents et les applaudissait sans mauvaise foi.

Pour elle, tout le monde méritait de gagner mais bien sûr que le meilleur gagne me dit-elle.

Je lui souris en la regardant tenir une crêpe dans sa main pour la manger tandis que la mienne qu'elle m'avait également acheté fut déjà engloutie.

—Tu es quatrième alors ? Lui demandais-je.

—Oui, je pense.

Le jury se leva et un membre du jury prit le micro pour parler.

—Cinquième place pour Jonathan Grendal.

Des applaudissements se firent de nouveau entendre tandis que le jeune homme allait vers le pupitre pour recevoir ses prix.

— Le Quatrième prix revient à… Sandra Gulliver.

Tandis que déjà des concurrents prirent le chemin du retour, Sandra Gulliver se déplaçait encore habillée de sa tenue qu'elle portait pendant son épreuve, vers l'homme qui avait le micro.

Elle se vit remettre une coupe, une médaille et une enveloppe.

—Troisième place pour notre toute jeun et nouvelle venue du fond de la Bretagne : Elisa Barabeth.

Les applaudissements se firent une autre fois entendre et la jeune fille qui devait avoir pas plus de seize ans alla chercher ses prix, elle aussi.

Je regardais Laure. Elle ne s'était pas fait appeler au micro et pour moi elle avait perdue. J'étais triste pour elle.

—Pour la deuxième place avec un Chrono moins performants que nos deux candidats précédents mais au vu de sa perfection, de l'allure de son cheval et du travail bien réalisé sans avoir commis une faute quelle qu'elle soit nous le jury a donné donc cette deuxième place à Laure de Ningtom.

—Laure sous le tonnerre d'applaudissement m'embrassa et se dirigea vers le podium.

—On lui fit la bise et on lui remit une grande coupe ou il y avait un cheval monté par un Cow boy qui sautés au-dessus d'un tronc couché et une médaille qu'on lui passa au cou, puis une enveloppe pour elle aussi avec un beau chèque dedans et un beau bouquet de fleur lui fut attribué.

Elle remercia le jury et les spectateurs et revint vers moi avec un large sourire aux lèvres.

—Première place à notre grande vedette de trois ans de suite et   dont elle a aujourd'hui pulvérisé son record chrono en moins de onze minutes. La belle, la talentueuse, la grande malgré son jeune âge Florence de Grazza.

Laura la regardait avec un large sourire et l'applaudissait sans retenue. Elles se connaissaient et souvent elles combattaient l'une contre l'autre.

À la fin de la remise de son prix, la belle Florence vint vers nous et se mit à rire avec Laure tout en discutant avec elle.

Elles parlaient des courses qui avaient été faîtes cette année et celles à venir puis Florence nous proposa de venir boire un verre avant que nous reprenions notre route.

Nous avons accepté et j'ai pu apprendre pleins de belles choses sur le monde de la compétition et des travaux à faire pour réussir.

Même si j'étais jeune, les deux amies qui discutaient ensemble ne me laissaient pas de côté et au contraire me parler comme si j'étais de leur âge et de leur niveau. Tout ceci me toucha énormément et j'éprouvais de la joie d'être vraiment venue.

Je me suis dit qu'il fallait vraiment que je remercie ma mère pour tout cela.

Thomas en ce samedi après-midi vint chez moi.

J'étais seule, mon père était parti pour aller s'occuper d'un stand pour une fête du village, ceci lui permettait de boire gratis et ma mère était parti travailler aux asperges et elle devait passée donner un coup de main au bar de Nicole et elle allait rentrer que vers le début de soirée.

J'écoutais de la musique, je ne sais plus qui était-ce bien évidement car à cette époque, on écoutait plusieurs chanteurs ou chanteuses qui faisaient qu'une, deux, trois chansons et dans les trois, ils faisaient un tube et ça nous suffisait à nous les jeunes.

La sonnette retentit, c'était Thomas avec sa bonne demi-heure de retard avec lui bin évidemment.

Il m'apporta une fleur, je crois que c'était un lis.

Je lui fis un beau sourire et lui demanda de rentrer. Une fois à l'intérieur, je l'embrassais pour le remercier.

Il se laissa faire quelques secondes puis se détacha de moi en faisant un pas en arrière.

—Faut que je te parle.

Je le regardais, la fleur encore dans la main. Son visage était assez dur et son regard me pénétra mas pas avec son regard que je lui connaissais et qui me faisait si bien craquer.

Je ressentis une certaine peur à ce moment-là.

—Je peux mettre ta belle fleur dans un récipient avant ?

—Oui, bien sûr.

En allant vers la cuisine je lui demandais ce qu'il avait à me dire.

En prenant de la distance, je pouvais respirer profondément et me préparer psychologiquement au pire.

—Non, je vais attendre que tu en a fini avec cette fleur.

La fleur blanche dans un vase long et fin était d'une belle beauté et je la mis sur la table basse de la salle à manger, tout en m'approchant de Thomas qui se trouvé encore debout au beau milieu de la pièce.

—Tu veux quelque chose à boire peut-être ?

—Non, merci bien.

Je m'assieds sur le canapé et proposa à Thomas d'en faire autant s'il le voulait en lui disant que discuter serait mieux en étant assis que debout.

Il s'assied à son tour à l'autre bout du canapé.

Je le regarde longuement mais dès qu'il me regardait à son tour, je fuyais son regard en regardant mon lis sur la table.

Pour m'occuper les doigts et afin que Thomas ne se rende pas compte de mon gène, je pris le vase pour le déplacer de quelques centimètres plus loin.

67

—Tu as fini ? Me demande-t-il en me regardant de ses beaux yeux.

Je me suis calé dans le canapé et je lui ai répondu oui en le regardant que très rapidement. Je pensais qu'il allait rouspéter ou me faire subir une fin entre nous et j'étais prête. Je me suis mise à soupirer un bon coup pour me donner du courage et je me suis décidé à le regarder dans les yeux.

—Voilà, ça fait plus d'un mois et demi que nous sortons ensemble maintenant et déjà pour moi, je pense que nous voyons trop peu.

—De plus je dois te dire que comme ton Emmanuel d'avant, j'en ai moi aussi marre de vivre notre amour caché. Enfin si Amour il y a ! Je ne te demande pas la lune, ni même de m'épouser ou je ne sais pas quoi de vraiment infranchissable je pense mais juste qu'on aille peut-être plus loin que de simples bisous échangés et aussi que nous pouvons peut-être se montrer un peu devant tous les autres. Je ne dis pas de nous exhiber comme des enfants mais pas non plus se cacher comme des enfants si tu comprends ma nuance ?

Mes yeux n'avaient pas lâché son regard pendant qu'il me parlait avec une voix douce et que son regard était devenu au fur à mesure de ses mots plus tendre.

Soulagée de ses paroles, moi qui croyait avoir affaire à une nouvelle rupture, j'étais contente, même si en me parlant de ma liaison avec Emmanuel m'avait fait ressentir une boule au ventre et m'avait également fait repartir en arrière pour revoir certaines images de nos souvenirs enfuis au plus profond de moi.

Je me levais un peu du fond du canapé et alla placer mes lèvres sur les siennes et y glisser ma langue tandis que mes mains lui caressaient la joue gauche de son visage et le derrière de sa tête.

Notre étreinte durait une éternité et Thomas avait lui aussi placé ses mains sur moi, à la différence que les siennes me caressaient le ventre en dessous de mon maillot et une de mes hanches.

Il dirigea sa bouche dans mon cou et je ne le repoussais pas ce coup-ci, bien au contraire je mis ma tête sur le côté pour l'encourager à continuer sa progression qui réveillait en moi le désir de ma libido.

Mes mains allèrent sous son sweat short pour lui caresser son dos assez musclé.

Ma respiration se faisait plus rapide sous la douceur de ses délicieux baisers. Il mettait par moment sa langue et me léché le cou et le départ de ma nuque. Ses mains étaient maintenant sur mes seins et il me les touchait avec un certain empressement.

Je pouvais entendre sa respiration bruyante au creux de mon cou et j'aimais cela. Tout m'excitait de trop à ce stade pour que je puisse lui dire d'arrêter et en fait, je ne voulais plus qu'il s'arrête mais bien au contraire qu'il aille encore plus loin et pour lui montrer, je me suis mise à lui retirer son maillot pour le mettre torse nu.

Il avait déjà de beaux muscles et ses pectoraux étaient assez gros pour son âge. Mes mains le caressaient en cet endroit pendant que de ma bouche je l'embrassais de plus belle.

Il me retira à son tour mon maillot et il put voir mes seins qu'il avait fait ressortir de mon soutien-gorge quatre-vingt A.

Il les embrassa avec fougue tandis que d'une de ses mains il essaya de me dégrafer mon soutif. Voyant qu'il avait du mal à le faire, je l'aidai en le dégrafant moi-même.

Pendant ce temps-là, Thomas avait lui, retiré son pantalon et ses chaussures en laissant seulement son caleçon ou il y avait un Simson dessus.

Nos mains se cherchèrent et se trouvèrent, je pus découvrir la dureté de son sexe au travers du tissu et me mis à le caresser.

Il respirait de plus en plus fort et il se mit à mettre sa main sous ma jupe pour venir fouiller mon sexe déjà bien humide.

Plus haut je disais que j'étais parti avec ma mère pour aller vivre dans un autre département.

C'était le Finistère pour aller vivre chez le nouvel ami de ma mère à Concarneau.

Cette petite ville touristique était belle et avait comme un château ou un ancien château. On l'appelle « la ville close » j'adorais me promener en cet endroit qui se situé au niveau du port. Dedans se trouvaient de nombreux magasins ou beaucoup de souvenirs de la Bretagne étaient à vendre. Il y avait des magasins de toutes sortes de faïence comme des bols avec les prénoms dessus ou des assiettes, des vases, et divers articles. Il y avait un magasin de couteaux, épées, habits, souvenirs. Il y avait un vendeur de glaces qui étaient très bonnes.

Il y avait aussi un magasin de vente de divers bonbons. Un autre de plantes, un autre de souvenirs et bijoux, Un autre de bijoux et de fées etc...trois restaurants et chaque soir de l'été il se déroulé des spectacles tous les soirs. Nous y allions souvent nous y promener ou y manger.

L'ami de ma mère avait deux garçons dont un d'un an de plus que moi et l'autre, le plus terrible des deux il avait un an de moins que moi.

Nous nous entendions bien et nous jouions bien ensemble.

Nous allons souvent à la mer, mais elle était froide.

Nous faisions des activités diverses et j'ai eu énormément de chance le nouveau compagnon de ma mère adorait lui aussi les chevaux.

Après que ma mère et lui se soient quittés mais en restant amis et complices, il avait acheté des chevaux dont un à moi et un à maman.

J'étais comme vous devez vous en douter heureuse.

C'était une jument de race selle français du nom de Chelsea. Elle était extrêmement jolie et docile. Je l'adorais.

Dès que je pouvais, je la montais mais je dois avouer qu'elle était haute pour moi et comme elle n'était pas d'un centre équestre, elle ne réagissait pas de la même manière que ceux que je connaissais et que j'avais déjà monté.

69

L'ami de ma mère m'aidait et me conseillait au point que souvent je n'avais plus peur et je pus mettre Chelsea au trop et légèrement au galop.

Parfois nous partons tous ensemble pour une ballade. Nous étions donc cinq personnes.

Là aussi, il y a eu des fous rire mais aussi du stress car les chevaux en étant dans les près sont souvent plus fourbes que ceux qui sont montés tous les jours.

J'ai été témoin de beaux casse gueule et aussi de peur des gens et même de ma propre mère qui se sentait rassurée que si son ami était là. Franck, donc l'ex-ami de maman connaissait assez bien le domaine du cheval et il adorait quand on faisait une balade à cheval, être à pied auprès de ses chevaux pendant que des amies les montaient.

J'ai pu inviter des copines que je me suis faîte là-bas pour des ballades, j'étais fière et je trouvais cela extra.

Une fois, Franck me parlait et un de ses chevaux, lolita, se mit à galoper tout d'un coup sans que je le lui demande. J'ai paniqué et Franck appela son amie qui se trouvait devant avec Audacieuse, elle aussi, un cheval de race selle français, pour venir me bloquer la route.

J'étais toute blanche et je tremblais de partout. Je suis descendue de Lolita pour reprendre mon souffle et mes esprits pendant que Véro tenait les rênes des Lolita qui ne bougeait plus à présent surtout que Franck était accouru à nous sans perdre de temps. Une fois encore, plus de peur que de mal, mais quelle frousse.

Sûrement pas assez pour me dégouter du monde du cheval car j'y suis allé encore et encore.

Dans un nouveau centre équestre ou j'ai pu mettre Chelsea dedans, j'ai pu de nouveau m'entraîner et me perfectionner en allant jusqu'à passer tous mes galops.

J'étais dans une MFR à Pleyben et comme stage, je faisais dans l'équitation.

Chaque grande vacance, j'allais chez mon père qui buvait toujours autant et quand il devenait méchant, même avec moi-même, je me sauvais chez les parents de Laura.

Une fois il avait voulu m'étrangler et heureusement il y avait du monde pour que je puisse me sauver. C'était la deuxième fois que cela se produisait.

J'allais toujours au centre équestre de Ranville quand l'occasion me le permettait et j'ai pu monter des doubles poneys gratuitement ou contre quelques soins donnés.

Là aussi je continuais mon apprentissage en ce domaine et ce n'est pas pour me vanter mais je progresser à grande vitesse. J'avais pris de l'assurance et mes peurs avaient su disparaître avec le temps.

En même temps que mes stages effectués et le temps passé dans mon nouveau centre équestre dans le Finistère, j'ai pu passer et valider tous mes galops.

Ma détermination à vouloir mon propre centre équestre restait toujours en moi et je me nourrissais comme une goulue de mon projet.

Je bouquinais tous les bouquins, les documentations, les magazines à ce sujet. Tous les soirs, je me connectais devant mon ordinateur et avalé des pages et des pages sur tout ce qui concernait les chevaux, les structures, les centres de différents départements, les lois, les droits etc…

J'étais même inscrite sur plusieurs sites ou forum ou je pouvais échanger avec d'autres personnes. Ils avaient la même passion que moi et certains avaient également   les mêmes intérêts que moi-même.

En ces sites ou des discutions allaient de simples petites questions à des questions plus approfondies, je pus découvrir que se parlaient différentes personnes aux rang social et professionnel bien différent.

Dedans on passait d'un simple passionné à des vétérinaires et évidement les questions allaient de pairs avec le rang et la recherche. On passait facilement à « comment choisir un bon cheval » à « Comment soigner mon cheval pour une fracture d'un membre supérieur ? » Des profs d'équitation donnaient même parfois des cours comme par correspondance et ils polémiquaient entre eux sur le savoir ou ce qu'il serait le mieux pour le cheval.

Chaque jour, je restais des heures sur l'internet, sur des pages de cours, de travail, d'équipement, de projet réalisé, de carrière etc…

Tous les forums étaient dévorés par mes yeux et mon cerveau apprenaient tous les renseignements nécessaires pour le développement de mon futur projet et métier.

Parfois en lisant un paragraphe répondant à une question d'un internaute, je me permettais de m'immiscer en leur conversation et de moi-même y poser une question.

Je pouvais lire suivant ma question, une ou plusieurs réponses.

Bien sûr, comme sur chaque forum, il me fallait faire attention à essayer de bien déchiffrer le vrai du faux car tout à chacun en allait pour sa propre réponse et certains hélas sur ce genre de site, se donnaient un genre de plaisir en mettant des conneries.

Heureusement alors qu'il y avait du monde pour aller se faire promener la personne et cela allait même jusqu'à la dénoncer aux créateurs de cette page pour qu'ils la suppriment.

Mais pour la plupart des cas, c'était assez sérieux. Divergences d'opinions de l'un et de l'autre, d'où un certain débat se faisait mais sans se prendre la tête.

J'adorais lire leurs points de vue.

Je parcourais leurs échanges d'idées, de point de vue en m'ouvrant l'esprit et en m'apprenant encore plus de choses. J'ai pu apprendre des choses que je n'imaginais même pas encore à ce moment-là, pas que sur le travail des chevaux mais aussi sur le caractère de certains, leurs différentes caractéristiques, leur prix, et surtout ce qu'il en était pour ouvrir une structure et de ce qu'il fallait.

Je peux dire et cela sans aucune prétention, que ce que j'appris aurait surement dérouté de nombreuses personnes mais pour ma part, rien ne m'avait fait changer d'avis ou fait peur mais j'ai pu voir combien il me sera difficile d'arriver à mes fins.

Ouvrir un centre équestre n'était pas dans une simplicité et il fallait un bel apport personnel pour pouvoir prétende en cette ouverture d'emprunts pour pouvoir acheter tout ce qu'il fallait.

Je ne me déroutais pas, bien au contraire. Je me pensais que j'étais encore jeune et que j'avais des années encore devant moi pour me perfectionner et me mettre de l'argent de côté.

Pour commencer il me fallait que je m'oriente vers la MFR de Landivisiau.

Là-bas je pourrais apprendre le domaine du cheval et obtenir un Bac PRO CHEVAL.

J'en fis part à ma mère et je quittais l'établissement ou j'étais pour venir au sein de ma nouvelle classe et mon nouvel établissement scolaire.

Je faisais des stages en alternance et évidement mes stages se faisaient le plus souvent vers un centre équestre. J'ai pu en faire un dans une structure ou la propriétaire faisait de l'élevage de chevaux pour vendre les poulains. Là aussi j'ai pu apprendre pleins de belles choses et cela m'ouvrit un horizon de travail encore plus vaste que celui que j'avais.

En ma classe, il y avait des élèves qui voulaient faire différents métiers. Nous étions trois seulement à vouloir ouvrir un centre équestre.

La plupart voulaient travailler comme prof en équitation.

Un autre voulait lui, faire de l'élevage et moi j'étais la seule à vouloir faire de l'élevage et avoir mon propre centre équestre.

Le soir, au dortoir, nous discutions de nos futurs projets et nous nous y voyons déjà…on en riait tout en nous y projetant.

Les profs étaient sympas et de bons conseils.

Parfois nous débordons sur les heures de cours pour faire débat de ce que nous voulions faire et le prof ou la prof nous laissait parler librement mais en nous remettant quelques fois les pieds sur terre car nous allions sûrement un peu trop loin en nos projets sans nous rendre compte des barrières que nous allions rencontrer. Alors, elle nous en parlait mais sans pour cela nous casser ou nous dévaloriser. Elle finissait toujours par nous dire que si nous voulions fortement quelque chose alors rien ne pourrait se mettre au travers de notre chemin pour nous y arrêter et nous en faire refouler nos pas. Ce qui nous encourageait d'ailleurs. C'était la devise préférée de notre prof dans l'enseignement de l'équin, Madame Thomas. Une femme d'une quarantaine d'année au physique qui faisait retourner tous les profs masculins de l'établissement et pas que les profs d'ailleurs. C'est vrai qu'elle avait gardé de belles formes et avait un corps svelte. Elle avait elle-même des chevaux et des poneys ainsi qu'une carrière en sa ferme. Elle pratiquait dés qu'elle le pouvait le cheval et différentes disciplines. Ella avait des chevaux de race mais aussi des chevaux qui ne valaient rien sur le marché mais sa passion et son amour pour les chevaux la faisait les aimer tous.

Elle prenait son travail de professeur bien à cœur et nous aiguillait du mieux qu'elle le pouvait en nos devoirs, cours de natation, soin des équins…elle venait à nos stages pour rencontrer nos maîtres de stages et elle aimait discuter avec eux en notre présence. Si pendant un stage nous rencontrions un quelconque problème nous pouvions conter sur elle pour nous aider.

Elle prenait également du temps en dehors de l'école pour nous renseigner sur des choses que nous lui aurions au préalable demandé sur ce qui pouvait nous contrarier ou nous aider en notre vie future.

Elle aimait ces patrons qui gratifiaient leurs stagiaires en leur donnant quelque chose, que ce soit un chèque, un peu de liquide ou quelque chose d'autre comme des heures gratuites à monter à cheval pendant un cours personnel. Elle ne se gênait pas pour le faire comprendre lors d'une conversation qu'elle avait avec eux. Faut dire qu'elle savait très bien parler et c'était avec tact qu'elle laisser glisser cela pendant la conversation.

Les patrons n'osaient pas la contrarier et au contraire, ils lui souriaient et disaient que cela était normal.

On avait tous droit comme cela a quelque chose.

Mme Thomas voyait un peu un stagiaire comme une providence dans un lieu de stage, peut-être pas au départ mais une fois que nous savions notre travail, nous remplaçons un ouvrier et c'est pour cela que nous méritons quelque chose d'après elle. Il est évident que ce n'est pas nous qui allions la contredire.

Parfois en sortie extérieur, nous nous rendons chez elle et nous avions droit à des cours privés de sa part avec ses chevaux. Une ballade nous était aussi parfois proposée et s'il n'y avait pas assez de chevaux, pas de problème, elle avait prévu le coup et en avait demandé à des amis à elle.

Nous étions tous emballés quand Mme Thomas nous disait que nous allions aller chez elle, et encore plus lorsqu'elle nous annonçait qu'on allait faire un trek de deux jours et dormir prés de nos montures.

Au départ, nous soufrions du mal du dos ou des fesses, des deux en même temps aussi, mais a force de faire ces sorties, ces maux se sont estompés jusqu'à ne plus apparaître du tout. Nos corps se sont habitués à la dureté de nos montures.

Quand nous partions, nous passions notre temps deux par deux à discuter et à rire.

Parfois nous effectuons un galop quand nous nous retrouvons dans un lieu telle qu'une vaste étendue d'herbe ou un champ nous était propice.

Cheveux au vent nous faisions aller nos chères montures dans une course effrénée puis nous les stoppions et attendions nos camarades qui avaient choisis la tranquillité.

Nous nous racontions nos vies et nos dévolutions que nous pouvions avoir à cette époque.

A cette époque, je n'avais pas de prétendant.

Oh j'avais bien des garçons qui me tournaient après mais rien de bien sérieux à mes yeux pour que j'en rêve la nuit.

Au contraire, mes rêves se faisaient sur Emmanuel.

Toutes les nuits il venait me rejoindre et nous refaisions l'amour à chaque fois. En mes rêves, lorsque nous faisions l'amour c'était de plus en plus intense et « progressif » disons osez…On avait dépassé le stade de faire cela juste sur un lit ou un canapé et dans la position ou Emmanuel se met sur moi.

C'est moi maintenant qui prenait les devants et je chevauchais Emmanuel en maintenant son pénis par le biais de ma main pour venir la glisser en moi et en me mettant à bouger de plus en plus en des mouvements que je n'avais jamais fait de ma vie.

Nous jouissions toujours en même temps et je le regardais dans les yeux au moment ou son liquide chaud venait se déverser en moi.

A mes réveils, je sentais que tout était mouillé entre mes jambes et pour la plupart du temps je m'abandonnais à me caresser en fermant les yeux en revoyant défilé les scènes torrides de mes nuits.

Là-bas en ces bivouacs, je rêvais moins de ces scènes érotiques,

Mes nuits se peuplaient plus de grands galops ou d'un centre équestre bien à moi.

Pour la plupart du temps, je chevauchais un cheval blanc et dans une grande forêt je demandais à mon compagnon d'aller à vive allure tout en traversant cette belle forêt faîte de grands chênes. Je la parcourais sur des sentiers bien propres et assez large pour que ma monture puisse agréablement passée.

Avec une grande aise je sautais par-dessus des arbres couchés par leur déracinement dû à la dernière tempête.

Je rencontrais au coin des chemins quelques animaux sauvages comme des chevreuils ou d'énormes sangliers, alors j'arrêtais mon compagnon d'un geste simple et me mettait à les regarder trotter ou manger. Ils étaient toujours qu'à quelques pas de moi mais ils n'avaient aucune crainte, tout comme moi ou mon cheval d'ailleurs.

On voit que je rêvais car dans ma vraie vie quand j'allais voir les animaux, ça ne se passait pas comme cela.

Avec l'ami de maman, on y allait. Il était un fou de la nature et dès qu'il pouvait voir des animaux de toutes sortes, il ne se gênait pas. Bien au contraire, il parcourait des heures entières les bois pour essayer d'en voir.

Parfois la nuit venue, on partait sur les routes qui était construites entre deux champs et on « traquait » ce qui pouvait se voir pour juste les contempler.

Il lui arrivait de mettre la voiture sur le bas-côté et nous marchions en travers de grands champs de maïs.

Des sangliers aimaient y trouver refuge et il savait les dénicher.

De sa lampe il les éclairait et je pouvais voir leurs yeux jaunes nous regarder.

On dit que le sanglier ne voit pas très bien mais lorsqu'un sanglier enfoncé dans un champ de maïs plus haut que moi nous fixait je peux vous assurer que je n'en menais pas large et je devais tenir Franck par le bras tellement j'avais peur.

Il n'y a qu'avec lui que je partais à ces rencontres inattendues car je lui faisais confiance.

Je savais que si un énorme sanglier venait à nous charger, Franck saurait me défendre.

J'aimais regarder des vidéos de ces porcs sauvages et leurs attaques sur YouTube.

J'avais peur de ces grosses bestioles mais j'aimais vraiment aller les voir avec Franck et ses enfants.

Je devais sûrement aimer la montée d'adrénaline je pense et, j'aime encore cela à ce jour. J'y vais encore quand je peux.

Avec Franck, ce qu'il y avait de bien, c'était qu'on bougeait souvent et qu'on faisait un peu de tout. Bon parfois je sortais avec eux faire une pétanque sans vraiment avoir de conviction mais ça me faisait sortir de ma chambre ou je me terrais pour m'abrutir de séries télévisées.

Je faisais aussi du foot (du moins je faisais acte de présence car j'avais plus peur qu'autre chose). Je restais sur le terrain sous le hall et de temps à autre j'osais mettre un peu mon pied mais je vous avoue que pour la plupart du temps, je me retournais et crier en me protégeant d'une éventuelle attaque du ballon. Eh oui je croyais que le ballon allait finir sa course dans ma figure et je mettais toujours mes mains devant mon visage. Bien sûr la personne qui avait le ballon au pied se faisait un plaisir de me dribbler et d'aller marquer un but….

Sinon on allait marcher et surtout ce que j'adorais c'était d'aller faire les magasins…Une vraie fille que j'étais déjà à cette époque.

Lors de mes seize ans, nous avons été en vacances en Espagne avec maman, franck et ses deux garçons et sa nouvelle copine.

Nous sommes partis vers fin juin pour une durée de quinze jours.

Franck proposait des endroits on pourrait aller, il prenait évidement en conséquence le budget de chacun et moi bien sûr du haut de mes seize ans et mon égoïsme, je me fichais de ce détail financier. J'étais égocentrique ne l'oublions pas et il n'y avait que ce qui m'intéressait qui avait à mes yeux une grande importance. J'étais vraiment une satané capricieuse et mon égo était démesuré.

Lors de discussions entre Franck et maman du lieu, je tendais l'oreille comme pour la plupart du temps. Je ne disais rien et même si on me demandait mon point de vue, je ne disais rien ou je répondais que je ne savais pas.

Il me faut vous avouer que je faisais tout par derrière et même pour ces vacances, j'en ai fait autant. J'ai parlé en douce avec ma mère et lui avait bien plus que recommandé d'aller sur l'Espagne. A cette époque et déjà depuis quatre ans avant, j'avais trouvé un moyen pour que ma mère se mette de mon côté et qu'elle me dise oui à tous mes désirs, même si cela la mettait dans la merde ou si elle se prenait la tête avec des gens. Je ne voulais pas qu'elle cède pour les autres mais que pour moi.

Je lui ai bourré le crâne avec l'Espagne en lui infligeant toutes sortes de conneries qui pour moi me semblait parfois être juste pour aller en ce Pays que je ne connaissais pas mais que je voulais aller visiter. N''oubliez pas que j'étais très branchée sur le net et surtout je passais des heures à regarder mes conneries de youtubeuses. J'avalais tout cru ce que la Youtubeuse disait sans me soucier des dires des gens qui me prévenaient que ces gens se faisaient du fric sur la naïveté des gens comme moi par exemple. Pas question de critiquer ce monde que j'admirais tant et que je mettais en mon unique Univers.

Ma vie était basée sur ce que je visionnais en allant jusqu'à oublier la triste réalité, on me le reprochait assez souvent mais évidemment je ne voulais rien entendre et pas voir cette vérité. Pour moi j'étais dans la vraie vie et surtout il était hors de question que je daigne me regarder dans une glace pour essayer de m'analyser.

Les autres vivaient dans leur vie nulle et moi dans ma vie de fiction, je refusais catégoriquement de percevoir ne serait-ce qu'un soupçon de la réalité, à part pour faire des achats et encore…Les youtubeuses me guidait en mes achats.

J'avais parlé des heures et des heures à ma mère pour la persuader qu'aller en Espagne voir un autre Pays serait la meilleure idée.

J'ai tout argumenté... les villes, les magasins à visiter, ses promesses d'y aller un jour etc... et bien sûr ma mère allait parler avec Franck pour le convaincre de cette destination en lui disant que c'était ELLE qui voulait à tout prix y aller et non vraiment moi, elle mentait pour moi... elle avait intérêt sinon elle savait que je ne serais pas contente et qu'on s'engueulerait.

Franck n'était pas naïf mais il a cédé.

Nous sommes allés pour commencer sur les dunes du pila puis direction Bilbao. Endroit magnifique et qui reste même à ce jour un mystère pour moi. Des dunes de sables qui se sont construites par le temps sur une hauteur considérable. Je suis bien d'accord qu'il y a la mer au pied de ses dunes mais de là à les voir se construire telle qu'elles sont, ça sort de la magie pour moi. Des mètres et des mètres cubes de sables fins formant des montagnes qui surplombent l'atlantique d'un côté et une forêt de sapins de l'autre.

On en a bavé pour monter au sommet de cette dune et en plus il y avait une chaleur caniculaire en cette période.

Arrivés tous en haut, certains avant d'autres bien sûr, je n'ai pas besoin de vous dire qui, vous vous doutez que les mâles sont arrivés les premiers et que nous les filles nous sommes arrivées bien après eux ; mais nous avons tous eu la même réaction, un Oh de stupéfaction en contemplant cette vue imprenable.

Pensant que nous n'en avons sûrement pas encore assez bavé, Franck décida de descendre l'autre versant pour se rapprocher un peu de la mer... Évidement se rapprocher pour Franck voulait dire aller au bord de celle-ci pour juste voir de près cette étendue salée.

On ne pouvait pas aller se baigner puisqu'on n'avait pas enfilé nos maillots de bain et la pause fut de courte durée, cinq minutes en tout et hop on remonte plus d'une centaine de mètres dans un sable bouillant et pénible pour nos pieds tellement on s'enfonçait dedans et qu'on redescendait...

Des arrêts étaient pour nous les filles obligatoires au vu de l'ascension et les garçons attendaient une fois de plus en haut sous la fournaise du soleil ardent.

Je n'en pouvais plus et je râlais tout le long de cette horrible montée qui n'en finissait pas.

Une fois en haut, je me mis à m'asseoir sur ce gros tas de sable que je maudissais à présent.

Les gens passaient péniblement devant moi ou derrière moi. Je pouvais voir de la sueur sur le visage ou le dos de beaucoup d'eux, ils peinaient également et sous leurs durs efforts pour avoir monté et maintenant braver le chemin fabriqué par les nombreux pas des gens et en faisant donc entassé le sable comme pour faire une route en cette montagne de sable, ils soufflaient fort.

Je les regardais progresser et il faut vous dire qu'à ce moment j'étais bien contente d'être ou j'étais et pas à leur place, eux qui allaient se faire du mal à leur tour en descendant cette pente abrupte.

Quelques instants plus tard, nous reprîmes le chemin à l'envers et nous descendions ce qui a été pour moi une torture à monter.

Peu de temps après et après avoir failli tomber plusieurs fois nous nous retrouvions au point de départ de ce début de dune.

Le soir, les voitures arrivaient vers les hauteurs de Bilbao.

Les deux véhicules se garèrent et sous des rires, Franck et ma mère nous annoncèrent que nous allions monter des escaliers rencontrés avant quand ils étaient rentré dans la ville.

Je pouvais voir ces fameux escaliers qui ne faisaient que prendre de la hauteur et juste à leurs côtés se situait un ascenseur. Celui-ci était spécial pour moi car je n'en avais jamais rencontré auparavant de semblable.

Tous les ascenseurs montaient verticalement ou descendaient de la même manière mais celui-ci montait en une pente à quarante-cinq degrés.

Bien sûr, on ne le prit pas, il fallait une fois de plus faire preuve de challenge sportif en se tapant ces centaines d'escaliers.

Au sommet, on put voir dans cette nuit bien sombre, toutes les lumières des maisons et des magasins qui étaient allumées.

C'était super beau et assez fascinant à regarder, toute cette étendue lumineuse qui nous montre comment en n'importe quel endroit on peut voir la superficie prise par l'humain.

Franck observa lui aussi et décida de redescendre ces fameuses marches pour rejoindre nos véhicules.

Nous dirigeâmes vers la ville et je dois dire que Franck était un as pour se repérer et du premier coup il nous emmena vers les coins qu'on avait vu sur le net.

Toutes les sculptures étaient sublimes et on les photographiait avec nos appareils photos ou nos portables.

Parfois Franck nous demandait de poser en dessous de ces œuvres d'art géantes, telle l'araignée ou encore ce chat gigantesque fait de plantes et qui est l'emblème de cette immense ville.

Nous avons traversé la ville dans cette nuit paisible et douce de long en large puis nous nous sommes installés sur des bancs et nous avons pu nous restaurer de ce que nous avons pris avec nous, c'est-à-dire, pain avec saucisson sec, cervelas, salade, chips… et le tout accompagné d'un bon coca cola.

Après avoir bu leur café, nous nous sommes remis en route pour aller rejoindre une ville au hasard pour aller camper nos toiles de tentes sur un carré de pelouse dans un camping municipal.

Nous devions aller visiter la ville mais au vu des réclamations de ma mère et de l'amie de Franck, nous sommes repartis dès le matin en direction de Valencia.

Grande ville impressionnante avec des immenses magasins à plusieurs étages et aussi des rond-point à cinq voix.

Très dur pour les conducteurs de se faufiler sur ces routes sans se faire rentrer dedans mais je dois avouer qu'en cette ville les gens ne klaxonnent pas comme en France, ils sont sûrement plus compréhensifs que les Français en général.

On devait aller au bord de mer mais impossible de trouver une plage et vu le déferlement de voitures sur les routes, Franck a décidé de passer outre cette plage et d'aller à la destination suivante.

Nous arrêtions souvent dans les stations-service pour que les trois adultes puissent prendre un café bien serré afin de pouvoir tenir le choc dans toutes ces heures passées au volant des voitures. Nous avions droit tant qu'à nous à notre chocolat ou bien ce qu'on voulait.

Vers midi Franck qui devançait ma mère bifurqua une fois de plus en une station-service pour qu'on puisse s'y restaurer.

Le soleil était haut et la chaleur accablante déjà.

La vue était époustouflante et on pouvait distinguer des arbres sur des débuts de montagnes. Oh pas trop haute comparé à celles que nous aurons plaisir de voir plus loin mais assez haute pour que la décision soit prise d'aller faire un peu de sport et de découverte.

Nous nous habillâmes pour cela et nous nous dirigions en ces coins inconnus.

Nous devions traverser une rivière qui avait pour profondeur un peu plus de vingt centimètres par endroit et qui avait une largeur de plus de six mètres. Bien sûr Franck aurait pu chercher un gué ou un truc comme ça pour traverser mais il aimait l'aventure avant tout et le sport. Tout le monde le suivait, il était le leader de nos aventures.

Je vous l'avoue, pour moi parfois c'était bien car j'avais une confiance aveugle en lui mais parfois je le détestais tellement c'était pour moi sportif et chiant.

Il se prit la peine de prendre des pierres et se mit à les balancer dans l'eau pour que ça fasse un amas.

Petit à petit et un pied sur son exploit il avança vers l'autre rive sans toucher une seule fois l'eau. Pour faire la largeur, tout le monde lui donnait un coup de main et lui passait par conséquent des pierres qu'il choisissait.

La seule à mettre un pied dans l'eau, vous l'aurez douté, c'était ben moi…

De l'autre côté, il nous fit escalader la longue et méchante pente ou quelques arbustes étaient dessus et aussi des épineux. Rien de tout cela ne le dérangé

Nous avons monté puis descendu et encore monté à un autre endroit des kilomètres de mètres à avaler malgré la lourde chaleur ou nos pas n'étaient pas sûr du tout car il n'existait aucun chemin et Franck passait là ou il le pouvait et cela même si on devait rencontrer quelques arbustes aux épines qui nous rentraient dans la chair de nos jambes. Rien ne l'arrêtait, il poursuivait sa route imaginaire en gardant à l'esprit son objectif ou son point d'horizon.

En même temps nous avions droit à des découvertes de pas d'animaux et de leur excrément…ça nous faisait à ce moment une petite pause et j'avoue que j'étais très intéressée par cela.

Quelques heures plus tard nous regagnâmes la rivière mais en un autre endroit. Là il y avait déjà des grosses pierres et un tronc mais le courant était assez fort et la profondeur de l'eau était de plus de soixante-dix centimètres.

Pas ça qui allait l'arrêter ; hop on retire les chaussures et les chaussettes et le pantalon et on traverse.

C'est sa copine qui en fit les frais la première malgré les avertissements de Franck en lui disant de ne pas aller trop vite ou bien de ne pas passer sur les cailloux avec des longues algues etc…elle ne l'écoutait pas et plouf, dans l'eau entièrement. Ce qui fit rire tout le monde évidement.

Après avoir bu un autre café et nous un coca nous repartîmes pour aller encore plus bas en Espagne.

Le soir, tous les conducteurs fatigués, on s'arrêta dans un coin à notre nouvelle destination.

La petite ville du nom de Java était splendide.

Nous avions garé les voitures sur un parking pas loin de l'océan.

Il y avait beaucoup de monde en cet endroit surprenant par toutes ses beautés et nous avions décidé d'explorer ce coin.

La mer était en marée montante et elle était assez bonne mais personne n'a été se mettre dedans.

On longea cette plage tout en discutant et en admirant les magasins fermés mais ou on pouvait voir dans leurs vitrines des habits et bien d'autres choses.

Cette nuit-là, nous avions dormi dans les voitures près d'une usine navale. Les deux autres nuits suivantes, nous avons dormi dans un camping privé avec piscine

Nous allions à la mer et à la piscine en fin d'après-midi. Le matin, nous explorions la ville et ses magasins. Tout me plaisait en cet endroit…sauf que la mer se présentait avec quelques vagues violentes pour moi en faisant des sacrés trous quand elle se retirait. J'ai dû préférer faire le bronzage.

Je pouvais admirer en même temps les garçons sur le bord de plage mais je ne pouvais pas aller les voir ; surtout que j'étais timide.

Le soir, j'étais installée dans une chaise longue au bord de la piscine, mon activité préférée…

Un après-midi ou j'étais toute seule en ce bord de piscine, je me suis fait aborder par un garçon que je regardais au travers de mes lunettes de soleil.

Nous avons vite fait connaissance et nous nous sommes empressés de partir de ce lieu ou tous les yeux étaient sur nous et surtout le risque que ma mère vienne interrompre cela.

Nous avons fait le tour du camping pour ensuite sortir et nous balader.

Nous avons vite été nous mettre en un lieu ou nous allons être pour ainsi dire sûr que personnes ne viendraient nous déranger.

De grosses pierres allaient nous servir en premier temps de chaise.

Un peu dur pour les fesses mais on peut supporter la souffrance comme celle-ci quand on est bien.

Marc était assis sur une pierre en face de moi et il me racontait sa vie. Là ou il habitait, son école, ses copains, son sport, évidement comme la plupart des garçons, le foot.

En face de lui, je commençais à me trémousser sur cette chaise trop dure pour mes petites fesses.

Marc me regardait et il regardait plus précisément mes cuisses et peut être l'intérieur de celles-ci car j'avais mis une jupe assez courte vu la chaleur.

Son regard sur moi ne me laissait pas indifférente et je continuais de plus belle à bouger afin qu'il me voie de plus belle.

Ses yeux avaient grossi et il bafouilla en me disant que j'étais belle et que je lui plaisais.

Comme réponse il eut droit à mon beau sourire, ce qu'il prit sûrement comme une invitation car il se leva pour venir m'embrasser et au fur et à mesure de notre étreinte, j'ai pu sentir la douceur et l'habilité de ses doigts sur ma partie intime. Il m'a fait jouir rapidement.

Je m'apprêtais à lui saisir son sexe quand on entendit une voix derrière nous qui nous fit faire un bond et nous remettre debout et prendre la direction du camping.

Arrivés pas trop loin de l'endroit où nous nous étions installés, je dis à Marc que je devais le laisser là et lui fit la bise pour ensuite prendre sans me retourner le chemin de ma tente rose.

J'ai croisé plusieurs fois ce garçon mais je lui faisais juste un petit sourire car je n'étais jamais seule.

Pas une fois j'ai pu me retrouver seule avec lui en ce bref séjour, mais je dois avouer que je n'en avais pas tellement envie.

Emmanuel restait toujours dans mes pensées.

Samedi, dix-huit heures précises, on se retrouvait à notre dernière destination choisie.

Castalla, une petite ville d'une grande beauté avec des gens et commerçants forts sympathiques. Je vous ferais le tour un peu plus loin dans ce livre. Car à l'arrivée à Castalla, du moins vers cet endroit, nous sommes de nouveau arrêté a une station-service Repsol, toutes les stations ont cette même enseigne. Cela doit être le grand distributeur d'essence de l'Espagne.

Franck téléphona à la personne qui nous louait les lieux.

Ils se mirent d'accord très vite.

« Elle vient nous chercher, car on n'est pas loin de l'endroit où nous devons camper mais ça peut être quelque peu compliqué de nous y rendre. »

La chaleur était vraiment au rendez-vous et la température voisinait les quarante-cinq degré.

Quelques minutes plus tard, une femme âgée d'une trentaine d'années arriva sur le parking et se dirigea vers nous pour nous saluer et nous inviter à la suivre.

On arrivait sur un assez grand terrain ou il y avait des amandiers qui poussaient dessus.

En ce terrain, il y avait un mobil home et une caravane.

Plus loin, une petite cabane et un racoin juste à côté qui servira de douche avec juste un jet d'eau froide.

Cette cabane sera nos toilettes sèches.

On pouvait poser nos tentes comme on voulait et ou on voulait.

Après les échanges de présents, nous discutâmes autour d'une table qui était tant qu'à elle, placée sous une tonnelle...mais pas un toit complet, juste un bout.

Le paysage plaisait à tout le monde, sauf à moi mais je ne dis rien.

Tout était montagnes aux alentours et j'en ais bouffé de la montagne, on était là-bas pour cela et pas pour faire des boutiques encore et encore...Imaginez ma déception...

Nous avons été visiter la petite ville ou tout du moins le village et ses magasins pour aller chercher des provisions et boire un verre dans un café.

Le lendemain matin, tardivement car j'étais une lève tard, nous avons été visiter les magasins de sport et acheter des chaussures de randonnées et des sacs (pfff je préférais des baskets mais NON, il me fallait des chaussures de randonnées pour aller en montagne...)

Faut dire qu'il y avait eu de la chute de ma part et de ma mère, de la copine de Franck sur une falaise de plus de trente mètres de hauteur.

Je vous explique car c'est vrai que ces chutes étaient assez impressionnantes.

Je vais commencer par la mienne :

Nous montions sur une montagne choisie... oh de notre Camping (lieu ou on réside chez les gens ou en leur terrain pour une certaine somme et ou en général, il y a douche, frigidaire, plaque de cuisson, vaisselles...piscine parfois, jeux etc.) pour ce coin, il y avait juste vaisselle, plaque de cuisson, toilette sèche et tuyau d'arrosage pour se laver.

Donc, de cet endroit ou on voyait ces montagnes nous entourer, Franck avait choisi l'une d'elle et après en avoir parlé avec tous (moi je m'en foutais) et que donc ce tous sauf moi, étaient en accord, on est parti pourrait l'explorer.

Mais quelle surprise en arrivant aux pieds de celles-ci (pour toutes ce sera la même chose), on pensait que ce n'était pas si abrupte mais on se trompait c'est haut et très très dur (enfin surtout pour moi).

Je le répète, je suis une fille de la ville et non sportive, donc escalader, crapahuter, faire du sport était pour moi, une vraie plaie.

On monte et on monte ; des espèces de sentiers, ou pire, des cailloux prés à tomber…des rochers énormes, des arbustes encore à passer…et on monte, on n'en voit pas le bout, d'ailleurs ou était-il puisqu'il y avait à des moments que des arbres devant nous et on devait les traverser pour atteindre l'objectif choisi. Franck avait ses repères et son intuition, il savait toujours s'orienter pour aller au point désigné et même cela au beau travers de bois.

Je suis passée derrière lui, sur ces pas (car je dois l'avouer, malgré qu'il ronchonne, il est très prudent et il se sent responsable pour ceux qui vont avec lui, bien sûr c'est avec le temps que je m'en suis réellement rendu compte car avant j'étais trop bête pour voir cela, pour moi, il était chiant et il m'énervait quand il voulait faire ce que JE NE VOULAIS PAS et bien sûr je l'adorais quand il disait qu'on partait visiter des villes ou des zoos)

J'ai commencé à tomber sur des rochers et Franck par un réflexe de je ne sais pas où, m'a attrapé le bras et m'a retenue. Par la suite j'ai tenue l'extrémité de son bâton pour ne plus tomber et je dois vous dire qu'heureusement il y avait ce fameux bout de bois sinon plus d'une fois, j'aurais dévalé.

Tant qu'à ma mère, elle est tombée sur des piquants d'un cactus. Ces épines étaient tombées quelques temps auparavant de ce grand cactus en ces montagnes.

Il y en avait qu'un et il y a fallu qu'elle tombe là, à cet endroit-là…

Quelques mètres avant ou après et elle s'épargnait cette douleur intense mais la destinée en avait fait autrement en la faisant glisser sur cette pente qui cachée des milliers de petites épines transparentes.

Ses mains en étaient pleines et elle en souffrait.

Ses mains, ses bras tremblaient et ses jambes aussi, je ne sais pas ce qui la retenait encore debout tellement elle était tremblotante. Peut-être justement, ne pas retomber en cet amas d'épines.

Voyant cela Franck qui était venu tout de suite la voir et lui retirer comme il le pouvait les centaines et centaines d'épines lui demanda si elle préférait rentrer pour se soigner. Il lui demanda cela sans vraiment lui demander, c'était sa décision qu'il pensait être la bonne par rapport à la situation. Pendant qu'il lui mettait de l'eau abondamment sur ses mains rougies et tremblantes par la douleur il la regarda dans les yeux en attendant sa réponse et ma mère lui dit NON.

Elle voulait continuer (ça m'aurait arrangé qu'elle dise oui à Franck quand celui-ci avait proposé de repartir au camp après avoir examiné sa main, mais évidemment elle ne voulait surtout pas perdre la face et rien gâcher). La suite se déroula assez bien, oh il y a bien eu quelques glissades et des peurs mais plus de chutes comme celle-là. Enfin ce jour-là.

Un après-midi ou Franck avait choisi une montagne largement plus petite (bon avouons-le, c'était pour moi, vu que je faisais souvent la gueule ou que je pleurais par frousse même si dés fois il n'y avait pas lieu). Nous prenions un chemin étroit en montant vers le haut de cette petite montagne. En même temps et à la demande des autres, Franck nous entraînait à quelques exercices sur des rochers ou des failles en prévision d'une éventualité où on devrait rencontrer ce genre d'escalade à faire dans une plus haute montagne. Et effectivement, on en avait eu besoin plus tard.

On devait descendre quelques rochers, Franck nous montrait comment faire et nous devons l'imiter. Tous, sont passés et ont réussi, tous sauf moi…je ne voulais même pas essayer. Je me suis dégagée derrière les rochers tandis que les autres étaient en bas et que Franck se maintenait à un mètre cinquante de moi.

Il avait beau me consoler par ses paroles, me dire de ne pas avoir peur etc, je ne VOULAIS PAS et je me suis mise encore une fois à chialer…

L'habitude, Franck cède ou sinon c'est ma mère qui vient à mon « secours de caprice » mais là, non, personne.

J'ai dû descendre les rochers tout de même et il n'y avait aucunes difficultés mais mes caprices étaient en moi et je les faisais très souvent.

Le jour-là, nous avions marché sur un sentier qui se situé en haut de ces montagnes et nous nous sommes retrouvés à redescendre par des raccourcis inventés par Franck pour retrouver le Camping.

C'est en passant par ces raccourcis, qu'on s'est trouvé face à des falaises effondrées.

Les difficultés étaient présentes et Franck dût redoubler encore bien plus son Energie et sa matière grise pour nous faire descendre ces immenses falaises fragilisées.

À cet instant, je l'écoutais attentivement car là je ne pouvais plus faire de caprices et ni faire demi-tour car je me serais perdue.

J'ai réussi à descendre les parois avec l'aide de Franck. Ma mère également ainsi que ses deux enfants.

Franck nous avait montré le passage pour descendre à lui. Il se tenait sur un rebord de quinze centimètres maximums en cette falaise. En dessous de lui, un vide de plus de cinquante mètres. Il nous fallait descendre en épousant la parois, ventre contre elle et mettre notre pied sur ce rebord pour que lui qui nous tenait la main nous faisais passer sur un autre rebord plus loin qui surplombé ce vide. Nous l'avons tous fait et

86

nous ne bougions pas de nos endroits où nos pieds étaient à présent posés. Ce fut au tour de son amie de se mettre en position et de faire comme nous.

Elle ne l'a pas fait mais au contraire elle est descendue plus vite que prévue. Elle s'est retrouvée suspendue dans le vide. Franck qui la tenait par la main avait presque chuté avec elle à cause de son poids et de sa façon ou elle s'est comme jetée.

Heureusement, Franck avait de la force en ses jambes et il a réussi a rester sur ce rebord en cabrant ses jambes et en balançant son fessier vers l'arrière pour faire contre poids.

De son unique bras, il la maintenait et subitement on put voir qu'il la remontait vers lui. Il n'avait rien pour s'accrocher ou se tenir, juste la force de ses jambes et la pression mise en celles-ci pour se maintenir sur ce rebord. Nous avions tous eu peur, lui non, il n'avait pas eu le temps nous avait-il dit après. Les réflexes de sauveteurs avaient été les plus forts.

Ils avaient échappé à une mort ou tout au moins à de nombreuses blessures graves. On aurait été mal, au beau milieu de nulle part pour appeler des secours et de plus en Espagne.

Elle était vraiment inconsciente et elle ne voyait jamais le danger, son amie, elle à quand même failli le tuer en l'entrainant dans sa stupidité.

Ils en ont rigolé après et en rigole encore mais je sais qu'à ce moment-là, les deux enfants de Franck qui ont failli être orphelins ont eu une belle peur ainsi que ma mère et moi-même.

J'ai pu me servir de cette peur comme excuse pour ne plus aller avec eux en montagne.

Je suis resté dans le camping après m'avoir pris la tête avec ma mère. Je n'en pouvais plus de ces montagnes et de ces efforts et je voulais rester tranquillement dans ma tente. Ma mère m'a dit que j'allais m'ennuyer en restant dans ce camp mais je n'en avais rien à faire de son avis ou du fait que j'allais oui ou non m'ennuyer en ce lieu et sous ma tente.

Ils se sont décidés à partir quand même pour aller explorer une montagne de plus de mille deux cents mètres d'altitude.

Je savais qu'ils en auraient au moins pour cinq à six heures. Je m'en foutais royalement. Ma paix me suffisait à ce moment-là.

Vers quinze heure trente, une voiture venait de se garer sur le terrain.

C'était Alberto, le propriétaire des lieux.

Il est venu à moi quand il m'a vu et m'a fait la bise pour me dire bonjour.

C'était la deuxième fois que je le voyais. Il était beau malgré qu'il dût avoir dix ou quinze ans de plus que moi. Il était avec quelqu'un et je le savais, de plus ils avaient un enfant de bas âge.

Comme je l'ai dit plus haut, nous les avions rencontrés le premier jour lors de notre venue. Alberto était Espagnol mais il parlait assez bien le Français. Il était beau et son sourire était assez charmant sans compter sur son accent de là-bas qui le rendait encore bien plus séduisant.

Quand il parlait en ce premier jour, je le croquais du regard mais au vu qu'il était pris je détachais mon regard de lui.

En cette après-midi, il était habillé d'un short et d'un maillot. Il me demanda ou était Franck et les autres. Je lui fis part que tout le monde était parti en montagne sauf moi.

Nous discutions de choses et d'autres, d'écoles, de cours, de la vie en Espagne, de pures banalités en fait lorsque je lui demandais s'il voulait boire un thé ou un café.

A la table, il regardait la montagne tout en savourant le thé que j'avais pris soin de lui faire.

— Tu peux m'excuser quelques minutes ? Lui dis-je.

— Bien sûr.
— Je vais aller prendre une douche, il fait trop chaud.

Tout en lui disant cela, je lui arborais mon plus beau sourire qu'il me rendit immédiatement.

Sous la douche, je mis le tuyau au-dessus de ma tête pour me faire couler ce grand jet d'eau froide pour qu'elle vienne se propager sur tout mon corps. Je me suis shampouiné et laver rapidement pour enfin m'essuyer au dehors de cette douche de fortune.

Là ou il était Alberto pouvait me voir et j'espérais même qu'il me reluquer au travers de ce truc qui nous servait à nous cacher un peu. C'était des morceaux de bambous coupés en deux mis l'un à côté de l'autre. La largeur faisait peut-être soixante-dix centimètres de large, donc pas vraiment assez pour se cacher entièrement si on ne se collait pas au mur et à cet instant je n'étais pas collée contre ce mur.

Je me suis mise à siffloter pendant que je prenais tout mon temps pour m'essuyer

Je ne savais pas s'il me regardait mais je l'espérais et je sentais en moi un désir naître.

Quelques minutes après, je me suis retrouvé en face d'Alberto pour m'assoir sur une chaise. Je n'étais que vêtue que de mon maillot de bain.

Alberto m'avait dévisagé mais il détourna aussitôt la tête pour regarder vers sa voiture.

Il n'était pas insensible et j'en étais contente.

Je me suis mise debout pour aller de nouveau aller faire un thé.

Je devais passer devant lui et je me suis mise à faire ma plus belle démarche, celle ou mon cul bougeait dans tous les sens et que généralement tous les garçons aiment regarder.

Je jubilais de penser que nous allons faire l'amour lui et moi. Dans la tente, sur la table, dans sa voiture… ? peu importait le lieu, tant qu'il me faisait l'amour.

En faisant chauffer l'eau et en attendant que celle-ci soit assez chaude pour le thé, je nous imaginer tous les deux nus dans une étreinte passionnelle.

Je revins à la table avec la casserole d'eau chaude et remplit les deux tasses.

Je me mise assise de nouveau mais ce coup-ci en étendant mes deux jambes sur une autre chaise afin que Alberto puisse reluquer mes cuisses et mes petits seins.

Il se leva.

Je fis comme si de rien n'était mais je me sentais déjà bien excitée en me disant que ça y est, il allait venir à moi et m'embrasser.

Je le vis venir à moi comme je m'en doutais. Je le regardais dans les yeux, tout en repliant un peu mes jambes pour qu'il puisse mieux lorgner mes cuisses et mon fessier.

Il approcha sa tête de la mienne et vint coller sa bouche contre ma joue pour me déposer une bise.

— Tu leurs dira que je suis passé et que je repasserai

Et il se mit à partir vers sa voiture pour rentrer dedans et démarrer pour partir en me laissant comme ça…moi…

Je me sentais ridicule, humiliée, vraiment comme une pauvre imbécile restant sur sa chaise, les yeux grands ouverts et le rouge aux joues.

LA HONTE…

Je me suis mise debout avec mes yeux brumeux pour aller de nouveau sous cette satané douche et me foutre de l'eau bien froide sur moi.

J'étais si sûre de moi et de mon effet sur lui et lui, il est parti rejoindre sûrement sa femme et peut être lui dire…

Allait-il le dire à ma mère ? À Franck et à tout le monde ???

Je me mis à courir sous ma tente et m'enfermais en refermant cette satané fermeture éclair pour me jeter sur ma couette et pleurer de honte.

J'avais subi un véritable échec. Comment avais-je pu une seule minute que Alberto âgé de plus de quinze ans que moi allait succomber à moi ? J'étais tellement sûre de moi et de mes talents de séduction de petite jeune femme timide.

Une douche froide, gelée venait de m'être offerte par cet homme.

C'était comme si on m'avait poussée dans une cascade de plus de cent mètres de vide et que comme matelas pour m'accueillir, c'était de l'eau au degré de l'hiver.

Je pestais contre lui, contre le monde entier et enfin contre moi…me rendant compte que je n'étais que réellement ce que les autres disaient de moi, une capricieuse et talentueuse actrice et manipulatrice. Je me rendais également compte que la vie n'était pas si bien vécue quand on se heurtait à un mur et que parfois cela pouvait faire mal, très mal même. Et ce mal que je ressentais actuellement, je l'avais fait subir à de nombreuses personnes que ce soit à des amis, des copines, mais surtout à ma mère, ma famille, Franck et son entourage.

Je pouvais me rendre compte de mon égoïsme et de mes désirs. Je les vivais en moi et les dorloter si bien qu'ils étaient mon acte principal de ma vie, et même si pour cela je devais détruire du monde autour de moi.

Je ne voulais pus de l'amour, que ce soit avec un grand A ou un a minuscule. Je voulais désormais le fuir.

Heureusement pour moi, Alberto qui était revenu deux jours plus tard avec son enfant et sa compagne ne cafta pas cet épisode à qui que ce soit.

Merci Alberto.

Et grâce à toi, ma vie allait changer.

En Espagne et quelques petites années après, je restais propre à moi-même, avec mon caractère de jeune femme capricieuse et mes excès de colère.

Ma mère en souffrait avec moi et tout ce qui l'entourait.

Tel un ouragan, je passais, faisais et laisser derrière moi que désastre et désolation.

C'était toujours des coups de gueule, des menaces, des insultes, des ordres et bien pire. Une fois que j'avais mis ma merde je me tairais dans mon espace de protection, ma bulle, mon monde et je laissais les gens sur ces notes de mauvaises ambiance.

Leur moral était assez bas et ils pestaient contre moi, ce qui avait le don de m'énerver encore plus et je le faisais savoir à ma mère par des coups de colère et d'insultes. Je ne supportais pas qu'on puisse parler de sur moi mais je ne voulais pas du tout aller discuter avec quiconque surtout pour entendre encore des trucs contre moi.

La vérité n'est pas toujours bonne à dire mais à mes yeux en ce qui me concernait, elle n'était pas bonne à entendre par MES oreilles. Par contre moi je pouvais balancer ce que JE voulais, c'était tout à fait normal mais pas le contraire.

Pour moi se parler de nouveau impliquer que on me parle comme si rien ne s'était passé, comme-ci il n'y avait jamais eu de mots ou de colère, d'excès etc.

Je ne voulais pas entendre mes torts et SURTOUT je ne pouvais pas les entendre car pour moi, j'avais raison et c'est tout.

Hors de question qu'on me dise ce que j'avais fait ou qu'on me reproche mon comportement, j'étais quelqu'un de très bien en cette époque, du moins à mon sens. Je me sentais LA reine, la fille qui était au-dessus de tous etc…

En écrivant cela, je peux vous assurer que j'ai la larme à l'œil tellement ça me fait mal. Penser que j'étais cette peste et que je faisais le mal autour de moi avec des gens qui m'aimaient eux et qui voulaient que mon bien.

J'ai dû faire une pause pour aller me faire un thé et surtout me reprendre. Mon esprit est encore torturé à ce mal que j'ai pu commettre. Il n'est pas question de se cacher derrière le fait que je n'étais qu'une jeune fille puis une adolescente. Ceci n'excuse pas tout. Je n'étais qu'une sale égoïste sans scrupules et qui avait le don de chercher histoires là où il n'y en avait pas.

A ce jour, à cet instant j'en pleure de penser à toutes ces tensions que j'ai pu faire subir aux gens, J'étais vraiment sans pareille, une fille qui avait grandi dans le monde de la technologie et de la télévision.

Pour moi, le grand frère à la télévision était une pure réalité et non une télé réalité ainsi que les Marseillais, les anges et bien d'autres émissions de ce style. TOUT était réel et la vie était comme cela pour moi. Malgré que Franck me dît que tout ceci était de la télé réalité et qu'il essayait à maintes reprises de me faire voir réellement la vraie réalité je m'obstinais à ne pas le croire lui mais de croire que j'avais raison de penser que lui était dans le faux et bien évidement ce que je regardais était vraiment la réalité. Donc ce qui voulait dire à mes yeux, réalité en ces émissions et youtubeuses alors la vie doit être pareil et je faisais en sorte que tout autour de moi ressemble à cela.

91

C'est pour cela que je me prenais très très souvent la tête avec ma mère et les autres, pour que tout ressemble à ce monde auquel je croyais et que je calquais. C'était devenu MON monde et il devait fonctionner tel que je le voyais, le vivais.

Histoires, querelles, enfantillages, coup de gueule, colère, explosion, idioties, bêtises, caprices, copiage sur les autres, prendre toutes les personnalités des autres et pas en avoir une à moi, vouloir tout ce que les autres avaient, dire du mal, critiquer toujours les autres filles ou femmes, m'enfermée dans ma chambre pour me mettre dans mon lit sous la couette et me nourrir de séries tv, croire que le monde actuel est faux et hypocrite hors que le mien, qui se résume au virtuel est le vrai, le bon…….. Je pourrais en écrire des pages tellement j'étais une pauvre écervelée et surtout très fière. Tellement fière que je ne voulais surtout pas m'excuser de quoique ce soit.

On était en math quand Jonathan, élève brillant de ma classe me remit un mot.

Je le pris avec la plus grande discrétion et le glissa dans ma poche. Il me regardait faire en me faisant un petit sourire et un clin d'œil.

Pendant la pause déjeuner, je parcourus cette lettre qu'il m'avait faite la veille au soir.

Il me faisait une déclaration d'amour et à cela il avait pris soin d'y ajouter une poésie de ces mains.

En la parcourant, mon ventre était comme mes joues, en feu et je ressentais comme des petits papillons à l'intérieur de moi-même.

Depuis le début de l'année, je l'avais remarqué mais je pensais que lui ne me calculait pas. En fait, de ce qui était écrit c'était l'inverse. Il me disait qu'il m'admirer et cela depuis le premier jour de la rentrée et qu'il lui fallait faire ce pas, quitte de se faire remballer. Il me faisait savoir que depuis le départ, ses yeux étaient rivés sur moi et qu'il buvait chaque phrase sortie de ma bouche.

Le soir, il pensait sans cesse à moi et se disait que le lendemain il allait venir me voir mais à chaque fois il n'osait pas et reculait son action. Alors ce soit là, il avait décidé de me faire cette bafouille comme il l'appelait si bien pour me la remette le lendemain en classe.

J'en étais étonnée car je ne le voyais pas si timide ou simplement qu'il puisse se sentir intimidé par une fille.

J'ai lu cette lette plusieurs fois. Vers la fin de celle-ci, il me demandait de lui répondre et de lui remettre en main propre. Il avait aussi laissé son téléphone, en cas ou je désirerais lui envoyer un sms…

Prévoyant, je devais le reconnaître et tout y était pour que je lui fasse réponse., même le développement de sa bafouille comme il l'appelait lui-même laisser envie de répondre au moins par politesse.

Hors de question de lui faire une lettre en réponse à cette heure-ci et à l'endroit ou je me trouvais. Écrire une lettre assise sur des toilettes n'était ce qui avait de mieux.

Je pris mon tel et lui rédigea un court sms ou je lui écrivais :

— Salut, en réponse à ta lettre je t'envoie ce message. Je suis ok pour qu'on puisse dans le future devenir des amis mais laisse-moi le temps.

Je clique sur envoie Et j'attends sur ces toilettes. Rien. Je m'avise et après m'être rhabillée et laver les mains je sors de ce lieu ou l'odeur est infecte pour aller rejoindre mes amies.

Discutant de choses et d'autres avec l'un d'elles, je sentis dans ma poche mon téléphone vibrer.

— Tout ce que tu veux, tant que j'ai une chance, ça me suffit. Je t'attendrais tout le temps qu'il faudra mais pas des années non plus j'espère ?
— Non mais le temps qu'il faudra, c'est à prendre ou à laisser.

Je regarde longuement ce message en hésitant de l'envoyer tellement il était direct et brutal. Tant pis je l'envoie.

Jonathan est beau garçon et en surcroît, intelligent et assez calé sur beaucoup de cours mais peu importe ce qu'il est ou comment il est, j'avais décidé depuis cette aventure en Espagne de cesser avec les garçons et de me donner facilement et naïvement aux garçons.

Je préférais restée seule et me consacrer à mon avenir.

Nouveau message :

— Je ne te voyais pas si directe que ça mais ça me plait bien.

— Et ???
— Je suis d'accord avec toi. Prenons notre temps et on verra bien.
— Juste une chose Jonathan, on ne s'affiche pas devant qui que ce soit, d'accord ?

Un bon laps de temps se mit à passer avant que mon téléphone se remit à vibrer en ma main.

Mon amie me parlait de ce fameux week end qu'elle avait passé avec son amoureux quand celui-ci me fit sursauter en vibrant dans ma main.

— Ça voudra dire qu'on pourra se voir en dehors de l'école ?

Je n'avais pas pensé que mon bref message puisse être pris comme cela et il en était hors de question. Je franchissais déjà ma limite que je m'étais faite, en lui parlant par sms alors hors de question de se voir ici ou ailleurs et de me faire une fois de plus avoir par lui ou un autre. Je regarde attentivement mon portable et lui répond immédiatement tandis que Elodie me parlait toujours de son chéri, elle en était à me

94

raconter qu'ils étaient tous les deux partis chez lui dans la maison de campagne de ses parents dans un village perdu.

— Non, désolé si je ne me suis pas bien fait comprendre. Je ne veux plus de relations avec des mecs pour l'instant, je suis aussi bien toute seule à penser à mon futur que plutôt souffrir pour un mec qui n'en vaudra pas le coup en fait.

— Tu vois nous étions tous les deux en ce grand lit le soir et nous avions cette vaste maison à notre disposition. Le soir en mangeant nous buvions…
Nouveau retentissement de mon portable, interrompant mon amie en son récit. Elle me regarde dans les yeux et me demande si elle ne me dérange pas en fait.
Le rouge aux joues, je lui répondis que non et que les messages étaient de ma mère. Un mensonge que je me permis car inutile de lui dire quoi que ce soit sinon j'aurai droit à de nombreuses questions et une discussion sans fin.
— Tu as dû souffrir pour en arriver là et j'en suis désolé pour toi. Quel est l'idiot qui peut te faire cela et faire en sorte qu'une jolie personne comme toi puisse être plus aimé de lui ?
— Ça ne te regarde pas et je voudrai que pour l'instant tu arrêtes tes messages qui m'embêtent car je suis avec mes amies là.
— Bien, mais pourrais-je ce soir si tu le veux bien ?
— De quoi ce soir ?
— T'envoyer de nouveaux messages.
— Mouais, je serai plus tranquille.
— A partir de quelle heure ?
— Dix-huit heure quinze.

Mon amie me regardait maintenant. Elle ne parlait plus.

— Pardon

Lui dis-je en rangeant mon portable dans ma poche de jean.

Laure vint nous rejoindre.

Les deux filles parlaient maintenant du Week end à venir et de ce qu'elles avaient prévu de faire avec leur chéri respectif.

Dans ma poche le téléphone vibra de nouveau. Malgré ma grande envie de le prendre et de regarder ce qu'il m'avait envoyé, car j'étais sûre que ce message venait de lui, je me retins et souris à mes amies quand l'une d'elles me demande ce que moi, j'allais faire ce week-end.

On est mardi et je n'ai pas encore pensé à ce que je pourrais faire pendant ces deux jours. Sûrement une ballade pour aller voir des chevaux et apprendre les cours, leurs répondis-je.

La sonnerie se fit retentir et nous nous dirigions vers l'établissement pour ensuite rentrer dans la classe. Mais avant de rentrer dans la salle, je ne sais pas pourquoi exactement, je sentais le besoin de regarder ce message.

Il me disait :

« Que tu es belle dans cette cour si triste, je t'admire de loin et je le ferais également en classe. Je t'embrasse et te dis à ce soir. »

Je rentrais avec deux petites minutes de retard dans ma classe.

La salle était assez ancienne et on pouvait le voir malgré que pendant les grandes vacances on avait dû passer un bon coup de pinceau pour rafraîchir cette pièce. Je m'excuse de mon retard à Monsieur Stell, notre professeur de math et vais à ma place.

En entrant, mes yeux vont directement sur Jonathan qui me regarde lui aussi.

Il était juste installé deux places plus loin à la droite de ma table.

Il est vêtu d'un pull bleu et d'un jean délavé. Je sentis mes joues rougir quand il m'adressa un petit sourire.

Pendant ce cours, je pouvais le voir effectivement me regarder et si je ne croisais pas son regard je pouvais le sentir sur moi.

Malgré la gêne que je pouvais ressentir, j'aimais tout de même le savoir me regarder comme il me l'avait si bien noté par son sms.

De temps à autre, je m'autorisais le droit de l'épier sur un coin de l'œil. Quand il le voyait, il m'adressait à nouveau un sourire.

Nous en étions aux équations quand mon téléphone se mit à vibrer encore une fois dans ma poche. J'avais oublié de l'éteindre avant de rentrer en classe comme le demandait le règlement.

Sa vibration me fit rougir encore plus, je croyais que tout le monde l'avait entendu et surtout le prof mais heureusement, non.

Je levais le doigt pour demander à sortir pour des besoins personnels et je sortis pour me rendre dans les sanitaires de l'étage.

96

Une fois dedans et une fois que j'avais bien regardé que personnes ne pouvait me voir, je pris mon portable et lu son message.

« Pas pu attendre ce soir, il me fallait te dire que j'adore quand tu me regardes et que mes yeux ne cessent de t'admirer. »

Je lève les yeux vers le plafond et ils se rivent sur une tache grisâtre.

De mes doigts habiles je lui fis une réponse.

« Je croyais que tu n'allais pas le voir que je te regardais et vois que toi aussi, tu me regardes. Mais pourquoi moi ?? Elles ne sont pas belles les autres filles de la classe ou ailleurs ? »

Je clique sur envoie et attend qu'il me réponde. Mais rien

Plus de cinq minutes après, je décidais de revenir en classe avant que le prof ne se mette à venir me chercher ou me faire chercher.

La réponse se fit le soir à dix-huit heures quinze exactement.

« Pour moi tu es la plus belle et la plus intéressante de toutes, voilà le pourquoi. Je te regarde depuis le début comme je te l'ai déjà dit et je trouve que tu es une fille qui me correspond. Je comprends que tu veuilles rester seule et ne plus sortir avec quelqu'un mais je te demande juste d'être amie avec moi et peut être qu'un jour, ton cœur chavirera pour moi et que nous deux ça le fera »

Quand je l'ai lu, j'étais en salle de perm mais aucuns pions pour nous surveiller à ce moment-là. Je lui écris que j'allais lui répondre un peu plus tard car j'étais en perm.

Nouveau message.

— OK pas de problème, j'attends avec impatience de te lire.

Peu de temps après, j'étais installée assise contre un immense chêne qui trônait sur la pelouse de l'établissement.

Confortablement appuyée contre ce gros tronc et assise sur ma veste que j'avais retiré pour cela, je pris mon portable en main et relus le message de Jonathan.

Je respirais l'air frais du soir qui venait d'apparaître subitement.

Pas un air glacial mais frais pour cette fin d'après-midi.

Je commençais mon message dans ma solitude.

— Merci de ces compliments que tu as sus me témoigner cet après-midi. Cela fait toujours plaisir.

L'attente ne fut pas de longue durée. Mon téléphone se mit à vibrer quelques secondes aussitôt.

— C'est juste une simple vérité et franchement si un jour je réussis à te faire sentir des papillons dans ton ventre, je serai le plus heureux.je ne veux que ton bonheur.

Lisant ce sms, mon cœur se mit à battre la chamade de plus belle. Les papillons, c'est sûr qu'il saura vite me les faire ressentir s'il continue comme cela mais il me fallait rester sur mes réserves.

— Oui si tu le dis. Tu es ou là ?
— Dans ma chambre, allongé sur mon lit. Et toi bébé ?
— Bébé ???
— Juste un surnom qui te correspond bien. Cela te dérange ?

Je trouvais cela assez mignon en vérité et j'étais touchée par ce surnom inattendu de sa part.
— Non, en fait j'aime bien Nathan.
— Que j'aime que tu m'appelles Nathan. Et toi tu es où ?
— Sur la pelouse, contre le gros chêne.
— Seule ?
— Oui et toi ?

Je trouvais ma question absurde mais je l'ai envoyé et j'ai réfléchie qu'après.

Dien sûr que je suis tout seul.
— Dans pas longtemps je te laisserai pour aller manger. Je pense que tu le sais que nous mangeons à dix- neuf heures.
— Oui je le sais et pas de problème j'irai manger en même temps que toi.

98

— Ok tu vas manger quoi ? Elle t'a fait quoi de bon ta mère ?

— Rien ! elle n'est pas encore rentrée. C'est moi qui me fais mon dîner

— Ah… et tu te fais quoi de bon ?

— Steak et frites, salades et dessert.

— Ça me donne envie ce que tu me dis.

— Viens, je t'invite ! lol !

Je lis son dernier message et je souris tandis que je sens une petite chaleur m'envahir.

Je m'apprête à lui répondre lorsque je me fis interrompre par Stella, une fille de mon dortoir.

— Salut. Je te dérange ? Je m'ennuie dans cette cour et je venais me promener sur cette pelouse lorsque je t'ai vu.

— Salut Stella. Non tu ne me déranges pas du tout.

Je n'allais pas lui dire qu'elle me dérangeait tout de même. En lui disant cela je range mon tel dans ma veste. Je répondrai plus tard à Jonathan.

Je pense qu'il faisait peur être cela pour s'amuser et qu'il l'avait fait à de nombreuses filles. C'est vrai que je n'avais encore jamais entendu parler de ça ni de lui au sujet d'une fille à l'école mais peut -être qu'il l'avait fait avec des filles à l'extérieur. J'étais à mes pensées quand mon téléphone se mit de nouveau à vibrer.

Je le prenais et lisais :

— Je t'ai choqué en te disant de venir me rejoindre pour dîner ? Et c'est pour cela que tu ne me réponds plus ?

Stella me regarde et se mis à s'asseoir à mes côtés en y installant à son tour sa veste.

— Tu es sûre que je ne dérange pas ? Sinon je peux te laisser tu sais !

— Non, non tu ne me déranges pas Stella. Je réponds juste à ce message et c'est bon. C'est mon frère qui me demande des nouvelles.

Je ne sais pas pourquoi je lui ai menti mais je n'avais pas envie de m'étaler sur ma vie privée et certainement pas sur ces messages avec Jonathan.

99

— Non Nathan tu ne m'as pas choqué. Il m'en faut tout de même plus pour me choquer. Si je ne t'ai pas répondu et je m'en excuse, c'est parce qu'une copine vient de venir me rejoindre car elle à envie de discuter d'un truc. Je te bipe un peu plus tard si tu le veux bien ?

— OK il n'y a pas de problème. A plus tard bébé.

Je remets de nouveau mon téléphone dans ma veste et me remets assise contre le bel arbre au côté de Stella.

Stella sort une cigarette et m'en propose une que je refuse poliment.

Elle l'allume et range son briquet bleu dans sa poche. Elle tire une bonne bouffée et recrache la fumée un coup sec.

— Tu t'embêtais à ce point-là Stella ? Tu n'es pas avec Laurie ?
— Non, elle est absente aujourd'hui. Du moins elle ne se sentait pas bien et elle a été à l'infirmerie et ses parents sont venus la chercher.

— Ah mince, rien de grave j'espère ?

— Non je ne pense pas. Tu connais Loïc qui est dans ma classe ?
— Oui, enfin je ne le connais pas vraiment, j'ai dû parler une ou deux fois avec lui c'est tout.

Stella tirait toujours sur sa cigarette tout en regardant devant elle.

Elle venait de faire un rond avec sa fumée.

Je ne voyais pas ce qui avait de bon à fumer et je la regardais tirer sur sa clope.

— Il s'intéresse à toi.
— Quoi ?

— Oui il s'intéresse à toi. Tu lui plais en fait.

— C'est lui qui te l'a dit ?
— Oui, enfin pas directement comme cela mais en causant de choses et d'autres, il en est venu à parler de toi et me demander des choses sur toi du style si tu sortais avec quelqu'un, s'il serait à mon avis ton style etc…tu vois bien quoi.
Elle écrasa sa fin de cigarette sur la pelouse et se mettant debout elle marcha dessus pour qu'elle soit bien éteinte.
On pouvait entendre d'où on était des cris de mecs qui se prenaient sûrement la tête.

100

Stella reprit une autre cigarette qu'elle alluma sans perdre une minute.

— La dernière de la journée.

Me dit-elle en tirant sur celle-ci.

On causa de ce fameux Loïc jusqu'à ce qu'un surveillant vienne nous voir pour nous dire que nous devions nous rendre au réfectoire pour dîner.

— Je lui dis quoi alors à Loïc ?
— Comment ça ?

Je la regarde tandis que nous nous dirigions vers le ref et lui dis.

— Rien en fait
— Oui mais s'il me demande ce que tu penses ou si tu voudrais sortir avec lui ? Je devrai lui dire quoi ? Il est sympa et je ne veux pas le dégouter et comme il m'a demandé de venir te voir, tu vois bien quoi ?
— Oui je vois bien mais tu lui diras s'il te demande qu'il soit sympa comme tu dis toi-même mais que je veux rester toute seule et ne pas sortir avec quelqu'un mais qu'on peut rester copains s'il le veut bien.

On se mit à se servir au réfectoire. Purée et une espèce de viande en plat de résistance. En entrée je pris des céleris et comme dessert une pomme.

Le repas se déroula tranquillement. Je m'étais installée comme souvent avec mes amies sur une table.

Mon téléphone vibra une fois de plus. Il était dix-neuf heures trente et je finissais mon plat de résistance.

Une fois dans la chambre je me mis sur mon lit et pris mon téléphone pour lire les messages. Il y en avait deux de Jonathan et un de ma mère qui prenait de mes nouvelles et me disant qu'elle avait pris deux heures de randonnée au centre équestre près de chez nous.

Je savourai d'avance cette bonne nouvelle quand le téléphone vibra de nouveau me retirant brutalement de mes pensées

Premier message :

— J'espère que ce n'est pas grave cette discussion bébé ?

Deuxième message :

— Je pense que tu es en train de dîner à cette heure-ci vu qu'il est dix- neuf heures dix ? Bon appétit. A plus tard.

Troisième message et dernier qui vient d'arriver sur mon portable :

— Alors bébé comment vas-tu ? Bien dîner ? Moi oui mais j'aurais préféré que tu sois avec moi et que nous discutions ensemble.
Je nous imagine ensemble à cette table. J'ai hâte de te lire bébé.
A plus tard.

Lisant ces messages, je me mis à sourire. Il était touchant et si attentionné.

Je regarde le plafond, ma tête bien installée sur mon oreiller.

Il me restait quinze minutes avant de passer à la douche et je me décide de répondre à ces messages.

Je commence à taper mon message et je me mis à le relire pour l'effacer car il ne me plaisait pas.

J'en rédige un autre directement.

— Nathan, désolé de t'écrire seulement maintenant mais oui j'étais à table avec des copines et comme tu le sais on n'a pas le droit de regarder nos portables.
Ma discussion n'était pas grave du tout, juste Stella qui venait me parler d'un mec qui voudrait lui aussi sortir avec moi.
Et toi ça va ? Bien mangé ???
Je clique sur envoie et le message part immédiatement.

J'entends dehors le vent s'engouffrer dans les arbres avoisinant le dortoir.

De ma fenêtre, allongée sur mon lit je peux distinguer ces arbres qui sont des pins de grandes tailles et quelques autres arbres.

Les branches bougent en allant de droite à gauche et les cimes se font également bousculer.

Le spectacle est beau à voir. Le soleil est presque couché et ce vent se fait assez violent.

Sue le lit, mon téléphone se fit entendre de nouveau lorsque la surveillante de l'étage vint à ma chambre pour me dire <<douche>>.

Je pris vite fait mon tel et ne le lis pas mais tape un message rapide.

— Désolé Nathan c'est la douche, je te lis après et te réponds également par la suite. Bises.

Je prends mon nécessaire de toilette, ma serviette et je me dirige vers les douches communes.

Comme d'habitude, en entrant dedans je pus entendre les voix des filles qui jacassaient de choses et d'autres tout en étant devant les lavabos ou les glaces tandis que d'autres étaient sous leur douche à profiter du jet d'eau chaude qui venait sur leur corps.

Ici, il était hors de question d'être pudique. Les personnes qui y étaient et qui ne se lavaient pas étaient mal vu et caftés en disant qu'elles puaient et ceci et cela.

En pyjama, en sous-vêtements ou même à poil, tout le monde circulait à son aise en cette grande pièce.

Quelques bancs étaient placés de ci de là pour nous asseoir ou mettre nos affaires.

Les lavabos qui étaient nettoyés par une femme de ménage n'était vraiment pas tout neuf et il y en avait même quelques-uns qui étaient fendus.

On était obligé de nettoyer les glaces qui nous servaient de miroir de la buée installée par l'eau chaude des douches.

Certaines des étudiantes laissaient des cœurs en dessin ou directement des prénoms de leurs chéris. On pouvait tout de suite identifier qui avait fait quoi en ces moment-là et qui sortait avec qui mais ces dits dessins ou inscriptions disparaissaient très vite quand une autre fille voulait utiliser le miroir.

Après utilisation, à son tour elle laissait la buée venir se coller à lui et se mit à faire elle aussi un don artistique ou un aveu. C'était comme un rituel et les rires se faisaient entendre parfois en ces moment-là.

Une fois, il y avait eu dispute et une bagarre entre ces deux filles avait explosée. Elles avaient fait leurs inscriptions sur cette buée et avaient par conséquent inscrit nom et prénom de leurs prétendants.

Il s'agissait du même garçon et là se fut l'explosion immédiate entre elles deux. Des questions, des insultes pour en arriver à une bagarre.

Elle se sont au départ dis des mots qui étaient loin d'être tendres. Une d'elles avaient hurlé que Bastien (prénom inscrit sur le miroir) était à elle et donc elle accusait l'autre de menteuse, de voleuse de mec et ainsi de suite pour en arriver à des mots d'oiseaux. En répartie évidement ce fut à peu près le même discours tenu et elles en sont arrivés à des menaces suivis de coups. La surveillante alertée par les bruits, insultes puis les cris des deux filles fit son entrée en hurlant à son tout pour que celles-ci s'arrêtent. Elles ne l'entendirent pas du tout et une d'elles plaqua l'autre au sol en la chopant par les cheveux et se mit sur elle pour lui affliger des gifles.

La pionne prit celle qui était au-dessus et la tira vers l'arrière pour faire libérer cette prise.

Une autre surveillante de l'étage inférieur fit son entrée en trombe et se chargea de ceinturer celle qui était au sol et qui se relevait pour continuer ses coups malgré la surveillante.

Les deux furent sorties par force de la douche et furent mises dans leur chambre respective avec un avertissement et bien sûr on leur dit qu'elles allaient voir cela avec la principale demain matin.

Des incidents comme celui-ci ou d'autres genres, comme des vols ou des coups d'éclats sans qu'on sache nous-même réellement la raison, il y en avait assez régulièrement mais pas de cette force et ampleur comme celle-ci. Des haussements de voix, quelques insultes échangées et une surveillante pour faire taire ce petit monde et on n'en parlait plus.

Je pris ma douche avec tranquillité. Le calme était maintenant présent ce soir. Leur dispute avait semé le calme. On dit toujours que le calme vient toujours après la tempête et c'était le cas en ce moment-là.

— Je me sens propre, il y a eu bagarre ce soir.

Je tapais ce message à Nathan en étant sur mon bureau dans ma chambre.

Le vent s'était apaisé lui aussi, on aurait dit qu'l était en harmonie avec la dispute des filles.

Je pus voir qu'un message de Nathan était en attente d'être lu de ma part, je cliquai dessus et le lus.

— Ton dernier message me transperce de bonheur.

Pour commencer, il est long et j'aie te lire et surtout tu le finis par le mot « biscs » je suis flatté par cela. Tu dois te dire qu'un rien je suis touché et qu'il m'en faut peu pour être heureux comme c'est si bien chant é dans un dessin animé que je présume que tu connais aussi, et oui c'est vrai je suis heureux de trois fois rien quand c'est de toi que cela vient.

J'aime te lire, je t'imagine dans ta modeste chambre de ce dortoir, allongée sur ton lit et le portable en main pour me répondre en m'ajoutant ce mot « bises ». Était ce voulu de ta part ? Je ne sais pas mais j'espère que oui et que ça ne sera pas le dernier.

J'aimerais sentir tes lèvres sur ma joue, je te l'avoue…peut être un jour…laisse-moi y rêver, y croire.

— Ce mot t'a été adressé comme cela mais je suis contente que celui-ci te fasse plaisir. Bises et comme tu le dis par toi-même, une bise ou des bises sur tes joues et pas plus. Je ne vois aucun problème à cela. Dans ce bahut, comme tu le sais tout le monde se fait la bise, donc que je t'écrive bise ou te la fasse pour moi c'est pareil. C'est sans pensées de drague ou bien une mauvaise compréhension qu'on est juste copain d'accord ?
— Deux messages de ta part, je suis ravi.

Pour faire réponse à ton premier message, j'espère que ce n'était pas trop grave leurs disputes et que tu n'as pas été mêlée à cela ?
Je n'aimerais pas que tu sois sujet à une colle ou pire une expulsion, ce qui aurait comme conséquence que je ne pourrais pas te voir en récré et si expulsion, plus du tout que ce soit en cours ou ailleurs, je sais c'est assez égoïste de ma part mais sur ce point-là je pense que tu peux me comprendre.
Ta douche est finie, je t'imagine bien ou du moins j'essaie de t'imaginer et j'en rigole.
Pour ce qui est du deuxième message, oui je sais que tout le monde se fait la bise mais la bise des autres n'a aucune importance ou un bienfait quelconque sur moi, tandis que ta bise à toi est très importante à mes yeux. Crois moi bébé c'est la pure vérité. Je sais que celle-ci n'a aucune signification pour toi mais j'espère qu'un jour

cela en aura une et je suis patient et optimiste à ce sujet. Mais pour l'instant la bise en ami me plaît déjà tant qu'elle vient de toi et de ton cœur.

Je regardais dehors quand ce message arriva sur mon portale suivi d'un autre aussitôt.

— C'est quoi cette histoire de ce mec qui voulait sortir avec toi bébé ?

De nouveau allongée maintenant sur mon lit, je lisais ses messages. Un large sourire se dessina sur mon visage et je pouvais ressentir une douce chaleur au bas de mon ventre qui commençait à m'envahir.

Ses messages et sa gentillesse commençait à me plaire et c'est pour cela que je devais tout de même rester sur mes gardes.

— Whaou un sacré roman que tu m'as fait là, cool. Mais bon un truc de mec que tu as tapé. Ça fonctionne avec toutes les filles ce numéro ?

— Quel numéro bébé ?

— Pour ma bise et son effet sur toi ?
— Tu trompes mon bébé et je me sens quelque peu vexé par tes propos et ce que tu penses de sur moi.
— Ce n'était pas mon but mais juste te dire que je ne crois pas en ces paroles. Vous les mecs vous avez toujours des phrases toutes faîtes pour draguer les filles.

La nuit commençait à se faire voir dehors et bientôt je ne verrais plus les arbres que je regardais encore à présent en tenant mon portable dans ma main, le doigt appuyé sur l'endroit ou envoie était signalé. Après hésitation, je me mis à faire partir ce message. Je me pensais « on verra bien ce qu'il en pense et comment il va réagir>>

J'entendais la surveillante commençait son tour de garde des chambres. Elle rentra dans la mienne et me dit comme tout à chacune d'entre nous, qu'il nous restait plus que dix minutes avant l'extinction des lumières.

— Bébé, tu as décidé de me vexer toute la soirée ? Je ne suis pas tous les mecs et je n'ai pas de phrases types ancrées en mon cerveau pour séduire une fille.
Quand je te dis cela, c'est que c'est vrai, je le pense sinon pourquoi te l'écrirais-je ?
— Pour que j'y crois et que je tombe en ton piège de séduction, tout simplement.
— Fallait me le dire qu'on faisait une bataille navale.
— ?????
— Ben oui, tu m'as touché et coulé en même temps tellement tu me vexes par ce que tu peux penser sur moi. Je suis déçu.

106

Lisant son message je ne pus m'empêcher de rire.

— Encore une fois je te le dis ce n'était pas mon but, ce qui m'amène à une question, puis-je te la poser ?
— Oui vas-y mon bébé.
— Es-tu susceptible ?
— Quelque fois je peux y être, un peu comme ce soir. En fait quand j'aime une personne et qui ne comprends pas ce que je lui écris ou que la personne pense que je suis comme un gros louseur, alors oui je peux être susceptible. Et toi ?
— Bonne réponse je te l'accorde même si cela doit faire partie de tes phrases dragues.
— Cela ne fait pas parti de mes phrases dragues comme tu le dis et d'ailleurs comme je te l'ai dit plus haut, je n'en ai pas. Mais tu ne m'as pas répondu à ma question.
— Laquelle ?
— Es-tu susceptible ?
— Assez oui.
— Alors il va me falloir faire attention à ce que je t'écris pour ne pas froisser ton égo.
— Oui c'est mieux pour toi. Mdr.

La surveillante fit son entrée en me disant que c'était l'heure et en me souhaitant une bonne nuit elle appuya sur l'interrupteur de la lumière en me mettant dans le noir complet. Comme elle avait vu que j'avais mon portable en main, évidement elle n'oublia pas de me préciser le règlement qui interdisait l'utilisation des portables, ordinateurs pendent les heures non réglementées pour cela.
— Oui Madame, j'envoie le dernier pour dire bonne nuit et je le range.
— Je dois te laisser pour ce soir. La surveillante vient de faire irruption dans ma chambre et me rappelant le fameux règlement et des conséquences que celui-ci pouvait avoir sur nous en cas de non-respect de celui-ci. Je te dis bonne nuit et à demain ?
— Oui à demain et bonne nuit bébé.

Mon réveil sonna comme d'habitude à six heures trente. La douche était prévue entre six heures quarante-cinq et sept heures pour notre étage. J'avais devant moi au minimum quinze minutes et comme à chaque fois, j'allais profiter de ce temps imparti pour réviser mes cours de la journée. Une interrogation en math avait lieu aujourd'hui.

Toujours allongée sur mon lit, je laissai une main tomber de sur mon lit pour venir prendre mon sac et l'amener à moi. Je me mis à fouiller dedans pour en extirper mon classeur et l'ouvris à la page des cours de la journée. Je commençais la lecture et la révision mais quelque chose venait comme m'en empêcher.

Je posais mon classeur rouge sur le côté et choppa mon portable de dessous mon oreiller pour aller le consulter. Jonathan avait laissé un message que je me pressais à lire.

— Bébé, je te fais un tende bisou pour te dire bonjour quand tu liras ce message.il est moins de six heures et je suis réveillé à cause de toi. D'ailleurs ma nuit fut de courte durée et je me suis réveillée pas mal de fois en pensant à toi, à tes mots qui me font sentir et avoir des maux. Aucune aspirine ne pourra me guérir de ces maux-là, seule toi tu pourrais… tu deviens mon aspirine, mon cachet…oh je sais que tu vas te dire que ce n'est pas de ce qu'il y a de plus beau dans des phrases à dire pour une femme ou bien que tu ne ressembles à rien à un cachet, quel qu'il soit et je suis d'accord avec toi mais il faut pas que tu te compares à ce ou ces cachets blancs et ronds mais à leur effet, leur valeur à nos yeux quand on en à grandement besoin. Imagine un migraineux avec son mal de crâne depuis quelques jours sans aucuns cachets et là subitement on lui en propose un qui lui sera à coup sûr la délivrance de ce mal de tête, comment le voit-il ? Simplement comme un cachet stupide et moche ou comme un bienfait de la nature, un sauveur ? Oui comme tu pourras le comprendre il le verra comme ce qu'il y a de mieux sur terre. Il en est de même avec toi pour moi.

Tu es cette personne qui me donne le bien être, le punch, le moral, mon apaisement…

Je me suis préparé mon petit déjeuner tout en pensant à toi. Je me suis demandé ce que tu pouvais bien déjeuner le matin. Café ? Chocolat ? Si oui, y ajoutes-tu une goutte de lait ? Thé ? Jus d'orange ? Pain ? Avec quoi ?

Aime-tu les croissants ? Les pains au chocolat ?

Comme tu peux le voir, tu occupes mes pensées mais ceci n'est pas que depuis hier mais aussi bien avant mais je dois t'avouer que depuis que j'ai la chance que l'on se parle en échangeant des sms je me questionne plus sur toi. J'essaie le plus souvent de mon temps ou pendant nos échanges de t'imaginer comment tu es, ce que tu fais etc…

Je te laisse paisiblement ouvrir tes yeux pour cette nouvelle journée et comme tu te doutes bien, j'ai hâte de te lire de nouveau mon bébé.

Bien plus qu'affectueusement.

Ton Nathan qui te veut.

En lisant ses phrases, je dois avouer qu'il ne me laissait pas sans intérêt pour lui.

Ses mots étaient très touchants et ils allaient droit en mon cœur.

Je ne me rappelle pas qu'une seule fois on m'avait adressé des mots comme ceux-ci et que même si ceux-là étaient juste pour me draguer, ils me touchaient profondément.

Il était vraiment attentionné et il montrait que j'étais importante pour lui.

Je restais là sur mon lit à lire et relire son message. Une larme venait sur ma joue. Il m'avait vraiment touché par sa gentillesse et son intention à mon égard.

J'étais réellement troublée. Avais-je baissé mes gardes ? Ou est-ce que cela se passait au réveil que je devenais si sensible à ses mots ? Lui aussi avait réussi à pénétrer ma nuit en rentrant dans un rêve. Mais cela je n'allais pas lui dire, il en était hors de question.

Juste quand je m'apprêtais à lui répondre, ma porte s'ouvrait brusquement et la surveillante me dit que c'était l'heure de la douche.

Je lui envoyer un message rapide tout de même.

— Salut Nathan, je te répondrai juste après ma douche, j'aurai au moins les idées plus claires lol. En attendant BISES puisque tu les aimes soi-disant.
— Ah les idées lus claires…c'est vrai que c'est mieux pour répondre et tu as entièrement raison mon bébé. Tu veux un coup de main pour cette douche LOL

Revenant de ma douche, je pris aussitôt mon portable et me mis à le parcourir à la recherche d'un message de Nathan.

Je me mets assise sur la seule chaise de la chambre en compagnie des arbres que je voyais au travers de cette fenêtre et me mis à lui répondre.

— Douche finie mais pas encore habillée ni fini de me maquiller. Je viens tout de même te répondre.
Oui les idées sont plus claires et ça fait trop du bien une bonne douche bien chaude dès le matin.
— Tu es sur ton lit là ? En pyjama ? lol
— Non je suis devant ma fenêtre et assise à ma table qui me sert de bureau. Mes yeux peuvent admirer le temps dehors et les arbres qui ne sont pas si loin de moi.
Le soleil commence sérieusement à poindre et ça me donne le moral. Pas toi ?

109

Disant cela je m'étirai tout en regardant le ciel qui avait était comme peint de belles couleurs. J'adorais voir les lever ou les coucher de soleil.

Les deux étaient beaux à voir et à chaque fois que je le pouvais je restais spectatrice de ceux-ci pendant qu'il soit bien élevé ou alors couché. Le ciel qui était d'un beau bleu assez clair laissait place à de belles couleurs orange et jaunes. Le soleil était déjà visible et il m'éblouissait quand je le regardais.

Sur ma table mon téléphone vibra.

— Moi aussi ma douche à été bonne. Ça réveille et me met de bonne humeur. J'adore rester dessous pendant que l'eau vienne sur mon corps descendre petit à petit pour aller finir dans le fond du bac. En lisant ton message j'ai été à la fenêtre de ma chambre admirer l'apparition du soleil. J'aime bien ces spectacles que la nature à la gentillesse de nous offrir, pas toi ?
— Si. Tu me croiras ou tu ne me croiras pas mais avant que tu m'envoies ton message, j'étais en train d'admirer justement les belles couleurs du ciel avec le soleil. J'adore regardait ce spectacle et bien souvent mon cerveau se vide devant celui-ci. Je ne pense plus à rien et je m'évade. Mon bon remède pour avoir la paix parfois, dommage que ce soit que le matin et le soir et pas quand on en à envie dans la journée par exemple.
— Peut-être qu'un jour on pourra en admirer en même temps et qu'on pourra par cette occasion s'évader ensemble, en même temps. Qu'en penses-tu ?
— Oui peut- être. Si nous aurons la chance de nous voir à l'extérieur par la suite, ce n'est pas exclu. Excuse-moi mais l'heure passe et je ne suis toujours pas habillée. Je te laisse me répondre si tu le veux pendant que je vais me revêtir.
Ah au fait, non je ne suis pas en pyjama mais en sous vêtement Monsieur qui voulait savoir comment j'étais habillée depuis hier au soir. Lol.
— Gêner. C'est le verbe que je dois employer et qui désigne comment je me trouve en ce moment après avoir lu ton texto.
— Je ne VOULAIS pas savoir comment tu étais habillée depuis hier soir mais j'en rigolais de te dire que tu étais en pyjama. En fait je t'imaginais bien avec un pyjama gris ou dessus il y aurait un panda ou quelque chose comme motif et cela me faisait un peu rire. Je suis réellement désolé et déçu que tu puisses croire que je voulais savoir comment tu dormais. Excuse-moi bébé.

Le téléphone se mit à vibrer une nouvelle fois sur ma table lorsque je finissais de mettre mon sweat-shirt

Je me sentais un peu mal à l'aise en lisant ce qu'il m'avait envoyé et je devais réparer cet incident.

— Nathan, je suis moi-même gênée de voir que tu es mal à l'aise par ma faute. En écrivant ce que je t'ai envoyé juste avant, je ne voulais pas que tu le prennes en mal et surtout pas que tu puisses croire que je pensais sincèrement que tu voulais réellement savoir mon accoutrement.

Pardon à mon tour de t'avoir blessé. Je ne voulais pas le dire en mal ou que tu le prennes en mal. Je pense que j'avais mu ce fameux « lol » mais sûrement tu n'as pas dû faire attention.

Je ne suis pas offusquée que tu me demandes ce que je mets et la preuve tu me vois en cours et par conséquent tu peux voir comment je m'habille.

Je ne mets pas de pyjama, je n'aime pas cela mais à la rigueur je mets un long tee short et oui pour la plupart du temps avec un dessin dessus lol.

Mais en ce moment et vu la chaleur de cette chambre je dors en sous vêtement. Voilà je me déshabille devant toi et sans aucune honte.

Et toi dors tu en pyjama ? lol

Encore désolé Nathan.

— Ouf. Ma respiration est revenue en te lisant bébé…
J'avais peur que tu sois pris tout cela en mal et que tu me prennes pour je ne sais pas trop quoi comme mec.
Pour ma part, je dors nu. Je déteste dormir en caleçon ou en pyjama.
Il est évident que je ne vais pas t'imaginer habillée simplement en sous-vêtements.
Je me faisais ce trip que en t'imaginant en pyjama lol.
Ce matin il y a sport, tu vas faire quoi si on a le choix ?
— Je suis déjà prête, je parle sur le plan vestimentaire, pour le sport et pour ce que je vais faire, tout dépend de ce que le prof va encore nous proposer. J'aime courir mais à voir et toi ? Foot ?
— Oui foot s'il y a ou autre chose on verra bien. Vivement la natation.
— Je vais te laisser, c'est l'heure d'aller petit déjeuner pour nous.
A plus tard en sport Nathan.
Bises.
— Bises Nathan

Je sortais de la chambre pour me rendre au ref avec Corine, Sarah et isabelle ma voisine de chambre et élève de ma classe aussi.

J'étais vêtue d'un survêtement noir avec trois bandes blanches sur le côté puisqu'on avait sport en première heure.

Devant notre plateau ou on avait choisi notre petit déjeuner, nous discutions des cours de math quand Isabelle se mit à me parler d'un garçon.

C'était la semaine pour la drague ou quoi ? Me demandais-je.

Je sentis mon portable vibrer dans ma poche de pantalon mais ne le pris pas pour aller voir le message.

Huit heures et dix minutes, nous étions toute la classe en sport dans le gymnase.

Le professeur nous demandait ce qu'on voulait faire. Évidement les garçons pour la plupart choisirent le foot et nous le volley mais le prof malgré sa question en avait décidé autrement et nous dit qu'on allait faire du basket.

Jonathan me salua avec son plus beau sourire.

Les équipes furent faites et Jonathan et moi-même allons jouer l'un contre l'autre.

Balle pour nous et c'était parti pour trente minutes de jeu. Jonathan avait eu vite fait le ballon par un de ses coéquipiers, il se mit à dribbler des joueurs de mon équipe et se dirigea vers notre panier.

Je m'interposai entre lui et celui-ci pour lui faire mur afin de l'empêcher de marquer. Ne sachant pas vraiment jouer, je mis mes mains sur lui pour le pousser sans vraiment le vouloir.

Faute, dit le prof et il tira ses paniers qu'il marqua. Je restais admirative devant son savoir jouer et je me demandais s'il y avait une discipline ou qu'il ne brillait pas. Il me faudra le lui demander.

Balle à nous et une fois que j'ai pu avoir le ballon, Jonathan qui se situer pas loin de moi fût sur moi et me piqua le ballon sans que je puisse m'en apercevoir. Il se mit à rire en me regardant quand son équipe avait mis son panier.

A un moment, je sortis pour laisser la place à une remplaçante et assise sur un banc je regardais attentivement Jonathan. C'est vrai qu'il était très beau garçon et il se déplaçait avec rapidité et aisance.

Je pouvais voir ses muscles de ses cuisses quand il courait ou qu'il se cambrait sur celles-ci pour mettre son panier. Il était vêtu d'un short Adidas noir et d'un maillot de même marque blanc. Ses muscles ressortaient de partout. Je pouvais voir ses pectoraux bouger sous le tissu de son maillot comme je pouvais voir ses muscles bandés au moment où il attrapait le ballon ou quand il tirait en direction du panier.

Je l'admirais sans vraiment m'en rendre compte. A tel point que quand une élève me dit de rentrer sur le terrain, je ne l'entendis même pas.

112

A plusieurs reprises, Jonathan était près de moi et souvent je pouvais sentir ses bras sur moi comme sentir aussi sa transpiration. Il sentait bon et je ne me lassais pas de m'approcher de lui afin de profiter de tout de lui.

On riait quand j'arrivais à lui chopper le ballon, je pense qu'il devait le faire exprès que je puisse lui piquer.

Sur le terrain on aurait dit qu'il y avait que nous deux qui jouaient.

On lui demandait le ballon mais quand il était près de moi, il me dribbler ou prenait bien son temps pour le passer. Tous ses muscles étaient tendus vers le haut et je me plaquais presque contre lui pour essayer de chopper ce ballon mais en vain pour la plupart du temps. Il me souriait en me regardant tout en tenant son ballon vers le haut et subitement le ballon fût projeté vers un de ses collègues.

C'était la fin du cours. C'était la première fois que je trouvais intéressant de jouer au basket et que je ne vis pas le temps passer.

Douche pour tout le monde, bien sûr, chacun son vestiaire.

Jonathan vint vers moi et me sourit en me disant d'une voix douce « bonne douche joli soleil ». La douceur de ses mots me touchait énormément et je lui souris à mon tour tout en lui disant » à toi aussi Nathan ».

Une semaine plus tard Nathan et moi- même nous échangions toujours des sms avec la même intensité ou je dirais même plus encore.

Il n'avait pas changé, il était toujours aussi attentionné et j'en était toujours surprise et heureuse.

Nos échanges se faisaient surtout le soir mais aussi pendant le midi et les fameuses poses récréation.

Pendant le week-end, il avait là aussi pensé à m'envoyer de nombreux sms et aussi quelques MMS ou des photos de ce que j'aimais le plus, c'est-à-dire de beaux chevaux et de beaux paysages sans oublier des lever ou coucher de soleil.

En ses messages, Jonathan commençait dès le matin par me dire bonjour et me demandait si j'avais bien dormi. Si je lui répondais que ma nuit fut courte ou agitée, il m'n demandait le pourquoi. Soucieux de ce que je pouvais avoir ou du comment moralement je me trouvais à ce moment. Le soir avant qu'on se quitte pour les quelques heures avant de se revoir en cours il me souhaitait la bonne nuit et ceci accompagné avec une phrase pleine de tendresse et une petite pointe d'humour.

Nous étions dimanche soir et comme à mon accoutumée avant d'aller prendre ma douche, j'étais installée sur mon lit mon oreiller appuyé contre le bois de la tête de mon lit et ma tête posée sur celui-ci. Je lisais mon nouveau message, on cinquième de ce début de soirée.

— Bébé, tu vas te mettre comment demain pour le sport ? Toujours avec ton survêtement ou bien avais-je avoir le bonheur de te voir en short ?
— Nathan demain sera demain. Lol.
Ce qui veut dire que demain sera le jour de décision de se que je mettrais pour cette discipline et par conséquent tu le sauras que demain en me voyant, mais je pense que le froid fait que mon choix va vers un style vestimentaire et pas un autre. mdr.
— Bien, j'ai compris. Tu m'attristes comme d'habitude ma chérie. LOL
— Comme tu le dis toi-même mon cher matheux, c'est comme d'habitude, alors pourquoi cette question superflue ? LOL
— Il aurait pu avoir un miracle de fait et que subitement tu puisses avoir la gentillesse de me dire ce que tu vas te mettre demain. Lol

C'est vrai qu'en une semaine, nos échanges n'étaient plus que dans le sens cordial. Ils avaient pris plus d'ampleur, de panache, de taquineries, de petits mots doux, de demande sur des domaines comme de voir l'autre dans telle tenue ou une autre...Pour ma part, j'en profitais grandement. Quand je voyais Nathan habillé de telle façon, je me permettais de lui envoyer un sms pendant les cours en allant aux toilettes et de lui envoyer que son jean ou son maillot ou bien son pull ne lui allait pas ou que je ne l'aimais pas, peu m'importait ce que je lui trouvais, tout était bon pour moi de lui demander de se changer et c'est ce qu'il faisait pendant la pause de midi. J'aimais cela, je sentais ma fierté montait en moi et en vérité ses intentions pour me plaire me toucher énormément.

Je prenais un plaisir de lui demander quoique ce soit pour qu'il le fasse pour moi. Parfois je lui demandé de me ramener un coca ou du chocolat et bien sûr Nathan le faisait. Je ne profitais pas de lui mais je voulais voir jusqu'ou il pouvait aller pour moi. Je voulais le rembourser quand il m'apportait ce que je lui demandais mais il ne voulait pas.

Le matin, j'avais souvent droit à un pain au chocolat qu'il allait acheter de bon matin pour moi sans que je le lui demande. Il était de bonnes intentions et je me rapprochais de lui de plus en plus.

Ce lundi matin pour le sport, je me mis en short pour lui faire plaisir aussi. Il me regardait avec des yeux émerveillés et me sourit en me disant que j'étais belle.

Je sentais son regard posé sur moi pendant l'heure de volley quand c'était à moi de jouer. J'aurais dû me sentir offusquée par ce regard insistant mais ce n'était pas le cas. Au contraire, je prenais cela comme un compliment et souvent je me mettais à le regarder et lui adressais un beau sourire.

Mi-temps. Je laissais derrière moi le terrain de volley pour aller sur la touche afin de boire une gorgée d'eau à la bouteille que me tendait Nathan. Il avait dû aller la remplir pendant la partie.

Je bus à pleine gorgée cette eau froide qui me fit du bien.

Il me tendit une serviette également pour que je puisse m'essuyer mon visage ou quelques gouttes de ma sueur ruisselait sur mon front et qui commençait à descendre sur mes joues rouges.

Assis sur un banc, Nathan se poussa et me proposa de m'asseoir à côté de lui. Extenuée par mes vas et vient sur le terrain, je ne me fis pas prier et me mis assise auprès de lui.

— Tu as superbement bien joué Marine.

— Tu le penses ?

Lui demandais-je en le regardant dans ses yeux verts.

— Oui bien sûr. Je trouve que tu t'es bien battue et que tu as marqué de bons points. La preuve ton équipe gagne et c'est bien grâce à toi bébé.

Nathan me fit rougir et je me mis à baisser les yeux. Je me demandais si toute la classe l'avait entendue m'appeler bébé. En fait quelque part à cet instant-là, je dois dire que je m'en fichais un peu. Ça me plaisait qu'il m'appelle ainsi et ses intentions qu'il m'avait encore une fois témoignées devant tout le monde m'avait flattée et touchée. Pas une élève de la classe pouvait prétendre qu'un garçon leur avait fait cela et pourtant en cette classe il existait des couples mais pas un de ces mecs avaient eu l'idée de donner à boire à leur copine ni de serviette. Je ne sortais même pas avec Nathan et moi, j'avais la chance qu'il prenne soin de moi. Je me demandais si on sortirait ensemble si celui-ci serait toujours pareil ou que cela disparaîtrait au fur à mesure du temps.

Était-ce un truc de drague là aussi ou pas ? Je ne pouvais pas répondre à cela et personne ne pouvait non plus me renseigner car aucunes filles de ma classe n'était sorti avec lui.

La partie allait reprendre, je regarde Nathan et lui adresse un sourire en lui disant un merci avec ma petite voix en le regardant de nouveau.

En lui disant ce petit mot, je tendis mes lèvres sur sa joue et lui déposa un baiser du bout des lèvres et me mis à me relever de ce banc pour filer sur le terrain ou déjà tout le monde était.

Nathan me regardait. Je le sentais. Il devait se demander s'il n'avait pas rêvé je présume.

Je ne sais pas vraiment pourquoi je lui avais fait ce baiser, sûrement à cause de cette grande gentillesse qu'il m'avait témoignée.

Ou simplement que j'en avais énormément envie. A quoi bon se cacher la vérité. Nathan me plaisait de plus en plus.

 Chaque jour qui passait ma rapprocher de lui et notre complicité se faisait de plus en plus intense.

Je baissais mes gardes. Ma carapace se retirait sans vraiment que je puisse m'en rende compte.

Il était beau, séduisant, marrant, gentil, intentionné…tout pour vraiment plaire, ce qui ne m'arrangeait pas en fait.

Nos sms se faisaient de plus en plus nombreux et plus intimes voire provoquants.

Nos exigences dessus étaient juste à une limite, une limite qu'on n'avait même pas parler mais elle existait bel et bien.

On ne parlait pas de sexe, on ne se disait jamais de mots grossiers ou autres…tout était dans la politesse et la gentillesse.

Tous les soirs on se parlait jusqu'à pas d'heure.

Le couvre-feu était déjà fait que je ne respectais plus les règles de l'internat. Je continuais discrètement d'envoyer des SMS à Nathan sans discontinuer.

Il nous était même arrivé de nous appeler pour juste nous dire bonne nuit.

Parfois on en arrivait à se téléphoner et à discuter pendant plus d'une heure. Je me cachais sous la couette et je mettais la chaise contre la porte au cas où la surveillante viendrait me voir.

Je connaissais ses heures de passages et au moment où elle devait entrer dans ma chambre en faisant sa ronde, je me mettais sous la couette ou bien je fermais mes yeux en faisant comme-ci je dormais à poings fermés. La pionne n'y voyait que du feu et une fois qu'elle avait à peine refermée ma porte, je me remettais à lui parler.

Si je toussais, c'était un code et il se taisait, c'était quand la pionne passait.

Une fois j'ai bien failli me faire chopper mais j'ai pu trouver l'excuse que je mettais mon réveil et la surveillante l'avait cru ou avait bien voulu me faire croire qu'elle l'avait cru.

En classe, on se regardait de plus en plus aussi et les autres n'en furent pas dupes mais je m'en fichais maintenant.

A quoi bon se cacher, nous ne faisons rien de mal, nous étions que des amis. Enfin c'est ce que je croyais jusqu'au jour où un après-midi, pour me dire au revoir sa bise se posa sur ma bouche. Ce qui me troubla directement et le soir je me repassais ce bisou.

J'en voulais un autre.

J'avais beau essayer de penser à autre chose mais rien n'y faisait, je repensais à celui-ci et en voulais plus. Je devais bien me l'avouer, Nathan me plaisait bien et bien plus qu'en simple amitié mais je devais renoncer à cela, j'avais déjà trop souffert par les précédents pour encore me faire avoir une fois de plus.

Je décidais ce soir de lui envoyer un message, un de plus mais le dernier.

—Nathan, je t'envoie ce message que tu dois attendre patiemment comme chaque jour, vu que notre bon jeu de la semaine était que ce soit moi qui t'envoie le premier sms.

Alors coup d'envoi comme celui de tes matchs de football quand l'arbitre le donne en sifflant dans son sifflet. Coup d'envoi en avance puisqu'il est dix-sept heures trente et non dix-huit heures quinze.

Ne te fais pas une joie de ce sms Jonathan car ce sms précoce est le dernier que je t'envoie.

Je ne veux plus t'en envoyer et ni en recevoir de toi. Je pense que tu te doutes du pourquoi ? Tu es quelqu'un de bien trop intelligent pour ne pas comprendre. Tu as été un véritable ami Jonathan et je t'en remercie vraiment.

On ne se dira plus bonjour ni rien.

Salut.

Marine.

J'étais une fois de plus contre le gros chêne. Assise contre son tronc, je regardais ses grosses branches ou les feuilles commençaient à tomber de plus en plus.

Le portable en main j'essayais de voir le ciel au-dessus de ma tête.

Les larmes me coulaient sur les joues et j'avais mal.

Je voulais lui envoyer un nouveau texto pour m'excuser et reprendre comme elle en était notre amitié. Lui dire que je ne lui en voulais pas réellement de son baiser furtif glissé sur mes lèvres, pas à lui mais à moi. Oui à moi car celui-ci m'avait troublé et que je ne pensais qu'à lui, à renouveler ce doux contact, à aller même plus loin.

Lui dire que c'était en fait trop bon et que je n'étais qu'une gourde, une nunuche qui avait peur d'être franche avec lui. Qu'il m'était plus facile de le faire payer et d'en crever à cet instant plutôt que lui avouer que je voulais vraiment sortir avec lui.

J'allais lui envoyer un sms quand un coup de téléphone m'interrompit.

Cette sonnerie me fit trembler et je sentais une douce chaleur m'envahir quand je cliquais sur le téléphone vert sur mon portable pour accepter l'appel. Je tremblais. Qu'allais-je lui dire. ? Comment allais-je lui dire tout ce que je voulais lui envoyer ?

— Allo…

Dis-je d'une petite voix en laissant couler une dernière larme le long de ma joue droite. Ma voix était troublée, cassée.

— Allo ma chérie, c'est moi, je te téléphone pour te dire que Sandra sera à la maison ce week-end.

Ma mère… je lui dis simplement que c'était super.

— Qu'est-ce qui se passe Marine ? Tu as l'air triste non ?

— Qu'est-ce que ça peut te faire ? Tu me téléphones juste pour cela ?

— Mais… mais Marine…

— Tu me saoules, salut.

Et je raccrochais en éteignant tout de suite mon appareil en le mettant hors-jeu. Je ne voulais plus être dérangée.

Je me mis à marcher sur cette pelouse où le sol commençait à être d'un tapis de feuilles de couleurs d'automne.

Je passais le restant du temps seule sur cette pelouse jusqu'à ce qu'on vienne m'appeler pour aller dîner.

Le repas était animé de différentes conversations par mes amies.

Elles parlaient de leurs amours, leurs tristesses pour certaines qui avaient été quittées par leurs chéris.

On me demandait mon avis à un moment, bien sûr que je ne pouvais pas leur répondre puisque je n'écoutais qu'à moitié leurs conversations voire même pas du tout.

Je les regardais me regarder elles même.

— De quoi ?

Leur demandais-je.

— Qu'est-ce que tu en dis des mecs ?

Julie prit la parole.

— D'après ce qu'on dit au bahut, tu es avec Jonathan, c'est ça ?

— Qui dis cela ?

— Ben le monde en fait…

— C'est faux.

Je sentais les larmes me venir et je devais me retenir de pleurer. Je ne voulais pas verse de larmes devant mes copines.

Julie me regarde et me dis d'une petite voix ;

— Ah… excuse-moi Marine, je croyais que…

Je me mis à me lever d'un coup sec de la table en prenant mon tableau que j'avais à peine toucher et en me retournant un grand coup pour dégager de la table, je leur dis.

119

— Avant de baver des conneries, on se renseigne. Salut et bonne conversation sur vos cœurs amoureux ou noyés dans le chagrin.

Le mien y était lui aussi mais comme je l'ai dit plus haut, il n'était pas question que je le leur montre et je filais poser mon plateau sur le chariot et m'éclipsa pour rentrer directement dans le dortoir.

Dans ma chambre, je m'installais sur mon lit et enfonça ma tête dans mon oreiller pour pleurer comme une fontaine.

Jonathan me manquait déjà mais il était hors de question que je lui pardonne cet écart. Nous avions parlé d'amitié et pas plus que cela en sentiments. Tout était clair entre nous, alors pourquoi a-t-il fait cet écart ? Il avait tout gâché. Je lui en voulais, moi qui lui avais remis ma confiance et lui il avait transgressé les règles en m'embrassant.

Je le prenais pour quelqu'un de bien, d'exceptionnel, pas comme les autres et en fait je me trompais. Il ne voulait qu'une chose, m'avoir, moi.

La surveillante passa me voir. Elle était étonnée que je sois déjà rentrée dans ma chambre et elle venait voir ce qui pouvait se passer. Comme si j'allais le lui dire. Je ne voulais parler avec personne et encore moins à une pionne que je ne connaissais même pas.

Elle était entrée dans ma chambre et me regardait en me demandant si j'étais malade.

A cette question je lui dis que non et que tout allait bien mais elle n'en resta pas là avec ses questions et son semblant de gentillesse. Elle me proposa de me confier car elle pourrait peut-être m'aider et même si elle n'y arrivait pas, elle saurait au moins m'écouter et elle ajoutait même que cela ne pourrait que me faire du bien de me confier à quelqu'un.

Devant mon silence, elle me dit qu'elle savait ce que c'était une peine de cœur et qu'elle y avait déjà passé.

A ces mots elle me conta une histoire de cœur. Je l'écoutais bien malgré moi et c'est vrai que ça me faisait du bien. Je m'apaisais et je me mis assise sur le lit, l'oreiller entre mes jambes.

Je la regardais me conter son histoire de son passé tout en reniflant.

— Ça passera avec le temps, tu verras. Là c'est dur mais tout ira mieux après.
— Merci Madame.
— Si tu as besoin, je suis là, me dit-elle.

— Puis-je aller à la douche s'il vous plaît ?

— Ce n'est pas l'heure mais on va faire une exception. Oui vas-y Marine.

Je me levai et pris mes affaires de toilettes, ma serviette et ma sortie de bain pour me diriger vers les douches.

J'ouvrais en grand l'arrivée d'eau chaude pour que celle-ci ai le temps de chauffer puis je me dirigeais vers une chaise pour m'asseoir afin de retirer mes chaussons, chaussettes et me mis debout pour me déshabiller complètement.

Les habits accrochés sur une patère, je marchais vers la douche en mettant l'eau froide en fonctionnement.

L'eau était à bonne température pour moi, plus chaude que tiède, je me mis dessous en laissant le grand filet se déverser sur mes cheveux et mon corps.

Les yeux clos, je laissais la magie de ce liquide faire son petit massage qui m'apaisait maintenant.

J'essayais de ne plus penser à rien, juste à ce bien être que me faisait cette bonne douche.

Mes mains se tenaient derrière ma tête et l'eau venait se heurter contre elles le haut de ma tête.

Je ne sais pas combien de temps que je pouvais être restée en dessous de cette douche, c'est l'arrivée des autres filles qui me fit prendre la réalité du temps.

Les filles se déshabillaient à leur tour et venaient me rejoindre sous ces douches.

Je pouvais sentir leur regard sur moi malgré le fait que j'eusse décidé de garder les yeux fermés.

Je me mis à prendre ma bouteille de shampoing et m'en déposa sur mes cheveux pour me shampouiner puis je me mis du gel douche et grâce à un gant de toilette je me mis à me laver.

Je pouvais entendre les filles se parler entre elles.

Pas un mot n'avait été prononcé pour moi, elles avaient sûrement décidé de me laisser tranquille pour ce soir et c'était aussi bien.

Ma douche finie, je mis ma sortie de bain ainsi que mes chaussons at après avoir récupéré mes effets personnels je me mis à filer vers ma chambre sans même saluer mes amies.

Installée de nouveau sur mon lit, je décidais de lire mon roman.

Mais c'était mission impossible, je n'arrivais pas à me concentrer sur ce que je lisais alors je décidais d'arrêter et me mis à ouvrir mon cours pour essayer d'apprendre mais là aussi se fut un échec total.

Je décide alors d'éteindre la lumière et de fermer les yeux.

Nathan me venait à l'esprit et je devais me forcer à penser à autre chose pour le chasser.

Les chevaux venaient maintenant dans mon esprit et je me vis me mettre au galop avec un bel étalon noir.

Je le mettais à vive allure dans cette grande prairie que mon imagination me laissait voir. Au beau milieu de celle-ci, il y avait des grumes que mon cheval sautait facilement en me faisant voler dans les airs avec lui pour redescendre gentiment de l'autre côté.

Il y avait aussi une grande rivière et je dus elle aussi la sauter.

Mon cheval en plein galop n'eut pas peur de cette eau courante et sauta aisément la largeur decette eau vive pour continuer sa course folle au beau milieu de coquelicots.

Tout était merveilleux et c'est grâce à cela que je pus dormir enfin.

Mon réveil sonna toujours à la même heure et je me mis debout et pris mes affaires pour de nouveau aller me réveiller encore plus sous cette douche.

Mes amies rentrèrent à leur tour et me saluèrent. Je leur dis également salut.

A table, je me mis à discuter avec elles de choses et d'autres et elles avaient eu la gentillesse et la délicatesse de ne pas aborder le sujet de la veille mais je me doute bien à ce moment que pendant la journée je n'y couperai pas à leur interrogatoire et il me faudra bien y répondre. Il me faudra m'y préparer et pour cela mentir car il était vraiment inutile qu'elles sachent réellement ce qui m'était arrivée. Enfin à l'instant présent je me fichais de trouver une excuse et je verrai cela plus tard dans la journée.

A quoi bon se prendre la tête et à me torturer l'esprit pour cela et encore plus de bon matin devant mon bol de chocolat et mes tartines que je venais de finir de me préparer.

Quand le moment sera venu alors j'improviserai mais là, c'était l'heure de petit déjeuner et rien d'autre.

— Tu crois qu'on va faire quoi ce matin en math Marine ?
— Les équations je pense…enfin la suite.

— A deux inconnues ? Mais c'est balèze ça. Déjà avec une inconnue je nage mais là avec deux inconnues je serai comme ce beau Di caprio dans Titanic, je vais couler à pic.

A la table on pouvait entendre le rire des filles qui regardait Sahra.

— Ah ce beau Di Caprio... rien que de dire son nom, j'en ai l'eau à la bouche. Je me le ferais bien en petit déjeuner moi ce beau mâle.

Les rires se firent de plus belle et chacune allaient à son commentaire sur cet acteur, le film et d'autres acteurs.

Les conversations se mélangeaient et se croisaient à cette table.

Je croquais dans ma tartine de pain au Nutella sans vraiment d'appétit maintenant.

J'étais perchée dans mes pensées et je commençais à gamberger.

L'heure passait assez vite et il était l'heure d'aller se laver les dents et de sortir du dortoir pour aller quelques minutes dans la cour avant d'intégrer les cours de la journée.

J'allais voir Jonathan et ça me laissait un peu perplexe. Je ne voulais pas croiser son regard et encore moins qu'il ne me parle surtout avec son regard perdu dans mes yeux Bleus.

Mon blouson enfilé je me dirigeais vers cette immense cour pour aller rejoindre mes amies.

Quatre bises par ci, quatre bises par-là, le fameux rituel quotidien.

Je ne comprenais pas vraiment le sens de cette politesse qui pour moi était quelque peu exagérée. A quoi bon faire quatre bises ou trois ou deux au lieu d'un juste et simple petit bonjour ? Pourquoi était-on obligé de nous donner de la « salive » sur nos joues ? Était-ce vraiment nécessaire ? Il fallait croire que oui vu que tout le monde le faisait sans rechigner. A croire qu'il n'y avait que moi qui trouvait cela superflue comme beaucoup de choses d'ailleurs...les formes de politesse, du genre « bon appétit » ou encore se présenter au téléphone quand on appelle une amie ou la famille et que notre numéro est enregistré dans le portable de la personne, même si on le savait, on se trouvait le moyen de se présenter tout de même...

Nous sommes complexes nous les humains et nous nous embarrassons toujours de ou du superflues. Un peu comme ce tas de choses qui est emmagasiné dans nos chambres ou placard de la maison et qu'on ne se sert pas et qui nous servira sûrement plus mais on le garde au cas où...combien voit-on de gens lors d'un déménagement

123

faire un vide, le ménage comme ils disent si bien et en profiter pour se débarrasser de ce fameux superflu entassé dans le garage, les placards, les meubles, les combles pendant toutes ces années. Ils se disent que maintenant dans cette nouvelle maison ou ce nouvel appartement, ils ne feront pas la même erreur et pourtant ils vont la faire. Les gens sont trop matérialistes aussi et gardent tout et n'importe quoi, sans parler des personnes qui sont nostalgiques et qui vont garder pleins de fringues à eux car ceux-ci ne leur vont plus mais ils les gardent pour ne pas les jeter en pensant qu'ils les donneront à quelqu'un de confiance, qui en vaut le coup de ce qu'ils disent et que ça n'ira pas à la destruction et ça reste dans des cartons entassés l'un sur l'autre tout au fond du garage ou l'homme lui aussi a amassé pleins de choses inutiles ou ne lui servant plus, telle une machine à laver qui ne fonctionnait plus mais au cas ou un jour il pourrait la réparer ou s'il aurait besoin de pièces pour la nouvelle (qui n'est pas du tout la même et ni de la même marque). Le superflu est partout chez les gens et il est aussi en eux, en nous.

— Tiens Yolande qui arrive, et allons-y encore une fois pour le superflu total…quatre bises et en prime « tu as bien dormi ?.

Je me dis toujours que si je dis non à une personne qui me demande cela, est ce que cela va vraiment la faire être mal avec moi ? Est-ce qu'elle va rester prés de moi pour la journée et m'écouter lui parler de ce qui ne va pas ? bien sûr que non, elle s'en ira avec une belle excuse à la clé en me laissant seule avec mon moral à zéro et ma fatigue qui se mélange avec mes soucis.

Oh parfois il y a bien la petite phrase de politesse qui arrive juste après cette question du style « qu'est ce qui ne va pas ? Raconte » et quand on se met à parler (déjà avec du mal) elle va couper la confidence en trouvant une excuse bidon ou alors en disant « tu as vu au fait untel…il est beau non ? Je craque pour lui. Qu'en penses-tu toi ? et voilà comment on se retrouve de nouveau seule et encore plus mal qu'avant sa venue.

La sonnerie retentit. C'est l'heure. Je n'ai pas vu Jonathan et j'en suis contente. Je pense qu'il a dû comprendre et me montrer un signe de respect en ne se montrant pas vers moi. Il a dû aller à l'autre bout de la cour ou sur un terrain de sport avec un pote. J'avais balayé cette cour et je ne l'avais pas vu nulle part en fait. Pourquoi j'ai fait cela ? Je ne sais pas réellement moi- même alors je ne pourrais pas vous le dire ici même, sûrement que je voulais le voir, même de loin mais que je ne voulais pas me l'avouer. Dur qu'une belle amitié soit détruite comme cela non ?

En entrant dans la classe je me dirigeais vers ma place et m'assoyais

La porte fut fermée par le professeur Monsieur Stell. Il était assez grand et maigre. Il portait des lunettes aidant la vue de ses yeux marron clair. Ses longs doigts étaient fins également et il était assez nerveux. Malgré tout il avait une voix assez forte quand il parlait.

— Bonjour à vous.

Et voilà encore une phrase de politesse mais heureusement que les profs ne nous faisaient pas la bise, quoique certaines de mes copines de classe auraient bien voulu l'avoir de lui ou d'un autre prof et évidement les garçons de certaines de nos profs de la gente féminine comme Madame Thomas.

La classe tout en cœur lui répondirent à son bonjour. Moi comme d'habitude, non.

On devait prendre nos manuels à la page cent quarante-cinq et commencer à faire les exercices numéro trois et quatre.

Je sortis des feuilles, crayons et ma calculette comme la plupart de mes collègues mais Monsieur Stell ne le voyait pas comme cela et nous encouragea (quel beau verbe encourager au lieu de nous dire « je vous ordonne », ça passe mieux dans la situation et la demande) à ranger au fond de notre sac notre chère calculatrice.

— Nous avions vu ces équations à une seule inconnue pendant plus de deux semaines alors je pense que vous devez vous débrouiller sans la calculatrice.

« Ben voyons, me pensais-je. Facile pour un prof de math de dire cela et puis deux semaines veulent juste dire quatre petites heures de cours en fait et non deux semaines avec de nombreuses heures… Ah ce beau Français que nous parlons et comment on utile cette langue Française pour parler.

J'en connaissais une qui allait avoir énormément de mal, elle qui me demandait ce matin c que nous allions bien pouvoir faire, eh ben la voilà servie, une interro surprise en quelque sorte. Monsieur Stell ne nous avait pas dit que c'en était une mais vu comment il a présenté la chose et en surcroît de ranger nos calculettes, ça ne pouvait être que cela. En plus il nous avait bien averti que si l'un de nous se faisait chopper avec sa calculatrice ça serait une colle et un zéro…donc pas besoin de nous faire un dessin pour comprendre cela. Ce prof aimait faire des petites surprises de mauvais gout comme celle-ci. Avait-il un penchant pervers au fond de lui pour nous traiter ainsi ?

— Tu rêvasses Marine ou tu réfléchies à la façon de résoudre ces deux exercices ?

Tous les regards étaient sur moi à présent et je me mis à rougir tout en regardant le prof fier de lui et de sa question absurde.

— Vous aimez l'inconnue et je suis persuadée que vous aimez profondément les deux inconnues mais la quelles des deux avez-vous choisi dans votre vie ? Les deux sûrement mais sans le leur dire, il vaut mieux les cacher l'une de l'autre afin qu'elles restent inconnues d'elles-mêmes mas pas de vous, vous qui jouez si bien du Thales en genre je te la laisse…ton ignorance. Il est si facile de manier que de ce faire manier mais tout est manière de faire et je ne doute pas que vous ne pouvez qu'être fort à ce petit jeu qui s'unie très bien avec consignes de la construction de son propre problème de sa création de sa pyramide.

Mes yeux le regardaient sans ciller, je pouvais voir les siens malgré ses carreaux changer de couleur pendant que ses joues devenaient elles-mêmes rouges.

— Qu'est-ce que vous voulez insinuer Marine ? Allez au développement de vos pensées, je vous en prie.

Dit-il d'une voix forte et pleine de colère. Je l'avais blessé mais je m'en fichais.

— Oh la pensée…mais nous sommes en math ne croyez-vous pas Monsieur Stell et non en français, laissons Mme Everest nous faire un cours sur la philosophie en donnant comme thème « la pensée »
Les élèves se mirent à rire tous en même temps. Ce qui énerva encore plus le prof et il ordonna le silence.
— Vous viendrez me voir à la fin de ce cour Marine, je vous donnerai volontiers ma pensée et ma façon de voir et de traiter des gens comme vous.
— Ne m'insultez pas Monsieur. Vous êtes professeur, certes mais pas mon père ou quelqu'un d'autres pour venir se permettre d'insulter ou de rabaisser des gens comme MOI comme vous le dîtes vous-même et là excusez-moi mais le temps passe et je dois faire vos exercices.

Sans le regarder ce coup-ci je pris mon crayon de mine et me mis à faire mes calculs sur une feuille volante.

Le prof malgré sa colère ancrée en lui ne me dis plus un mot et se mit à retourner s'asseoir à son bureau, la tête dans un livre. Je me doutais bien que je passerai un sale quart d'heure à la fin de ce cours.

Je regardais ce premier exercice et me mis à gribouiller les réponses sur cette feuille à gros carreaux.

Un papier me fit poser sur ma table par mon voisin de derrière.

Je le pris discrètement mais rapidement tout en regardant vers Monsieur Stell pour voir si lui-même ne l'avait pas vu mais il avait toujours sa tête dans son livre.

Je le dépliais et me mis à le lire. Ma chère amie de ce matin me demandait de l'aide sur ces exos qu'elle n'arrivait pas çà résoudre évidement car pour elle c'était du chinois les maths.

Je pris une autre feuille, plus petite cette fois-ci et la gribouilla des réponses et mettant à terre un crayon, je fis mine de le ramasser pour glisser sous la table la feuille que j'avais au préalable plié en petit morceau de carré. Tout en la tendant je jetai un furtif coup d'œil à la table qui était vide. Jonathan n'était pas là. Lui qui était si fasciné par les cours de math était absent et on ne savait même pas la raison. Était-il malade ou se mettait-il aux abonnés absents car il avait honte de son comportement de la veille ?

J'aurais dû être contente, heureuse de son absentéisme mais ce n'était pas le cas. J 'en éprouvé même un manque de sa présence et une certaine culpabilité également.

Il ne m'avait pas donné signe de vie, pas une seule réponse de mon message envoyé. En avait-il rien à faire ? En était-il content et satisfait que je fasse rupture sur notre lien qu'on avait établi, tissé au fur et à mesure du temps ? Mon crayon dans la bouche entre mes dents qui le mordillaient, je restais songeuse en me sentant pas vraiment bien à l'intérieur de moi-même.

Je me mis à me sentir envahi d'une peine et je sentais que les larmes voulaient couler.

Il me fallait me reprendre et tout de suite. C'était bien ce que je voulais non ? Qu'il me laisse dorénavant en paix puisqu'il m'avait trahi. Je ressentais de la colère contre lui, enfin c'est ce que j'ai pu ressentir, et Encore était-ce vraiment cela ? Était-il malade ? Et si oui, était-ce grave ? Qu'est-ce qu'il pouvait bien avoir ? Il ne se sentait pas mal hier encore mais c'est vrai qu'en une nuit on peut vite arriver un coup de froid. Oui je me dis que c'était cela, je me persuadais même que c'était cela. Je ne voulais certainement pas culpabiliser de son absence et de sa grippe attrapée. Mais était-ce la grippe ? Je me mis à l'imaginer dans son lit sous ses couvertures ou sa couette, le nez coulant et une boîte de kleenex sur sa table de chevet. Des éternuements à répétition et lui assis en sueur avec ses mouchoirs pour dégager ce qui lui obstrué son nez. En pensant à cela je me mis à rire.

Tous les regards se posèrent une fois de plus sur moi quand Monsieur Stell me dit :

— C'est les maths qui vous font rire comme cela Marine ?

Je ne m'étais même pas rendu compte que ce rire était un rire à haute voix et que j'en avais fait profiter toute la classe.

— Pardon !

Dis-je avec une petite voix et encore une fois le rouge aux joues.

Je finis mon travail sur ma feuille en prenant soin que tout soit écrit au propre.

L'heure était passé et le prof se leva d'un coup de son bureau :

— Bien c'est fini. Nous allons corriger tous ensemble.
Ah au fait pour les élèves qui ont trichés ce n'était pas la peine car ceci n'était qu'un exercice et non une interrogation aujourd'hui.

Et en disant cela il planta de nouveau son regard dans le mien.

« Et mince, il avait vu…qu'est ce qui allait encore se passer ? »

Il fit la correction au tableau en prenant bien soin de tout expliquer en regardant certaines d'entre nous.

On toqua à la porte et à ce bruit sec et répété mon cœur se mit à battre plus fortement que d'habitude en pensant que c'était Jonathan qui arrivait avec plus d'une heure de retard.

— Bonjour Monsieur, le directeur voudra vous voir pour les diplômes de cette fin d'année.
— Bien merci.

C'était juste la vie scolaire qui venait lui dire cela.

J'étais déçue. Je m'attendais à voir rentrer Nathan et non…

Je me mis à repenser à lui en allant même jusqu'à le maudire de ne pas m'avoir répondu a ce satané message envoyé la veille. Il aurait pu au moins avoir la politesse de s'excuser, de parler, de s'expliquer, je ne sais pas moi, au moins trouver une putain d'excuse, mais non, Monsieur préférait le silence.

Je nourrissais ma colère contre lui quand tout à coup je me suis mise à repenser que mon portable était éteint depuis la veille, justement après lui avoir envoyé ce message.

Je voulais le prendre et le remettre en route mais c'était interdit et déjà que je devais aller m'expliquer avec le prof à la fin, alors s'il me choppait en train d'allumer mon tel alors là c'était à coup sûr l'exclusion. L'excuse favorable pour lui pour me faire virer de l'établissement.

Je pris ce portable entre mes doigts et je sentais que ceux-ci tremblaient mais je le reposais directement là ou il était juste avant.

Encore quelques minutes et je pourrais l'allumer et savoir.

J'espérais ce message, je l'imaginais…

J'écoutais sans vraiment écouter déblatérer le prof et ses réponses des équations et de ce que l'on verrait la semaine prochaine quand la sonnerie de fin de cours me fit me sortir de mes pensées.

Je me mis debout en me dépêchant de ranger à la va vite mes affaires dans mon sac et pris le chemin de la sortie de la classe derrière des élèves quand une voix me stoppa net.

— Marine, ou allez-vous comme cela ? Nous devions nous voir tous les deux non ?

Et mince, il n'avait pas oublié. Des regards compatissants venaient sur moi et quelques mots réconfortants aussi.

J'attendis que tout le monde soit sorti et me dirigea vers le bureau.

J'étais prête à en découdre avec ce prof.

Je me tenais à présent debout comme un I devant ce bureau qui nous séparait. J'attendais son sermon et sa décision si j'allais être collée ou autre.

— Ah Marine. Mais quel a été votre comportement aujourd'hui ?
Je n'ai jamais eu d'incidents avec vous jusqu'à présent et voilà qu'aujourd'hui vous vous rattrapez en m'insultant.

— Je ne vous ai pas insulté Monsieur.

Lui dis-je en le regardant droit dans les yeux une fois de plus.

— Je n'ai dit aucun gros mot envers vous alors si vous croyez cela Monsieur et avec tout le respect que je vous dois, vous devez bien vous rendre à l'évidence que je ne vous ai rien dit de vulgaire.

— Allons Marine, ne faîtes pas de l'esprit s'il vous plaît. Je suis que professeur de math comme vous avez su si bien le faire signaler devant tous vos amis de la classe mais je ne suis peut-être pas si stupide que vous aviez voulu le faire comprendre 'est-ce pas ?

Il me regardait tout en tenant un stylo Bic dans sa main. Sa voix était calme. Il se tut et attendit que je lui réponde.

Devant mon manque de réponses il poursuivit :

— Déjà en disant haut et fort que je ne suis qu'un prof de Math et non pas de Français, vous m'insultez. Il ne s'agit pas de mots vulgaires certes mais un manque de politesse tout de même et de plus c'était quoi cette allusion avec les inconnues ? Vous n'étiez pas en train de me parler de math à ce moment-là mais vous faisiez une comparaison à des femmes n'est-ce pas ? Je vous demande juste d'avoir au moins la politesse de me répondre honnêtement.

Je me mis de nouveau à rougir, il m'avait déstabilisé et à quoi bon essayer de mentir encore plus. De toute façon il allait me faire renvoyer, c'était sûr alors je décidais de lui répondre avec la plus grande politesse en lui disant la vérité.

— En effet Monsieur, ceci n'était pas que sur les maths mais sur des femmes et ce qui en était de ces deux femmes inconnues d'elles même mais pas de vous.

N'en pouvant plus je me mis à craquer et à pleurer devant lui. Mes larmes que je retenais depuis ce matin avaient décidé de me lacher à ce moment et de se déverser pour fuir, se délivrer comme le ferait une rivière en cru qui devait sortir de son nid pour pouvoir poursuivre sa route.

— Reprenez- vous Marine, comme je vous l'ai dit juste avant, je n'ai jamais eu de problèmes avec vous et je pense que vous avez – vous-même des problèmes à résoudre en ce moment alors je vais passer pour cette fois ci votre impolitesse et votre désinvolture devant toute votre classe mais je vous prierai de ne plus recommencer. Nous sommes bien d'accord Marine ?
— Oui merci Monsieur et excusez-moi. Je suis sincèrement désolé.
— Je vous crois bien Mademoiselle.

Je pris mon sac et lui demanda si je pouvais sortir désormais.

— Oui vous pouvez mais si vous avez un quelconque problème, n'oubliez pas qu'il y a une infirmerie ici.
— Oui Monsieur et encore merci de vous montrer si compréhensif à mon égard.

Je pris la direction de la porte et au moment de l'ouvrir, le professeur me dit en me regardant et me souriant :

— Je suis quelqu'un de fidèle Marine et ma femme est ma seule lueur en ce monde mais par contre je vous avoue que cette comparaison, si celle-ci n'aurait pas été une attaque pour moi-même était du genre excellent et je pense que je vous l'emprunterai pour la placer en blagues à des amis lors d'une soirée si vous n'en voyez aucuns inconvénients bien évidement ?
En me demandant cela il me fit un large sourire et me souhaita une bonne journée.
— Merci, à vous aussi.

Lui dis-je en lui renvoyant un sourire à mon tour, touchée par cette gentillesse qu'il venait de me témoigner et de cette tolérance qu'il avait fait preuve envers moi.
 Décontenancée par tout ce qui venait de se dérouler j'en oubliais d'allumer mon téléphone quand Thomas vint vers moi en me disant que Jonathan était vraiment mal. Je savais qu'ils étaient assez proches en dehors des cours et qu'il faisait du sport ensemble.

— Comment cela ?

Lui demandais-je en le fixant droit dans les yeux.

— Tu vois hier on devait se voir pour notre entraînement de natation et il n'est pas venu à la piscine et cela sans me prévenir.
— Et ???

Lui demandais-je sans sourciller d'un cil.

— Comme je te l'ai dit ce n'est pas dans ses habitudes. Et tu vois je ne veux pas me mêler des histoires des autres et encore moins de celle de mon ami mais on a concours dans peu de temps, je pense que tu es au courant et s'il manque des entraînements comme ça à juste trois semaines de ce concours on risque de ne pas le gagner et...
— Qu'est-ce que j'ai à voir moi là-dedans si ne va pas à vos entraînements ? Tu peux me le dire ?

Encore une fois je ne le lâchais pas du regard, c'en était de trop pour moi. J'en avais marre qu'il tourne autour du pot et je voulais qu'il me dise réellement ce qu'il voulait me dire de sur moi et de Jonathan et qu'il me lâche les basquettes.

— Comme je viens juste de te le dire, je n'aime pas me mêler de ce qui ne me regarde pas mais Jonathan est comme un frère pour moi et...

« Allons bon maintenant, il va me jouer le couplet de la famille, version petit frère qui pleure pour frangin disparu d'un entraînement »

— Et qu'il ne soit pas venu sans me prévenir m'a terriblement surpris. Je sais que Jonathan est très bon en natation mais il adore cette discipline et ne la louperait pour rien hormis peut-être par amour et encore je pense qu'il inviterait sa copine à venir assister à ses entraînements, oh pas par prétention de sa part mais juste pour qu'elle soit près de lui mais je sais bien que là ce n'était pas avec sa copine qu'il pouvait être...

Là il commençait sérieusement à m'agacer ce Thomas. Il n'allait pas me faire ça pendant toute la pause entre les cours, je n'avais pas que ça à faire moi. Et en plus est-ce que j'avais à savoir que ce Jonathan qui m'avait roulé dans la farine hier en m'embrassant avait une copine qui plus est. Il m'avait vraiment prise comme une sotte lui aussi. Je bouillais à l'intérieur de moi et je voulais encore une fois de plus pleurer tellement qu'entendre cela me faisait du mal. Il fallait que je me retienne, il

132

manquerait plus que je chiale devant Thomas qui courait vite le lui dire à la fin des cours et qu'ils en riraient ensemble en se moquant d'une pauvre gourde comme moi.

Quelle idiote je pouvais faire. Je m'en voulais encore plus en pensant à ça et surtout en imaginant Jonathan dans les bras d'une autre pendant que moi je pensais à lui. Les larmes commençaient à venir et je me mis à fermer plus fortement mes poings pour me maintenir.

Assez de honte comme ça, je n'allais encore pas m'afficher une fois de plus devant son pote, son frère comme ils s'appelaient si bien.

— Tu ne m'écoutes plus Marine ? Qu'est-ce que tu as ? tu es toute rouge et tes yeux sont remplis de sang ?

— Je n'ai rien qui ne te concerne Thomas le bon copain et frère de Jonathan mais tu me saoule avec tes histoires à deux balles sur toi, ton Jonathan, sa copine et tout et tout…qu'est-ce que cela peut me foutre s'il à une copine et qu'il lui dit de venir à ses entraînements et que là hier elle n'est pas venue donc alors il a décidé de ne pas y aller lui aussi pour se faire plaisir avec elle en laissant son pauvre con de frère comme un idiot aller seul s'entraîner pour ce concours futur que j'en ai rien à foutre MOI.

Je sortais ma colère et tout ce qui était maintenant emmagasiné en moi et je ne m'étais même pas rendu compte que je criais eu beau milieu de la cour sous les oreilles attentives de tous les élèves et des professeurs qui étaient eux aussi réunis pour se faire un break de nos tronches et de leur cours.

Les poings serrés encore bien plus forts je criais ma rage à la figure de Thomas qui me regardait ébahi.

— Mais, mais…

Me dit-il en me regardant et en étant tout rouge lui aussi mais pas pour la même raison que moi.

— Quoi MAIS ENCORE ?
— Je ne t'ai jamais dit qu'il avait une copine Jonathan, simplement qu'il n'était pas venu à l'entraînement et qu'il aurait loupé celui-ci que s'il avait une copine et qu'elle n'aurait pas voulu venir avec lui le voir. Jonathan est un sentimental et pas un

connard Marine, que ceci soit clair entre nous et s'il à loupé cet entraînement c'est simplement pour TOI.

Tout rouge, Thomas venait de me sortir cela comme cela devant tout le monde. Ce qui me mit encore plus dans une honte et une colère. Et tout en le fixant je lui crie :

— Comment ça à cause de moi Thomas puisque je ne suis pas SA copine et que je suis enfermé dans ce « putain » de bahut de « merde » alors dis-moi ce que j'ai à voir avec le fait qu'il n'a pas été à votre précieux entraînement ?

Folle de colère et sentant mes yeux qui me piqués et que je ne pourrais pas plus longtemps retenir mes larmes je me mis à faire de mi tout pour aller vers le derrière des établissements, là ou était cette pelouse quand la voix de Thomas m'arrêta net dans mon allure :

— Pauvre imbécile que tu es et égoïste va. Nathan est à l'hôpital et il était inconscient pauvre fille quand j'ai été le voir hier après cet entraînement quand je me suis décidé d'aller le voir pour savoir la raison qu'il n'était pas venu.

J'ai sonné chez lui mais il ne répondait pas. Je lui téléphonais et j'entendais son portable chez lui et ce portable il ne le quittait pas et surtout depuis toi, un message de toi pour lui était comme une bonne bouffée d'oxygène pour lui, alors j'ai pris le double des clés qu'il m'avait laissé comme moi je lui ai laissé les miennes et je suis rentré et je l'ai découvert dans sa chambre sur son lit, pleins de sang au bras. Oui pauvre fille que tu es, il s'est ouvert les veines pour toi. Je voulais juste te dire cela sans t'accabler mais TOI oui TOI tu ne penses qu'à ta pomme, à ta fierté et à ton passé de « merde ». Lui il te voulait que ton bien et franchement il t'a dans la peau mais toi tu as réussi à lui faire foutre la gueule en l'air…

Thomas était rentré dans une colère noire, une colère aveugle et sans merci et je le laissais me cracher sa colère à la figure devant tout le monde. D'ailleurs que pouvais-je faire ou dire ? Il avait raison, je ne l'avais pas laissé causer en lui coupant la parole quand l'avait commencé à me parler. Il avait du venin à me jeter tel le crotale sur une proie il me propulsait à pleins vent ce qu'il avait sur le cœur. Comment pouvais-je lui en vouloir à lui plutôt qu'à moi ?

Jonathan à l'hôpital…c'est TOUT ce qui était en mon esprit au moment où Thomas continuait devant tout le monde son monologue.

INCOSCIENT, c'était ce qu'il avait dit…

134

PLEIN DE SANG A SON POIGNE c'est comme ça qu'il l'avait retrouvé chez lui dans sa chambre.

COUPER LES VEINES voilà le résultat, mon résultat…

C'en était de trop et je me mis à courir derrière les bâtiments, les yeux en larmes… je voyais cette scène, je l'imaginais moi le voir couché sur son lit avec les veines tailladées suite à mon SMS.

Je me le représentais déjà mort par ma faute… MA FAUTE… NON… NON je criais en courant de plus belle quand une main me saisit fermement l'épaule.

— Stop Marine. Viens par ici.

— Non fous moi la paix, laisse-moi aller crever moi aussi, j'en ai marre de cette vie…marre…

Je me débattais fortement et je lui donnais des coups de pieds, de poings là ou je le pouvais. Mais il me fit une prise et me retourna en m'emmenant contre lui tout en me bloquant.

J'essayais de me débattre, je lui tapais les tibias à grands coups de grôle, je criais ma colère, ma haine, mon humiliation, ma stupeur, ma frustration, ma fragilité, ma culpabilité…toutes ces choses qui étaient en moi et qui faisaient mon caractère dur à ce jour, ce caractère qui ne me correspondait pas réellement mais qui était ma carapace.

Je criais que je ne voulais que Jonathan meure…

Qu'il n'avait pas le droit de faire cela, qu'il n'était qu'un lâche q' un sale égoïste…et je me laissais aller maintenant entre ses bras en pleurant toutes mes larmes de mon corps.

Je laissais aller contre lui jusqu'à ce que je sois assise par terre et il me prit gentiment par les épaules en me les frottant d'un geste consolateur.

— Pleure Marine…pleure un bon coup, vas y laisse toi aller.
Après plus d'un quart d'heure ou je mettais laissée aller je me remise debout et pris un mouchoir pour me moucher.
C'était Monsieur Stell qui était venu me rattraper et me réconforter. Il me proposa de m'accompagner à l'infirmerie et de voir l'infirmière de l'établissement.
J'avais eu droit à un sédatif sous l'autorisation de ma mère quand l'infirmière l'eut eu au téléphone. Elle lui proposa de venir me rechercher à l'établissement mais je ne voulais pas. Il fallait que je voie Jonathan.
Là-dessus l'école ne pouvait rien y faire et donc me proposa d'y aller avec ma mère.

A l'hôpital, dans une chambre au premier étage, Jonathan était dans un lit, une perfusion plantée dans le bras.

Il était couché, la télévision était allumée mais elle fonctionnait sûrement pour le fauteuil marron très clair placé près du lit ou Jonathan avait sa tête posée sur un oreiller blanc.

Il était recouvert d'une couverture beige et d'un drap blanc uni.

Il était un peu plus de midi et la pluie coulait à l'extérieur.

Au poste de télévision, Jean-Luc Reichmann lance une blague pendant son émission des douze coups de midi.

Jonathan était tant qu'à lui endormi. Du moins c'est ce qu'une infirmière m'avait dit quand je me suis présenté à elle suivi de ma mère.

Il était là, il ne bougeait pas, il était si paisible.

S'il était dans un rêve, celui-ci ne le faisait pas bouger d'un pouce.

Je le regardais et mes yeux laissaient passer une fois de plus mes larmes.

Il était beau dans son sommeil et je l'admirais tout en pleurant et en mettant ma main sur ma bouche pour ne pas crier.

Je pouvais voir son poigné enveloppé dans un bandage de bandes blanches aux traits rouges et bleus.

Je regardais ce bandage at je m'imaginais les fils qui servaient à raccrocher les parties de sa peau et de sa chair qu'il avait coupé avec un cutter de ce qu'on nous avait appris.

L'infirmière vint derrière moi et me dit de rentrer dans la chambre.

Je n'osais pas et elle pouvait le voir par ma tête et ma peur.

En professionnelle, elle me témoignait une certaine empathie et me rassura en me disant que ça lui ferait sûrement le plus grand bien s'il voyait des collègues d'école ou de gens qu'il aimait. En me disant cela elle me fit un clin d'œil complice et masqua son visage de son plus beau sourire.

— Rentrez. Je vous en prie, je vais le réveiller car il faudrait qu'il mange au moins un peu.

Après une petite hésitation, je rentre dans la chambre et me met sur le côté du lit de Jonathan qui se faisait prendre l'autre bras par l'infirmière pour qu'il se réveille.

Je regardais les yeux fermés de Nathan.

Je pus voir qu'ils cillaient maintenant et petit à petit sous les petites secousses de cette femme en blouse blanche qui lui demandait calmement de se réveiller, ouvrir doucement les yeux vers le plafond.

L'infirmière avait amené avec elle un plateau ou il y avait son repas.

Une soupe en entrée suivi de pates et d'un steak haché, de fromage et d'une compote.

Il se réveilla et se frotta les yeux de sa main qui n'avait elle, pas de bandages ni perfusion.

— Bon appétit
L'infirmière passa devant moi et se dirigea vers le couloir. Elle me sourit de nouveau et son sourire me fit du bien. Il me réchauffa le cœur.
— Bonjour Nathan.

Dis-je avec une voix quelque peu cassée. Je le regardais sans que lui ne me regarde vraiment, il avait sa tête tournée vers la fenêtre et il ne prononça aucun mot. Il n'avait sûrement pas entendu mon bonjour et je le reformulais de nouveau avec une voix que légèrement plus forte.

Ma mère voyant cela me dis tout doucement qu'il fallait insister sans prendre cela en mal. Et elle ajouta qu'elle descendait se boire un café à la machine et me proposa de me ramener quelque chose que je refusai directement. Je ne voulais rien boire ni manger.

Elle prit la sortie à son tour et je me retrouvais seule avec Jonathan dans cette petite chambre.

Je pris mon courage à deux mains et m'approcha de lui. Je mis ma main sur la sienne et à ce contact, je pus sentir qu'il n'aurait pas voulu. Il eut un petit mouvement de recul mais je lui saisis ses doigts avec les miens en lui disant :

— Pardon Nathan de ce mal que je t'ai fait. Je ne voulais pas que tout se finisse comme cela entre nous et je suis vraiment désolé

Il regardait toujours vers la fenêtre. La pluie redoublait d'intensité. L'eau venait se jeter contre la vitre et les murs de cet hôpital.

J'observais à mon tour cette eau du ciel qui tombait sans interruption déjà depuis plus d'une heure. Le ciel était gris et on pouvait voir les nuages gris foncé au loin qui se rapprochaient de nous, signe de bien plus de pluie encore.

Il bougea ses doigts et je pouvais le sentir. La chaleur de sa main se mélangée à la mienne.

Pas un mot de dit dans cette chambre, juste le contact de nos mains et le fracas de la pluie qui avait encore redoublé maintenant que les gros nuages gris foncé étaient au-dessus de nous.

Les minutes passèrent et l'infirmière rentra pour débarrasser le plateau auquel Jonathan n'avait pas toucher.

— Si vous voulez sortir jeune homme, il faut au moins avaler quelque chose. Je vous laisse votre dessert au moins.

Elle me fit de nouveau un sourire et silencieusement elle sorti de la chambre comme elle y était rentrée.

Jonathan se décida à se retourner vers moi et me regarde de ses yeux fatigués.

— Pourquoi es-tu venue me voir ? Par pitié ?
— Ne dis pas n'importe quoi Nathan. Tu sais bien que je n'éprouve pas de pitié.
— Ah oui ? Alors pourquoi es-tu venue Marine ? Je croyais que tu ne voulais plus me voir et c'est toi qui es là.

Je le regardais et je pouvais voir les cernes noires et gonflées sous ses yeux.

Il avait mauvaise mine comme cela. Quand je suis venu, il dormait et par conséquent ses yeux n'étaient pas en fonctionnement, en vie en quelque sorte mais là ils bougeaient et heurtaient la lumière de la chambre. Le sommeil était en lui et le guettait.

— Je suis venu Nathan car ce que tu as fait est nul.
— Pour toi, oui mais pas pour moi.
— Si c'est complétement nul et ça ne sert à rein en plus. C'est égoïste aussi.
— Tiens tu me dis que j'ai été égoïste ?
— Oui bien sûr, ne va pas me dire que ça ne l'est pas.
— Non ça ne l'est pas. Ça s'appelle rendre service.
— Service à qui ? Tu veux me le dire ?
— A la personne à qui j'ai pu faire du mal tout simplement.
— Tu te fous de moi là ?
— Non pas du tout Marine, jamais je ne ferai cela.

Il me regardait et dans ses yeux fatigués je pouvais voir maintenant qu'ils étaient rouges et noyés de larmes. Il pensait réellement ce qu'il disait.

— Mais je trouve même cela lâche d'avoir agi comme cela.
— Lâche ? Non ce n'est pas lâche non plus.

138

— Tu trouves cela peut être héroïque et qu'il faut qu'on te donne une coupe pour ce geste ?

— Pas à ce point là tout de même. Ce n'est ni lâche ni héroïque, c'est juste un geste noble.

— Être noble c'est plutôt autre chose tu ne penses pas ? Et en quoi cela devait-il m'aider ?

— À te débarrasser d'un parasite véreux.

Jonathan se retourna de nouveau vers la fenêtre. Ses yeux étaient remplis de larmes et il devait sûrement se retenir pour ne pas pleurer devant moi. Je me demandais comment lui, ce Jonathan qui a tout pour lui, pour plaire que ce soit la musculature, la force, la beauté et l'intelligence, pouvait penser réellement qu'il n'était qu'un parasite véreux. Je le regardais tout en avalant ma salive pour retenir mes larmes moi aussi.

Mes yeux étaient rivés sur lui pendant que je déglutinais.

— Tu ne trouves pas que tu y vas un peu fort avec toi-même en te traitant de parasite véreux ?

— Non au contraire. Je pense que je suis vraiment comme cela et que je devais vraiment disparaître de ce monde, de toi, de tout.

— Mais comment peux-tu penser cela toi qui as tout ce qu'il faut pour séduire une femme et faire de ta vie une pleine réussite ?

— Ah oui j'ai réussi à te séduire toi ? Non au contraire, je t'ai fait du mal et j'ai trahi ta confiance que tu avais envers moi.

— Je ne suis pas le centre du monde tout de même et comme je te l'ai déjà assez dit au début de notre relation amicale il y a des tonnes de femmes dans ce monde et des bien plus belles que moi.

— Pourquoi ne laisses-tu pas les gens en juger de cela ? Pourquoi doit-on aller dans ton aval si nous on veut aller en amont ? Laisse-nous juge de nos vies, de nos choix, de nos préférences au moins.

Il s'était désormais retourné et ses yeux maintenant me fixaient. La télévision continuait à tourner pour elle-même maintenant car je ne pense pas que si les objets de cette chambre auraient des oreilles, qu'ils auraient pu entendre les actualités présentées car nos voix raisonnaient dans cette pièce à présent.

Chacun de nous argumentait comme il le pouvait sa position et défendait sa façon de voir.

— Je n'arrive pas à comprendre pourquoi tu peux t'intéresser à une fille comme moi à ce point au moins. Je n'en vaux pas le coup et tu en es la preuve en ce moment tu ne trouves pas ?

— Tu ne vas pas culpabiliser de ce que j'ai fait ou du moins de ce que je n'ai pas réussi à faire hélas ?

— Ah car pour toi c'est un échec ?

— BEN OUI JE SUIS TOUJOURS EN VIE

Le ton avait monté en lui, ce qui eut pour effet de me déstabiliser quelque peu.

— Mais tant mieux que tu sois toujours en vie. La vie vaut le coup d'être vécue tout de même non ?

— Tout dépend de comment on voit les choses et comment aussi on les perçoit.

— Comment ça ?

Je le regardais sans sourciller et la colère m'avait envahi sans que je m'en sois vraiment rendu compte. Je fis tout pour me reprendre immédiatement et je voyais Jonathan me regardait avec des yeux écarquillés.

— Pour toi, peut-être que la vie vaut le coup et tu as raison, je ne vais pas te contrarier de ce que toi tu penses à ce sujet mais de mon côté à moi, j'ai un point de vue qui est largement différent du tiens. Pour moi, la vie n'est pas aussi formidable que tu le penses, elle est fade, comme un repas sans sel pour une personne qui adorerait le sel, une vie vide en fait et tu es apparue en cette vie désertique. Tu en as fait une vie qui avait un sens maintenant.

Je ne le quittais pas des yeux mais je me sentais honteuse et mal à l'aise. Si j'étais une petite souris je me serais mise dans un trou pour ne plus en sortir mais je n'étais pas cette petite bête mais bien un humain qui ne pouvait pas se cacher mais faire face à cela. Je m'approchais du lit pour aller me mettre assise sur ce fauteuil tout en soupirant et en laissant ce coup-ci mes larmes couler. Je ne savais même pas d'où elles pouvaient être à ce moment tellement depuis la veille au soir j'en avais lâcher des litres et des litres.

Je tendis ma main vers la sienne et lui pris le bout de ses doigts une deuxième fois pour les lui caresser tendrement.

— Je ne savais pas que tu pensais cela de la vie et encore moins que tu la voyais aussi néfaste et amère à ce point-là. Je suis terriblement désolé, crois moi Jonathan.

— Je te crois, ne t'inquiète surtout pas là-dessus. Je peux voir ta sincérité dans tes beaux yeux mais ne sois pas désolé pour moi ou quoique ce soit, tu n'y peux rien et je ne t'en veux pas du tout. Tu avais été honnête avec moi dés le départ et c'est moi qui aie tout gâché en te donnant ce baiser idiot. C'est à moi de te présenter de excuses.

On toqua à la porte. C'était ma mère qui venait de monter, elle dit bonjour à Jonathan et voyant que nous étions en train de discuter elle me dit d'une voix calme qu'elle allait aller faire quelques courses et qu'elle viendrait me rechercher un peu plus tard. Au cas où elle serait trop longue, je n'avais qu'à lui envoyer un coup de téléphone ou un sms et elle se dépêcherait Cela me convenait parfaitement.

Elle salua Jonathan et partit de la chambre tout en la fermant derrière elle.

Jonathan était en train de toucher à sa perfusion, comme-ci il voulait la retirer. Je le regardais faire et subitement je plaçai ma main sur la sienne et lui dis d'arrêter cela.

Il me regarda avec des yeux attendris et arrêta ce qu'il faisait, laissant donc sa perf là où elle était. Je quittais sa main pour mettre la mienne dans ma poche.

— Tu sais tu aurais pu partir si tu le voulais, ça ne te sert à rien de rester ici, surtout dans cet endroit. Tu dois avoir mieux à faire que de rester dans un hôpital avec moi comme compagnie.

Je le fixais désormais sans un mot qui sortait de ma bouche. Je me contenais.

— Déjà, je fais ce qui me plaît et arrête de t'insulter ou te rabaisser sans cesse. Tu es quelqu'un de bien Nathan et tu le sais ou peut-être pas vu ce que tu m'as dit mais MOI je te le dis tu es vraiment quelqu'un de bien.
— Si bien que tu ne veux pas sortir avec moi.
— Ce n'est pas à cause de toi. C'est juste que je ne veux plus rien avec des mecs pour l'instant. J'ai donné et je ne veux plus souffrir.
— Mais je ne veux pas te faire souffrir, moi.
— Ah oui tu en es sûr ? Et là qu'est-ce que tu as fait ?
— Tu en souffres ?
— Oh arrête, ne joues pas à e petit jeu avec moi s'il te plaît d'accord ?
— D'acc, comme tu veux mon général.

Je pouvais voir pour la première fois de la journée un petit sourire sur son visage et cela me procura une douce chaleur en moi.

Je me mis à rire en le regardant et en répétant ses mots « général » —tu parles d'un général que je suis moi. Tu m'imagines aux commandes de qui que ce soit ?

— L'armée ne s'en porterait pas plus mal, bien au contraire, les hommes je pense seraient honoré d'avoir un veau général comme toi.
— Tu crois cela réellement ? Tu penses que les hommes aiment se faire commander par des femmes toi ? laisse-moi rire Nathan. Tu parles et en plus l'armée est plus masculine que féminin tu ne trouves pas ?
— Moi je n'y verrais pas d'inconvénients, bien au contraire. Je serais sous tes ordres et j'en serais fier.

Il se mit assis dans son lit et leva la main en signe de garde à vous à son visage tout en me regardant de ses yeux brillants.

Je le regardais et me mise à rire.

— Repos soldat !
— Bien mon général.

Nathan baissa aussitôt sa main comme s'il répondait vraiment à mon ordre et nous nous mettons tous les deux à rire de nouveau.

Je mis debout pour me diriger vers la fenêtre. La pluie avait cessé pour laisser derrière elle des nuages gris clair ce coup-ci. Une petite éclaircie se mis à percer quelques nuages et je pouvais voir les rayons du soleil venir comme se coucher sur un champ un peu plus loin. Je regardais au loin des gens qui partaient de cet hôpital pour aller rejoindre un véhicule bleu foncé garé sur le parking de cet établissement.

— Écoute Nathan, je veux bien qu'on revienne amis mais juste amis d'accord ?
— Ne te force en rien Marine.
— Je ne me force pas du tout et je suis sincère.
— Tu en es sûre ? Ce n'est pas juste une question de pitié pour un pauvre imbécile comme moi ?
— Non ce n'est pas de la pitié mais une demande qui vient du cœur. Je t'apprécie et ça tu le sais très bien mais si tu refais ce que tu as fait là, je ne viendrais pas te voir et ne te parlerait plus du tout et cela définitivement, nous sommes d'accord Nathan ?
— A vos ordres mon bon général.

Entendant cela je me mis à me retourner pour le regarder et voyant ce que je voyais je n'ai pas pu me retenir de partir dans un fou rire. Jonathan avait ce coup-ci mis ses deux mains sur le côté de sa tête pour faire le salut.

De me voir rire ainsi, il se mit lui aussi à rire à plein poumons.

C'était agréable de le voir ainsi, ce rire me manquait, je devais bien me l'admettre, même si ça ne faisait pas longtemps que nous ne nous étions pas vu rire. Ça me faisait du bien et j'ai eu du mal à m'arrêter de rire en le regardant désormais faire des grimaces.

On toqua à la porte. Son père ct sa mère qui venaient lui rendre visite.

Je préférais partir et les laisser en famille.

J'embrassais Nathan sur les joues et m'éclipser pur descendre en bas tout en appelant ma mère pour qu'elle vienne me rechercher. Elle était déjà ici et m'attendait depuis plus de quinze minutes sur le parking.

Nathan avait quitté l'hôpital avec ses parents l'après-midi même et il avait repris les cours deux jours plus tard. Dans la classe, tout le monde avait respecté le silence sur son acte. Personne ne lui en avait parlé ou même questionné pour en savoir vraiment le pourquoi. On ne m'avait pas non plus jugé de quoi que ce soit par rapport à ce qu'avait pu dire Thomas le jour où il m'avait tout raconté devant tous les élèves.

C'est ce que j'ai apprécié et je pense que Nathan aussi avait apprécié cela lui aussi.

Le soir de sa sortie Nathan m'avait envoyé un sms pour de nouveau s'excuser et me dire merci de lui permettre de devenir de nouveau ami avec moi. Bien évidemment, je lui ai répondu immédiatement. Il faut avouer que ses sms m'avaient manqué et en plus étant chez ma mère le soir-là, je m'ennuyais terriblement. Nous sommes reparlés par le biais de cette technologie pendant au moins une heure sans nous arrêter, comme si le temps nous était compté, comme si nous voulions rattraper ce laps de temps que nous avions perdu la veille à partir de ce message que je lui avais envoyé pour lui dire qu'on en restait là tous les deux.

Nous avons rigolé de nouveau pour ce nom de « général » et aussi de ses fameux saluts qu'il avait si bien faits.

Nous en sommes venus à discuter également de ce qu'il avait fait et je lui avais demandé la raison de son geste hormis moi mais sur ce sujet il ne voulait pas vraiment en parler ou débattre avec moi par des sms. « Un jour je t'expliquerai si tu le veux mais pas ce soir et pas par écrit, excuse-moi ».

Comment pouvais-je lui en vouloir vraiment ? Il devait avoir ses raisons, je n'excusais pas son geste et je ne le comprenais pas réellement aussi mais je ne voulais pas le juger et encore moins le froisser alors je me décidais à parler de tout autre chose.

Un nouveau sms me vint malgré qu'on se fût dit au revoir.

— Tu sais Marine, je peux comprendre que tu ne veux rien de moi à part de l'amitié, ce qui est déjà pas mal à mes yeux et je vais bel et bien m'en contenter mais je veux vraiment que tu saches une dernière fois que je t'aime et que je t'aimerai pour toute la vie. Je ne t'embêterai pas avec cela ni avec mon amour et que je te respecterai et respecterai donc ta décision mais tu ne pourras pas m'empêcher de t'aimer.

Lisant son sms, mes yeux larmoyaient de nouveau. Il était touchant et son message ma flattait énormément. Dans ma chambre où j'avais mis un peu de musique, je me mis à relire une troisième fois ce message avant de lui envoyer :

144

— Je ne te demande pas cela en vérité mais juste comme tu le dis, de respecter mon choix et qui sait un jour…
— Merci Marine tu es un amour bébé, enfin si je peux t'appeler toujours comme cela sinon dis-le-moi et j'éviterai.
— Je ne t'ai pas demandé cela non plus, tu peux toujours me donner des surnoms, je n'ai rien contre et c'est toujours flatteur.
— Merci tu es vraiment une femme exceptionnelle.

Je lis ce message et je n'en revenais pas à quel point il pouvait me toucher par ses mots. Je sentais encore en moi une douce chaleur m'envahir et mes yeux me piquaient. « Une femme exceptionnelle », me voyait-il vraiment comme une femme ? Je voulais le lui demander mais je n'en fis rien. Je me mis à sourire en lisant de nouveau ses mots. » Une femme ». Que j'aimais ce qu'il m'écrivait, il me touchait à chaque fois et je me sentais toujours envahi d'un bien être quand je le lisais.

Je gardais mon portable contre moi tout en écoutant une musique de RAP.

Ma mère vint me chercher pour souper et sans broncher je la suivi. L'habitude, il lui fallait venir au moins trois fois venir me rechercher mais là non.

A table elle me parlait de choses et d'autres et je lui répondais gentiment. Je lui souriais volontiers quand elle me disait une petite blague. J'étais vraiment de très bonne humeur. Je pensais à ce moment que de reparler à Nathan était une bonne chose et que c'était cela qui me mettait de si bonne humeur.

Mon téléphone vibra sur la table et je le pris aussitôt pour le lire.

— Je voulais juste te souhaiter un bon appétit et aussi une belle nuit bébé.

Devant mon assiette ou trônaient ma tranche de rôti et ma purée, je me mis à pianoter sur mon portable.

— Ça tombe bien que tu me dises cela car je suis à table devant un bon morceau de viande. Ça change de ce que l'on mange au bahut et toi tu manges ou tu as fini ?
— Ma mère fait la bouffe mais je n'ai pas réellement fin en fait. Sûrement les cachets.
— Oui peut-être. Mais il faut que tu manges au moins un peu.
— Bien mon général, à vos ordres.

Je me mis à rire à table en le lisant mais ça ne dérangeait pas ma mère, elle avait attaqué maintenant un morceau de fromage et elle se resservait un verre de rosé.

— Mdr. Arrête tes sottises et puis OUI c'est un ordre soldat Nathan.

Je me mis à rire encore plus fort en l'envoyant. Je le revoyais faire son garde à vous quand il était dans sa chambre d'hôpital. C'est vraiment un sacré pitre mais subitement je fus envahi par une tristesse soudaine, une mélancolie. Je repensais à ses mots sur la vie, enfin sur la non vie en fait. Pourquoi un garçon si beau, si fort, si sportif et qui a tout pour lui et par la même occasion tout chez lui pouvait vouloir attenter à sa vie ? Comment et pourquoi pouvait-on en arriver là ? A ce résultat ? A vouloir mettre fin à ses jours ? Et en supplément il m'avait ajouté que j'en était également la cause qui s'ajoutait à sa détresse. Mais quelle détresse, je ne le voyais pas en détresse, moi. Il allait en sport, il faisait de la natation olympique, du foot et bien d'autres choses. Il avait des parents qui avaient une bonne situation, il avait un cheval de course, des bonnes notes à l'école, enfin tout pour vivre pleinement son adolescence et ce passage à l'adulte, alors qu'est-ce qui n'allait pas chez lui en fait ? Ces questions me bloquaient et je n'arrêtais pas de me les repasser en boucle. J'essayais de comprendre ses réactions mais en vain. Déjà comment mettre fin à ses jours ? Était pour moi un genre de casse-tête alors lui, c'était comme me demandait de faire les six faces du Rummikub et en deux minutes seulement, ce qui veut dire, impossible.

Ma mère me tira de mes pensées.

— Tu devrais manger tant que c'est chaud ma puce.

Je la regardais tout en maintenant mon portable dans ma main.

Je ne me sentais pas vraiment bien et j'en fis part à ma mère.

— C'est normal ma chérie, vu ce que tu viens de vivre mais il faut pourtant que tu manges, au moins ta viande ou ta purée, d'accord ?
— Je pris ma fourchette et commença à prendre de la purée quand mon téléphone vibra dans ma main.
— Je voulais juste te dire que pour te faire plaisir je vais écouter ce que tu me dis et par conséquent allait manger et pourtant si tu savais à quel point je dois me forcer pour y aller mais pour toi, je vais le faire, je ne parlerai pas mais je mangerai. Merci mon bébé et à plus tard si tu le désires ou à demain.

Je lisais attentivement son message en essayant de bien le comprendre. Au départ je pensais que Nathan n'avait pas faim mais là dans son message il inscrit qu'il va manger quelque chose pour me faire plaisir mais qu'il ne pipera pas mots. Que voulait-il dire par là ? A qui devait-il ne pas parler ? Ses parents ? Non je ne pense pas mais alors à qui ? Et de plus je n'étais pas la seule raison de son acte de suicide.

Qu'est-ce qui lui arrivait ? Il voulait en fait la paix, tout simplement, inutile de chercher plus loin, c'était aussi simple que cela.

Je regarde ma mère et lui dis que je vais me reposer.

Ma mère ne me dit rien mais me regarde partir vers ma chambre.

Je l'entends débarrasser la table de ma chambre. Je suis assise sur ma chaise et je me décide de m'allonger sur mon lit. Toutes mes pensées vont vers Nathan et ce qu'il m'a dit.

Chez Jonathan.

Jonathan passa à table comme il l'avait si bien dit à Marine.

Sans un mot il se plaça à une place de la table, là où son assiette était déjà mise pour lui.

Son père était en bout de table, un manuel de droit pas loin de lui et un énorme dossier. Il avait cette habitude de rentre et de continuer à travailler et ceci jusque tard le soir. Comme ce soir, il s'arrêtait que pour souper.

Une bouteille de vin de bon prix était également sortie. Ceci était aussi une habitude. La mère de Jonathan revint de la cuisine avec le dîner du soir fait dans une grosse poêle et elle la posa sur sous de plat posé au préalable par ses soins sur cette table en chêne ou une nappe transparente avait été elle aussi mise juste avant.

Mme Delormeau s'installa à sa place et se mit à servir son mari.

Lui servait le vin. Des gestes habituels là aussi. Nathan aurait pu dire tout ce que ses parents feraient. A table en mangeant ils parlaient de leur travail, lui des affaires passées ou à passer et elle des dossiers et de ses intentions envers untel ou untel qui était passé devant son mari Monsieur le juge ou qu'il allait passer dans les jours à venir. Parfois il arrivait des désaccords entre eux car Monsieur Delormeau voulait que celui-ci aille vraiment en prison et que Madame Delormeau qui avait été sollicitée pour la défense n'était pas réellement d'accord ou qu'elle allait présentait une défense « bêton » comme ils disaient si bien dans leur jargon juridique.

Parfois ça pétait pour de bon dans cette maison et la plupart du temps c'était Madame qui se pliait. Tout se jouait dans cette maison pour la plupart du temps. Le reste n'était que pour la plupart du temps que du théâtre pendant l'audience ou mari et femme se retrouvaient confrontés professionnellement.

Ce soir, le dossier était là près du père mais pas ouvert comme ce livre chéri des deux qui a le nom de code pénal. Pas un mot. Pas de dispute. Cela était trop beau pour Jonathan et il mangeait tranquillement son lapin à la moutarde et ses patates sautées en pensant à Marine. Il avait hâte de finir pour filer aussi vite dans sa chambre afin de lui envoyer un nouveau message.

Jonathan se voyait déjà lui écrire un texto et il le préparait dans sa tête quand tout à coup la voix de son père le retira brutalement de ses douces pensées.

— Tu vas nous dire ce qui a bien pu te prendre exactement ? Ta mère et moi-même ne comprenons pas vraiment ce qui t'es arrivé là ? Un caprice ? Un appel au secours comme ces pauvres imbéciles que je peux envoyer pour la plupart du temps en prison ?

Monsieur Delormeau lui disait cela tout en le fixant droit dans les yeux. Ses joues avaient pris des couleurs sous l'emprise de la colère qui pouvait être en lui. Il n'avait pas réellement levé la voix mais c'était comme un coup de couperet qui venait de s'abattre dans ce grand silence.

Il détacha sa serviette de table attachée à son col et la lança sur la table.

Madame Delormeau arrêta de manger aussitôt et prit la parole.

— Sans te froisser Jacques mais est-ce que cela n'aurait pas pu attendre la fin du repas pour parler de tout cela ? En plus je pense que Jonathan doit avoir faim et tu le coupes au beau milieu de son repas.

— Désolé Estelle et tu as raison, je suis vraiment bête mais je ne comprends pas cela et je me demande vraiment si cette fille en valait vraiment la peine. D'ailleurs quelles filles vaudraient la peine pour qu'on mette fin à ses jours comme cela ?

Monsieur Delormeau regarda sa femme qui avait repris son dîner et lui adressa un sourire fatigué comme pour continuer de s'excuser encore une fois. Il savait que sa femme aimait plus que tout leur enfant surtout depuis la mort de leur premier enfant qui aurait un an et demi de plus que Jonathan à ce jour. C'était un sujet qu'on n'abordait jamais dans cette maison. Les seules fois que Jonathan les avait entendus en parler c'était suite à une grosse dispute entre eux. Depuis la mort de cet enfant inconnu pour Jonathan avait été conçu mais il n'avait pas été voulu. Un accident comme on dit si bien mais Madame Delormeau s'en était rendu compte qu'elle était enceinte que par son ventre qui avait grossi. C'était au bout du quatrième mois. Le délai pour l'avortement était dépassé de plus d'un mois et même si celui-ci n'avait pas était dépassé Madame Delormeau n'aurait sûrement pas été faire cette bêtise, car pour elle avorter était un crime hormis pour des cas de forces majeures tels que des incestes, viols etc…mais là ce n'était pas le cas, ils avaient fait l'amour car ils en avaient besoin. Il leur fallait bien passer par cela pour voir ou ils en étaient et de plus lors d'une soirée arrosée, l'alcool aidant ils s'étaient abandonnés à la nature des désirs de leurs corps. Ils avaient essayé une fois, une seule et jamais plus après. Depuis ils restaient ensemble sans vraiment avoir les extras de l'amour, juste le principal, le respect et la vie commune.

Peut-être que si Jonathan ne serait pas venu au monde, leur couple aurait peut-être péri malgré leur statut mais en attendant Jonathan était là entre eux, pour eux, union des deux et c'était comme ça. Hors de question d'être de mauvais parents surtout qu'ils montraient un exemple pour la société.

Jonathan avait tout entendu lors de leur querelle. Ce soir-là ils en avaient parlé de leur situation, de leur couple, de ce qu'il en était et ce qu'il en ressortait maintenant.

149

Jonathan n'en revenait pas, jamais il n'avait entendu de disputes en présence de quelqu'un ni même lui. Ils soignaient leur image. Madame et Monsieur Delormeau était des travailleurs invétérés et de bons parents pour Jonathan mais il n'y avait sûrement plus d'amour entre eux. Tout était sur le respect et la pudeur.

Jamais Jonathan n'aurait pu deviner de telles choses et encore moins qu'il fut un fruit d'une soirée arrosée, d'un coup d'essai. Ces mots qu'il avait entendu de sa chambre lui avait fait mal et depuis il en souffrait en silence. Lui aussi ne parlait pas de cela. Sa mère et son père faisait bonne figure devant lui et ils représentaient un couple « parfait » pour les autres. Jamais un mot plus haut que l'autre

Les Delormeau avaient essayé de reprendre leur vie au plus normale mais il fallait qu'ils se rendent à l'évidence c'était impossible.

Un incident, comme il l'avait si bien entendu dit par son père un soir ou ils croyaient tous les deux qu'il était sorti avec des amis pour aller voir un match de football. Il y avait cinq ans de cela jour pour jour et tous les jours qui passaient depuis ce soit là étaient pour Jonathan un supplice, une torture. Ces parents étaient restés ensemble que pour lui, pour cet enfant non voulu, cet enfant non désiré…cet accident si malencontreusement arrivé. Jonathan se rappelais très bien de ce soir-là. Il devait aller assister à un match de football mais depuis le début de l'après-midi Jonathan ne se sentait pas bien et il avait été vomir à plusieurs reprises en urgence aux toilettes. La fièvre avait commencé à venir en lui et il se rendait compte qu'il avait du mal à tenir sur ses jambes alors il avait averti ses amis et leur avait dit qu'ils y aillent sans lui car il était malade et il allait garder la chambre.

Le soir-là, ses parents étaient rentrés tard chez eux. Croyant leur fils absent de la maison, ils n'avaient donc pas été voir dans sa chambre si celui-ci était là ou pas. Ils échangèrent des mots sur cet épisode de l'après-midi et au fur et à mesure une dispute arriva.

De sa chambre Jonathan allongé dans son lit, enveloppé dans sa couette avait pu entendre leur dispute qui tournait en reproches au fur et à mesure que leurs mots se lançaient à leur figure. Tout avait démarré suite à une audience de l'après-midi ou sa mère avait de son métier défendu un détenu et par son plaidoyer avait su renverser l'accusation faîte à son client. Le jury avait écouté attentivement cette avocate qui défendaient avec un mordant son client devant cette cour d'appel. Elles avaient réussi à les convaincre de son innocence et par conséquent son mari, juge de cette affaire avait dû accepter la relaxation qu'elle avait demandé. Il lui en voulait ce soir-là. Pour lui, cet homme devait rester en prison et rien d'autre. C'est ce que Jonathan avait pu comprendre de leurs griefs et de fil en aiguille ils en arrivaient à lus fort que des reproches au bout d'un certain temps laissant place à des accusations. Le père accusé la mère de ne pas avoir été là lors de l'accident et la mère accusait son mari de ne pas avoir été capable de rester comme c'était prévu entre eux à s'occuper et donc garder leur enfant Jeremy.

Les mots devenaient de plus en plus méchants et des cris commençaient à se faire réellement entendre. Jonathan aurait voulu sortir de sa chambre pour les faire arrêter mais il n'osait pas. Il restait derrière cette porte entrouverte par lui à ce moment pour essayer de voir ses deux parents s'entretuer verbalement. Il était impuissant et on lui avait appris à ne jamais se mêler de ce qui ne le regardait pas.

Dans ces murs qui lui servaient de chez lui, il écoutait malgré la température qui lui montait de plus en plus.

Il put entendre comment son frère ainé avait été tué.

Ce soir, ou son père avait été appelé pour présider, il avait laissé leur enfant à une « nounou » et tard il avait été le rechercher. En cours de route, au lieu de rentrer directement chez lui, Monsieur Delormeau avait fait un détour de sa route habituelle pour se rendre chez une amie à eux. Soi-disant pour remettre un dossier urgent à traiter. Cette amie était elle aussi une avocate hors pair. Pour lui c'était important de donner ce dossier et d'en discuter afin que cette avocate sache bien son point de vue, à lui et le prenne en considération. Ce qui était assez louche pour Madame Delormeau était le fait que cette affaire de meurtre passionnel allait être en procès un bon mois après et pour elle, ils avaient bien le temps de pouvoir en discuter un peu plus tard que ce jour-là et surtout à l'heure qu'il était, vingt-deux heures trente-cinq précisément. C'est ce qu'avaient inscrit le légiste qui était venu constater la mort de leur enfant qui n'était même pas attaché par la ceinture de sécurité derrière.

Sur la route qui menait à la maison de cette avocate se trouvait une voiture de marque BMW conduite par un jeune qui avait consommé du cannabis et de l'alcool. Il sortait d'une soirée entre potes et il rentrait chez lui comme il le faisait assez souvent. Le poste de musique qui passait du Bob Marley était à fond et lui avec un joint entre ses doigts conduisait d'une main. Il avait tendu son autre main pour prendre la bouteille de Whisky sur le siège côté passager et il ne se rendit pas compte de la l'embardée que sa voiture faisait.

Une voiture roulante assez vite arrivait en face de lui et malgré les coups de klaxons l'accident était inévitable.

Le choc frontal fut effroyable et Jeremy fut projeté violemment vers l'avant pour aller casser le par brise de devant entraînant sa mort sur le coup. Tant qu'à Monsieur Delormeau, c''était l'airbag qui l'avait sauvé ainsi que sa ceinture qui, elle, était bouclée.

Jonathan entendait tout. Il découvrait un envers du décor auquel il n'aurait jamais pu penser un jour que ce soit possible. Il était à l'écoute malgré que toute cette conversation le dégoutât. Des larmes coulaient le long de ses joues, des larmes de tristesses, de colère, de déception.

A la table, Jonathan fixa lui aussi son père qui maintenant avait pris son dossier pour en extirper un feuillet et commençait à le lire.

Il avait les yeux dans ses feuilles et il avait pris soin de chausser ses lunettes en retirant sa cravate bleue qu'il avait placé sur le dossier de sa chaise méticuleusement.

— Pourquoi tu parles d'une fille papa ?

Jonathan avait reposé ses couverts sur le côté de son assiette et il avait mis ses mains sur ses genoux. Il regardait son père et attendait sa réponse.

Madame Delormeau en entendant cela avait stoppé son geste subitement. Sa fourchette se maintenait entre son assiette et sa bouche avec un morceau de viande accroché sur les dents de celles-ci.

Monsieur Delormeau posa sur le côté de la table le feuillet et retira ses lunettes avec une extrême prudence, comme ci celle allait se casser au contact de sa main posée sur les branches. Il les plia at les posa sur les feuilles qu'il venait de mettre sur la table. Sans relever la tête tout de suite il lança :

— A toi de nous le dire Jonathan de quelle fille il s'agit.

A ses mots Jonathan le regarda avec insistance et un regard interrogatif. Comment savait-il qu'il y avait une fille en cause de son envie de suicide ? Il était certes un bon magistrat et Jonathan savait très bien que son père avait le bras long et l'appui de toute les polices mais de là à savoir cela, comment avait-il fait ? puisque Jonathan ne l'avait même pas dit à l'hôpital.

Jonathan se sentit rougir et ne savait plus trop quoi dire ni penser en fait. Il baissa ses yeux lorsque ceux de Monsieur Delormeau vint à leur rencontre.

— Je ne vois pas de quoi tu parles.

Bafouilla-t-il.

— Si tu le sais très bien en fait, ne nous prend pas pour des imbéciles s'il te plaît, ta mère et moi-même, nous savons qu'il y a une fille et je me demande ce qui a pu se passer dans ta tête exactement. De plus j'espère que personne ne t'a vraiment vu du tribunal ou dans nos relations, ça va faire causer et tu sais très bien que ta mère et moi- même n'avons pas besoin de ça.

Madame Delormeau avait cessé de vouloir manger et elle avait capitulé en descendant sa fourchette pour la mettre dans le restant de son repas qui était dans l'assiette. Elle regardait attentivement Jonathan et attendait-elle aussi qu'il leur parle. Elle ne comprenait pas ce geste. Elle regardait son fils qui s'était enfermé dans le silence et décida t'intervenir.

— Tu aurais pu au moins nous en parler de tes problèmes et nous aurions ensemble trouvé une solution mon chéri.

Jonathan leva la tête et regarda avec tendresse sa mère. Il savait que sa mère était sincère dans ses propos et il ne voulait pas lui faire plus de mal. Il voulait parler et il commença une phrase mais ne la termina pas.

— Tu préfères faire l'autruche ?

Demanda le père d'un ton sec à son fils.

— Parfois il vaut mieux tu ne trouves pas ? Je pense que tout ceci tu dois le savoir mieux que moi non ?
— Si tu fais allusion à mon emploi, je ne te permets pas et je tiens à te signaler que je ne suis pas dans le palais de justice là et que ta mère n'est pas non plus avocate ce soir si ?
— Non papa.
— Bien, alors explique nous cela. Juste une histoire d'amour et tu veux mettre fin à tes jours si j'ai bien compris ?
— Juste une histoire d'amour… ça me fait rire tes propos papa tu sais.

Jonathan avait pris sa serviette et de ses mains il la froissait comme pour lui faire du mal. Il fixait maintenant son père. Il en avait marre de cette comédie, de ces silences enfouis depuis si longtemps. Oui si ce soir ils voulaient connaître la vérité il la leur dirait. Et c'est ce qui se produisit quand son père le toisa et se mit à lui faire de nombreux reproches. Quand il lui avait lancé son venin à la figure, en lui détaillant TOUT ce qu'ils avaient p faire pour lui. C'en était de trop et Jonathan explosa en larme et se mit à leur dire tout ce qu'il avait entendu quelques années auparavant.

Les parents restaient muets à présents devant les aveux de leur fils et ils se rendaient compte à quel point il avait pu souffrir depuis tout ce temps.

— Pourquoi avoir rien dit avant mon chéri ? Elle était abasourdie par ce que leur fils venait de leur révéler.

Lui demanda sa mère.

— Cela aurait servi à quoi maman ? Tu veux me le dire ?

Jonathan pleurait en regardant sa mère. Lui aussi était désappointé mais soulagé aussi d'avoir pu enfin dire tout ce qui était bien dissimilé en lui. Il sentait une certaine paix l'envahir subitement comme si avoir délivré ce lourd fardeau entendu de ses parents avaient été sa seule délivrance. Oui peut- être sa mère avait- elle raison encore une fois, il aurait dû leur ou lui en parler avant et ça l'aurait sûrement calmé de sa souffrance. Oh pas l'ôter, non, ça il lui faudrait sûrement du temps pour cela, beaucoup de temps mais ça aurait peut-être pu estomper sa douleur et il aurait eu des réponses à toutes ses questions qu'ils s'étaient posé pendant toutes ces années. En premier lieu, était-il vraiment la cause de leurs querelles qu'ils avaient parfois ? Leur avaient ils gâché leur propre vie par rapport à sa venue ? Il n'était pas le bienvenu alors pourquoi l'avaient-ils gardé ? Et bien d'autres questions encore. Ce soir, était le grand soir, le soir des aveux, des réponses. Le soir ou les barrières devaient enfin s'effondrer pour laisser une place propre ou du moins un peu plus propres. Le soir ou toutes obscurités laisseraient la lumière rentrait au cœur de leur famille. Le soir ou le rideau allait se lever pour laisser non pas les trois coups comme au théâtre mais à une pure vérité sans aucuns mensonges, sans masques, sans frontières ni retenues. Oui Jonathan allait profiter de ce moment pour enfin avoir les réponses tant attendues et leur dire ses vérités.

— Voilà, je vous ai dit ce que j'avais sur le cœur et croyez-moi, c'est dur pour moi de vous les dire et je pense que cela doit être dur pour vous aussi de les entendre, j'en suis bel et bien conscient mais maintenant vous savez réellement le vrai pourquoi de cet acte.

Il se tut et baissa les yeux en se les essuyant du revers de sa main. Madame Delormeau pleurait elle aussi, elle ne pouvait pas empêcher ses larmes coulaient le long de ses joues.

— Mon pauvre chéri… mon pauvre chéri.

Réussit-elle à prononcer entre quelques sanglots. Elle voulait lui dire plus de choses, le serrer contre lui, le cajoler comme quand il était qu'un enfant mais elle n'en fît rien. Pas qu'elle ne le voulait pas mais par retenue pour lui-même et simplement aussi parce qu'elle se sentait coupable…oui pour une fois elle et son mari se retrouvaient eux-mêmes confrontés à leurs réalités, leurs vérités et ceci sans aucun avocat pour les défendre et de toute manière ils n'en auraient pas voulu eux même. Ils s'accusaient COUPABLES. Oui coupable de leur crime, de la souffrance de leur fils sans que, EUX les grands de la loi puissent s'en apercevoir. Ils étaient tellement dans leurs travaux, leurs scènes, leur théâtre avec les pauvres de la société qu'ils se prenaient eux pour des gens au-dessus de tout et ce soir, la sentence venait de tomber, le couperet avait été activé et la lame avait touché leur cœur. Ils devaient faire face à la vérité, la leur, celle de leur enfant…le sang de leur sang. Leur fils qu'ils avaient pensé si bien protéger jusqu'à ce soir. Le verdict était tombé Monsieur le juge et Madame l'avocate du couple, un verdict sans retour, seul jury ce soir, Jonathan lui-même et les trois cœurs de cette famille. VERITE était le verdict demandé et ils leur devaient bien cela.

Monsieur Delormeau qui d'habitude avait un cœur assez dur pour ne non pleurer avait ce soir les yeux rouge et pleins de larmes lui aussi. Il était resté à écouter son fils leur parler de ce qu'il avait sur le cœur et à leur reprocher. Monsieur Delormeau, lui qui avait toujours le dernier mot pendant son travail n'en pipait pas un ce soir. Il était à la place des accusés, lui et sa femme et la victime était son fils. Il avait détruit son propre fils par ses querelles, par son manque d'attentions envers lui. Monsieur le juge du nom de Delormeau reconnut comme grand dans son milieu, défenseur du tort avait ce soir tous les torts et là c'était pour lui en tant qu'homme de loi, de père, de mentor une honte.

Il était là au bout de cette table, les bras pour une fois ballant et la bouche entrouverte comme s'il recherchait sa respiration, à regarder son enfant avec la plus grande tendresse et compassion. Lui aussi aurait voulu aller le prendre dans ses bras et l'embrasser mais il savait que ce n'était pas ce que voulait Jonathan, pas en cet instant tout du moins, peut-être plus tard et encore, il en était à se poser ces questions quand il vit sa femme s'effondrait sur la table en poussant son assiette sur le côté.

— Je suis désolé Jonathan, nous sommes réellement désolés mon fils…on ne pouvait pas savoir que tu avais pu entendre notre dispute entre ta maman et moi-même.
— Je comprends mais ce que j'ai entendu je l'ai bien entendu tout de même. Je peux comprendre pour la mort de Jeremy et je ne peux pas vous en vouloir de ne pas dire quoi que ce soit sur sa mort mais je pense pour moi que vous devriez une bonne fois pour toute en parler au lieu de vous rejeter la faute. Je pense que tu n'as rien à te reprocher avec cette avocate que tu as été voir ce soir-là papa si ?

Monsieur Delormeau accusa la question quelque peu pertinente et insultante de son fils et le regarda avec un grand étonnement.

— Comment peux-tu croire cela Jonathan ? Comment puisses-tu un seul instant que cette avocate, amie de surcroît avec ta mère avant de me connaître, nous ayons pu avoir une quelconque relation autre qu'amicale et professionnelle ?

Monsieur Delormeau avait les yeux ébahis et il fixait son fils en soutenant ses propres yeux encore embrumés de la situation.

— Je n'ai pas dit cela papa mais peut- être que maman a pu avoir des doutes et qu'elle n'a jamais osé t'en parler puisqu'il s'agit avant tout du soir ou hélas Jeremy a trouvé la mort.

Le père tourna son regard plein de larmes en direction de sa femme. Estelle regardait son fils tout en pleurant encore plus. Il était au centre de leur grief.

— Tu penses cela Estelle ?
— Oui Jacques.

— Mais pourquoi ? Jamais… tu n'entends jamais il y a eu quelque chose entre Nicole et moi-même et jamais il y aurait eu, même si jamais ce putain de soir là il n'y aurait pas eu ce chauffard. Jamais tu ne m'entends Estelle, comment as-tu pu croire que je ferai cela, toi qui es ma femme. Nous nous sommes mariés pour le meilleur et pour le pire et aussi et surtout pour toute la vie.

Madame Delormeau le regardait attentivement et elle ne sait plus vraiment à présent pourquoi elle pleurait mais elle pleurait à grosses larmes. Éprouvait-elle de la honte, de la peine, de la souffrance, du soulagement d'avoir entendu ces mots ? Peut-être le tout. En attendant elle regarda son mari et lui dit d'une petite voix :

— Excuse-moi Jacques. Je suis désolé…

Jonathan regardait ses deux parents et il sentait une douce chaleur l'envahir. Il savait que les mots de ses parents étaient sincères et il décida de les laisser pour aller dans sa chambre mais sa mère lui demanda gentiment de rester car elle devait tout lui expliquer.

— Tu n'étais pas conçu Jonathan c'est vrai comme quand on désire un enfant mais je veux que tu saches une chose mon chéri, c'est que depuis que nous t'avons vu voir le jour, tu nous as donné un nouveau sens à notre vie et tu nous l'as ensoleillé, elle qui était devenue très sombre pour ne pas te dire noire, tu nous as remis de l'éclat et toute la lumière qui nous fallait. Nous avons perdu c'est vrai notre Jeremy mais jamais, tu m'entends, JAMAIS tu n'es venu te mettre en travers de notre chemin, bien au contraire et nous te remercions vraiment d'être là. Tu es notre oxygène, notre bonheur et notre fierté. Jamais nous ne t'avons regretté, bien au contraire, tu as été notre providence 'est vrai que la mort de ton grand frère nous a mis KO ton père et moi-même mais toi, en rien tu en as été la cause ou remis en cause.

Madame Delormeau vient près de son fils et le serra contre elle pour l'embrasser tendrement. Elle invita son mari à se joindre à eux et ils s'enlacèrent comme jamais ils ne l'avaient fait encore.

Monsieur Delormeau se détachai un peu de cette étreinte familiale. Sa femme en fit autant pour pouvoir laisser Jonathan respirait.

Le père s'approcha de nouveau vers son fils et le saisit par les épaules en le regardant bien droit dans les yeux

— Mon fils, mon cher fils, je suis vraiment désolé que tu es entendu cette dispute qui n'avait pas lieu d'être. C'est vrai que nous avions pu avoir échangé des mots, des verbes aussi et des choses bêtes comme ce qui te faisait apparaitre dedans mais il te

156

faut savoir que ni ta mère ni moi-même d'ailleurs sommes des gens exceptionnels et au-dessus de tout le monde quand on agit sous la colère, la déception, la honte, la frustration, et encore bien moins sous un degré d'alcool...quel exemple j'ai pu être pour toi qui à entendu toutes ces conneries qu'on a pu s'envoyer à la figure ta mère et moi ce soir-là. Mais je veux que tu saches Jonathan que ce que t'a dit ta maman par rapport à toi, à ta venue au monde est bel et bien vraie. Tu as été la providence, c'est bien le bon mot choisi par ta mère, une providence, une fierté, une délivrance aussi mon Jonathan je te l'avoue car il était dur pour nous de continuer à vivre quand Jeremy est mort et SURTOUT pour moi qui est la cause de son décès. Si je n'ai pas attenté à ma vie, c'est pour toi et pour ta maman que j'aime plus que n'importe quelles femmes au monde, et c'est grâce à toi mon fils que je suis là en ce monde et que je me bats tous les jours contre la pire racaille.

Je t'aime mon fils et crois moi je t'aime énormément alors je suis plus que désolé que à cause de mes erreurs tu en sois arrivé là. J'ai été en colère de penser que pour une fille tu pouvais te foutre la vie en l'air mais honnêtement ceci est plus dans le sens d'un égoïsme. Oui Jonathan je suis quelqu'un qui est égoïste quand il s'agit de toi ou ta mère. Je ne veux pas que tu nous quittes, que tu en arrives à mettre fin à tes jours, je ne le supporterai pas une deuxième fois de perdre de nouveau un fils.

Monsieur Delormeau pleurait en regardant son fils et en lui disant cela. Jonathan qui était dans le même état pris son père et le serra contre lui.
— Pardon papa, pardon maman du mal que je vous ai fait.

Tous les élèves s'agitaient dans la cour en ce lundi matin. La pluie avait cessé de tomber sur la cour et certains élèves sortaient du porche pour aller profiter de cette étendue goudronnée. Le vent avait dû bien souffler par ici ce week end car les feuilles des arbres avoisinant notre établissement s'étaient détachées des arbres pour venir couvrir le sol au pied de ceux-ci ou même des routes et trottoirs. Les agents communaux n'étaient pas venus les balayer et les retirer. Ils le faisaient en plein centre du village, là où il y avait quelques magasins et bars mais pas ce qui étaient autours de la ville. Même les grandes surfaces comme l'Intermarché n'avaient pas la visite et les soins de ces gens travaillant pour la commune.

Pour ce qui était de notre cour et de la pelouse derrière l'établissement, lieu où j'aime aller me ressourcer, c'était à nous, les élèves de faire le nettoyage de ces feuilles mortes.

Quelques élèves étaient désignés et ils se retrouvaient la pendant la pause à balayer et mettre les feuilles dans une brouette pour aller ensuite les mettre en tas vers un fossé prévu à cet effet.

Les gouttières en zinc étaient remplies d'eau tombée et au pied de celle-ci, elle venait se fracasser sur la terre pour faire des grandes flaques.

Notre établissement était de couleur blanc et celui-ci se constituait de plusieurs bâtiments. Le plus grand était les classes, les bureaux du directeur, des professeurs, de la secrétaire mais il y avait aussi en bas la cantine.

À l'autre bout étaient dressés deux bâtiments qui nous hébergés la nuit, un pour nous les filles et l'autre pour les garçons. Entre eux et les classes il y en avait un autre, bien plus petit qui servait lui aussi pour des classes.

Huit heures, la sonnerie retentit et les élèves se mirent en marche vers les établissements où se situées leur classe.

Jonathan franchit juste à temps pour ne pas arriver en retard. Notre premier cours était le sport.

Il dit bonjour aux élèves et distribua quelques bises à filles de notre classe et il vient à moi et me regarda dans les yeux en me souriant.

Son sourire si craquant l'habitude avait l'air un peu forcé. Il semblait épuisé. Pendant ce Week end, on ne s'était pour ainsi dire pas trop parler car il avait des choses soi-disant très important à faire et éclaircir. Je me suis permise de lui demander ce que cela pouvait être mais il ne voulait pas me le dire. Je n'avais pas insisté me disant que ça devait être sous tension chez lui suite à sa tentative de suicide.

Ses yeux étaient boursoufflés et je pouvais voir le rouge de son sang dedans. Je le regarde et lui demande d'une petite voix s'il allait bien.

Il me sourit en marchant à côté de moi pour aller au gymnase du village et me dit que oui.

Je voulais bien le croire mais vu ses yeux, ses cernes et cette couleur noire en dessous d'eux je me dis que Jonathan me mentait ou qu'il me cachait quelque chose mais il était hors de question pour moi de le lui dire comme cela, d'une façon brutale. Je me dis que j'allais attendre courant de la matinée pour lui parler de mes inquiétudes à son sujet.

Foot était la séance de sport choisie, foot en salle… on devait faire plusieurs équipes ct par conséqucnt fairc un mixc, garçons ct fillcs pour équilibrcr commc disait notrc professeur…tu parles qu'on va équilibrer les équipes toi…on ne sait même pas jouer nous les filles, à part une qui ressemblait plus à un garçon manqué qu'une fille.

Les capitaines furent choisis et Jonathan vu son grand niveau sportif fut l'un des quatre désignés.

Les quatre garçons choisirent en premier les autres garçons qui allaient faire partie de leur équipe.

Ce fut au tour des filles d'être choisies.

Stéphane désigna Sarah qui dans son short bleu clair et son maillot blanc prit la direction de son équipe.

Mathieu choisit Elodie qui se leva et alla droit à lui avec un grand sourire, tant qu'à Thomas il choisit Laure.

Ce fut au tour de Jonathan de choisir sa coéquipière. Il me regarda sans vraiment me voir. Vêtue d'un survêtement noir de marque Adidas je commençais à me lever pour aller le rejoindre lui et l'autre garçons l'accompagnant.

— Je choisis Anabelle.

Je n'en crus pas ms oreilles de ne pas entendre mon prénom mais celui d'Anabelle. Je n'ai rien contre Anabelle mais de là à la choisir elle plutôt que moi, ça m'a choqué surtout qu'elle ne joue pas vraiment bien au foot elle aussi. Si elle aurait joué bien mieux que moi j'aurai pu comprendre le choix de Jonathan mais là je ne le comprenais pas mais bon, il restait encore des filles et donc deux tours je pense vu que nous étions encore neuf filles sur le côté.

Gwenaëlle vu son talent de joueuse de foot fut choisie juste après suivie de Sylvie, Nathalie.

Jonathan me regarde encore une fois et il alla parler quand Loïc, un de ses partenaires vint lui parler à l'oreille.

La voix de Jonathan demanda pour aller avec eux Sophie. Elle les regarda et leur adressa un large sourire de ses belles dents blanches.

Je ne savais plus trop quoi penser et je regardais Jonathan qui lui souriait à sa nouvelle Coéquipière.

Elle se plaça juste derrière lui et je pus lire sur ses lèvres un merci qui lui était destiné. Elle en pinçait pour lui la belle Sophie. J'avais pu le remarquer depuis le début de la reprise d'école mais je n'en étais pas certaine mais depuis quelques semaines ça devenait de plus en plus flagrant et encore plus depuis que Jonathan se rapprochait de moi, ne serait-ce qu'en regards et sourires ou quelques petits mots échangés. Heureusement qu'elle ne savait rien de nos échanges sms la Sophie sinon elle aurait été folle de rage. Déjà qu'elle m'en voulait depuis qu'elle avait vu que Jonathan s'intéressait de plus en plus à moi alors si elle avait su pour les textos je n'ose même pas imaginer sa réaction. Elle m'aurait sûrement cherché des crosses. Mais là elle marquait un point, c'était elle qu'il avait choisi pour ce fameux match de foot à cinq contre cinq.

Je fus une des dernières choisies et encore pas par Jonathan mais par Stéphane car Sarah lui avait parlé à lui aussi à l'oreille sinon je suis sûr que je serai resté sur le banc de touche.

Je ne savais pas ce qui ne se passait ni ce qui arrivait mais je trouvais tout cela bizarre. Pourquoi ne m'avait-il pas prise dans son équipe ? Pourquoi les autres avaient eu aussi choisi certaines filles et pas moi ? Ça n'avait pas de sens pour moi. Déjà ce matin, j'avais pu remarquer que les garçons étaient assez distants avec moi et aussi certaines des filles mais ça va ce n'était pas mes amies. J'avais passé cela sur le fait qu'on soit lundi et qu'il pleuvait, le moral ne devait pas être là, avec eux mais là autant que je me mette à l'évidence, il y avait quelque chose qui n'allait pas du tout et je voulais savoir ce qu'il en était et j'avais déjà l'idée d'interroger déjà les filles au cas ou elles seraient au courant de ce qu'il pouvait se passer ou se tramer contre moi.

Mais pour l'instant c'était place au sport de garçons…ce fameux foot ou je ne me sentais pas à l'aise de jouer.

Notre équipe étais sur la touche pour l'instant et le coup d'envoi avait été lancé pour quinze minutes de jeu pour une première mi-temps puis quinze autres après.

J'étais sur le banc à maugréer contre les garçons quand Isabelle vint s'assoir à mes côtés. Elle tombe bien, me dis-je en la regardant.

— Tu vas bien Isabelle ?
— Oui et toi ?
— Oui.

Un but pour l'équipe de Jonathan et évidement c'est lui qui le mit ce but. Les deux garçons se tapèrent dans la main et allèrent reprendre leur place sur leur partie du gymnase. Coup d'envoi effectué par notre professeur et déjà Jonathan attaqua sans retenue celui qui avait le ballon, il lui piqua et se mit à le dribbler, leva la tête et vit Anabelle sur le côté. Elle était démarquée et il lui fit la passe. Anabelle prit le ballon dans le tibia et celui-ci partit rattrapé par un de leurs adversaires qui tira au loin en direction de son coéquipier qui marqua un but lui aussi. Nouvelle accolade et ballon au centre pour un nouveau coup d'envoi.

— Ils sont contents au moins les mecs, c'est du foot.

Lança Isabelle qui les fixait en train de jouer. Elle n'aimait pas le foot et si elle pouvait rester sur le banc tout le long de la partie, je sais qu'elle ne serait pas déçue, bien au contraire. Le seul sport qu'elle n'aimait pas et on en faisait aujourd'hui. A chaque fois que nous savions d'avance que nous allions jouer au foot, elle s'arrangeait a avoir une dispense de sport mais là on nous a eu par surprise et elle n'avait évidemment pas pu prévoir ce coup-là.

— Tu sais ce qui se passe derrière mon dos Isabelle ?
— Comment ça ?
— Ben tu vois, personne n'a eu vraiment envie de me faire la bise ce matin, je parle des mecs bien évidement. Oh je ne cours pas après leurs bises mais ça m'a fait drôle quand même et là pour le tirage des joueurs j'ai eu l'impression qu'on ne voulait pas de moi, alors je te demande si tu es au courant de quelque chose ?
— C'est depuis la dernière fois en fait. Tu sais quand tu t'es engueulait dans la cour avec Thomas à propos de Jonathan.
— Et ????

Je la regardais tandis qu'un autre but venait d'être marqué en cette deuxième période de match. But pour l'équipe de Jonathan.

— La vérité qui as été faîte au propos de Jonathan et toi, enfin de son acte par rapport à toi etc…c'est ça que les mecs ont du mal à concevoir.

— Comment ça ?

— Ben tu sais Marine, le fait qu'il est voulu se foutre la gueule en l'air pour toi et que toi de ce qui est dit, tu t'en fichais complétement.
— Mais ce n'est pas vrai, la preuve j'ai été le voir aussitôt à l'hôpital.

Fin du match. A nous de rentrer sur le terrain et merde…je n'en saurai pas plus pour l'instant. Le match se déroula tant bien que mal, quelques passes loupées, quelques tirs aussi mais il y a eu de bons trucs de fait entre les garçons. Nous avons gagné trois à un à la première mi-temps et je me décidai à sortir du terrain pour laisser la remplaçante rentrer dans l'arène.

161

Sortant et en allant me rendre ou les autres attendaient leur nouveau match, je me dirigeai vers Sarah et lui expliqua TOUT. Elle n'en revenait pas de leurs réactions et elle décida d'aller discuter avec deux des garçons qui étaient sur le banc à regarder le match se dérouler.

Je décidais tant qu'à moi à aller vers Jonathan et tirer au claire cette situation de ce matin et ces changements d'attitudes nouveaux.

Il me dit qu'il n'était pas très en forme et qu'il me demandait pardon. Pour ce qui en était du choix qu'il avait fait c'était contre son gré mais c'était Loïc qui le lui avait demandé. Il l'avait fait à contre cœur mais bon sans plus. Rien de personnel en soi me dit-il en me souriant. Il avait un sourire moins las, moins fatigué que ce matin quand nous nous sommes vus. Le noir en-dessous de ses yeux avait lui aussi disparu. Je pouvais voir la sueur lui dégoulinait sur les joues et le front. Ses joues étaient toutes rouges des efforts qu'il avait faits pendant ces minutes ou il s'était donné à cent pour cent comme d'habitude. Jonathan avait pour habitude de se donner à fond en quoi que ce soit, il était incroyable et on ne pouvait que l'admirer. Quand il y avait de l'athlétisme il se donnait au maximum Il y avait Fred qui courait plus vite que lui sur les 100 mètres mais Jonathan n'en démordait pas, il était vraiment compétitif et de plus en plus il se rapprochait de chopper la victoire à Fred.

— Qu'est-ce qui s'est passé ce Week end Jonathan ? Tu ne m'as pas donné trop de nouvelles.

— Excuse-moi bébé mais il fallait qu'on éclaire certaines choses avec mes parents.

— Tu veux en parler ?

— Non si tu le veux bien, je voudrais garder cela encore pour moi, peut-être qu'un jour je t'en parlerai mais là je n'en ai pas envie. Je suis vraiment désolé.

Me disant tout cela, Jonathan prit son maillot et s'essuya une deuxième fois le visage avec. Je pus voir ses abdos qui ressortaient bien. Il était fait de belles plaques de chocolats comme on le dit si bien pour définir des beaux abdominaux. Les regardant je ne pus m'empêcher de les admirer et j'en éprouvais le besoin de les toucher. Heureusement Jonathan se dirigea vers le terrain et y entra tandis qu'une fille sortait.

Je savais maintenant que Jonathan avait eu une explication ou un genre comme cela chez lui mais ne voulait pas m'en parler, pas pour l'instant comme il me l'avait si bien dit. Je me sentais rassuré mais il me restait les autres garçons maintenant qui m'en voulaient pour des conneries. Enfin pour ce qui est de l'acte commis par Jonathan.

Ma discussion avec Jonathan justement n'avait pas passé inaperçu par ls autres et Sarah vint vers moi accompagné de Adrien.

Ils s'assirent à mes côtés et Sarah ouvrit la discussion.

162

— J'ai parlé avec Adrien et je lui ai tout expliqué Marine. Je lui ai dit que tu n'y étais pour rien pour le choix que Jonathan avait fait et aussi que tu avais passé ton temps à l'hôpital à veiller sur lui.

— Excuse-moi Marine, je ne savais pas on nous a dit que tu étais la cause et que tu te foutais de sa gueule et tu sais bien que même si Jonathan n'est pas toujours avec nous, il est parmi nous et que nous l'apprécions.

— Oui je le sais mais comme te l'a dit Sarah, je n'y suis pas vraiment ou du moins directement pour quelque chose dans cet acte et c'est vrai que dès que j'ai sus je me suis précipité à ses côtés.

— Pardon.

Adrien baissa les yeux en me demandant le pardon et je le savais sincère. Il était mal à l'aise et je n'aimais pas le voir comme cela. Adrien était quelqu'un de bien et il était intelligent. Du haut de ses un mètre quatre-vingt il se sentait tout petit et j'étais mal à l'aise pour lui. Je me mis à le regarder et lui dit :

— Je ne t'en veux vraiment pas Adrien, je sais que les rumeurs vont bon train dans ce bahut et qu'une réputation ou des histoires peuvent vite se faire ici.

— Merci Marine.

Me dit-il en me regardant avec ses yeux marrons verts.

— Je parlerai avec les autres si tu le veux bien et je leur expliquerai, ils comprendront ne t'inquiète pas Marine.

Oui je veux bien Adrien car je ne me vois pas affronter tous les garçons et devoir me justifier à chaque fois.

Fin de match. Un nouveau allait se faire et j'allais de nouveau jouer mais ce coup-ci je me sentais à jouer au foot et j'allais y aller pour me donner, m'éclater et tout donner de moi surtout que je jouais maintenant contre Jonathan et son équipe. Ça allait être dur mais on allait faire notre impossible pour leur en faire baver et ce fut le cas malgré que nous n'ayons pas mis un seul but tandis qu'eux ils en ont mis deux dont un par pénalty à cause de moi en faisant une faute sur Jonathan qui allait tirer dans nos caisses. Le pénalty fut tiré par lui-même et fut au fond des filets sans que notre goal puisse faire quoi que ce soit comme mouvement pour l'arrêter tellement le tir de Jonathan fut fort et bien cadré, en bas à gauche.

J'ai pu constater que Jonathan m'évitait sur le terrain, il n'était pas comme dans tous les sports qu'on avait pu faire jusqu'à ce jour comme le basket ou le volley. Là au moins on se collait, rigolait, se touchait du bout des doigts en nous regardant bien dans les yeux et en nous adressant un sourire, là pendant ce match de foot il s'éloignait, je pourrais même dire qu'il voulait me fuir quand je m'approchais de lui, il donnait vite son ballon comme pour s'en débarrasser ou s'il n'avait pas réellement le choix alors il me dribblait rapidement avant que je puisse faire mur devant lui. Il jouait aussi beaucoup avec Sophie, pour ça, elle était contente et se donner à cent pour cent dans ce match et quand l'un des deux marquait un but sur une passe de l'autre, ils se souriant à pleine dents et ils venaient là aussi se taper dans la main.

Pendant cette partie j'ai même pu voir Sophie en signe d'encouragement ou pour je ne sais quelle raison lui claquait le cul avec une petite tape et il en avait rigolé. Après avoir vu ça, c'est là que je me mis à faire des fautes énormes et que je ne quittais pas Jonathan ou Sophie au marquage.

Devant la surface faite entrait jaune Jonathan allait tirer et je suis venue derrière lui et avec une certaine colère je lui ai foutu un coup de pied dans le derrière de ses jambes Coup de sifflet de notre Prof, Penalty... Plus loin une autre faute mais ce coup-ci c'était sur la belle Sophie qui alla se mettre à terre en volant quand je me suis mise à la pousser au lieu de prendre le ballon. Elle le méritait, elle m'énervait avec son genre de frimeuse et de « j'en peux plus ». Je fus sorti par le prof du match et c'était tant mieux.

Je suis restée sur la touche juste quelques minutes pour les regarder mais leur complicité m'agaçait au plus profond de moi-même et il me fallait reconnaître que ça devenait insupportable mais je pense que je le méritais. Je décide de me rendre au vestiaire et de prendre ma douche sans que notre prof nous ait dit d'y aller, mais ça aussi je m'en foutais je voulais juste sentir de l'eau chaude sur mon corps pour me faire du bien, comme un bon massage et rien d'autre.

A cause de cela, j'obtins deux heures de colle, oh pas que parce que j'étais parti du cours avant l'heure mais aussi pour raison que j'ai répondu à notre professeur quand il m'en avait fait la remarque.

Jonathan me regardait lors de la discussion houleuse avec M Boulon et Sophie en souriait, ce qui m'énervait encore plus. Je me mis à répondre à ce prof en lui disant que le foot était un sport bien nul et en plus qu'il ne savait pas faire arbitre...plus d'autres mots échangés, résultat deux heures de colle, bien vu Marine me pensais-je et ceci grâce à Jonathan et cette sorcière de Sophie qui faisait encore sa belle au côté de Jonathan qui continuait à me regarder me prendre la tête avec cet imbécile de prof qui lui ne comprenait rien à part son cours de merde.

Pause, tous les élèves en pleine cour, ce coup-ci propre. Des élèves avaient dû faire le nettoyage pendant que nous étions en sport.

Je restais un peu à l'écart avec Sarah qui n'avait pas voulu me laisser seule. Evidement j'eus droit à un interrogatoire de celle-ci et biens erré en plus. Mes réponses furent évasives. Je me cachais bien de lui dire le pourquoi de mon agacement et je prétextais l'excuse que ce prof ne savait pas arbitrer mais Sarah n'était pas dupe et elle savait que dans d'autres moments j'en aurais eu rien à faire et me demanda une deuxième fois en me lançant un regard noir.

— Qu'est ce qui t'arrive ? C'est l'histoire des garçons ? Mais tu sais ils vont comprendre, Adrien est en train de leur parler là et il l'a déjà fait au foot tu sais.

Je bougonnais dans mon for intérieur et je ne voulais pas dire quoi que ce soit, qui plus est que je ne savais pas réellement vraiment j'étais comme cela. Bien sûr que l'attitude de Jonathan était une raison, une cause et cette frime de Sophie aussi mais de là à me mettre dans tous mes états je ne pouvais pas réellement me l'expliquer à moi- même alors expliquer cela à Sarah était impossible mais heureusement elle venait de me donner la cause de mon attitude, du moins la bonne excuse.

— Oui c'est ça la raison.

Lui dis-je en regardant un point d'horizon vers le mur en face de nous. Une tâche grise se voyait dans ce grand pan de mur blanc et mes yeux le fixaient.

— Les garçons et leurs connes de réactions à ton égard ? C'est vraiment que cela ?

Me demande-t-elle de nouveau en fixant mes yeux comme si elle les sondait pour voir en eux si je mentais ou pas.

— Oui mais ne t'inquiète pas Sarah ça va passer dans la journée je pense.
— Si je m'inquiète, tu es ma meilleure amie et je ne veux pas que tu te sentes mal ou que tu souffres, je t'aime et tu le sais non ? Alors même si c'est dur pour moi de te voir souffrir pour un garçon sache que je serai toujours à tes cotés.

Mes yeux se détachèrent de ce rond gris pour venir croiser le regard de mon amie. Ses yeux bleus intenses me fixaient sans une fois sourciller. Comment ne pas ne scrait-cc tomber amoureux de ses yeux ou il doit être bon de ne pas quitter pour faire un long voyage dedans.

Son regard tendre et intense me donnait une drôle de sensation, je me sentis envahi par une douce chaleur. Sarah avait su me redonner un apaisement par sa gentillesse mais je me demandais ce qu'elle avait voulue dire par sa phrase « Alors même i c'est dur de te voir souffrir pour un garçon, je serai toujours à tes côtés » allons bon, je me posais trop de questions, Sarah était une amie, très bonne amie d'ailleurs et ça devait être dans sa nature de ne pas supporter qu'une de ses amies soient tristes ou en souffrances comme elle le disait si bien, à cause d'un garçon. Pour elle, il ne fallait pas souffrir pour eux, ils n'en valaient pas le coup, parfois je n'étais pas en accord avec elle mais ce matin je me rangeais de son côté.

Je lui adressai un large sourire et lui dit :

— Merci pour tout Sarah, je savais et sais que je peux compter pour toi, tu es une véritable amie et j'ai de la chance de t'avoir à mes côtés.

— C'est moi qui aie de la chance Marine et tu ne peux même pas t'imaginer à quel point je suis si heureuse que nous nous sommes connues. Oui je serai toujours avec toi et cela malgré tes choix que tu pourras faire tout le long de notre parcours scolaire et même après si tu le veux bien.

Je regardais les yeux bleu clair de Sarah, ils brillaient et une lueur luisait dedans. Le soleil venait de faire une belle apparition dans le ciel et il venait sûrement se refléter dans le visage de Sarah. Comment un mec ne pouvait pas avoir le béguin pour elle. Du haut de ses un mètre soixante-huit pour cinquante-deux kilos Sarah était une des plus belles filles de cet établissement et si on faisait un concours de beauté ici, j'aurais pu parier que Sarah aurait gagné haut la main ce prix. Elle était à couper le souffle et de plus elle était dotée d'une extrême gentillesse effroyable. Dès qu'un problème arrivait à l'une de nous Sarah était là pour venir nous parler, nous donner son oreille pour qu'on puisse libérer ce que nous gardons en nous et elle n'était pas du genre à aller répéter les choses bien au contraire elle savait garder les secrets. Je ne lui avais pas trouver de défauts et sûrement qu'elle n'en avait pas.

La sonnerie retentit et Sarah tout en me regardant de ses beaux yeux me dit.

— C'est déjà l'heure, les maths n'attendent pas.

Oui les maths et les matheux, Jonathan en faisait partie de ces gens-là et je pense qu'il allait comme à chaque fois montrer sa rapidité à résoudre les différents problèmes énoncés par le prof. Il allait briller de son intelligence une fois de plus et aider les autres s'ils en avaient besoin. Lui aussi était très serviable.

Installés à nos tables, nous sortions tous nos cours et notre manuel.

M Stell nous dit bonjour et nous dit de prendre une feuille et de commencer à copier ce qu'il allait marquer au tableau.

Les équations à deux inconnues…voilà le gros morceau de ce chapitre, celui ou bons nombres d'entre nous redoutons déjà qu'une inconnue était assez dur à apprendre comme cours mais là à deux inconnues ça allait être de la gymnastique ce cours, du latin, du grec, tout sauf du français avec des chiffres sauf pour deux ou trois élèves comme Jonathan, Lucie et Ryan.

M Stell écrivait le cours tout en le dictant de sa grosse voix afin que nous le suivions en même temps. Je pris mon stylo et commença à recopier losque j'entendis un rire un peu en décalé derrière moi. C'était Sophie qui riait à sa place, on ne savait pas trop la raison mais elle était toute rouge et avait maintenant la main devant la bouche pour se retenir de rire encore plus fort. Le prof ne se retourna même pas mais fit un commentaire.

— Riez comme vous voulez mais au prochain cours il y aura une interrogation sur le sujet et évidemment pas le droit à la tricherie comme vous savez si bien le faire pour chaque cours. Je prendrai les choses en main afin que cela ne se produise pas.
— Mais Monsieur, juste deux heures de cours pour apprendre les équations à deux inconnues ça ne vous paraît pas un peu court pour vous ?

Se risqua Régis qui était au rang de devant.

— Non Monsieur Boileau ça ne me paraît pas court du tout. On a vu pendant longtemps les équations à une inconnue donc avec deux c'est quasiment pareil.

Il se retourna et fixa Régis. De son air autoritaire il ajouta :

— Vous devrais y arriver, c'est juste une inconnue de plus non ?

Il fit un petit sourire du coin de sa bouche et se retourna pour continuer son cours.

C'était au tour de Jonathan de se mettre à rire. Pas un rire à gorge déployée mais assez fort pour que moi de ma place je l'entende.

Je me mis à le regarder et il ne s'en aperçut même pas car il regardait Sophie en lui envoyant une feuille volante. Je regardais cette feuille voler vers elle et Sophie avait pu voir que je l'avais vu, elle se mit à rougir mais elle sourit en même temps comme si elle était contente de voir que j'avais pu voir leurs jeux.

Elle avait le don de m'agacer et elle le savait mais ça ne la dérangeait pas. Elle me regarda et posa ses yeux sur cette feuille et se mit à la lire. Un large sourire se dessina de nouveau sur son visage tandis que ses yeux brillaient en même temps. Elle prit son Bic et gribouilla quelques lignes et en toussotant elle réexpédia cette feuille vers son destinataire qui la saisit avec une belle rapidité pour la mettre dans sa poche directement. Son regard vint se poser sur moi et il le détourna vers le professeur qui écrivait encore et encore…Une fois qu'il me vit me remettre à écrire le cours, il reprit cette feuille et la lut tout en souriant lui aussi.

Je ne savais pas ce qui se passait, sûrement qu'il l'aidait pour les cours. Pensais-je comme pour me réconforter mais je me doutais que ça ne pouvait pas être cela puisque c'était juste recopier un cours et non pas une interrogation écrite.

Je décidais de me mettre à cent pour cent sur ce que le prof écrivait en le disant à haute voix. Je ne voulais plus me retourner et voir leur manège à deux balles trois sous.

Midi sonna et le prof se dépêcha de finir d'écrire le restant de son cours toujours en le dictant à haute voix. Pendant ces deux heures, nous avons fait quelques exercices pour mieux nous faire comprendre, ce n'étais pas encore intégré mais bon.

— A la semaine prochaine t bon appétit à tous.

Certains élèves le remercièrent et lui souhaitèrent un bon appétit à lui aussi, d'autres comme moi par exemple ne lui dit rien.

Je me pressais de sortir de la classe quand Sarah me rattrapa en me demandant si j'avais le feu aux fesses.

Je lui dis que non pas vraiment mais que je voulais être au plus vite dehors pour prendre l'air car j'étouffais là-dedans. En disant cela je pressais le pas pour sortir dans la cour. Le temps était encore clément ce matin, sûrement avait-il versé toutes ses larmes cette nuit à Pleyben. Sarah qui m'avait accompagné me dit de marcher un peu avec elle, c'est vrai que nous avons un bon quart d'heure devant nous avant d'aller nous restaurer au self.

— Écoute Marine je vois bien que quelque chose ne colle pas, si c'est pour les garçons je t'assure que ça va être vite réglé.

Je n'allais pas dire que rien n'allait car l'attitude de Jonathan m'exaspérait et surtout celui de Sophie. Quoique je pouvais lui parler de Sophie, ça ne me coutait rien et au contraire ça me fera le plus grand bien de dire du mal de cette fille qui est si bête.

— C'est cette satané Sophie en fait qui me prend la tête. Qu'est-ce qu'elle peut être conne quand elle s'y met. Elle y est déjà tout naturellement mais là dans le cours de math elle à battu le record. Elle devrait paraitre dans un livre des records de la connerie cette fille. Elle m'énerve.

Sarah m'écoutais sans dire un mot. Sans m'en rendre vraiment compte nous nous étions arrêtées e plein milieu de la cour pour discuter ou du moins pour que je puisse un peu cracher de mon venin que j'avais sur cette fille-là. Mais j'avais oublié l'essentiel, c'était que Sophie était amie avec Sarah elle aussi. Je regarde mon amie dans les yeux et lui dis :

— Désolé Sarah, j'avais oublié que c'était une amie à toi elle aussi, je suis bête.

Sarah me dévisagea et me sourit.

— Tu sais ce n'est pas vraiment une amie mais plutôt juste une   copine et encore. Ma véritable amie et bien plus je te le répète Marine c'est vraiment toi et je suis toujours avec toi et je peux tout entendre de toi.

— Ah oui même si je critique tes copines ?

Lui dis-je. Ma voix fut un peu sèche sans que je le veuille réellement. Je regarde mon amie et m'excusa aussitôt. Je n'avais aucune raison d'être aussi désobligeante avec elle, surtout avec elle.

— Pas de problème, je ne t'en veux pas Marine. Mais c'est quoi le souci avec Sophie ? Elle t'a refait du mal depuis que vous ne vous parlez plus ? Je ne sais toujours pas le pourquoi de votre dispute et elle aussi ne me dis rien, ce n'est pas pour vraiment être au beau milieu de vos histoires ou de faire la fouteuse de merde tu sais que je demande ça mais je me rappelle qu'avant vous étiez si proche et que maintenant vous êtres comme des ennemies.

Sarah ma regardait du coin d l'œil, elle savait pertinemment qu'elle allait sur un chemin glissant mais je ne pouvais pas vraiment lui en vouloir de comprendre. Il était vrai que Sophie et moi étions de bonnes copines fut une époque mais cette époque est révolue à présent. Elle ne figurait plus dans ma liste d'amies mais plutôt d'ennemies. Pour moi, cette fille faisait partie des voleuses, des menteuses, des hypocrites. Elle était la peste et le choléra en même temps. L'année dernière nous étions toutes les deux comme les doigts de la main et maintenant nous étions comme l'enclume et le marteau, bien sûr elle l'enclume et moi le marteau pour pouvoir la frapper à ma guise. Avec elle je suis sûre que je travaillerais bien le travail de la forge ou de la ferraille si elle était ces matériaux et moi la personne qui la martèlerait. J'imaginais sa tête sur l'enclume et moi tenant le gros marteau je lui taperais dessus comme un marteau tape contre les parois de la cloche. Tiens comme cloche elle se porte bien là aussi ce moins que rien. Je lui avais confié mon attirance pour un garçon qui était là l'année dernière et ce qu'elle a trouvé à faire s'était de se le taper cette satané peste, sous mon nez, sans vraiment m'en informer. Oh elle à bien essayée de trouver des excuses peu de temps après que je les ai pris main dans la main en me disant qu'elle

169

avait tout fait pour que Clovis sorte avec moi mais que lui ne voulait pas mais qu'il était intéressé par elle…oui ELLE cette sale piqueuse de mec, comme ci il n'y en avait pas assez sur cette terre. Depuis ce fut la guerre entre elle et moi, nous nous étions prise la tête et si jamais une pionne n'était pas venue je l'aurais tué ce sale rapace. Jamais je ne lui ai adressé la parole et je ne voudrais plus lui reparler et là elle doit savoir que Jonathan et moi sommes amis et elle essaie encore de foutre sa merde. Je n'allais pas le dire quand même à Sarah, elle allait me faire une morale que je n'aurais pas supporter écouter ce midi.

Alors je lui dis simplement :

— Oh tu sais c'est juste qu'elle rigole comme une espèce de tordue pendant qu'on écrivait le cours et ça m'a agacé, c'est tout mais elle m'énerve, voilà.

Sarah m'observa du coin de l'œil, je ne savais pas vraiment si elle me croyait ou non et je me sentais un peu mal de lui mentir.

On nous appela pour aller déjeuner et je peux dire que cela arrivait à point.

A table devant notre entrée qui était des carottes râpées, la discussion tournait sur ces fameuses équations à deux inconnues. On pensait que Monsieur Stell était vraiment le roi des imbéciles et que c'était vraiment n'importe quoi de nous faire faire une interrogation la semaine suivante. Pour la plupart de nous on était à la ramasse avec ces deux inconnues. Il allait falloir apprendre toute la semaine et s'entraîner sauvagement pour essayer d'y arriver mais ça ne serait pas gagné pour bons nombres de nous.

Un rire éclata plus loin. Ce rire je le connaissais que très bien pour l'avoir assez entendu et même supportait. Dire que ce propre rire me faisait me faire rire moi aussi quand je l'entendais près de moi ou qu'il était parti à partir d'un truc que j'avais raconté. Ce rire je l'aurais reconnu entre dix mille, c'était le rire de cette satané Sophie qui s'affichait comme à sa grande habitude à sa table.

J'aurais voulu lui envoyer mon assiette au beau travers de sa tronche si jamais on me l'avait autorisé, hélas c'était formellement interdit et je me levai donc pour aller mettre mon plateau sur le chariot et me dirigea vers la sortie sans dire un mot suivi de Sarah une fois de plus.

Je me dirigeai vers la pelouse derrière l'établissement pour aller me mettre contre le gros chêne mais il y avait des élèves qui finissaient leur travail, c'est çà dire nettoyer les feuilles qui jonchaient sur le sol

Je fis demi-tour pour aller vers la cour. J'allais attendre le début des cours mais dès que Sarah essaya de me parler de la situation, je lui ai dit que je n'avais pas envie de parler de ça et elle se tut en faisant preuve de respect et compassion.

Nous avions parlé de pacotilles et Sarah avait envoyé quelques blagues de sa petite voix qui m'avait fait rire à en oublier pour ces instants ce mal qui était en moi.

Nous étions en cours de Français et je dus encore insister à des fous rires de Sophie et des paroles de Jonathan qui se lançait sans retenue maintenant, lui qui en plein cours se taisait l'habitude. Là il n'en était pas question, il avait décidé de briser ses bonnes habitudes pour la belle Sophie. A plusieurs reprises il se fit reprendre car il parlait trop fort ou qu'il rigolait à pleine gorge mais malgré les avertissements donnés il n'en avait pas tenu compte. Notre professeur lui donna deux heures de colle pour ce mercredi-là.

Jonathan regarda la prof et lui dit merci avec un sourire, ce qui déclencha une rougeur sur les joues de Madame Everest qui ne s'attendait pas du tout à une réponse comme celle-ci de la part de cet élève qui jusqu'à présent ne faisait aucun souci en classe. Mais que lui arrivait-il ? Était-ce dû à cette tentative de suicide et qu'il avait perdu quelques neurones ou un truc comme ça ? Voulait-il se venger de ses parents en se faisant remarquer par les profs ? Tout était possible. Je le regardais du coin de l'œil une fois de plus tandis que Sophie tant qu'à elle s'était calmée par rapport à cet incident. Elle plongeait maintenant dans les cours en se taisant complétement, on aurait dit que l'huître avait su se refermer devant un quelconque danger se présentant à elle et ce n'était pas plus mal.

Nouvelle pause cet après-midi. La pluie était venue s'abattre en petit crachin sur Pleyben et évidement l'école ou nous étions ne fut pas épargnée. Nous avons donc décidé de rester sous le porche pour discuter. Jessica nous parlait de ses chevaux et de la naissance d'un petit poulain de son voisin. Elle avait pu y assister et elle nous racontait l'événement avec précision et toutes ses beautés que celui-ci apportait à la mise basse.

La sonnerie retentit de nouveau, dernière heure de cours pour la journée et c'était Anglais. Ce qui voulait dire pour la plupart d'entre nous, un repos. Le cours se passa sans aucun incident ce coups ci mais je voyais bien que Jonathan ne me calculé pas, Je me demandais vraiment ce qui se passait et je me dis qu'il me fallait lui parler coute que coute. Mais à la fin Jonathan prit la tangente sans attendre quoi que ce soit et ni qui que ce soit. J'étais dans une certaine colère et je ne voulais pas en démordre et je me dis que demain serait une autre journée si je ne pouvais pas avoir de réponses aujourd'hui.

J'étais parti vers le grand et gros chêne qui avait lui aussi subi les assauts de la pluie et du vent ces jours-ci qui l'avaient délesté de pas mal de ses belles feuilles. Il lui en restait encore mais il avait perdu de sa beauté d'été, ce qui ne l'empêchait pas d'être d'un autre genre de beauté, c'est l'avantage avec la nature et les saisons, chacune d'elles apportent une touche supplémentaire à la beauté déjà présente ou en montre une autre sous une autre forme. L'hiver, les arbres pour la plupart sont complétement nus et montrent leurs structures et la grosseur de ses branches et aussi les quelques animaux galopant sur eux. J'étais dessous et je pouvais déjà voir le haut de sa tête à cet instant, la cime, la semaine dernière je ne pouvais pas encore la voir en étant assise contre lui.

Je pris mon téléphone dans la main et appuya dessus pour que le digital fonctionne. La page ou toutes les 'icône apparait subitement et je me mis à la recherche d'un rond orange sur Jonathan me disant qu'il m'avait envoyé un sms mais rien ne paraissait. Il ne m'avait rien envoyé.

Je me sentais vexée et en colère. De mes doigts habiles je tapai un message en son intention mais au moment de l'envoyer, je me révisai et ne cliqua pas sur envoie mais je me mis à l'effacer.

Je regardais le haut de cet arbre en serrant mon portable, je voulais le balancer dans les airs mais là aussi je m'abstins et le remis dans ma poche.

Folle de rage, je me mis à faire un jogging sur le long de cette pelouse. J'avais dû faire plus de dix tours quand Melissa m'appela en me disant que j'étais en retard pour le dîner. Je n'avais même pas vu l'heure passée et je la rejoints d'un pas tranquille malgré le retard que j'avais pu prendre.

— On te cherchait Marine et la pionne commençait à baliser.

En me disant cela elle e mit à rire. Melissa était une jolie fille d'un mètre soixante - dix. Elle était grande et assez fine et elle faisait à ses repos des photos pour quelques magazines féminins ou pour adolescentes. Elle se maquillait que légèrement car elle avait la peau bronzée et elle était d'une incroyable beauté cette fille. Tous les garçons lui couraient après dans ce bahut mais elle, elle s'en fichait éperdument. Elle avait déjà son chéri en dehors des cours et elle aussi visait surtout son projet professionnel. Elle voulait faire dans l'aide sociale et dans le mannequinat. Pour cela at sa carrière, personne ne pouvait se faire de bile, elle avait vraiment tout pour embrasser une belle carrière que ce soit pour les photos et défilés mais aussi pour rendre services aux personnes âgées. Melissa avait de l'empathie envers tous les êtres humains et sûrement par la même occasion avec les animaux ou la flore. Il fallait juste la voir quand elle parlait avec un cheval, elle collait sa joue contre la sien et lui parlait à l'oreille, on aurait dit qu'elle imitait le titre de « l'homme qui parlait à l'oreille des chevaux » avec Crawford.

Le repas justement se déroulait sous une conversation de photographes très réputés et de personnes de la mode tels que Gautier, Paco Rabanne, Givenchy, coco chanel, Christian Dior pour la mode et Mario Testino qui travaille pour les magazines Vogue, Vanity Fair avec les marques Lancôme, Chanel…Helmut Newton travaillant tant qu'à lui pour Vogue mais aussi Esquire et Playboy et Bruce Weber travaillant lui aussi pour Vogue, T magazine et GQ.

172

Melissa nous parla de ces grands reporters et elle rêvait de travaillait plus tard pour eux ou du moins avec eux. Elle nous expliqua que ceux-ci travaillaient avec des grandes stars de cinéma ou chanteuses comme Sylvie Vartan, Catherine Deneuve, Kate Moss, Georges Clooney, Keith Richards etc…

On regardait Melissa qui nous parlait avec sa belle petite voix. Ses yeux marron clair allaient de l'une à l'autre de nous cinq sur cette table. Sabrina l'interrompt brusquement.

— Melissa je peux te poser une question indiscrète ?
— Vas-y, je t'en prie.

Lui dit-elle en déplaçant sa fourchette ou était accrochée une partie d'une feuille de salade d'un geste précis vers sa belle bouche ou ses lèvres étaient si fines qu'on avait dû mal à les voir.

— Tu as parlé de Playboy mais tu voudrais faire de la photo pour des livres pornographiques ?

Melissa retira sa fourchette qui était au bout de ses lèvres et sourit vers Sabrina.

— Mais ma chérie, Playboy n'est pas un livre pornographique mais de charme.
— C'est quoi au juste la différence ?
— La pornographie est dans le style vulgaire, choquant ou on voit l'intérieur de ta partie intime, ton sexe en fait, on te voit aussi avec des hommes et leurs bites énormes te la fourrer dedans.

Tout le monde se mit à rire sauf Sabrina qui la regardait avec sa petite cuiller en stand bye au-dessus de son yaourt nature. Elle la regarda avec comme un air interrogateur ou qui voulait dire « vas-y continue »

— La différence elle est là mon chou tu vois, c'est un magazine de charme et chacun de nous à son charme et surtout nous les femmes. C'est plus beau de regarder une femme nue que l'attribut d'un homme.
— Heu…

Fit Emma en rigolant.

— Pour ma part je préfère les hommes que les femmes Melissa mais sans vouloir te vexer. Si toi tu préfères les femmes je n'ai rien à dire mais pour ma part c'est les hommes et ce qu'ils ont dans leur pantalon qui me convient.

Tout le monde savait que Emma était une chaudassse comme on le disait si bien, il y avait les queutards du côté des gerçons et les chaudasses pour les filles et Emma collectionnait les mecs. Elle sortait avec eux, couchait avec eux et les larguait elle-même. Généralement ses relations ne duraient que quelques jours, tout aux plus deux semaines quand le mec valait le coup au lit comme elle aimait si bien le dire elle-même. Nous savions tout d'elle, sa vie, son passé, son enfance malheureuse, ce qu'elle avait pu subir et pourquoi elle prenait les mecs comme ça ou les filles aussi. Elle était dans un mal être profond et elle avait dû voir un psychiatre pendant plus de deux ans mais les résultats ne furent pas concluants. Elle nous disait même que si elle n'avait pas été mineure, elle était sûre que ce psy l'aurait bien prise sur son bureau. Nous avions du mal à la croire mais à quoi bon la contredire et en plus on ne pouvait pas vraiment être sûre que tout ceci était réellement faux. Quasiment tous les mecs du bahut lui avaient passé dessus en ces deux ans qu'elle était ici, il y en avait qu'une petite poignée qui n'avait rien voulu savoir d'elle et ça à chaque fois ça la mettait en rogne. Emma n'était pas la plus belle mais elle aimait de mette en jupe et cela à n'importe quelles époques de l'année. Elle mettait des hauts mais oubliait souvent de mettre des soutien gorges, elle disait que ça lui tirait dessus et comme elle avait une belle poitrine assez généreuse quand elle marchait on pouvait bien voir ses seins s'agitaient sous ce qu'elle portait. En sport c'était pire, quand on jouait au basket elle aimait courir pour que ses seins puissent eux aussi bouger dans tous les sens et elle gardait exprès le ballon pour se faire charger et par conséquent se faire coller par un gars qui ne se gênait pas pour lui mettre la main « sans le faire exprès » aux seins.

Elle était intégrée du groupe car elle était une fille fragile et gentille. Alors on passait au-dessus de ces comportements et de ses jeux sexuels.

— Je me doute Emma que tu dois préférais les parties masculines mais là nous parlions de charme et pas d'obsédées et excuse-moi mais dans la mode, un pénis ne passe pas vraiment bien. Bref, je ne vais pas polémiquer là-dessus. En tout cas pour ma part, oui j'espère un jour perçait dans la mode et le mannequinat quitte à passer dans Playboy ou un autre magasine ou on pourra voir mes seins et mes fesses.

J'écoutais les belles paroles de Melissa lorsque je sentis mon téléphone vibrait dans ma poche. Instinctivement je le sortis et le déverrouilla pour aller voir ce que c'était exactement. Un message de Jonathan s'affichait. Je ne le lus pas tout de suite et le rangea aussi vite que je l'avais pris. Je ne voulais pas lire ce qu'il avait à me dire, surtout si c'était pour me dire d'aller me faire voir. J'aurais bien le temps quand je serai toute seule dans ma chambre ce soir après la douche. Pour l'instant nous étions en bonne conversation et j'avais réussi à retrouver un peu de sérénité avec mes copines alors je préférais attendre un peu avant de lire des mauvaises nouvelles et que ça puisse m'énerver qu'il ait pu faire un numéro la semaine dernière.

Dix-neuf heures trente. L'heure de la douche pour nous si on le voulait et moi, j'en éprouvais le besoin de me mettre sous l'eau bien chaude. Avant que je puisse y aller, Emma vint me voir et me dit :

— Excuse-moi, je ne te dérange pas Marine ?
— Non pas du tout.

Emma avait pris avec elle sa serviette et ses accessoires de toilettes. Cette fille pourtant un peu rondelette se plaisait avec son corps et ses rondeurs. Elle n'avait aucune pudeur et elle ressortait toujours en culotte et seins nus de la douche. A plusieurs reprises la pionne avait essayé de la faire au moins mettre un pyjama ou une sortie de bain ou encore même une serviette autour de sa taille et surtout autour de ses seins mais Emma ne l'écoutait jamais. Pour elle, elle était bien ainsi et elle avait pour principe de dire merde à ce que ça dérangé ou choqué. Pour ce qui est de la pionne, elle n'avait pas osé lui dire cela comme cela mais elle avait rétorqué qu'elle n'était pas prout prout et qu'elle n'avait aucun souci avec son corps donc que celle-ci ne s'inquiète pas pour elle.

La pionne une autre fois lui adressa le même message donc qu'il valait mieux qu'elle mette quelque chose sur elle etc… mais ce coup-ci Emma lui avait rétorqué calmement que si son corps la dérangeait elle alors elle n'avait qu'a se retourner et qu'elle n'avait aucun ennuie avec aucunes des filles ici, personnes n'étaient lesbiennes donc pas de blabla, et en rajoutant bien sûr de son ton bien à elle, « ou au mois que mon corps ne vous dérange vous ? ou bien que vous bigliez dessus ? »

La pionne rouge foncé la toisa du regard tandis qu'Emma se mit à aller vers sa chambre. La pionne ne lui avait pas encore dit son dernier mot et elle fila vers sa chambre en bougonnant quelque chose contre elle. Arrivée à sa chambre pour la réprimander elle était stupéfaite de ce qu'elle vivait devant elle. Emma avait ôté sa culotte et se dressait à côté de son lit fièrement en sortant le tors ce qui fit sortir encore plus sa poitrine chaleureuse bien en avant. Ses deux obus menaçaient la pionne et celle-ci baissa les yeux vers le pubis rasé de la collégienne pour ensuite les remonter immédiatement pour plonger son regard dans celui d'Emma. La pionne était encore plus rouge qu'avant et elle bafouilla ;

Emma, je vous prierais de mettre tout de suite quelque chose sur vous, ce n'est pas des façons de se tenir et encore moins de se mettre pour parler avec quelqu'un. La colère montait en elle. Emma la fixait de son regard de braise.

175

— Madame, je suis désolée mais ICI c'est ma chambre et nous n'avions pas rendez-vous à ce que je sache si ? Alors c'est vous et VOUS seule qui venait faire intrusion dans mon espace privé et là excusez-moi Madame mais je vais aller au lit donc je ne crois pas que le règlement me dicte mon accoutrement pour dormir si ?
Vous savez aussi bien que moi que j'ai formellement raison et que vous vous introduisez dans ma chambre comme cela donc aussi en mon intimité. Comment je dois prendre cela moi de votre part à vous qui êtes adulte et moi encore mineure et vous devez nous montrer exemple et pas nous surprendre nue dans notre chambre.

La pionne bouillait en la fixant. Elle se déplaça vers elle et elle lui donna deux baffes comme réponse.

— Je ne suis pas une gouine ni une couche toi là, moi Emma et je ne vous reluque pas, de plus je me demande ce que les garçons peuvent vous trouver de bien au juste.

En lui disant tout cela, elle la fixa de haut en bas et fit demi-tour la laissant dans sa chambre. Elle était verte de rage et alla se griller une cigarette dehors par la porte de secours.

Le lendemain cette même surveillante fut convoquée au directeur ainsi que Emma. Les parents de la collégienne étaient eux aussi ici.

Emma avait téléphoné le soir en douce à sa mère et lui avait tout raconté, enfin à sa sauce.

La surveillante fut accusée de harcèlement envers Emma, d'homophobie, d'intrusion dans une chambre de mineure qui est en train de se déshabiller, d'injures, de jugements et mensonges, de provocations et de répandre des mauvaises rumeurs et surtout de coups sur mineure.

Elle frôla la mise à pied immédiate en la renvoyant de cet établissement et de ne plus pouvoir exercer un quelconque métier dans un établissement scolaire. Elle le frôla car le directeur et un inspecteur lui dirent de dire merci à Melle Strauss Emma qui avait demandé à ses parents de ne pas porter plainte contre elle car comme elle avait si bien dit, elle avait sûrement ses raisons personnelles pour agir comme cela, cycle naturel de la vie ou vie privée un peu malmenée ces jours-ci. Elle avait même ajouté en la faveur de cette adulte responsable que c'était la première fois que cela arrivait et que l'habitude Madame Lemarquis Myriame surveillante de cet établissement était du genre agréable et bien intentionnée.

La surveillante devait remercier la jeune fille pour garder son poste de nuit et au sein de cet établissement et cela devant le directeur, l'inspecteur et la famille de la jeune fille.

L'inspecteur ajouta tout à la fin que si un seul incident comme celui-ci devait encore avoir lieu, il n'y aurait plus d'excuses mais un renvoie immédiat et un compte rendu qui resterait dans le dossier de Madame Lemarquis.

Emma l'avait bien eu et la colère de cette pionne lui avait presque couté sa place. Elle ne pouvait pas se permettre de se faire renvoyer. Madame Lemarquis était une jeune maman d'une trentaine d'années avec trois enfants à sa charge et une maman qui était atteinte d'un cancer. Son mari l'avait laissé tomber pour voir ailleurs et elle devait faire front à toutes les charges quotidiennes et aussi aux médicaments de sa maman.

C'est ce que Emma avait entendu dans le bureau au moment où on lui demandait de s'expliquer devant tout le monde. Emma avait donc eu le réflexe de voir qu'elle pouvait très bien la faire rester ou partir. Elle jouait de sa bonne petite mine en faveur de cette surveillante pathétique à ce moment. Effectivement Madame Lemarquis pleurait tout en racontant sa propre vie et ce qu'il lui en couterait si celle-ci venait à perdre sa place.

L'affaire était restée interne mais l'inspecteur avait été témoin de cette diligence et elle ne devait plus commettre le moindre impair, quels qu'ils soient.

Dans le couloir ou elle croisa Emma qui repartait vers les cours ce matin-là, elle lui dit :

— Merci Emma et je suis vraiment désolée.

Lui disant cela elle se mit à rougir une fois de plus mais pas de colère mais d'une certaine honte, une gêne de devoir être comme cela devant elle. A s'excuser et à s'être comportée de la sorte car c'était vrai qu'elle avait exagérait dans ses mots mais l'après-midi elle avait encore eu un coup de téléphone lui apprenant que sa mère venait une fois de plus de se faire hospitaliser. Elle ne pouvait pas s'y rendre car elle prenait le travail le soir et qu'il n'y avait personne pour la remplacer.

— Écoutez Madame, si vous le voulez bien, nous en reparlerons un autre soir au dortoir. Allez voir votre maman et on se reverra par la suite d'accord ?

177

Madame Lemarquis se mit à pleurer devant cette gentillesse et cette compréhension de cette jeune fille qui avait dix-sept ans et demi, bientôt dix-huit dans une semaine exactement.

Tout ce beau monde sauf le directeur et l'inspecteur sortirent du bureau. Madame Lemarquis apostropha Emma pour lui dire quelque chose mais Emma l'arrêta d'un signe de main dans son élan ou elle s'apprêtait à ouvrir la bouche. Elle dit à ses parents de passer devant et qu'elle allait les rejoindre dans la cour. Cela arrangeait la surveillante qui avait déjà assez ramassé la honte.

Arrêtées toutes deux au beau milieu du couloir blanc avec quelques photocopies de peintures, de chevaux sur le mur, la pionne prit la parole.

— Je te remercie encore Emma, tu as fait preuve de plus de sagesse que je n'aurai su en faire moi-même et franchement je ne sais comment te dire merci. Comme tu as su l'entendre ce travail est tout pour moi et je ne peux pas me permettre de me faire mettre dehors. Mais puis-je profiter encore de ta sagesse et ta gentillesse Emma en te demandant de ne pas divulguer ma vie privée sur tous les toits ?

Emma vêtue de son jean bleu clair et d'un pull noir la regarda dans les yeux. Elle vit dans ceux de la surveillante qu'ils brillaient encore, ils étaient pleins de larmes et ils étaient également rouges.

— Je ne dirai rien Myriame. Je sais aussi me taire quand j'aime une personne ou que la personne est une amie mais je sais aussi devenir une vraie peste ou pire une vraie saloperie quand on me fait un bébé dans le dos. Vous me devez d'être restée à votre poste et j'espère que je n'aurais pas à le regretter mais je pense que je ne regretterai pas. C'est un peu comme un parieur qui mise sur son écurie et son jockey, il va miser sur son cheval et il sait qu'il pourra au moins faire confiance en son jockey et son bourrin pour gagner.

Myriame l'écoutait et elle ne comprenait pas tout de cette histoire de cheval et de son jockey mais elle s'en fichait, le principal était que tout se finisse bien et elle savait que, elle, elle avait dérapé en disant tout cela la veille au soir.

— Tu ne crains rien Emma, je te suis entièrement reconnaissante et tu ne le regretteras pas.
— Ah oui ???

Emma la regarda de ses petits yeux malicieux et de son visage dubitatif.

— Non tu verras Emma je n'ai qu'une seule parole et tu pourras me demander ce que tu voudras.
— Tout ?
— Enfin pas de sortir la nuit du dortoir quand même ni t'apporter de la drogue par exemple.

La surveillante se risqua un petit sourire en lui disant cela comme une petite blague.

— Donc tu me seras reconnaissante c'est bien cela Myriame ?

La jeune collégienne la regardait droit dans les yeux ce coup-ci comme pour la défier ou la sonder.

— Oui ne t'inquiète pas.

La surveillante se passa ce coup-ci de lancer une espèce de petite blague. Elle était sincère et sa voix tremblait un peu.

— Bien on verra alors Myriame.

La surveillante ne la reprit même pas de l'appeler par son prénom. De toute manière elle était tellement retournée qu'elle aurait sûrement préférée se taire.

— A dans deux jours alors Emma.
— Oui et j'espère que tu viendras me voir pour qu'on puisse se parler un peu sinon je vais regretter ce que j'ai dit. Je n'aime pas être prise pour une imbécile. Elle lui adressa un sourire suivi d'un clin d'œil.

— Allez file belle Myriame rejoindre ta maman à l'hôpital au lieu de continuer à perdre ton temps ici.

La surveillante part rapidement pour aller à sa voiture et partir en trombe.

— Dis Marine, est ce que Jonathan sort avec toi honnêtement ?

— Quoi ?

— Tu as bien entendu Marine. Est-ce que tu sors avec lui, oui ou non ?

— Mais non si tu as envie de sortir avec tu te démerdes et il est libre de faire ce qu'il veut. Qu'est-ce que vous m'ennuyez avec lui merde.

Emma fit de gros yeux en entendant mes mots et surtout voyant ma colère monter en moi. Elle me fixa et fila droit vers la douche sans dire un mot de plus. Je la regardai partir sans moi-même dire un mot et puis je me décidai de rentrer dans ma chambre pour moi aussi prendre mes affaires de toilettes et aller goûter à la joie de l'eau sur mon corps.

En entrant dans les douches je pus voir sur le premier banc les affaires de toilettes d'Emma, comme à son habitude elle était sous la deuxième douche. Je passe devant sa douche et je me risque un œil vers elle.

Emma était de dos, elle était en train de se mettre le shampoing sur les cheveux. En faisant ce geste elle se tournait de trois quarts ce qui me permit de voir ses fesses et une partie de ses seins ou l'eau venait couler sur eux. Elle était quand même belle malgré que Emma eût des rondeurs. Je la vis me regarder subitement tandis que mon regard s'était arrête sur ses fesses blanches. Je me sentais mal à l'aise et je décidais de partir me réfugier sous la dernière douche.

Laissant l'eau ruisselait sur ma chevelure et mon corps, je pensais que j'avais été bien trop loin dans mes mots avec Emma. L'eau coulait doucement sur mes propres seins, mes petits seins qui par le contact de l'eau eurent une réaction aussitôt.

Je me ressaisis car si je m'écoutais je me serais masturbée sous cette douche. Ma main était déjà plaquée sur un de mes tétons et je sentais que mon à l'intérieur de mon sexe quelque chose me démangeait.

Je plaçai ma main malgré moi vers mes lèvres de mon sexe. J'entendais toujours l'eau de la douche d'Emma coulait. Je me mis à fermer mes yeux et instinctivement comme guidée par un mécanisme involontaire mes doigts se mirent à jouer avec mes lèvres puis un sur mon clitoris qui grossissait à vue d'œil. L'eau chaude coulait toujours sur tout mon corps sans épargner mon vagin, ce qui m'apportait encore bien plus d'excitation. Mon clitoris rougit par les mouvements de mon doigt qui le connaissait totalement aller me faire exploser sous cette douche. Je descendis mon autre main vers ce sexe rasé et me glissa un doigt à l'intérieur de mon vagin pour le faire aller et venir. Ma tête était relevée maintenant et je me laissai aller sous la puissance de ma jouissance. Un long râle sortit de ma bouche et de l'eau pouvait faire son chemin au travers de celle-ci.

Une fois ma jouissance finie et sentant mes jambes tremblantes je me retournai comme attirée par quelque chose mais je devrais dire quelqu'un en fait. Emma se trouvait devant ma douche. Toute nue elle me regardait en me déployant son plus grand sourire. Ses yeux étaient brillants et je pouvais voir une lueur en eux. Elle avait sa main à son sexe et continuait son geste jusqu'à atteindre elle aussi son explosion extrême tout en ne me lâchant pas du regard. Elle me dévoilait ainsi un autre aspect de son visage. Elle entrouvrit sa bouche et un long râle sans aucune retenue en sortit. Elle avait introduit deux doigts dans son vagin et les faisait aller et venir de plus en plus vite tandis que de son autre main elle se pinçait le bout d'un de ses gros seins.

Des bruits dans le couloir nous firent reprendre nos esprits et Emma malgré qu'elle ne fût pas pudique fila vite de nouveau sous sa douche avec les joues en feu. Je sentais moi aussi que les miennes aussi étaient elles aussi en feu. Je n'en revenais pas de ce que j'avais fait, que j'avais vu aussi sans pour cela la faire dégager. Pourquoi était-elle venue à ma douche et pourquoi l'avais-je laissé se masturber devant moi ? Pourquoi avais-je été aussi excitée moi aussi au point que je me sois masturbé sans honte sous cette douche ? Je le faisais bien sous mes draps ou il m'était arrivée de le faire aussi sous ces douches plus d'une fois mais quand je me retrouvais seule dedans et en étant sûre que personne n'allait venir mais là, ce soir, je savais qu'il y avait Emma, alors pourquoi l'ais-je fais ?

Des filles rentrèrent dans la pièce me sortant de mes pensées. Je me mis à me doucher de nouveau mais ce coup-ci rapidement pour pouvoir filer dans ma chambre.

Allongée sur mon lit je me remis à penser à cet épisode et à surtout comprendre ce qui m'avait pris mais à chaque fois le cul blanc et les gros seins bronzés d'Emma me revenait à l'esprit et je sentais de nouveau une chaleur m'envahir dans le bas de mon ventre.

Je me lève et me dirige vers ma table de la chambre pour me servir un grand verre d'eau et le boit d'un trait.

Je ne me reconnaissais pas, jamais je n'avais vraiment été attiré vers une fille à part une fois plus jeune avec Chloé.

Mes yeux rivés vers un arbre et mes pensées repartent quelques temps auparavant.

Nous étions au bord de l'eau allongée sur nos serviettes. Je me rappelle de sa serviette car quand elle l'a installé sur le sable près de notre étang, j'ai pu voir le dessin dessus. Une femme qui en maillot de bain sautait en l'air pour attraper un frisbee. Ce dessin m'avait alors fait beaucoup rire et je me mis à taquiner Chloé sur elle-même et ce frisbee.

Je prenais un bâton dans l'herbe et le jetait en l'air en lui disant d'aller le chercher comme un gentil petit chien. En lui jetant ce bout de bois et en lui disant cela je me mettais réellement à rire spontanément.

Me regardant faire mon sketch Chloé se mettait à rire elle aussi et elle se mettait à aller chercher le bâton en rigolant à gorge déployée.

Ce jour là en ce début d'après-midi il n'y avait que deux personnes plus loin. Ils étaient trop occupés à s'embrasser voire plus pour faire attention à nous. Elle prit le bout de bois et me le lança aussitôt pour qu'à mon tour j'aille moi-même aller le chercher comme elle mais trop prise d'un fou rire je n'en fis rien.

Assise sur ma serviette, je regardais mon amie Chloé faire le chien en tenant le bâton entre ses dents et me le ramener à moi. Elle remuait le cul comme si elle avait une queue pour bien imiter le chien et je ne pouvais pas m'empêcher de rire et de l'admirer en même temps. Chloé n'avait aucune honte ni gêne non plus. Elle était entière et ne se retenais pas de faire son pitre devant les gens qui pouvaient se trouver là parfois.

A mes côtés elle me tendit le bâton en me montrant bien son joli visage et ses dents qui le maintenait entre elles, je le lui pris et comme imitant un canidé elle se jeta sur moi pour me le reprendre avec sa bouche. Je me roulais alors sur le côté sur ma serviette de bain en tendant le bâton le plus loin possible de sa bouche. Elle imita encore plus le chien et se mit à imiter son aboiement ou son grognement. Pétée de rire, je lui caressais la tête comme on pouvait le faire si bien avec réellement avec un ami à quatre pattes. Elle remuait encore bien plus son petit fessier volontairement en venant alors passer ses deux mains de l'autre côté de mon corps. Son popotin se trouvait juste au-dessus de ma petite poitrine et je sentais ses cuisses contre mon dos.

— Couché le chien.

Lui dis-je tout en rigolant encore de plus belle. Je me mis à lui caresser le dos de ma main pour continuer notre fameux jeu si comique. Chloé sous les caresses se laissa aller doucement en imitant un chien heureux de se faire caresser. Elle émit quelques petits jappements en me regardant de ses beaux yeux clairs.

Elle était adorable comme cela et j'aimais son imitation de petit chien.

Je continuais mes caresses sur son dos et elle avança encore un peu, ce qui fait que ma main se trouva sur le tissu de son maillot de bain qui recouvrait son fessier. Nous rigolions encore plus fort et je retirais ma main de sur elle pour la mettre sur le sable en la laissant dans la position comme elle était mais mon amie Chloé ne le voyait pas comme cela, elle voulait continuer le jeu auquel elle faisait si bien son rôle de gentil toutou et elle gémissait de plainte en approchant son corps vers mon visage. Je ne comprenais pas et je me remis à rire de nouveau en lui disant :

— Mais qu'est-ce que tu veux le toutou ?

Mon rire devait s'entendre de loin mais à cet instant on s'amusait tellement bien que j'en avais oublié qu'il y avait deux personnes plus loin et de plus pour moi, on ne faisait aucun mal, juste un jeu innocent. Chloé me regarda avec ses yeux malicieux en en riant elle me répondit entre deux jappements :

— Le toutou veut que tu continues tes caresses et cela sans que tu t'arrêtes sinon le toutou va te mordre.
Je la regarde rire et je me joignis à elle tout en remettant ma main dans son dos.
Chloé remua son cul comme pour me montrer qu'elle était contente et elle avança un peu et ma main alla de nouveau plus bas que le bas de son dos. Ses fesses étaient tendues et ma main était dessus à les caresser et quand je voulais ou commençais à m'arrêter elle se mettait à grogner et à me mordre mon bras et elle arrêtait subitement quand je lui refaisais des caresses en remuant plus rapidement le bas de son corps.
Pour aller plus loin dans le jeu, Chloé se mit à venir mettre son visage vers mon cou et se mit à me mettre des petits coups de langues, ce qui me fit encore une fois rire vu que j'étais assez chatouilleuse. Chloé riait elle aussi dans mon cou et de temps en temps elle laissait sa langue pour me déposer quelques petits baisers.
Le soleil était là ce jour là encore et il venait nous réchauffer complètement notre corps. Mais le toutou ne voulait pas partir de sur moi et bien au contraire elle réclamait encore plus de caresses. Elle avança encore un peu son corps quand ma tête était tournée vers son visage toujours contre mon cou. Ma main était maintenant encore bien plus située vers sa croupe. Mes doigts sans le faire exprès caressaient l'intérieur de ses cuisses, là ou commençait le début ou la fin de son sexe. Je redéplaçais ma main pour la remonter sur le haut de ses fesses mais elle se mit à me mordre un grand coup mon épaule Alors je me décidais de lui poser ma main sur l'extérieur de sa cuisse et la caresser, ce geste stoppa sa morsure immédiatement, elle le remplaça par d'innombrables baisers devenus plus sensuels maintenant. A ma grande surprise ses baisers ne me firent plus rire mais j'en avais la chair de poule et j'aimais cette sensation ressentie. Je fermais mes yeux tout en continuant mes caresses. Je pouvais sentir sa langue venir tout au long de mon cou pour aller jusqu'à mon épaule qu'elle embrassa longuement par des baisers mais aussi par de bons petits coups de langues.
Sa main était passée le long de ma cuisse tendue et elle aussi se mettait à la caresser en la faisant venir jouer avec le côté de mon maillot de bain.
Chloé bougea de nouveau et ma main passa de l'extérieur de sa cuisse à l'intérieur de celles-ci mais je continuais mes caresses. Ma main alla à l'encontre maintenant à l'entrée de son sexe caché sous son maillot de bain rouge. Elle écartait un peu ses cuisses et je pouvais sentir que son maillot était un peu mouillé à cet emplacement. Je me sentais bizarre et j'en éprouvais un trouble sans vraiment savoir vraiment le pourquoi. Ce que je savais c'est que j'appréciais ces coups de langues et ses caresses qui se faisaient à cet instant entre mon nombril et mon sexe. Sa main était douce et sa langue humide me faisait transporter ailleurs qu'ici. Mon doigt qui avait lui prit un

autre chemin lui faisait rentrer son maillot de bain vers l'intérieur de son vagin. Chloé remuait ses hanches sous mes caresses et je pouvais entendre sa respiration accélérait dans mon cou.

Il fallait qu'on arrête cela, nous n'étions pas toutes seules et je pus reprendre un peu mes esprits en le lui disant.

— Je m'en fiche Marine, c'est trop bon.

Me dit-elle de sa petite voix encore la bouche dans mon cou. Je la poussai gentiment mais fermement. Il fallait vraiment qu'on se reprenne et cela immédiatement. Il était hors de question que on jase de sur nous et encore plus sur ce sujet.

Chloé me fixa dans les yeux. Je pouvais lire dans les siens une certaine tristesse. Je lui fis un petit sourire et lui déposa furtivement un petit baiser sur ses belles lèvres.

— Pas ici Chloé. Il y a du monde et on va nous voir er cela va se savoir et on aura des ennuis avec nos parents et nous serons la risée du village.

Elle me regardait avec un regard plein de désespoir et elle me fit une petite bouille qui l'habitude me faisait craquer, bien sûr pour qu'émender d'autres choses mais là c'était hors de questions de succomber. Elle mit ses bras autour de mon cou et alla caler sa tête dans celui-ci pour l'embrasser encore une fois puis elle leva son visage en regardant aux alentours pour voir si les personnes ne nous avaient pas vus et rassurée de voir qu'ils étaient eux aussi en train de se bouffer la bouche elle vint mettre ses lèvres sur les miennes et me les embrasser. Je lui rendis son baiser et elle se risqua à me mettre sa petite langue bien chaude au travers d'elles. Je la goûtais rapidement avant de me lever et de vérifier par moi-même que le couple n'avait pas les yeux rivés sur nous.

Pour nous faire un peu reprendre nos sens il nous fallait nous rafraîchir et je me mis debout et me mis à courir vers l'eau pour aller me jeter dedans. J'étais excitée et à l'intérieur de mes cuisses je pouvais sentir que mon vagin était trempé.

Chloé me rejoignait aussitôt pour venir m'éclabousser en riant soudainement. Je lui rendis la pareille en lui projetant de l'eau au visage. Nous rions de nouveau en nous éclaboussant de plus belle.

Chloé vint vers moi pour essayer de me chopper mais je me débattais en la poussant tout en riant comme une dératée.

Chloé arriva à me saisir de ses mains et elle me renversa tant bien que mal en arrière pour me faire mettre la tête sous l'eau. Je ne m'y attendais pas et sans en avoir eu le

185

temps je ne pus pas fermer la bouche pendant que mon rire en sortait à ce moment. Je bus la tasse.

L'eau était dégueulasse dans ma bouche et je la recrachais comme je le pouvais tout en toussant.

Chloé qui n'avait pas pu prévoir cela était venue rapidement se placer derrière moi quand j'étais sous l'eau et elle m'avait attrapé par derrière en me tenant au niveau du ventre. J'étais contre elle lorsque je toussais comme une malade pour faire ressortir cette eau au goût mauvais.

— Tu vas bien Marine ?

Me demanda Chloé en me tenant toujours mais plus aussi fermement. Ses mains me maintenaient à présent et sa tête était près de la mienne pendant que l'eau avalée de travers ressortait de ma bouche pour aller retourner d'où elle venait.

— Je suis vraiment désolée Marine, tu vas mieux ?
— Oui ne t'inquiète pas mais qu'est-ce que ça peut faire mal à la gorge d'avaler de l'eau et en plus elle est dégueulasse cette flotte.
— Oh mai si tu avais soif, il te suffisait de le dire au lieu de boire cette eau verte.

Me disant cela, Chloé se mit à rire de nouveau tout en me regardant dans les yeux. Ces yeux que je m'essuyais avec mes mains car ils me piquaient sous ce soleil ardent.

— Tu vas mieux Marine ?

Elle passa une de ses mains sur une de mes épaules et en dégagea mes cheveux pour venir y déposer un petit baiser sur celle-ci. Avec sa belle petite voix elle me murmura à l'oreille :

— Encore désolée mais si tu veux je peux te faire la bouche à bouche ?

186

Elle se mit à rire de nouveau et je me retournais en la regardant dans ses yeux.

— Mais tu es une petite cochonne toi.

Je me mis à rire moi aussi tout en regardant ses beaux yeux mouillés et brillants par les reflets du soleil ou au moins que c'était autre chose. Je la saisie par le bras pour essayer à mon tour de la saisir. Je réussis et le tenant à mon tour entre mes bras je la fis à son tour aller directement en dessous de l'eau sans pour cela la lâcher.

Chloé se redressa de l'eau et me fit face en mettant ses mains autour de mes hanches pour me tenir à son tour. D'un de ses pieds, elle me fit un balayage me faisant de nouveau être la tête sous l'eau. Ce coup-ci je n'avalais pas d'eau et j'en ressortais en riant tout en l'agrippant et brusquement la situation se renversa, c'était moi qui la maintenais prisonnière et qui la propulsa vers l'intérieur de l'eau. Je la maintenais de mes deux mains et Chloé qui était sous l'eau se débattait. Je voulais la lâchais pour qu'elle puisse respirer mais cette chipie de Chloé qui avait une bonne respiration et qui pouvait rester plusieurs dizaines de minutes sous l'eau me choppa les cuisses pour essayer de me faire tomber à mon tour. Je me débattis de nouveau et la maintenais encore sous l'eau tout en regardant dans sa direction au cas ou j'aurais pu la voir se débattre furieusement, le jeu est bon que quand ça reste un jeu et non du n'importe quoi. Chloé m'agrippa mon bas de maillot de bain et d'un geste rapide me le fit glisser le long de mes cuisses.

Je me mis à la lâcher pour essayer de rattraper mon maillot de bain qui était en bas de mes jambes à présent mais Chloé se releva d'un geste rapide en me regardant dans les yeux et en riant. J'essayais toujours d'attraper ma culotte mais Chloé me maintenait les bras et tout en continuant à rire elle s'approcha de moi et me fit un baiser avant de repartir au fond de l'eau une fois qu'elle avait pris soin de prendre une grande bouffée d'oxygène. Je sentais un de mes pieds se lever et le maillot de bain se dégager de ma jambe puis ce fut au tour de la deuxième. J'étais dépourvue de mon bas de maillot de bain et comme si j'étais à la merci de la vue de gens qui se trouveraient aux alentours, j'ouvrais grand la bouche ainsi que mes yeux. Rouge pivoine, je me débattais sans vraiment faire de grands mouvements de peur qu'on puisse voir le bas de mon corps.

Chloé se releva de l'eau at se projeta vers l'arrière pour faire un plongeon dans cette eau tout en maintenant mon bas de maillot. Elle riait, fière d'elle et de son exploit. Plus loin lorsqu'elle ressortit de l'eau elle me regarde et se mit à rire tout en me montrant dans ses mains ce morceau de tissu bleu qu'elle m'avait si bien dérobé de sur moi sous cette eau. Je pouvais la voir rire à pleine dent et malgré la gêne que je ressentais je ne pus m'empêcher de lui sourire.

— Allez Chloé redonne moi ça s'il te plaît je suis mal à l'aise comme ça.
— Ah oui tu es sûre que tu es mal à l'aise Marine ? Je pense plutôt que tu es à l'aise comme ça. Plus rien en bas tu ne peux pas être plus à l'aise que ça si ? Ah peut être que le haut te gêne aussi.

Elle se mit à rire encore et me regardait avec un regard malicieux et fit mine de venir vers moi pour me retirer ce haut de maillot de bain. Je me mis à lui dire non assez fort et à mettre mes mains devant moi comme pour me protéger. Chloé s'éclata de rire de plus belle et resta là où elle était. Elle me regardait ou devrais-je dire plutôt dire qu'elle me dévorait des yeux.

On vit au loin des gens qui commençaient à venir vers notre direction. Entre eux et nous il y avait plus de cinq cent mètres et je commençais à baliser sérieusement.

— Chloé, donne-moi ce bas de maillot, grouille- toi je vais me faire gauler comme ça.
— A une condition Marine.
— Laquelle lui dis-je.

En lui haussant la voix sur elle et en la fixant avec un regard plutôt menaçant.

— Je viens te le remettre, on a le temps ne t'inquiète pas.

Je tourne ma tête vers l'endroit où se situe les personnes que j'avais vu mais elles étaient reparties. Je me sentais honteuse mais soulagée qu'ils ne soient plus là.

— Ok Chloé tu as gagné.

Chloé plongea sous l'eau et je pus sentir que celle-ci me pris un pied pour que je le lève, ce que je fis immédiatement et je pus sentir que le tissu venait de m'entourer le bas de ma jambe, elle en fit autant avec la deuxième puis elle remonta reprendre un peu d'air. Je m'abaissai pour monter mon bas de maillot à l'emplacement ou il devait être mais elle m'en empêcha directement en me regardant d'un air sérieux dans les yeux.

— Non tu n'as pas le droit, c'est moi d'accord ?

Elle n'attendit même pas ma réponse et replongea directement au fond de l'eau pour saisir mon maillot de bain et me le faire glisser doucement le long de mes cuisses. Elle l'arrêta juste en dessous de me mon sexe et je sentis sa bouche à cet endroit, Elle me déposa quelques baisers et me le caressa d'un de ses doigts avant de le recouvrir de mon maillot. Elle avait réussi à me donner envie de plus juste par ce geste et malgré la gêne que je pouvais ressentir.

Sortie de l'eau elle me déposa rapidement un baiser mouillé sur mes lèvres et se mit à me faire un beau sourire. Elle regarda autour de nous et voyant qu'il n'y avait plus les personnes que j'avais vu juste avant et que le couple ne nous regardait toujours pas elle avança sa tête vers moi en me tendant ses lèvres. Plusieurs doux baisers furent échangés et je pus sentir sa langue pénétrer ma bouche. J'aimais cette douce sensation et je la laissai rentrer en moi en ouvrant moi-même la mienne. Nos langues se mirent à danser doucement et c'était agréable. Je n'ai jamais été attiré par une fille mais là Chloé me donnait une sacrée envie. Mes yeux se mirent à s'ouvrir en grand subitement. Chloé de ses doigts venait de venir me faire rentrer mon maillot de bain à l'intérieur de mon vagin et elle me caressa de sa petite main. Je la regardais dans les yeux tout en me laissant faire et je sentais maintenant la douceur de son doigt à l'intérieur de mon sexe. Elle avait habilement écarté mon maillot de bain et y avait glissé un doigt dans mon vagin mouillé à l'intérieur par mon degré d'excitation. Je la fixais et je me mordais la lèvre inférieure quand tout à coup elle vint me réembrasser et me faire de nouveau sentir la douceur de sa langue. Peu de temps après je lui jouissais sur ses doigts et je fus prise de vertige tellement c'était si bon.

Chloé se recula et me sourit en me disant :

— Je voudrais bien qu'on aille sur la serviette mais je sais que tu ne voudras pas mais je voulais que tu le saches Marine.

Et elle se mit à rire de vive voix tout en se mettant à nager autour de moi en prenant de l'eau dans la bouche pour me la cracher vers moi.

Je commençais à me remettre de ma jouissance et je me mis à mon tour à rire. Du monde ce coup-ci arriva sur la plage et deux mecs plongèrent dans l'eau suivis des deux filles qui les accompagnaient.

Ils nagèrent tandis que les nanas rentraient petit à petit dans cette flotte. L'une d'elles avait levé ses bras vers le haut afin que ceux-ci ne touchent pas l'eau qui pour elle était froide.

Chloé et moi-même nagions de notre côté tout en les regardant en nous moquant d'elles à voix basse, elles étaient trop prout prout ces filles là mais bon…

Les mecs arrangèrent leur façon de se saisir et de pouvoir aller dans l'eau, ils les saisirent et les propulsèrent dans l'eau. Évidement quand les deux filles refirent surface elles ni rirent pas mais gueulèrent en traitant leurs compagnons de tous les noms, comme réponse les deux garçons se mirent à éclater de rire et se mirent à nager vers le large laissant sur place les deux filles en colère. Malgré qu'ils étaient sous l'eau, elles pestèrent encore contre eux en revenant l'une vers l'autre.

Quelques temps après, ils jouaient tous ensemble dans l'eau. Et je t'éclabousse et je te coule et je te prends par le cou etc… les rires étaient à présent dans leurs bouches.

Chloé et moi tout en nageant les regardons s'amuser mais ça commençait à nous saouler de les entendre et nous avions décidé de partir et d'aller chez Chloé pour regarder une série avant de manger avec sa mère ce soir-là. Je dormais chez elle.

On toqua à ma porte, ce qui me fit sortir de mes pensées ou je vagabondais avec plaisir. Je pouvais sentir au bas de mon ventre cette chaleur et entre mes cuisses une envie irrésistible de jouir encore une fois. Je pouvais sentir sous mon pyjama que je mouillais comme une folle. Le joli cul blanc d'Emma m'avait renversé l'esprit et sûrement par conséquent me faire repenser à cet épisode passé. Assise sur cette chaise, je me retourne et je vois Emma habillée d'une grande chemise blanche ouverte dans le chambranle de ma porte ouverte.

Je la regardais pendant que d'autres filles de notre dortoir allaient et venaient d'une chambre à une autre pour discuter entre filles, une autorisation spéciale avait été voté entre le directeur et nous les collégiens pour que nous nous consacrions plus sur nos devoirs. Bien sûr que ce n'était pas ce que la plupart des filles allaient faire de ce temps imparti mais se donnaient à rire et parler de leurs sujets favoris, les garçons.

Emma qui tenait un bout de papier dans sa main et me regardait de ses beaux yeux marrons.

— Qu'est-ce que tu veux ?
— Juste te parler un peu si cela ne te dérange pas.
— Je m'apprêtais à réviser le cours de math.

Sans la quitter du regard je lui mentais car je n'avais pas du tout l'intention de réviser ce soir mais de faire ce que je devais faire, c'est-à-dire de m'occuper de Jonathan.

— Bonne nuit Emma, bonne nuit Marine.

Dit une voix derrière elle. C'était Lorie qui sortait de la douche. Vêtue de son pyjama rouge et ses affaires de toilettes dans une main elle se dirigeait vers sa chambre qui était à trois portes de la mienne. Lorie était une élève sérieuse et c'était sa première année dans cet établissement. On n'entendait jamais parler d'elle. Élève brillante, sérieuse, sans histoires. Une élève qu'on appréciait bien plus que certaines de sa classe qui étaient là en première année et qui déjà avaient foutu des histoires dans le premier trimestre.

— Bonne nuit Lorie.
— Bonne nuit.

Lui répond- t -on presqu'en cœur. En lui se retournant Emma fit tomber son morceau de papier au sol devant elle. Elle s'abaissa en avant pour le ramasser. Je pus voir de nouveau sa belle poitrine par sa chemise échancrée. Emma se releva et croisa mon regard plongé dans son décolleté. Elle me regarda et me sourit. J'étais persuadée qu'elle avait pu voir que mes yeux fixaient ses seins. Je la revoyais se caresser sous la douche pas loin de moi et je sentais une fois de plus une chaleur envahir mon bas du ventre. Je ne sais pas ce qu'il me prenait ce soir mais là c'était terrible et assez troublant quand même, je n'allais pas devenir lesbienne tout de même ? Emma me regardait sans dire un mot et je sentais son regard. Je sentais de nouveau le rouge me monter aux joues et je me mis à déglutir en essayant de ne pas perdre la face. Je me mis à regarder vers le plafond comme une satané idiote et Emma se mit à rire me voyant fuir son regard après avoir biglé sur ses seins.

— Tu sais il n'y a pas de problème Marine. Nous sommes plus des enfants et notre corps nous appartient tu ne trouves pas ?

Mon regard se posa sur elle, croisant le sien ou je pus voir une étincelle luire dedans. Qu'est-ce que je pouvais bien lui répondre à cela ? Elle avait entièrement raison mais je ne voulais pas qu'elle est le dernier mot surtout après m'avoir presque dit qu'elle voulait se taper Jonathan.

— Oui tu as raison sur un point, notre corps nous appartient mais à nous seul et à celui qu'on désigne pour venir le voir et pas comme toi à venir voir celui d'une autre au fin fond d'une douche.
— Un point pour toi Marine. Je suis touchée et en parlant de toucher je me suis bien touchée aussi tout à l'heure grâce à toi.

Rouge comme une pivoine, je le fixe d'un regard méchant. Elle venait de me vexer.

— Tu aurais pu te caresser sous ta douche au lieu de venir t'exposer devant moi. Je ne t'ai pas invitée à ce que je sache si ?

Heureuse de ma répartie je me sentie toute fière et la fixer de plus belle.

— C'est vrai, tu ne m'as pas dit de venir Marine, du moins pas directement.
— Qu'est-ce que tu veux dire par « pas directement ? » Vas-y explique toi.
— Ben tu sais quand je me lavais et que tu es rentrée dans les douches, je me lavais les cheveux et j'ai bien vu que tu t'es arrêtée et que tu me reluquais de la tête aux pieds. Au départ je pensais que tu voulais me dire un truc et je ne t'ai rien dit. J' ai fait comme ci rein n'était et j'ai continué à ma laver et c'est là que j'ai pu me rendre compte que tu lorgnais mes seins et mon cul.

Je ne savais plus quoi lui dire surtout qu'elle avait raison, je la reluquais bien et je ne sais même pas combien de temps j'ai pu rester comme cela, immobile, mes yeux allant de ses gros seins à son derche blanc. C'était vrai je mâtais son corps et je ne sais toujours pas encore le pourquoi. Jamais je ne l'avais fait auparavant et pourtant plus d'une fois nous étions en même temps à la douche mais jamais je ne me suis arrêtée devant elle en train de se laver alors pourquoi ce soir ?

— Et puis après je t'ai entendue quand tu te caressais. Tu ne fais pas semblant toi, on t'entend tu sais.
— Mais tu étais sous ta douche, j'entendais l'eau qui coulait.
— J'étais sorti pour justement venir te voir et te demander si tu ne voulais pas vraiment me dire un truc vu que tu avais été québlo devant ma douche et peut-être n'avais-tu pas osé me le dire car je me lavais. Alors je suis sorti après m'être lavée et je suis venue à toi mais tu étais en train de te branler ton beau minou ma chérie et te voyant faire cela et je dois te dire aussi que tu as un beau corps, je n'ai pas pu me retenir à mon tour de t'accompagner pour cette masturbation en solitaire. Je voulais même te rejoindre sous ta douche pour te donner un coup de main mais tu vois je te respecte trop pour cela et je ne me suis pas permis d'allait te rejoindre et te glisser ma main entre tes jolies jambes.

Je la regardais sans ciller. Emma me parlait de cela d'une voix paisible comme si elle me murmurait ces choses-là. Je sentais entre mes cuisses que je mouillais encore une fois. Le feu me venait. Les compliments d'Emma me troublaient, faut dire que jamais elle n'en faisait à qui que ce soit à part pour la pionne depuis cette fameuse altercation qu'elles avaient eu il y avait plus d'un mois. Elle était là au seuil de ma porte et me déballait cela sans honte, sans se dire que quelqu'un aurait pu l'entendre du couloir une d'une chambre voisine. Ce n'était pas parce qu'elle n'avait aucuns tabous qu'elle devait me mêler à son voyeurisme de ses paroles et vie privée sexuelle. Je la fusillais du regard.

— Tu sais Emma, une chose là tout de suite, je voudrais que tu te taises, surtout sur cet épisode ou tu as mal compris et tu t'es fait une interprétation de tout cela çà ta sauce. Tu connais le dicton « ne faut pas prendre ses rêves pour des réalités ».

Emma de ses yeux marrons me toisa à son tour et se mit à changer son regard sur moi. Ses yeux se mirent à briller en me regardant. Elle regarda derrière elle et me dit :

— Tu es sûre de ce que tu me dis là Marine ?
— OUI.

Elle se mit à regarder de nouveau dans le grand couloir de couleur saumon et elle s'introduit dans ma chambre en fermant la porte derrière elle. Emma vint vers moi, elle était pieds nus, chose que je n'avais pas remarqué jusqu'à présent, par contre j'avais pu voir qu'on voyait bien le bout de ses seins au travers du tissu de sa longue chemise. Ne lâchant pas mon regard des yeux qui brillaient de plus en plus comme ci une flamme dansait dedans elle se figea devant moi en me souriant. Sans que je puisse m'y attendre, sa main était posée sur mon sexe au travers de mon pyjama et elle se mit à bouger tendrement un de ses doigts tandis que de son pouce et son petit doigt elle exerçai une pression contre mes deux cuisses qui les firent s'écarter. Ne m'attendant pas à ce geste de sa part mon corps n'avait pas fait de résistance. Son doigt allait et venait tout au long de mon tissu. Le frottement de ce pyjama ne laissa pas mon sexe insensible et je mouillais encore plus. De mes dents je pinçais ma lèvre inférieure tout en la regardant bien droit dans les yeux. Son doigt allait de plus en plus vite tandis que son autre main me prit un de mes seins pour le malaxait sans retenue. Voyant que je n'avais aucune réaction à ses caresses elle se mit à venir vers le bas de mon ventre et à rentrer sa main à l'intérieur de mon pyjama pour aller directement au contact de ma partie intime. Tout en faisant cela, elle avait délaissé mon petit sein et avait attrapé ma main droite pour la plaquer contre son sexe à elle tout trempée au-dessous de sa chemise.

Je sentais que mon corps voulait encore exploser, mon bassin commençait à remuer sous l'habilité de ses doigts et mes yeux changeaient d'intensité. D'un geste rapide, je dégageai ma main de son sexe et lui ôta la sienne. Je le regardais dans les yeux et lui dit :

— Je te l'ai dit Emma, ne prends pas tes rêves pour des réalités. Tu ne me mettras pas dans ton palmarès d'accord ? Je ne suis pas lesbienne et si je devais l'être alors ça ne serait pas avec une traînée comme toi qui pense qu'à baiser avec tout le monde alors dégage de ma chambre et TOUT DE SUITE.

Je me sentais comme une pauvre imbécile d'avoir ressenti une démangeaison au bas de mon ventre. J'en étais sur le point d'exploser sur ses doigts habiles qui avaient été sur mon clitoris le faire gonfler de sang au maximum, juste avant de me faire envahir de secousses sous la jouissance. Je lui en voulais pour cela. Il étai plus facile de trouver un coupable que de s'en vouloir à soi même surtout que tout se chamboulait en moi ces jours-ci.

— Pourquoi tu es si méchante que cela Marine ?

Me disant cela, Emma mit ses doigts a sa bouche. Ses doigts qui étaient juste un peu avant sur mon sexe, presque à me fouiller l'intérieur de mon vagin encore mouillé. Je me sentais honteuse de cette situation et la mitraillée du regard.

— Dégage espèce de demeurée du sexe. TU PORTES BIEN TON SURNOM DE CHAUDASSE TOI.

La colère m'avait envahi subitement. La vérité n'était pas toujours bonne à prendre en pleine face et mon corps et ses envies me la faisait voir réellement. Je m'attendais à une attaque d'Emma mais encore une fois elle me surpris par ses réactions. Je la vis pleurer dés ma colère sortie de ma bouche. Elle versait de vraies larmes et elle ne faisait pas de comédie. Les yeux en larmes elle me dit en reniflant :

— Je n'aurais jamais cru que TOI Marine tu puisses me traiter comme cela. Je sais que je suis pour tous et toutes une chaudasse mais vous êtes-vous une seule fois posées des questions à mon sujet et du pourquoi de mon comportement ? Vous pensez tous que je parle qu'avec mon sexe et mon cul et que ma bouche e sert qu'a lécher des pénis ou des minous mais vous n'avez jamais cherché ce que contenait réellement mon cœur. Facile pour vous de juger, critiquer vous les saintes e l'école mais est-ce que je vous juge MOI ? Comme toi et Jonathan, j'ai été de ton côté et je vais même te dire que je suis quasiment la seule à part Sarah mais tu en as rien à foutre. Oui je te laisse, je dégage de ta chambre, tu as raison Marine mais tu ne t'es jamais posée la question POURQUOI MOI JE TE RESPECTAIS DEPUIS LE DEBUT ? j'ai un cœur moi aussi Marine et il vibre lui aussi et mon corps tant qu'à lui qui est utilisé pour un trou veut de l'amour et pas que se faire boucher et que je sois obligé de simuler l'orgasme. JE VEUX AIMER ET ÊTRE AIMEE MOI AUSSI, PAS QUE TOI ET TOUS LES AUTRES.

Me crachant ce qu'elle avait à me dire et en me fixant avec les joues toutes rouges ou coulaient ses larmes, elle se mit soudainement à se retourner et avant que je puisse dire la moindre parole ouvra la porte et fila dans le couloir d'un pas rapide. Cela non plus n'était pas dans ses habitudes. Je restais assise sur ma chaise près de la fenêtre, les yeux vers la porte grande ouverte, sans réaction. Emma m'avait scotché je devais bien l'avouer. Elle m'avait littéralement prise au dépourvu du début jusqu'à la fin et sa colère qui avait subitement jaillie d'elle-même m'avait ébranlée. Je me posais la question si cela était une de ses ruses ou parades pour me faire culpabiliser ou pas après que je la remette à sa place. Peut-être que celle-ci s'était sentie vexée de se faire refouler et rejeter dans son désir de jouir et que par la faute de cette libido non satisfaite elle se sentit complétement honteuse et remballée. Il est vrai que je ne connaissais pas beaucoup de garçons qui lui avait dit non mais je ne savais pas ses réactions aussi sur ce peu de garçons qui avaient réussi à ne pas tomber dans ses griffes.

La voir pleurer m'avait retourné l'esprit mais je n'allais pas me mettre à pleurer sur son sort tout de même. Emma avait été trop loin dans ces gestes et son attitude envers moi. Je m'en voulais de m'avoir arrêté devant sa douche et surtout pourquoi l'avais-je regardé avec autant d'instance ? Jamais je n'ai été attirée par elle alors qu'est-ce qui avait bien pu me prendre ce soir ? Je décidais de me mettre mon téléphone en route pour écouter Dadju dont le titre est « jaloux ». Je mis mes écouteurs et sur YouTube je cherche ma chanson pour la mettre en route. Comme la plupart des gens j'aimais m'évader au travers de la musique. J'écoutais ma musique tout en regardant le ciel se couvrir. La pluie allait sûrement tombée ce soir ou cette nuit. La musique adoucit les mœurs dit on mais là ce n'était pas vraiment le cas, j'étais encore troublée par les pleurs d'Emma. Je pouvais une barre au bas de mon ventre et je me disais que j'avais sûrement était trop loin dans mes paroles. Elle avait raison, qui était-je pour la juger comme cela ? Que savais-je réellement de sa vie, de son passé ? J'aurais pu la repousser mais sans pour cela être vraiment méchante et surtout injurieuse. Mon égo avait encore une fois prit le dessus et je m'étais laissée emporter en lui balançant des mots que je n'ai pourtant jamais pensé jusqu'à présent. Il me faudra m'excuser auprès d'elle mais pas ce soir. Je ne me sentais pas de le faire. Mon téléphone en vibrant dans la poche du haut de mon pyjama me surpris surtout que ça coupait ma musique et celui-ci me fit sortir de mes pensées. C'était Jonathan. De ce que je pus voir il m'avait envoyé trois messages. Je ne les avais même pas entendus tellement je me prenais la tête avec Emma.

195

« Marine, si je t'ai un peu fui c'est pour notre bien »

« Tu ne me réponds pas, c'est que tu m'en veux et je peux te comprendre Marine »

Le dernier message qui venait d'arriver me dit :

« Je pense que tu préfères rester dans le silence, l'ombre en quelque sorte et je dois respecter to choix, Je vais t'avouer que cela me facilitera mes choix car c'est vrai que je n'ai pas le droit de te faire du mal parce que simplement tu me plais et que je te veux pour la vie. Encore une fois désolé Marine. Je ne t'embêterai plus de la soirée, amuse-toi bien »

Comment il pouvait penser à ma place, il manquait encore plus que lui. En plus il n'y avait plus de « bébé ou petits noms » mais juste des « Marine » il faisait un fossé entre nous deux et malgré la colère que je pouvais ressentir je pouvais également me sentir mal et je fus pris de nouveau dans une colère. Qu'est-ce qu'il voulait dire par faciliter ses choix ? Il n'allait pas encore attenter à sa vie tout de même ?

Je regarde mon portable et lui écrivis :

« Jonathan, pourquoi tu te sens capable de choisir à la place des autres ? Pourquoi es-tu aussi cruel que ça envers moi subitement ? Ou est passé ta gentillesse et ton amour que tu me portes si bien ? tu ne sais pas ce qui s'est passé ici ce soir et toi tu te permets de me dire que je préfère de me taire, de me cacher, de me mettre dans une ombre c'est n'importe quoi mais bon oui je vais te faciliter la vie et tes choix, fais ce que tu veux mais si tu veux te foutre encore une fois en l'air, ne vas pas dire que c'est de ma faute ce coup-ci d'accord ?

Bonne soirée à toi JONATHAN »

Je balançai mon portable sur la table. Et la musique revint aussitôt dans mes oreilles. La pluie tombait à présent et la nuit était tombait elle aussi.

Je me levai pour aller me mettre au lit quand je vis à terre le morceau de papier qu'Emma tenait dans ses mains. Je le pris avec moi et alla me coucher en appuyant sur l'interrupteur qui allait allumer la petite lampe au-dessus de mon lit.

Bien calée dans mon lit, je me mis à déplier ce morceau de papier plié en quatre. Je sais que je ne devais pas le faire, que cela n'était pas bien et que ce papier était comme une vie privée mais je me pris le droit de passer cette règle de non-respect et me mit à le lire. Je n'en revenais pas de ce que je pouvais lire. Mes yeux étaient écarquillés de surprise. J'avais accusé Emma pour rien. Elle était même plus de mon côté qu'autre chose. Sur ce papier, il y avait des questions et des réponses d'Emma et la fin de celui-ci finissait par un chantage par l'autre personne. Je sentais pour le énième fois la colère montait en moi tandis que mes yeux me brulaient car les larmes revenaient elles aussi.

« Emma, tu crois que Jonathan sort avec cette Marine ?

REPONSE. Je ne sais pas et franchement ça ne me regarde pas.

Tu peux te renseigner pour moi ?

REPONSE. Pourquoi faire ? Tu n'as qu'à le faire toi-même.

Non je ne lui parle pas et tu le sais très bien, tandis que toi tu lui parles.

Réponse ; Ce n'est pas une raison, je n'ai pas à me mêler de leurs vies privées et en plus Jonathan était avec toi en sport tout le temps non ? Donc tu avais qu'à lui demander toi-même. Je ne suis pas ton détective.

Tu ne l'es pas mais tu peux au moins faire cela, tu la vois le soir au dortoir alors je sais que tu trouveras bien un moyen de savoir.

Réponse. Je sais que Jonathan l'aime bien et qu'ils sont bien ensemble, la preuve elle a été le voir à l'hôpital alors tu sais qu'ils sortent ensemble ou pas c'est leur problème et pourquoi tu veux savoir cela toi ?

Moi aussi j'ai été à l'hôpital le voir et si je veux savoir c'est parce que Jonathan me plaît et que je voudrais sortir avec et si jamais je sors avec et qu'ils sortent ensemble on va dire des trucs de sur moi et je ne veux pas.

Réponse. Ça ne me regarde pas que tu as été le voir à l'hôpital. Je ne veux pas que tu me mêles à tes histoires et surtout pas envers Marine.

Et pourquoi tu ne veux pas ?

REPONSE : Parce que contrairement à toi moi j'aime bien Marine et que je ne voudrais pas qu'il lui arrive du mal et encore moins être dans les histoires contre elles. Je l'aime bien et elle reste une de mes bonnes amies, c'est à elle que je fais confiance et elle, elle ne me critique pas ni me juge pas. Pas comme vous toutes ici.

Oui bon je m'en fous de tes états d'âmes. Je veux savoir point barre.

Réponse ; tu n'as qu'à le lui demander toi et tu sauras ou au moins que tu as peur ? Remarque vu ce que tu lui as fait je trouve encore dégueulasse que tu veux te faire Jonathan, tu en as pas marre d'être contre elle ?

Comment ça ? Explique toi chaudasse d'Emma.

Réponse ; arrête de m'appeler comme cela, tu es au courant de tout de sur moi alors arrête ça d'accord ?

197

Ok Emma celle qui s'est fait violée quand elle était enfant par un ami de ses parents. Tu veux que TOUT le monde le sache ?

REPONSE. Tu n'as pas intérêt.

Alors je veux que tu te renseigne ok ?? Et de toute manière Jonathan et moi avons rendez-vous ce soir et je ferai tout pour me le faire et je dirai que tout est de ta faute car c'est toi qui m'as lancé dans ses pattes.

Réponse : Mas ce n'est pas vrai je ne t'ai lancé dans les pattes de personnes et encore moins dans celle de Jonathan.

Oui c'est vrai mais le monde me croira MOI et pas un chaudasse comme toi.

Réponse : t'es qu'une garce Sophie Delacroix, une grosse garce… je suis sûr même que Jonathan ne te plaît pas mais que tu veux sortir avec pour faire du mal à Marine.

BRAVO CHAUDASSE et maintenant je veux que tu ailles aux renseignements ce soir, tu as compris ?

REPONSE. Je te l'ai dit, je ne veux pas faire de mal à Marine et si tu veux des renseignements tu iras te faire voir. Je vais montrer ce mot à Marine comme ça elle saura tout.

Vas-y tu me fais rire, comme-ci tu allais lui montrer cela toi avec ce que j'ai écrit de ta pute de vie. Je n'ai même pas peur et je te rends ce mot mais n'oublie pas Emma, je veux savoir ça demain. »

Je relis le papier à trois reprises et l'envie d'aller voir Emma me vint soudainement. J'avais honte oui honte de mon comportement, de mes mots que je lui avais balancés à la figure, honte de m'être conduite comme cela avec elle…il me fallait m'excuser auprès d'elle.

Je me mis debout et en traversant le couloir pour aller toquer à sa porte, la surveillante me pris en flagrant délit et me demanda ce que je faisais. Je lui inventais une excuse mais elle ne voulait rien savoir et me pria de repartir dans ma chambre immédiatement.

Je lui demandais si elle pouvait au moins faire une commission à Emma et elle me répondit par l'affirmative.

— Dîtes lui que j'ai lu le mot et que la réponse est non à ce qui est demandé dessus et que je m'excuse sincèrement.
— D'accord maintenant Marine file dans ta chambre s'il te plaît.
— Oui mais vous pourrez lui faire cette commission ? c'est très importante Madame.

— Oui je te l'ai dit.

Elle se leva et me raccompagna à ma chambre. Devant ma porte qu'elle tenait elle me dit

— Bonne nuit Marine et ne t'inquiète pas je vais lui faire cette commission tout de suite, d'ailleurs c'est l'heure pour moi de faire le tour des chambres et je vais donc commençais par la sienne.
— Merci Madame et bonne nuit à vous.
— Bonne nuit.

La porte se referma aussitôt que je me suis mise dans le lit. Tout revenait dans mes pensées et je savais que je n'allais pas trouver le sommeil facilement maintenant avec tout ça.

Je fermais mes yeux et essayer tout de même de dormir mais je revoyais Emma en larme devant moi dans cette chambre.

Je repensais à ce que j'avais pu lire qui la concernait dans son passé. Comment pouvait-on violé un enfant ? C'était horrible comme crime. Pauvre Emma me surpris-je à penser.

Je fis tout pour que ces images partent de mon esprit et j'essayais de me concentrer sur autre chose mais le corps d'Emma me revenait à l'esprit ainsi que ses compliments puis je revis Chloé en ce jour-là où nous étions à notre étang.

Nous avions décidé de sortir de l'eau pendant que les quatre individus jouaient de plus belle. Ils étaient à se rouler des pelles ou à se faire couler et comme bien entendu entre eux, les garçons devaient sûrement se laisser faire pour que leurs partenaires puissent les mettre sous l'eau. En les coulant elles riaient à gorge déployées et on pouvait entendre leur rire venir nous casser les oreilles.

Nous étions donc chez Chloé à sa table avec sa mère. Laura n'était pas là, elle avait décidé de ne pas rentrer cat elle passait son Week end chez des amis.

Dans nos assiettes nous avons eu la joie de manger un bon steak frit, comme assaisonnement je pris de la moutarde mi- forte et de la mayonnaise. Chloé qui se trouvait en face de moi se mettait à rire pour un oui un non.

— C'était comment les filles à l'étang ? Il y avait du monde ?

La mère de Chloé nous demandait cela tout en nous regardant chacune notre tour pendant que de nos doigts nous mangions nos frites faîtes maison.

— Oui ça a été, à part qu'il y avait des espèces de pouffes et leurs cums qui étaient là à se faire remarquer et franchement Maman leurs rires étaient pénible pour nous et c'est pour cela que Marine et moi avons décidé de rentrer plus tôt.
— Vous aviez eu raison les filles. Ils sont du village ?
— Une oui mais les trois autres non.
— Ah…

Chloé me regarde manger mes frites et j'en fais échapper une de mes mains ce qui fit rire mon amie immédiatement.

Une fois la vaisselle faîtes par nos mains, nous décidions d'aller faire un tour dans le village. En cours de chemin nous croisons Emmanuel. Chloé lui fit la bise et il me dit juste bonjour Marine du bout des lèvres, un bonjour à peine perceptible. Il était rouge en disant cela et je pouvais sentir que mes joues devaient être dans le même état que les siennes. Emmanuel continua son chemin mais avant de partir il tenta un regard furtif vers moi. Nos regards se croisèrent et je pouvais ressentir une drôle de sensation en moi. Il se mit à continuer son chemin et au fond de moi je le remerciais car je ne crois pas que j'aurai tenu longtemps devant lui. Je l'aimais toujours et je savais que Emmanuel sera le seul Amour de ma vie comme on se l'était si bien dit.

Nous marchions Chloé et moi-même tout en discutant de banalités. Je pense qu'elle avait pu voir mon désarroi pour Emmanuel et elle me dit à l'oreille d'une voix douce :

— Je me doute que tu ne peux pas l'oublier mais je vais t'aider à ne pas y penser tu veux bien ?

Je la regarde dans les yeux. Eux aussi brillaient sous le reflet du soleil qui n'allait pas tarder de se coucher d'ici une heure

— Et comment tu vas faire ?

Lui demandais-je en lui adressant un demi sourire.

— Fais-moi confiance, mais encore il faut que tu acceptes ?

De ses beaux yeux, elle se mit à me regarder bien droit dans les miens et je pus voir ses belles dents blanches car elle me lançait un sublime sourire. Chloé était vraiment une belle fille et elle était incroyable, pleine de gentillesses et de surprises.

— Oui j'acceptes Chloé mais je me demande encore ce que tu vas faire pour cela. Mais bon je pense que je peux te faire confiance sur ce sujet là aussi tu dois avoir déjà un plan n'est-ce pas ?
— Non je n'ai pas de plan mais je vais tout faire pour que tu l'oublies. Mais je veux que tu me laisses faire et que tu acceptes, d'accord ?
— Je t'ai déjà répondu à cela, oui j'accepte Chloé.
— Bien viens. On va au magasin.

Le magasin était un petit supermarché qui ne fermait pas avant vint heures trente. Chloé avait l'habitude d'aller faire quelques courses pour sa mère et pour elle par la même occasion.

Ici en pleine campagne il y avait une règle pour que son commerce tienne la route. Accepter tous les clients et ne pas faire de simagrées pour ceci ou pour cela.

Dedans Chloé se dirigea vers le rayon boisson et je la vis prendre une bouteille de Wólka et une brique de jus d'orange de deux litres et des gobelets en plastique.

La caissière nous observa en nous disant bonjour et passa les bouteilles au code barre. Chloé les prit et les rangea dans une poche (sac en plastique ou en papier) et on se mit à marcher de nouveau dans la rue.

— Tu n'as pas peur que ta mère voie ce que tu as pris ?
— Non ne t'inquiète pas on va bien trouver un moyen pour qu'on puisse amener cela dans ma chambre.

Je regardais Chloé qui franchement avait toujours réponse à tout.ca nous était arrivé deux fois de rentrer de l'alcool chez elle mais sa mère était absente à ce moment là mais là elle était bel et bien là.

201

Inutile de se soucier d'avance de cela mais je ne pus dire à Chloé :

— Oui mais pas intérêt de se faire pêcho par ta mère sinon ça va barder et elle risque de me cafter à mon père et là ça ira à ma mère etc…je ne te fais pas de dessin pour comprendre la suite après.

Chloé se mit à rire à pleine dent et son rire me fit rire également, faut dire que Chloé avait un rire contagieux. C'était bon de l'entendre et ça faisait du bien de rire comme cela.

Une copine de Chloé vint nous rejoindre. Elle était là en période de vacance elle aussi et pendant de nombreuses années elles avaient traîné ensemble. Elle se présenta à moi.

— Salut je m'appelle Claire et toi je présume que c'est Marine non ?
— Oui.

Elle me fit la bise et me sourit et regarda de nouveau Chloé en lui faisant un immense sourire. Elles avaient le même âge toutes les deux et Claire était une belle fille. Elle était assez grande de taille et elle avait des yeux d'un bleu perçant. Vêtue d'un short jean et d'un chemisier bleu clair ouvert de deux boutons vers le haut et en bas elle l'avait noué en faisant un nœud par devant laissant voir son ventre plat. Elle aussi avait des petits seins de c que je pouvais deviner en le regardant parler avec Chloé. Des baskets de marque Lacoste blanche couvrait ses pieds. Elle avait un collier de maille fine en or et un pendentif qui représentait une fée. À ses oreilles elle avait des boucles d'oreilles assorties avec son collier. Je pouvais voir des petites fées couleur or.

Je les regardais discuter entre elles et Claire souriait très souvent et parfois je pouvais entendre son rire qui raisonnait en même temps que celui de Chloé. De temps à autre elle me regardait et pour faire bonne mine je lui adressais moi-même un sourire. Je ne me sentais pas vraiment à l'aise mais je ne savais pas la raison pourtant Claire était une fille bien d'apparence. Chloé lança une bonne blague et le rire de Claire lui fit réponse aussitôt. Un pincement me prit à l'intérieur de mon ventre et une boule se fit sentir au niveau de ma poitrine. Je sentais comme une bouffée de chaleur m'envahir et mes jambes me faisaient défauts. Je ne comprenais pas ce qui se passer et mis cela sur le dos de la chaleur et du soleil qui tapait encore à cette heure-ci.

Chloé me regarda du coin de l'œil et me dit :

— Ça ne va pas Marine ? Tu as l'air un peu à l'ouest ?
— Si si ça va bien Chloé, sûrement la chaleur et un peu de fatigue qui me font me sentir bizarre.

Chloé et Claire me dévisageaient en même temps. Puis elles se mirent à parler ensemble et Chloé me regarda de nouveau et dit :

— Écoute Marine, nous allons bouger si tu veux bien car moi aussi je trouve qu'il fait chaud et je pense que nous serions bien mieux à l'ombre. Je propose qu'on aille faire un tour dans le petit parc d'accord ?
— Si tu veux.
— Tu viens avec nous Claire ? Tu as encore un peu de temps non ?
— Si vous voulez. Enfin si ça ne te dérange pas Marine.

Elle me regardait de ses yeux bleu clair ou le soleil venait projeter ses derniers rayons. Il était vraiment d'une grande beauté, plus clairs que les miens. J'aurais préféré rentrer chez Chloé mais je ne devais pas toujours faire mon égoïste et je voyais que cela faisait plaisir à Chloé.

— Non ça ne me dérange absolument pas Claire.

Lui mentais-je en la regardant à mon tour malgré le soleil qui venait me brûler ma nuque.

Arrivées dans le parc, Chloé nous entraîna au fond de celui-ci et on se mise assises sur la pelouse. Chloé jeta un coup d'œil aux alentours et voyant que personne ne venait vers nous elle sortit trois gobelets, la bouteille et le jus d'orange et se mit à verser les liquides dans les verres de fortune pour nous les tendre.

Claire but une gorgée et fit une petite grimace, Chloé en fit autant en levant son gobelet mais avant de le mettre à ses lèvres elle le leva plus en avant vers nous et nous dit qu'il fallait qu'on trinque. Les verres réunis au beau milieu de nous trois assises en cercle s'entrechoquèrent et on les leva à nos lèvres pour en faire couler une gorgée dans nos bouches. Le breuvage me brûla le fond de ma gorge, Chloé avait sûrement un peu trop exagéré sur la Wólka et après l'avoir avalé je me mis à tousser. Voyant cela, Chloé se mit à rire tout à coup entraînant ainsi le nôtre également.

Nous discutâmes de choses et d'autres tout en riant surtout Chloé et Claire. Elle se ressassaient des souvenirs et des anecdotes de leur passé. En contant leur passage de leur vie de jeune fille elles riaient tout en buvant de plus en plus de la Wólka- orange.

La boisson commençait à me donner des douces chaleurs au fond de moi et je sentais ses effets au sein de ma tête. Je commençais à sentir les bienfaits de celle-ci, ce qui m'aida à chasser mon mal être et à me laisser moi aussi à rire avec les deux filles. La nuit venait de venir et Claire nous quitta car elle devait rentrer vu l'heure tardive. Chloé lui donna un chewing gum pour l'odeur de la boisson et lui fit la bise tout en se relevant et en rangeant les bouteilles dans le sac. Claire me fit la bise et en titubant elle repartit vers l'entrée du parc. Chloé me regarda et se mit à m'adresser un large sourire.

— Tu vas mieux Marine ? J'espère que ça ne t'a pas ennuyé que Claire nous ait accompagné ?
— Non pas du tout et je lui rendis son sourire.

Elle me prit par le bras en riant et puis elle m'attrapa la main pour me glisser la sienne dans la mienne comme deux amoureux. Je ne défis pas cette étreinte de nos mains et je me mis moi aussi à rire tout en la regardant. Comme si elle dansait une danse de l'ancien temps, elle se mit à marcher hâtivement pour m'entraîner pour sortir de ce lieu pris dans le noir désormais.

Devant chez elle, Chloé planqua le sac avec l'alcool dans un bosquet de son jardin et elle rentra chez elle en me tenant la porte pour que je la suive. Sa mère vint vers nous en nous demandant ou on était. Chloé lui raconta notre rencontre avec Claire et qu'on avait discuté sans vraiment se rendre compte de l'heure qui passait.

— Vous étiez dehors ?
— Non maman nous étions avec Claire chez elle.
— Ah d'accord.

Disant cela sa mère repartit dans sa cuisine nous laissant dans le couloir de l'entrée. Chloé me regarde et ressort vite chercher le sac pour monter l'étage. Elle cria un « bonne nuit » à sa mère et j'en fis autant.

— Bonne nuit les filles.

Dans la chambre, une fois débarrassée du superflu nous nous installions sur le grand lit de Chloé et elle déballa ce qui restait de la bouteille de Wólka et le jus d'orange. Elle versa encore une fois les liquides en faisant un mélange, mais là elle mettait plus

204

de Wólka dans les verres. Elle alluma sa chaîne hifi et on écouta du Jul en buvant notre verre tout en chantant comme des folles et en riant à haute voix.

La bouteille diminuait de plus en plus et l'alcool sur nous se faisait de plus en plus sentir. Chloé était tout contre moi maintenant et elle me caressait une de mes cuisses en me complimentant de ma soi-disant beauté. De temps à autre elle me pinça et se mettait à rire en me regardant dans les yeux. Avec l'alcool ses yeux devenaient de plus en plus brillants et je les trouvais encore plus beaux que la journée sous le soleil. Je lui dévoilai ma pensée et elle me dit merci en venant m'embrasser tendrement sur la joue puis dérapa vers mes lèvres. Un baiser furtif se fit entendre dans cette chambre et nos rires purent se faire entendre aussi.

Jul chantait sa chanson « Quelqu'un d'autre t'aimera » pendant que Chloé buvait d'une traite le restant de son gobelet. Je l'imitai tout en riant. Nous étions prises d'euphorie avec l'effet de l'alcool et on faisait tout et n'importe quoi. Chloé se mit de nouveau à rire et me parla de ces deux filles de l'après-midi à l'étang et leur genre pout pot ce mi nous entraîna dans un nouvel élan de rire. Je le regardais les imiter et je dois dire que Chloé qui les imite c'était quelque chose. Elle était hilarante. Je vidai mon verre de fortune et me mis moi-même à nous en resservir un pendant que mon amie était tant bien que mal à tenir debout avec les bras un peu levés en faisant comme ci elle rentrait dans de l'eau. L'alcool aidant, Chloé tituba et tomba prés de moi. Heureusement que j'avais mis les verres sur le côté sinon ils se seraient renversés sur le grand lit. Chloé ria de plus belle tout en attrapant son gobelet et en but une gorgée. Emme saisit le mien et me le tendit en me faisant un large sourire. Elle leva son vers vers moi pour qu'on trinque pour la énième fois de la soirée. Ensemble nous buvions dans nos verres tout en nous regardant dans les yeux, sa main était revenue sur ma cuisse et elle me dit :

— J'ai une idée, je vais remplacer mon gobelet pour mieux savourer cette délicieuse boisson.

Elle avait les yeux plus que brillants et un peu rouge mais les miens devaient être dans le même état. Elle me renversa de son verre sur le long de ma cuisse et elle dirigea sa bouche pour la lécher. Je la regardais faire tout en riant. Elle tut son rire et passa sérieusement sa langue tout au long de ma cuisse. Elle me versa maintenant de l'alcool sur mon autre jambe et en fit autant. Je la regardais faire et je dois dire que la douceur de sa langue me faisait éveillée des choses en moi.

Après avoir fini elle reprit les bouteilles et en remplit son gobelet puis leva mon haut pour en faire couler sur mon nombril qu'elle s'empressa de sa langue de venir boire. C'était délicieux. Sa langue qu'elle pointait dans mon nombril me donnait une drôle et bonne sensation. Je lui posai ma main libre sur la tête en le regardant et en buvant mon gobelet. Tout en continuant de me lécher elle ne me quittait pas des yeux. Elle

205

était si belle. En position à quatre pattes elle était venue s'installée entre mes cuisses pour que sa bouche atteigne mon ventre. Elle leva encore plus mon haut jusqu'à mon cou et me déversa de nouveau du contenu de son gobelet en partant de mon cou. Le liquide coula doucement le long de mon corps pour aller jusqu'à rencontrer le bourrelet de mon short. Sa langue se remit au travail et de la sentir comme cela elle réussit à me faire frissonner. Ses yeux étaient plongés dans les miens et je me laissais aller. Pour l'aider je me couchais sur le dos complètement. Je levais ma tête pour la regarder faire. Sa petite langue me léchait le bas de mon ventre et monta doucement vers le haut. Elle passa entre mes petits seins et s'y attarda. Toujours ma main sur sa chevelure je l'invitais à rester à cet endroit. Son autre main était sur ma cuisse et elle me la caressait tout en venant effleurer l'intérieur de mes cuisses. Je sentais mon sexe envahi de désir. Ma respiration commençait à devenir plus rapide mais parfois quand sa main était posée sur la fermeture de mon short et qu'elle faisait une pression dessus, j'en avais comme le souffle coupé. Une chaleur m'envahit de plus en plus et je dégageais moi-même mon haut lui dévoilant mes seins qui pointaient désormais. Elle plaqua sa bouche dessus et de sa langue habile elle venait les titiller. Le bout se durcirait sous ses assauts et je pus sentir que ma fermeture éclair descendait puis mon bouton se retirer. Les pans de mon short écartés elle mit sa main sur ma culotte et me caressa le haut de mon pubis. Une vague de chaleur me submergea et je l'invitais a continuer en montant mon bassin vers le haut. Tout en me léchant d'un sein à l'autre, Chloé se mit à essayer de descendre mon short. Elle avait du mal et je décidais une fois de plus à l'aider en me surélevant et en descendant moi-même ma main sur le côté de celui-ci pour le descendre. Chloé vint à mon visage et me déposa un baiser sur mon nez en me regardant de son regard de braise dans les yeux puis elle repartit aussi vite vers le bas de mon corps et prit mon short de ses deux mains pour me le faire glisser le long de mes jambes.

Je me retrouvais juste avec ma culotte rose comme seul habit. Chloé plaqua sa bouche sur mon pubis et me l'embrassa. Instinctivement mon bassin se leva comme pour l'inviter à continuer mais Chloé ne le vit pas comme cela et elle remonta de nouveau vers mon nombril et de sa langue comme menaçante elle me lécha de nouveau en remontant vers un de mes tétons. De sa main elle me caressa mon sein ferme et me lapa le bout tandis que son autre main du bout d'un doigt m'effleurait l'intérieur d'une de mes cuisses pour venir se loger entre mes cuisses sur mon intimité ou seule ma culotte en coton faisait encore barrage. Je sentais que tout mon sexe était en ébullition et trempé. Instinctivement j'écartais mes cuisses lui offrant davantage mon sexe pour qu'elle puisse en faire ce qu'elle en voulait et elle le fit sans attendre plus longtemps. Je pus sentir son doigt me caresser plus vaillamment et je me mis à onduler sous sa caresse. Ma respiration se dégageait de ma bouche avec une grande accélération, je tenais toujours la douce chevelure de Chloé et lui caressais. Je sentais que j'allais venir et je la tirai vers moi pour l'embrasser a pleine bouche. Nos langues s'unirent en faisant une danse frénétique tandis que sa main allait maintenant à l'encontre de mon sexe. Chloé avait passé celle-ci à l'intérieur de ma culotte et de ses doigts elle me caressait mes lèvres pour venir me faire une douce pression de son doigt sur mon clitoris. J'ondulais de plus en plus vite sous ses caresses et nos langues continuaient de se goûter. Chloé me regarda tout en m'embrassant d'un petit baiser sur ma paupière pour aller descendre sa bouche dans mon cou et me l'embrasser tendrement. Je frissonnais de ses baisers mêlés avec sa langue dans mon cou, ma clavicule puis mon sein tandis que son majeur de son autre main me pénétrait le vagin. Mes cuisses étaient grandes ouvertes et je l'invitais à continuer en levant bien haut mes fesses en les remuant. Il allait m'être difficile de continuer à me retenir, me contenir et Chloé le sentait, elle continua de plus beau son aller et retour de son doigt et alla vite mettre sa bouche sur mon intimité et de sa langue elle me lécha mon clitoris qui était devenu trois fois sa taille normale à cet instant. Je crispais mes mains sur ses cheveux et un bout de drap house et je me mis à lui jouir dans la bouche. Je criais en lui tenant fermement le dessus de sa tête en lui plaquant bien plus sa bouche contre mon sexe et elle darda sa langue encore plus vigoureusement sur mon bouton magique.

Mon corps se prit de convulsion tellement l'orgasme était intense.

Il me fallut plusieurs secondes pour revenir sur terre, je me trouvais à des millions d'étoiles d'ici pendant ces quelques secondes de bonheur. Chloé était pendant ce temps là remontée à mon cou et de ses douces lèvres elle me l'embrassait en me le mordillant. Je lui pris le menton et la fit venir à moi pour la gratifier d'un énorme patin tout en la faisant venir sur moi se coucher. Nos langues dansaient de nouveau pendant que nos yeux étaient clos et que mes mains lui caressaient les fesses qui était recouverte d'un simple string. Je n'avais même pas vu que Chloé avait retiré son short et non plus à quel moment elle avait pu le faire mais peu m'importait, le principal maintenant était que je pouvais lui mettre une main sur ses fesses et lui inculquer des nombreuses caresses pendant que de mon autre main je lui caressais le dos en dessous de son maillot. Je me heurtais à son soutien-gorge que je me fis une joie de lui dégrafer habilement. Elle ondulait à son tour sous mes caresses et je pouvais sentir sur mon sexe le sien qui me faisait comme l'amour. Je lui descendis son string et lui entra un doigt directement dans le vagin bien mouillée pour lui rendre la pareille. Au creux de mes oreilles ou était sa bouche je sentais et entendait sa respiration saccadée et ses râles qui venaient de plus en plus pendant que mon doigt rentrait et sortait de son antre intime. J'aimais sentir que tout en son intérieur était trempé et je ne me laissais pas prier pour lui enfoncer mon majeur au plus profond afin de le bouger en petit arc de cercle dedans ce qui la fit onduler encore plus fort et plus vite sur moi pendant que sa voix elle me disait à l'oreille « je t'aime Marine, c'est si bon, continue je vais venir » je dois dire que de l'entendre me dire cela me mis dans un nouvel état d'excitation aussitôt. Je pouvais sentir au bas de mon ventre une envie soudaine de jouir une fois encore et sans que mon sexe fût fouillé. Je me mis à onduler aussi et nos sexes qui se touchaient encore bien plus avec ma main dans le sien nous fit jouir en même temps. Elle avait agrippé mon épaule d'une main et me la serra pendant que son autre main qui me caressait un sein se mit à le tenir fermement emprisonné.

Sa langue fouilla de nouveau ma bouche et elle s'endormit sur moi et moi sous elle.

Sur mon lit dans ce dortoir je me mis à sentir mon corps se détendre et mon cerveau revenir atterrir de mon orgasme que je venais de connaître en même temps que je revoyais cet épisode passé. En revivant cela dans mes pensées j'en étais venue à mouiller comme une folle et tout en me faisant revoir cette séquence de ma vie j'avais glissé ma main dans mon pyjama pour venir me caresser.

J'allumais de nouveau la lumière et les je descendis pour boire un grand verre d'eau. Mes jambes étaient encore tremblantes de cet orgasme. Je me mis à ma table et assise sur ma chaise je pris la boulette de papier que j'avais quelques temps avant par la colère froissé et mis en boule pour la jeter contre le carreau, ce qui la fit atterrir sur la table ou trônait un de mes livres.

Je défroissais la feuille et me mis à la relire. Je n'en revenais toujours pas de lire tout ça et de voir à quel point cette satané Sophie pouvait être méchante. Elle voulait se taper Jonathan mais était-ce pour m'ennuyer ou pour vraiment sortir avec car il lui plaisait.

Une boule au ventre me prit subitement en y pensant. Sûrement parce que je repensais à sa méchanceté et c'est vrai que je bouillais à l'intérieur de moi mais bon si Jonathan était assez bête pour sortir avec elle c'était son problème. Je me mis à sortir ma bouteille d'eau et à remplir mon verre pour en boire une pleine gorgée puis je remis la feuille à sa place et me hissa de nouveau sur mon lit mais cette fois ci avec mon livre.

Marc Levy ne m'aida pas ce soir à me détendre et je n'arrivais pas vraiment à me mettre dedans. Le titre de ce pavé était « la dernière des Stanfield ». En le fermant et en regardant ce titre je me dis que je lui ferais bien une dernière danse à cette Sophie de malheur mais ça serait lui rendre service, elle irait vite fait voir le directeur pour se plaindre et se serait l'exclusion pour moi et je pourrais dire adieu à mon projet professionnel. Celui-ci était bien trop important pour que je puisse le gâcher pour une fille comme elle. Je pris ma tablette et l'alluma pour aller voir les centres équestres et leurs fonctionnements.

Je m'endormis avec la tablette sur moi, totalement déchargée le lendemain matin lors du réveil.

A peine es yeux ouverts je repensais à cette lettre et à Emma.

Les portes des filles étaient déjà grandes ouvertes et je me précipitai pour me diriger vers les douches afin de voir Emma mais elle n'était pas là.

Je me dépêchai de prendre la mienne de me mettre un peu de maquillage et de filer à ma chambre pour m'habiller.

Une fois avoir revêtue mon jean et un maillot recouvert de mon pull noir je mis mes socquettes blanches et ma paire de baskets et me dirigea vers la chambre d'Emma.

Devant cette porte marron fermée je me mis à toquer mais aucune réponse ne se fit entendre.

— Tu cherches Emma ? Elle est déjà dehors.

Me dit une voix derrière moi. C'était Murielle, une fille de sa classe. Elle me regardait avec un drôle de regard. Peut-être était-elle au courant de cette apostrophe de la veille au soir.

— Merci.

Lui dis-je en retournant vers ma chambre pour aller agripper mon blouson et me diriger vers la porte de sortie également. Il fallait que je voie Emma et que je m'excuse de ma connerie et surtout de mon comportement injuste d'hier soir.

Je me dirigeais vers le self mais ne la vis pas à l'intérieur alors je me mis à rebrousser chemin et la chercha partout. Pas d'Emma en vue. Je cherchai encore et encore mais en vain. Je croisais des filles de sa classe ou du dortoir et leur demanda si elles l'avaient vu mais la réponse était toujours la même « non » je me demandais ou elle pouvait être quand une fille me dit qu'elle l'avait vu se diriger vers derrière l'établissement.

A mon tour je me dirigeai dans cette direction, cette fameuse pelouse ou je venais moi-même très souvent pour me mettre à l'abri des filles que je ne voulais pas voir. Près de mon gros chêne, je la vis, elle était avec son portable dans les mains et elle pianotait dessus. Je m'approchai d'elle sans le moindre bruit et attendit qu'elle ait fini avec son message.

— Salut Emma.

Lui dis-je en la regardant. Elle était de dos et ne pris pas la peine de se retourner pour me répondre en me regardant.

— Qu'est-ce que tu me veux ? Encore me faire du mal Marine ?
— Non et je tiens à m'excuser pour hier soir. J'ai réagi comme une pauvre conne sans que je puisse te laisser t'expliquer.

— Ah la nuit t'as fait réfléchir à cela ou une petite voix est venue de souffler cela ?
— Emma, arrête s'il te plaît, je me sens bien assez mal comme cela sans que tu ais besoin de me mettre la tête sous l'eau encore plus.

Je baissais les yeux en lui disant cela et c'est vrai que j'étais vraiment mal. Le vent venait d'apparaître subitement et le ciel se couvrait à présent. On pouvait malgré tout entendre un oiseau posé sur le chêne en train de siffler son petit air du matin. Emma se retourna d'un coup sec et me regarda de ses yeux bouffis. Elle avait dû pleurer toute la soirée pour avoir des yeux comme cela.

— Tu te rends compte de ce que tu me balance encore Marine ?

Je ne comprenais pas ce qu'elle voulait me dire par là et je la regardais surprise. Elle comprit et tout e me fixant droit dans les yeux me dit :

— Tu parles de toi, de ta douleur etc... comme ci il n'y avait que toi qui en avait souffert hier soir et de quoi as-tu souffert toi au juste ?

Emma venait à la fin de sa phrase de monter légèrement le ton et son regard avait changé. La pluie fine commençait à tomber sur nous mais je m'en fichais. Seule Emma comptait pour moi à cet instant, du moins ce qu'elle pensait et surtout qu'elle me pardonne ma maladresse et mes durs propos d'hier soir. Je baissais les yeux devant son regard insistant et lui bredouilla :

— Tu as raison Emma et encore une fois je m'excuse. Je te présente mes excuses pour tout ce que je t'ai dit hier soir et j'ai été vache de te dire cela surtout que tu ne le mérites pas.
— Ah oui et pourquoi que subitement je ne mérite pas ce matin tes propos ? Tes injures que tu m'as lancé à tout vent ? Pourquoi Marine ? Hein pourquoi ?

Me disant cela Emma se mit de nouveau à pleurer et je me sentais vraiment mal. Je voulais aller la prendre dans mes bras et la serrer mais je ne bougeais pas. Je ne voulais pas qu'elle me remballe et pourtant je le méritais sûrement

— Emma franchement j'ai été trop loin avec toi mais tu comprends tu es venue vers ma douche et… puis tu m'avais parlé de Jonathan et je croyais que tu voulais sortir avec lui et…

Emma me fusilla du regard. Elle ferma sa veste jean. Aujourd'hui elle n'était pas habillée comme tous les jours, elle avait changé sa jupe pour un pantalon en jean et son chemisier contre un pull.

— Tu crois vraiment que je suis du genre comme ça hein Marine ? A vouloir me taper ton mec ? Ah oui c'est vrai je ne suis qu'une chaudasse et les chaudasses ça ne sait faire que du mal, c''est ça hein ?
— Je n'ai pas dit cela Emma.
— Alors qu'as-tu dit Marine ?

Elle me regardait et pleurer en même temps. Mais elle avait crié ses mots pour que je les entende bien.

— Je t'ai insulté de chaudasse c'est vrai comme tout le monde ici t'appelle mais moi je t'appelais Emma et pas ce surnom de con mais comme hier rien n'allait alors OUI je t'ai insulté comme une pauvre idiote que je suis et je m'en excuse Emma. Pour moi malgré ce que les autres peuvent dire de sur toi, tu as toujours été une amie et peu m'importe ce que tu fais avec ton corps c'est ton problème et pas le mien, moi je t'aime pour la fille que je connais et pas pour ce que les autres disent à ton sujet et en plus je ne savais pas ce qui t'ais arrivé quand tu étais jeune Emma...
— Tais-toi…et comment tu sais cela toi ?

Me cria-t-elle. Alors je sortis de ma poche le mot et le lui tendit.
Elle me regarda et le prit en pleurant de plus belle.

— Et merde, quelle conne j'ai été. Je le cherchais hier soir et ce matin encore. Tu l'as lu je suppose vu ce que tu me dis ?

Me demande-t-elle en reniflant. Elle était toute rouge et ses larmes coulaient le long de ses joues.

— Oui et je suis désolée Emma.

Lui disant cela tout en pleurant moi aussi je m'approchai d'elle et la pris dans mes bras pour la serrer contre moi. La sonnerie retentit. Il nous fallait aller en cours. Nous nous regardons pleurer et Emma me dit :

— Essuie-tout les yeux et sèche tes armes tu ne ressembles plus à grand-chose comme cela.
— Idem pour toi.

Lui dis-je et nous nous mettons à rire en nous essuyant les yeux en même temps et en nous dirigeant vers la cour.

— Nous en reparlerons ce soir ou plus tard si tu le veux bien d'accord Emma ?

J'avais desserré mon étreinte d'Emma et reculée pour la regarder en lui adressant un immense sourire. La pluie avait cessé de tomber et nous nous dirigions vers le bahut. Je me mis à courir car mon sac ou j'avais entassé mes affaires de cours était sous le porche et déjà les élèves de ma classe se dirigeaient vers les escaliers de l'établissement.

Madame Thomas nous dit bonjour lorsque nous rentrions dans la classe.

Tous en cœur nous lui répondions un bonjour collectif. Madame Thomas était dans un jean noir avec un maillot blanc ou dessus il y avait comme sur la plupart de ses sweats shorts un cheval de peint ou dessiner dessus. Elle avait son sourire éblouissant et tous les garçons de la classe en craquaient pour elle.

— Aujourd'hui nous allons voir les différentes races de chevaux de course et nous irons visiter des haras par le net. Je voudrais que vous vous mettiez par deux pour répondre à un questionnaire que je vais vous donner.

Je restais à ma place et regardais autour de moi les duos se faire. Sarah comme à son habitude vint vers moi pour se joindre à moi. Elle s'assit sur la chaise à mes côtés et me gratifia un sourire et un clin d'œil.

Plus loin à la table de Jonathan je pus voir cette peste de Sophie qui allait à lui et lui parla tout bas. Après qu'il lui ait répondu elle se mis assise à ses côtés et ils discutaient tout en riant. Une fois encore une boule venait se faire sentir en moi. Sarah me parla en me demandant si j'allais bien. Je ne l'entendais même pas me parler tellement je bouillais à l'intérieur de moi en regardant vers Jonathan et cette Sophie. Ma partenaire le vit et elle me dit :

— Écoute Marine cela ne me regarde peut-être pas mais il faut que tu lui parles. Je vois que ça t'embête de le voir avec elle. Tu ne vas pas rester comme cela si ?

— Je vais te dire Sarah que si je vais laisser et même m'en moquer si cela leur chante.

J'étais rouge de colère, ce qui n'échappa à mon amie. Je me consacrais aux documents et fit l'exercice demandé par la prof mais malgré que je voulusse plus regarder dans la direction de Jonathan je ne pus m'en empêcher. Sophie riait de pleine dent en l'écoutant parler et lui en fit autant.

Le cours prit fin et il était temps, c'était la pause et j'allais écouter les conseils de Sarah et je vins vers Jonathan en interrompant Sophie qui était en train de lui parler et lui dis que je devais impérativement discuter avec lui et ceci, tout de suite.

Il s'excusa auprès de cette fille et me suivit dans la cour.

— Qu'est-ce que tu fais là Jonathan ?

— Comment ça Marine ?

— Ne fais pas l'idiot avec moi. Qu'est ce que tu fais avec cette fille ? Tu ne vois pas qu'elle se fiche de toi ? Tu ne vas pas me dire que tu as envie de …enfin tu vois bien ce que je veux dire.

— Elle me plaît je te l'avoue et en plus c'est mieux pour toi.

— Comment ça pour moi ?

— Pour mieux t'oublier et te laisser respirer.

Il me regardait de ses beaux yeux et le timbre de sa voix venait de changer en me disant cela. Fuyant subitement mon regard il baissait les yeux comme s'il cherchait quelque chose au sol tout en marchant à mes côtés. Je n'en revenais pas de ce qu'il venait de me dire et je le fixais mais il ne daigna même pas tourner ne serait-ce un court instant son regard vers moi, avait-il honte ? Son amour pour moi se serait déjà-t-il envolé en si peu de temps ? Peu m'importait, je pensais que Jonathan me trouvait des excuses bidon et qu'il voulait se faire Sophie. A mes yeux une nouvelle fois il me parut être comme tous les mecs de cette planète, bon qu'a vouloir une fille et s'il ne l'avait pas alors tant pis il passé à une autre…les hommes, ces prédateurs en chasse et nous les filles le pauvre gibier de fortune.

— Alors bon courage car tu en auras besoin et je te souhaite une bonne baise.

Folle de colère je lui ai balancé ces mots tout en me retournant pour le fuir en marchant vers le préau.

Sarah me venant venir d'une marche hâtive vint à mon encontre me disant qu'elle me cherchait mais qu'on lui avait dit que j'étais parti avec Jonathan alors elle n'avait pas osé venue me déranger.

Les cours suivants, Jonathan n'osait même plus me regarder mais par contre il faisait ou du moins rendait les yeux doux à la belle Sophie.

Je pouvais les voir rire ensemble au fur et à mesure du temps qui passait et ils se rapprochaient de plus en plus.

Deux semaines plus tard, je n'avais toujours pas reçu de messages de Jonathan, ou était ces bons moments ou on se parlait des heures et des heures ensemble le soir.

A dix-huit heures, tous les soirs, je regardais attentivement mon portable en croyant lire un texto de lui mais en vain, c'était le silence total. Je n'essayais de rien montrer devant Sarah entre autres mais il fallait me rendre à l'évidence que son amitié me manquait et encore plus ses échanges et ses petits surnoms d'amour. Il devait sûrement les faire maintenant à cette satané Sophie qui de jour en jour de rapprochait de lui jusqu'à lui tenir le bras de temps en temps ou le taquiner et cela même en cours. Jonathan se faisait de plus en plus remarqué par les profs et son travail n'était plus vraiment bien fait et soigné. Cette semaine il avait eu droit à deux avertissements et une heure de colle, ce qui ne l'empêchait pas de continuer ses rires dans la classe. Sophie prit sa défiance auprès de Monsieur Stell qui lui avait remis une retenue. Devant les mots prononcés de Sophie, le prof fou de colère la colla elle aussi pour avoir répondu avec désinvolture.

Le jeudi matin dans la cour Une dénommée violette venait à nous et nous regarda dans les yeux après nous avoir dit bonjour. Elle regarda Sarah et lui parle dans l'oreille ce qui fit réagir Sarah par un grand non sortit de sa bouche tandis que son regard se posa sur moi. Je me demandais ce qui pouvait se passer et surtout je n'aimais pas les messes basses comme ça. Le respect était loin d'être son for à cette fille là aussi mais je me tus car elle était l'amie de mon amie. Elle me fit un petit sourire tout en rougissant quelque peu et s'en retourna vers ses amies de sa classe. Elle était ici pour étudier les ressources humaines et le service auprès des personnes enfin un truc comme cela.

214

Sarah me regarda et elle baissa les yeux quand je me mis à la regarder moi aussi. Qu'est-ce que sa copine pouvait lui avoir dit pour qu'elle se sente mal à l'aise tout à coup.

— Quelque chose ne va pas Sarah ?

Ses yeux viennent rencontrer les miens et elle me dit d'une voix douce qu'on devait parler ensemble. Je ne comprenais vraiment rien à cette mascarade. Je me mis à la suivre tout en la regardant puis à l'abri des oreilles nous nous arrêtions.

— Voilà Marine je viens de voir mon amie comme tu as pu le voir par toi-même et elle m'a dit quelque chose dans l'oreille. Elle s'arrêta de parler subitement tandis qu'elle me sonder de ses yeux.
— Et ??? Il y a quelque chose qui ne va pas Sarah ?
— Elle était collée elle aussi en même temps que Jonathan et Sophie et elle les a vu s'embrasser pendant l'heure de colle et même partir main dans la main après.

Entendre cela me brisa le cœur. On aurait dit que je venais d'avaler une bombe et que celle-ci venait d'exploser en moi. Mes larmes me piquaient et je dû me retenir pour ne pas pleurer tout en regardant Sarah.

— Ils sortent ensemble ?

Lui demandais-je comme une pauvre imbécile.

— Oui. Fallait bien t'en douter Marine que cela aller se faire tôt ou tard.

Je la regarde sans lui dire un mot. Elle avait raison mais j'espèrais au fond de moi tous ces jours passés que cela ne se produirait pas, qu'il serait plus intelligent que cela mais en fait je pus voir que non.

Les larmes coulaient sur mes joues tandis qu'encore une fois je ressentis une boule dans mon ventre qui me faisait horriblement mal.

Comme pour confirmer ses dires, on put voir Jonathan et Sophie en train de s'afficher un peu plus loin. Ils étaient en l'un contre l'autre et s'embrassaient comme ci personne n'était autour d'eux.

215

Je me mis à partir de cet endroit pour me diriger vers les toilettes et me couvrir le visage d'eau fraîche pour me reprendre.

Les jours passaient et ils ne se cachaient même plus. Ils riaient et se montrer à qui le voulait comme si cela était gratifiant pour eux.

Quand mon regard se posait sur Jonathan celui-ci le fuyait et je pouvais voir qu'il n'était pas à l'aise. Mais parfois c'était lui qui me regardait à son tour et c'est moi qui fuyais son regard, on aurait dit que nous jouions au chat et la souris avec nos yeux.

Je me forçais à ne plus les regarder mais c'était très dur car cette Sophie se mettait assez souvent à rire d'un rire qui devait s'entendre même en dehors de l'établissement pendant qu'elle se pendait à son cou avant de lui bouffer la bouche comme une grosse menthe religieuse.

En y pensant et en la regardant je la voyais bien comme cela cette satané peste.

Elle le prit par la joue d'une main et de l'autre par ses cheveux et après l'avoir longuement regardé dans les yeux elle s'approchait de lui avec sa bouche et se mit à l'embrasser avec une grande tendresse.

En mon for intérieur tout explosait. Je voulais aller lui démonter la figure et il me fallait me faire justice contre moi-même pour ne pas laisser libre à mes pulsions.

J'essayais de faire comme ci de rien n'était mais je bouillais de plus en plus et ceci chaque jour. Cela faisait plus d'un mois maintenant qu'ils jouaient aux tourtereaux, même pendant les balades à cheval ils étaient toujours côte à côte et chevauchaient l'un près de l'autre. Parfois elle me regardait et je pouvais voir sur son visage comme un sourire de triomphe, ce qui avait de don d'agacer encore plus. Ça devenait de plus en plus dur de les voir comme ça et j'en pouvais plus de les voir se bécoter comme ça. Un soir je me décidai d'envoyer un sms à Jonathan. Il était dix heures quinze. L'heure de nos textos.

« Jonathan, je viens par ce message pour te dire que tout ceci est d'un ridicule absolu. Cela fait X temps que ça dure et je pensais que ceci n'était qu'une mise en scène mais tu aimes apparemment faire du théâtre, de mauvais goût je te confirme. Une pièce peut être belle si les acteurs sont beaux et joues avec perfection leur rôles. Il suffit de regarder la pièce de Roméo et Juliette pour comprendre et savoir que nous avons facile à croire que tout ceci peut être vrai vu que les acteurs jouaient fort bien cette belle pièce de Shakespeare. Tu as le rôle de Roméo mais cette satané Sophie n'a pas l'étoffe de prétendre être de la même force de la belle Juliette. Elle aura un point commun peut-être votre pièce que vous aimez jouer devant tout le monde, c'est que toi Jonathan allias Roméo te mettra fin à ta vie par amour peur être mais Juliette ne trouvera pas la mort, juste le pouvoir de te voir pleurer et te tuer pour assouvir ses délicieux fantasmes, la cruauté et le pouvoir, le tout mélangés à une sauce appelée la vengeance car tu ne la connais pas et ne sais rien d'elle et du mal qu'elle peur faire. Je t'ai laissé jusqu'à ce jour te donner en spectacle mais là il est évident qu'il faut que quelqu'un te vienne en aide avant que tu deviennes le martyre du satyre. Tu remarqueras que j'ai employé le mot Fantasme ou phantasme si tu veux (premier qui va avec le début de Fanfare ce que vous faîtes quand vous exagérez dans vos rires et Phantasme comme ce mot Phanérogame, c'est vrai on dirait que tuas les organes sexuels apparents tellement on peut penser que tu la baises par ta langue bien pendue). En théâtre vous interprétez Roméo et Juliette mais aussi une pièce de Jean Michel Rabeux…inutile de te dire que ceci est une pièce de théâtre érotique. On dirait que vous compilez les deux pièces en même temps, remarque pourquoi pas, vous devriez peut-être mettre ceci en scène vous gagnerez sûrement un peu d'argent et ta Sophie aurait un oscar et se ferait voir par des metteurs en scènes de films pornographique car là serait sa place à cette traînée.

Tu dois te dire que je suis cruelle avec elle n'est-ce pas Jonathan ? Mais est-ce bien moi qui l'est ? CRUELLE qui va bien avec ce nom de CRUELLA cette personne de dessins animés qui à le rôle d'ignoble personne avec les cent un dalmatien.

C'est avec ça que tu t'affiches Jonathan. Tu as perdu complètement la tête, la boule… on dirait que quelqu'un a joué au bowling avec ta tête et que tu l'aurais perdue, alors vas je t'en prie la rechercher au fond de cette pièce et remets-toi la bien en place. Reprends-toi mon cher Jonathan et ne te laisse plus berner par cette chose ignoble qui cherche que la vengeance. Une ex-amie »

Quelques minutes avaient passé avant que mon téléphone ne sonne. C'était une réponse de Jonathan. De mes doigts tremblant je fis glisser mon doigt sur l'écran afin de le déverrouiller et de pouvoir cliquer sur son nom pour lire.

« Marine, quelle surprise de te lire. Je pensais que j'étais aux oubliettes depuis tout ce laps de temps mais vu ton message et sa teneur je peux que me rende compte que non. Je devrais être heureux, ravi, honoré et j'en passe de te lire mais vu ton écrit qui est tout de même assez méchant et blessant je ne me sens pas de tout ce que j'ai pu t'évoquer ci-dessus. Si je suis dans un abyme alors avec toi je suis sûr d'avoir descendu encore plus profond. Il fait noir en cette profondeur comme tu dois t'en douter aussi noir que le contenu de ton message plains d'amertume. Pourquoi tu ne peux pas souffrir Sophie ? Même elle ne veut rien me dire à ce sujet alors sois une fois ma lanterne et éclaire-moi.

Tu me parles de théâtre, de mise en scène, de films etc…mais le nôtre c'était quoi Marine, l'homme qui murmurait aux oreilles de celle qu'il aime tandis que, elle s'en allait le laissant dans sa propre souillure ?

Mon organe sexuel dans ma bouche, bravo pour la comparaison de moi et des fleurs par exemple mais je ne pense pas que mon sexe est dans ma bouche. Tu me parles de Cruella, peut-êtres mais toi ma chère Marine à qui te compare tu ? à blanche neige ? Tu m'as chassé et maintenant tu me fais une crise de jalousie ? Qu'est-ce que je dois comprendre ?

Un jouet…voilà ce que j'en conclut pour vous deux. Je n'étais qu'un simple jouet entre vos mains.

Sophie et moi c'est fini depuis cet après-midi. Elle à effectivement voulu jouer un jeu avec moi mais Emma était venue m'en avertir et Sarah aussi et c'est moi qui me suis amusé avec elle. Elle avait voulu t'atteindre en se servant de moi mais elle n'a pas réussi. Quand je dis à une fille que je l'aime, je ne lui dis pas cela dans le vide et cette fille à qui je l'ai dit Marine c'est toi…oui je t'aime Marine et on m'avait dit aussi que tu m'aimais mais je n'écoute pas les gens et j'aime me rendre compte par moi-même. Tu ne te manifestais pas et jouer cette comédie avec cette Sophie qui je le sais ne te veux que du mal à TOI commençait à me peser et c'est pour cela que je lui ai dit que nous stoppions tout aujourd'hui car je t'aimais de trop et qu'elle NON… elle en à pleurer. Pourquoi ? Je ne le sais même pas moi-même, est-ce par amour ou par égo ? Je ne sais pas et je t'assure que je m'en fiche, on ne se sert pas de moi pour t'atteindre toi alors j'au cessé la relation en fin de cours.

Avant que tu me le demandes, non je n'ai pas couché avec, je n'en avais pas envie c'est que de toi que j'ai envie Marine, tu es l'amour de ma vie bébé. A toi de voir maintenant.

Trop dur d'essayer de t'oublier et si tu ne me veux pas alors je préférerais quitter cet établissement pour poursuivre mes cours ailleurs et ne plus souffrir de te voir.

Je t'aime et cela d'un amour immense et incontestable.

A toi de voir bébé. »

Je relus le message de Jonathan et je n'en revenais pas de ce que je pouvais lire. Oui il avait raison au travers de ses mots, j'étais jalouse et je l'aimais également et ceci depuis le premier jour. Tous ses mots me manquaient, son séjour à l'hôpital ou il était entre la vie et la mort m'avait ouvert les yeux sur ce que je me cachais depuis un certain temps déjà, mon cœur battait pour lui et je voulais plus que de l'amitié avec lui mais je ne pouvais pas. Je ne voulais pas une fois de plus souffrir, connaitre l'abandon. Je l'aimais et je ne le voulais rien qu'à moi oui à moi seule mais ça aussi je refusais de le voir comme cela et encore plus de le lui dire. Tant qu'il était à mes côtés il était pour moi accessible, il pouvait être avec moi à n'importe quel moment et je devais avouer que ses phrases ou il me charmait me plaisait énormément, il trouvait toujours les mots justes qui faisait battre mon cœur à plus de deux milles à l'heure et en même temps il me faisait sentir des papillons dans le ventre et voir des millions d'étoiles dans les yeux. Quand son regard me transperçait le mien, que nos yeux chaviraient les uns dans les autres de l'autres je chavirais telle une chaloupe en pleine mer une nuit agitée. J'étais submergée par ces mots, son sourire, ses attitudes, ses belles intentions à mon égard mais je devais être sûre que c'était vraiment de l'amour qu'il me portait et pas qu'une histoire de fesses, une histoire ou une fois qu'il m'aurait mise dans son lit et l'affaire faîte comme on dit si bien il se barre de moi en me laissant souffrir seule comme une vieille chaussette trouée. Oui j'aimais Jonathan. Je l'aimais d'un amour profond et sincère. Tous les soirs je regardais ce portable à la recherche d'un nouveau message de lui mais RIEN, alors je relisais nos messages et mes yeux coulaient tout seul. Là il me l'avouait sincèrement et il voulait partir de cet établissement si je ne voulais rien de lui. Je ne voulais pas qu'il parte, je ne voulais pas le perdre, je tenais trop à lui. Il était temps qu'il le sache.

« Jonathan, je t'aime d'un amour sans fin moi aussi, je te veux toi et à moi seule. Maintenant et pour toujours.
Tu es mon oxygène, ma vie, je ne veux plus te perdre bébé.
Signé ; ton tendre amour. »

Je regardai mon portable et hésita quelques instants avant de le lui envoyer. Il n'y avait plus qu'a attendre sa réponse. Je me mis allongée sur mon lit et tenais mon téléphone de mes deux mains, écran vers moi en le regardant attentivement pour pouvoir la lumière s'allumer quand il allait me répondre.
Les minutes passèrent et toujours rien de lui. Je regardais toujours mon écran en me demandant si celui-ci n'avait pas un beug. Je me mis à démonter ma batterie et à la remettre en me disant qu'il y avait un dysfonctionnement mais rien n'apparut sur mon écran pour autant. Les minutes étaient des heures pour moi à cet instant. La panique commençait à m'envahir d'un seul coup. J'eus des frissons et des larmes commençaient à couler tout doucement le long de mes joues. Il se foutais de ma gueule c'est sûr me dis-je. Il avait sûrement écrit ce message avec cette connasse de Sophie, tous les deux installés sur un pieu, sûrement le sien après avoir baisé ensemble et je les imaginais tous les deux en train de rire en me relisant de nouveau. La colère me prit et je mis à gueuler dans cette chambre. J'allais balancer mon portable contre le mur opposé quand celui-ci siffla en m'avertissant d'un nouveau message reçu. Mon cœur se mit à battre à tout rompre, je ne devais pas être loin de l'infarctus et la sueur me venait sur mon front et sous mes aisselles. Mes doigts tenant mon téléphone tremblaient ainsi que mes jambes. Ma gorge venait tout d'un coup de s'asséchée.
Je cliquai sans plus attendre sue mon écran et le lus.

« Mon bébé, mon amour, ma Marine,

Désolé de répondre avec un peu de retard mon tendre amour mais j'étais sous la douche pour essayer de m'enlever mon angoisse provoquée par mon message que je t'ai envoyé. J'ai longuement hésité avant de te l'envoyer car j'avais peur de tes réactions et de ce que tu allais m'écrire, enfin si tu me faisais une réponse. Quand je suis sorti de cette douche je me suis précipité vers la table ou mon téléphone me prévenait que tu avais répondu à mon message par la chanson que j'avais téléchargée pour toi. Tu ne peux même pas imaginer comment je pouvais être en prenant mon portable, je tremblais pire qu'avant une grosse compétition. Après quand mes yeux ont commencé à te lire mon bébé et à ces premiers mots que tes jolis doigts ont écrit j'ai été transporté vers une vague de bonheur, de délivrance. Mon cœur s'est mis à battre jusqu'à presque faire exploser les carreaux de la maison et mon esprit s'est comme enflammé.
Tu es la femme de ma vie chérie et je t'aime et t'aimerai pour toujours. Je te veux jusqu'à la fin de ma vie et que nous nous construisons ensemble. Je ne veux désormais plus te perdre et je veux également que nous voyons un avenir commun. Je sais comme tu me l'as si souvent dit que tu voudrais un centre équestre et je veux ton bonheur mon tendre amour alors je voudrais si tu le veux bien toi aussi et j'espère que oui que nous nous projetions tous les deux vers ce projet qui me semble très bien. Nous pourrions faire de notre vie ton rêve et moi le mien c'est-à-dire de vivre avec toi et travailler avec toi.
Je t'aime Marine ici, maintenant et pour toute ma vie.
Tu as juste à me dire oui pour que je sois le plus heureux des hommes de ce bahut et de sur cette terre bébé. »

Je ne pus retenir mes larmes couler une fois de plus mais ces larmes étaient des larmes de bonheur. Je l'aimais et oui je voulais qu'on se construise un avenir ensemble. Un centre équestre ensemble, lui et moi, moi et lui…pour la vie…ses mots que je venais de lire me résonnaient en tête comme jamais des mots n'avaient pu la faire jusqu'à présent.

— Douche Marie me dit la pionne en entrant son visage par ma porte avant de repartir vers les autres chambres.
— J'arrive Madame Lemarquis

Tout en lui projetant mon plus beau sourire. A cet instant TOUT était que bon et beau. Je me mis de nouveau à regarder mon portable et me mis à écrire :

« Mon amour, oui c'est oui, pour tout, je te veux à moi et je veux aussi être à toi pour tout le restant de la vie.

Je t'aime Jonathan, toi l'homme de ma vie. »

Je commençais à poser mon portable quand tout à coup je réalisai que si Jonathan me répondait pendant que j'étais sous la douche, il attendrait encore une fois et qu'il se poserait des questions et ça je ne le voulais pas, je ne la voulais plus, je voulais que notre amour soit un amour sans reproche ni accrocs. Alors je pris une fois de plus mon portable et pianota dessus.

« Mon tendre amour,

Je dois aller à la douche et je vais t'avouer que j'en ai grandement besoin vu que j'ai sué d'attendre ta réponse mais c'est vrai que j'ai encore plus besoin de toi et c'est avec regret que je vais partir me laver en t'abandonnant quelques instants.

Je vais faire vite pour toi mon homme et je reviendrai vers toi par ces sms.

Je t'aime plus que tout mon chéri. »

Je pose mon portable sur mon lit sous l'oreiller et me dirige vers mon armoire à deux portes larges d'un mètre et sur une de mes étagères je pris un long maillot blanc. Après je pris ma serviette de bain, ma trousse, mon shampoing et après-shampoing et je sors de la chambre en prenant soin de fermer ma porte.

Arrivée à la douche je me dirige vers le fond de la pièce ou je pouvais voir des habits, des serviettes et des accessoires installés sur des bancs. La dernière douche était libre et je me dirigeai vers elle tout en déposant mes effets personnels sur le banc et ma trousse sur le bord de l'évier.

Je fis couler l'eau froide suivi de l'eau chaude et j'attendis que celle-ci soit à une température que j'aimais puis une fois déshabillée je me plaçai dessous le pommeau et je laissai l'eau se déverser sur moi. Je repensais aux messages entre Jonathan et moi-même et je souriais toute seule sous ma douche.

Je fermais mes yeux et je me laissai penser à lui, à nous. J'essayais à nous imaginer ensemble, à nous embrasser. Une douce chaleur m'envahit directement pendant que l'eau coulait de mes cheveux aux pieds pour allait s'écouler dans le syphon.

Je pris le shampoing et je m'en mis sur les cheveux pour me les nettoyer dans un doux massage. Je savourais cette douche comme jamais je ne l'avais jamais savouré jusqu'à présent.

— Salut Marine.

Emma venait de venir vers ma douche et de sa voix elle me retira de mes pensées. Elle avait sur elle ses affaires de la journée et elle avait mis ses chaussons. Des gros chiens blanc et noir. Ses cheveux étaient secs, ce qui voulait dire qu'elle n'avait pas encore pris sa douche. Je me mis à la regarder et lui fis un sourire.

— Salut Emma, tu vas bien ?
— Bien oui merci et toi ?

Emma sourit et va vers le banc pour se dévêtir de son pull noir dévoilant sa poitrine cachée ce coup-ci sous un soutien-gorge bleu clair. C'était une des premières fois que je voyais qu'elle portait un soutif. De ses mains elle essaya de le dégrafer mais elle n'y arriva pas. Je la vis en difficulté et lui proposa mon aide qu'elle accepta volontiers.

Je sortis de la douche ruisselante d'eau et me mis dans son dos et lui retira ses agrafes pour ensuite lui prendre les bretelles de son soutien gorges et lui enleva pour lui donner aussitôt.

— Merci Marine, pas habitué à ces trucs-là.

Elle me regarda et se mit à rire pendant que je la quittais pour aller de nouveau sous ma douche.

Sous l'eau je la regardais retirer ses chaussons puis son jean et enfin sa culotte en dentelle noire.

Elle était de nouveau nue devant moi et en me regardant elle me sourit en venant à moi.

— Il n'y a pas de douches de libres je peux la prendre avec toi ?
— Vas-y Emma de toute manière j'ai fini.

Les douches étaient prises et on pouvait entendre le jacassement des autres filles et aussi leurs rire. C'est vrai que les vacances de Noel approchaient à grand pas, plus qu'une semaine et on y était, tout le monde en parlait déjà. Les sujets allaient des fêtes, des retrouvailles en famille, des cadeaux demandés ou à faire. On se faisait déjà joie de tout cela et il y avait aussi hélas ces filles qui parlaient que pour elles c'était une tristesse absolue, les retrouvailles étaient d'une pure hypocrisie, que les parents se coupés en quatre pour organiser ceci ou cela pour faire bon chic bon genre devant les invités et qu'après ça allait être dur pour eux au mois de janvier. Qu'il y eût des tristesses dans le monde, des événements difficiles pour certaines régions comme quand le déluge tombait ou qu'il y avait des tonnes de neige qui fondait et que ça faisait de tout cela des crus d'eau en faisant des désastres considérables et aussi des morts lors de ces jours ou normalement tout le monde devrait être dans une paix et une joie.

Oui les discussions divergeaient de l'une à l'autre… Noël et ses croyances, Noël et ses obligations, Noël et ses différences, Noël et ses saignées…et bien d'autre sujets, les joies comme je le disais plus haut mais aussi les pleurs, les cadeaux et les contraintes, les bienfaits et les maux que cela allait entraîner mais surtout les vacances, la liberté de dormir, de profiter etc…

Emma était sous la douche près de moi et elle se shampouiner les cheveux et le corps. Je pouvais sentir sa poitrine dans mon dos et elle me prit par la taille et me retourna pour que je la regarde bien en face.

— Je suis vraiment désolée tu sais. Je ne voulais pas te faire de mal et encore moins que cette saloperie de Sophie te fasse souffrir.

L'eau nous coulait dessus et tout en la regardant à mon tour je lui réponds :

— Ne t'inquiète pas, c'est du passé et cette saloperie de Sophie comme tu dis est loin maintenant de me faire du mal.

Lui disant cela je me mis à sourire. Un immense sourire se dessina sur mon visage. Emma le vit et me demanda ce que cela voulait dire ? Tout en me souriant à son tour.

— Viens dans ma chambre après si tu veux, je te dirai tout.

Lui disant cela, je lui souris et me dirigea vers mes affaires et pris ma serviette pour me sécher puis la passer autour de moi pour ensuite aller au lavabo afin de me brosser les dents et me coiffer.

Après avoir pris soin de mes cheveux, ma peau je me mis en route pour partir en direction de ma chambre.

Quelques instants après, Emma toquait à ma porte de chambre et je l'invitai à rentrer en lui présentant la chaise et lui servit un verre e coca-cola. Emma était venue habillée de sa grande chemise blanche comme la dernière fois et je pouvais voir ses splendides seins au travers de celle-ci comme la première fois. Assise sur la chaise, tout en prenant son verre de coca elle déplia pour sa jambe pour faire passer son autre jambe par au-dessus de celle-ci, en faisant ce geste voulu ou non voulu je pus voir qu'elle ne portait pas de culotte ou de short en dessous de sa chemise. Je pus voir un bout de sa partie intime. Je n'ai pas pu me retenir de la regarder et je me sentais un peu troublée, mais était-ce de voir son entre jambe ou de cette bonne nouvelle de Jonathan.

— Tu voulais me dire quoi Marine ?

Je lui confiai mes messages échangés avec Jonathan et tout ce qui en était. Emma était heureuse pour moi.

Nous avons discuté pendant plus d'une heure de moi et Jonathan, notre amitié, les déboires, mes craintes, cette jalousie éprouvait et maintenant ces aveux dans l'élan de nos cœurs, l'amour. Je lui racontais tout cela en toute confiance pendant que Emma m'écoutait attentivement sans oser m'interrompre. Je lui fis ces confidences sans vraiment comprendre le pourquoi, je savais juste par mon instinct que je pouvais le faire et qu'Emma ne me trahirait pas.

Elle devenait ma confidente à partir de cet instant et en plus une super bonne amie comme Sarah.

— Et toi ?
— Comment ça et moi ?
— Ben oui et toi ? Tu ne veux rien me dire sur ce que tu es exactement, de ce que tu voudrais en fait ? Je ne sais pas moi, mais au moins me parler de toi. J'aimerais te connaître car tu as un masque toi aussi n'est-ce pas ?
— Peut-être.

Elle se servit un autre verre de coca et me regarda du coin de l'œil avec un petit sourire.

— Oui mais est-ce que je vais pouvoir te faire confiance ?

Ah cela elle se mit à rire mais pas un rire explosif ou théâtral mais un rire plutôt empathique et pleins de sous-entendus et complicités.

Ses yeux malicieux avaient changé de couleur, d'éclat et elle me regardait tendrement. Pas tendrement dans le sens du « je te désire etc… » mais tendrement comme une sœur regarde sa sœur qu'elle aime. Elle but une gorgée de son verre et baissa les yeux pour les remonter ensuite vers la fenêtre et me dit comme en parlant aux arbres au lointain.

— En fait j'ai mes deux parents comme tu as pu le voir mais la vie chez moi, ce n'est pas ça qui est ça…mes parents restent ensemble mais je ne sais pas le pourquoi exactement, peut-être pour moi. J'ai eu deux amours dans ma vie pour te dire la vérité.
— Le premier était quand j'avais neuf ans, on s'aimait énormément et on passait tout notre temps ensemble. On n'a jamais couché ensemble, nous étions trop jeunes pour cela mais nous nous embrassions, un peu comme dans les films et on se tenait la main le plus possible. Nous nous étions promis le grand amour, le mariage, d'avoir trois enfants, deux garçons et une fille. Nous nous étions imaginé notre maison et ceci même avec le chien mais on n'avait pas pensé que le monde enfant était qu'un monde pour la plupart du temps que furtif, éphémère…un monde qui ne nous appartient pas du tout mais il est à celui de nos chers parents…Luc est parti pour déménager très très loin pour un travail que son cher père allait avoir dans le Canada. On avait voulu s'enfuir et on l'avait fait mais tu imagines bien que nous nous sommes vite fait prendre. Nous n'étions que deux enfants et avec pour tout que cent euros. Que voulais tu qu'on fasse ? On a dormi dans des camps que nous avions construits et nous étions resté caché pendant trois jours comme cela mais il nous fallait à chaque fois aller nous acheter de quoi nous nourrir et la caissière nous a cafté. A la vue de nos parents nous sommes partis en nus sauvant mais une fois en ville nous ne savions pas pu aller. La cachette était loin d'être sûre maintenant et on a décidé de prendre le train en douce. Au contrôle de ce contrôleur nous avons été nous planquer dans les chiottes mais il nous a attendu et encore une fois on s'est fait prendre. C'est la gendarmerie qui nous a ramené immédiatement à nos parents. Luc est parti et je ne l'ai jamais revu depuis.

Énonçant tout ce passé je pus voir que les yeux d'Emma brillaient. Des larmes lui montaient en elle mais elles ne coulaient pas. D'une main elle la passa sous sa chemise pour se gratter son épaule. Je pus de nouveau voir son sein. Je sentis que mes joues rougissaient. Cette fille avait le don de me sentir mal à l'aise et de me troubler malgré tout.

— La vie des jeunes ados n'est-ce pas ? A treize ans j'ai eu mon deuxième amour. Xavier, un jeune garçon lui aussi plus âgé que moi de cinq ans, enfin presque. Il était apprenti et j'allais souvent chez lui. Nous nous aimions profondément et je voulais vivre avec lui mais mes parents ne le voyaient pas comme cela. Alors je trouvais des excuses à mes parents pour aller le rejoindre et un jour ce qui devait arriver arriva, nous nous sommes donnés l'un à l'autre. Ce fut ma première fois et c'était merveilleux. Avec lui je me suis mise à connaître tout de l'amour et de la sexualité. Nous avons fait m'amour de nombreuses fois et partout. Nous allons chez des amis à lui et on dormait là-bas et nous faisions l'amour la nuit, le matin, l'après-midi. Tout était merveilleux jusqu'à ce que je tombe enceinte. Il prenait toujours un préservatif mais comme tu le sais ces trucs là parfois se percent et voilà une fois n'est pas coutume et je me suis retrouvée en cloque bien malgré moi. Je l'ai su au bout du deuxième mois quand mes règles ne venaient pas. J'étais réglée comme une horloge comme on dit si bien.
Ma mère l'a vu par mes changements d'humeurs et elle m'obligea à le faire sauter. Je ne voulais pas et je lui gueulais dessus alors mon père pris la parole et là je peux te dire que tu es obligée d'écouter. Donc avortement et flics.

— Flics ????

Lui demandais-je en la regardant.

— Oui pour un détournement de mineure. Ces cons avaient trouvé que ça pour nous séparer et c'est là que j'ai pu dire à ces flics que trois ans avant j'avais eu droit à des attouchements et bien d'autres chose par l'ami de mes parents.

Emma me fixa dans les yeux. Les siens étaient pleins de larmes. Je pensais que ça devait être très douloureux de repenser à tout cela et j'avais voulu lui dire d'arrêter mais elle me stoppa de la main et poursuivit.

— Oui il venait à la baraque et quand mes parents sortaient, il venait à moi et me tripoter à mon insu. J'ai dû le sucer et connaitre ses doigts dans mon intimité et avaler son sperme. Mai bref.

Les larmes coulaient à présent de ses yeux et elle regardait toujours vers l'extérieur. Elle se moucha et se resservit un verre de coca cola.

— Après je ne voulais plus rien savoir et je me suis procuré la pilule par le planning familial et je me donnais à qui le voulais pour pouvoir les faire devenir amoureux de moi et les larguer comme des merdes. C'était ma vengeance de tout jusqu'à ce que je tombe sur le nouvel amour et je pense que tu te doutes qui s'est n'est-ce pas ?

Elle me regarda de ses yeux encore embrumés. Elle avait décidé de se taire pour laisser naître un petit sourire.

— Non Emma je ne sais pas qui c'est.

Elle ria et je dois dire que ça me faisait du bien de la voir rire désormais car de la voir pleurer elle m'avait terriblement rendue triste et mes larmes avaient elles aussi coulaient.

— C'est toi idiote. Mais je me doute que c'est impossible, tu aimes Jonathan et pas les filles. Donc je n'attendrais rien de toi, juste ton amitié si tu le veux bien ?
— Bien sûr Emma.

Elle se mit debout et vint vers moi pur me prendre dans ses bras. Elle sentait bon et elle m'embrassa sur ma joue en me disant merci. Je pouvais sentir sa poitrine contre la mienne et une chaleur m'envahit aussitôt.

Elle mit sa tête en arrière et me regarda dans les yeux. Tout était bizarre. Je la regardé à mon tour et subitement ses lèvres s'approchèrent des miens pour venir se poser pour me donner juste un petit baiser et elle s'en alla de nouveau vers la chaise pour de nouveau s'asseoir. Je la regardais toujours sans dire un mot. Mon corps la voulait, là, maintenant…

Je me repris et lui demanda :

— Et Myriame ?
— De quoi Myriame ?
— Ben tu vois bien quoi. Nous ne sommes pas si bêtes que cela, on sait que toi et Myriame vous avaient une liaison depuis quelques temps.
— Depuis trois semaines exactement.
— Mais elle est plus âgée que toi et…
— Oui de douze ans
— Mais elle aussi tu veux la faire souffrir ?
— Non pas elle. Je l'aime bien et je suis bien avec elle.
— Mais tu me dis que c'était moi et…

— Tu me fais une scène chérie ?

Emma me regarde et se mit à rire. Je sentais mes joues devenir toutes rouges

— Je l'aime bien mais toi je suis amoureuse ce n'est pas pareil.
— Je croyais qu'elle n'était pas les… enfin tu vois bien quoi ?
— LESBIENNE ?
— Oui.
— Elle ne l'était pas en fait, je suis sa première dans sa pauvre vie.
— C'est arrivé comment ? Enfin non ne me dis rien.
— Oh tu sais c'est juste après notre fameuse dispute dans ce dortoir. Elle est venue dans ma chambre comme convenu et nous avions pu discuter. Elle est revenue le soir car je lui ai demandé et encore une fois nous avons discuté et on s'est raconté nos vies. Tu sais elle aussi n'a eu que de la tristesse et pas de chance dans sa vie. Elle a subi aussi des trucs et son mec donc le père des enfants lui tapait toujours dessus à la fin de leur relation. Elle était mariée avec lui depuis plus de dix ans. Elle m'a même dit qu'elle ne voulait même pas sortir avec lui mais comme il était si près de sa mère qu'ils se voyant tous les jours. Sa propre mère l'avait mis on va dire dans ses pattes en le vantant etc… Au début ils passaient du bon temps et ils s'aimaient enfin ils le croyaient. Ils ont fait trois enfants mais son mari aimait trop les femmes pour être fidèle et il se tapait tout se qu'il pouvait. Quand Myriame l'a su elle a voulu foutre le camp et elle s'est fait éclater la tête par ce con et après ce jour là il n'a fait que cela. Il lui a fallu du temps pour réussir à le fuir. En fait elle a pu parque ce connard est foutu le camp avec une autre gonzesse. Son père lui tapait dessus aussi quand elle était jeune, elle n'avait que sa mère pour l'aimer et l'aider mais sa mère à choppé une putain de cancer et elle se bat pour vivre. Myriame est seule dans la vie et elle doit assumer tout toute seule.
Donc tu vois à mes dix huit ans elle est venue me souhaiter un bon anniversaire et ce jour là je lui ai dit de revenir le soir me voir.
J'avais été chopé une bouteille de whisky ce jour là et le soir nous avons bu toutes les deux. De fil en aiguille nous nous sommes rapprochées et sous l'effet de l'alcool et le manque de tendresse et d'écoutes Myriame s'est mise à se confier encore plus à moi et tu me connais je me suis laissée aller et nous sommes plus que rapprochées …je ne te fais pas de dessins et depuis nous entendons très bien si tu vois ce que je veux dire mais je te demande de bien garder pour toi car il manquerait que ça qu'elle se fasse foutre dehors.

Emma me regardait et je la regardais moi aussi. Je ne la voyais pas aussi sensible que ça. On voyait Emma d'une façon qui était loin de lui ressembler en fait. Nous avons discuté pendant encore une demi-heure ensemble et elle me fit part de ses projets. Jai pu savoir qu'elle était au galop six tout comme moi à ce jour.

Tout en discutant encore je pus voir le ciel devenir comme blanc rosé. Le froid avait plus ou moins cessé et la neige commençait à tomber tout doucement. Emma et moi moi-même regardions la pelouse prendre une couleur blanche. J'aimais beaucoup la neige et la voir tomber était vraiment quelque chose que j'admirais énormément. La neige qui tombait devenait plus intenses et les flocons passaient du petit flocon aux gros flocons. Ils étaient au début un peu comme des plumes mais plus petites et se laissaient aller au gré du petit souffle de vent qui venait se mêler à l'air.

La pionne arriva et demanda à Emma d'aller dans sa chambre car elle trouvait qu'elle avait laissé assez de temps comme cela pour une petite discussion hors des heures convenues.

Emma ne rechigna pas et me fit la bise avant de sortir de ma pièce.

La neige tenait bon sur le sol et si celle-ci tombait comme cela cette nuit, alors demain matin il y aurait plusieurs centimètres.

Je me réveille plus tôt que la sonnerie de mon réveil et m'étire dans mon lit. J'ai fait un beau rêve ou Jonathan était en ma compagnie. Qu'il était bon de pouvoir rêver comme cela et de pouvoir se faire transporter dans un futur avenir imaginé par notre cerveau pendant quelques secondes qui lui fabriquait comme un épisode qui dure plusieurs heures. J'ai toujours été fascinée aussi par le cerveau de l'être humain et ses pouvoirs qu'il avait lui sur nous que ce soit la journée ou la nuit. Une partie du cerveau commandait la journée tandis que la nuit se mettait en route une autre partie pour laisser comme se reposer l'autre partie fatiguée de ses efforts faits pendant les heures ou nous sommes éveillés. J'aimais cette magie aussi de nous construire des histoires sans qu'on puisse rencontrer de barrières, de lois d'histoires, querelles…juste quelque chose de beau…si la journée nous vivons comme la nuit alors ça serait fini des guerres, de la faim dans le monde, des anarchies et bien pire encore. J'en étais à ma phase « réflexions » quand je me mis debout pour aller vers la fenêtre.

Dehors je pouvais voir une belle couche de neige qui s'était entassé couche après couche sur la terre. On aurait dit que quelqu'un avait pendant la nuit peint le sol. Je me mis à sourire en voyant cela. La neige est pour moi d'une bonne compagnie pour le moral.

Cette journée s'annonçait très bien, de la neige, cours d'équitation et vacance ce soir. Jonathan avait dit que nous nous verrions pendant ces deux semaines et je le croyais. Je me faisais une joie de tout ceci par avance.

229

Je pris assez rapidement ma douche et m'habilla en conséquence du temps. Pas de gants hélas et ni de bottes matelassées mais bon ce n'était pas grave.

Dans la cour Sarah, Emma et moi-même prenions plaisir à faire craqueler la neige sous nos pas pour laisser derrière nous des traces.

La neige était d'un blanc pur. Le seul blanc existant réellement dans ce monde puisque la couleur blanche n'existe pas dans la palette de couleur, elle est une absence de couleur ainsi que le noir, alors comment désigne-t-on la couleur de la neige qu'on voit tomber ? Je me posais la question quand dans mon dos je sentis quelque chose me heurter. Emma venait de nous laisser avancer sans que je m'en rende compte et elle avait saisi de cette neige entre ses mains pour en faire une belle boule et de me l'offrir à sa façon…C'était le début d'une bataille de neige et nous y allons toutes les trois de bon cœur quand d'autres filles et garçons prient aussi dans l'euphorie se sont rejoints à nous. Les boules fusaient de partout. Certaines atteignaient leur cible d'autre échouaient par terre en s'éclatant. Les rires fusaient également et nous nous amusions sans vraiment avoir fait des équipes mais vite fait on put voir que deux camps s'étaient construits, les gerçons contre les filles.

Les externes et les demi-pensionnaires vinrent un peu plus tôt ce matin et en balançant leur sac sous le porche ils se jetèrent sur la neige pour venir se mêler à notre bataille.

La sonnerie vint interrompre notre amusement et nous nous rendîmes avec un certain regret.

Nos mains étaient rouges et froides, nos pieds étaient quant à eux mouillés également mais peu nous importait nous nous sommes éclatés et c'était ça le principal.

Dans la grande salle qui nous servait de pièce de cours nous nous installâmes. Nous allions parler des diplômes de cette année et il fallait nous y préparer et aussi nous préparer à l'avenir. Madame Thomas nous remis les documents indiquant les accords de l'établissement de la MFR de Landivisiau pour l'année d'après, là ou on pourrait faire tous les autres diplômes que l'on désirait. Nous allons être nombreux à nous retrouver là-bas cette future année.

Jonathan avait changé de place avec un autre élève et par ce fait il était venu se mettre à mes côtés. Pendant tout le cours nous avions pu discuter ensemble et nous frôler les mains. Je sais que ce geste peut paraître anodin mais il était énorme pour moi. Sentir ses doigts sur ma main ou mes doigts me faisait frissonner et je le regardais avec un large sourire. Ses yeux étaient brillants et pleins d'émotions. Je pouvais y lire son amour pour moi ou alors c'était mon amour pour lui qui me faisait voir cela mais peu importe de quoi cela provenait, l'important était de lire à tel point il m'aimait réellement. Tout me transportait dans un tourbillon de joie et de chaleur. Quand je le regardais je faisais involontairement abstraction des autres élèves autour de nous et je me noyais dans ses magnifiques yeux verts, j'aimais m'y réfugier, y perdre pied, fondre en les regardant. Ses yeux étaient à moi et j'en éprouvais une fierté. Pendant le cours il me parlait à voix basse et me faisait des révélations d'amour qui tout de suite me réchauffait le cœur. Oui je l'aimais et encore bien plus que ce que je n'aurais pu l'imaginer, il était vraiment l'homme de ma vie.

La prof nous proposa d'aller au centre équestre du village pour voir les chevaux et de donner un coup de main pour les tâches. Nous étions tous pris de joie à cette idée et Jonathan et moi avions pu rester ensemble.

Toute la journée nous nous sommes tournés autour et parfois dans un petit coin on avait pu s'échanger des petits baisers.

Il faut bien dire que les chevaux dans les écuries nous avaient bien. En soignant les équins nous nous retrouvions cachés et nos lèvres enfin pouvaient se trouver facilement.

Des « je t'aime…moi aussi » purent être échangés à maintes reprises jusqu'à la fin de cette journée qui se concluait dans la bonne humeur de chacun pour ces vacances de Noël. Le dernier mot de Jonathan le soir avant que je prenne mon bus a été :

— Je t'aime bébé et ceci pour la vie. Et comme s'il signé ses paroles tel un contrat il scella ses douces lèvres aux miennes pour que nous nous embrassions amoureusement.

Pendant Les vacances à trois reprises Jonathan et moi nous nous sommes vus et aimés. Il était venu chez moi et il avait pu réellement faire connaissance avec ma mère et un de mes frères. A l'hôpital ils s'étaient juste aperçus et pas pus donc échanger ensemble, là ils avaient pu parler, rire et Jonathan en avait profité pour dire ses projets futurs ou bien évidement j'étais dedans. Je l'écoutais de tout cela avec ma mère et je buvais ses mots. Il souriait facilement et je le trouvais de plus en plus beau.

Nous avions décidé de sortir pour aller boire un coup sur la ville. La neige avait cessé depuis plus de deux jours et les routes étaient de nouveau comme elles étaient avant. Tristesse quand je te tiens.

Main dans la main nous descendions vers la petite ville pour aller nous réfugier dans un café pur boire un thé à la menthe et un chocolat pour moi. Yeux dans les yeux ? Jonathan et moi avions pu discuter de nous, de notre avenir de ce qu'il voyait de meilleur pour nous deux. Je le regardais tandis que lui me parlait de ce centre équestre qu'il avait pu voir déjà sur Pleyben. Il savait que ce centre, là où on allait avec l'école n'allait pas si bien depuis longtemps et qu'il serait en vente dans le futur et qu'il envisageait qu'on l'achète ensemble.

Le « ensemble. »me fit me poser des questions et je pense que Jonathan put voir cela en moi et me réconforta tout doucement en me disant :

— J'ai de l'argent mon amour et je sais que mes parents seront là pour moi, pour nous et nous aiderons alors ne t'inquiète pas pour cela.

— Jonathan je ne veux pas vivre à tes crochets, je veux être autonome et pouvoir moi aussi acheté avec toi.

— Bien alors nous ferons un crédit ma chérie et nous aurons notre nid d'amour et notre avenir en nos mains. Tu es d'accord ?

— Vu comme cela alors je te dis oui mon bébé.

Trois ans plus tard.

Je fêtais mon vingt et unième anniversaire en ce mois de février et nous allons le célébrer chez nous dans notre maison dépendante de notre centre équestre Nous avions acheté juste au mois d'aout de l'année précédente.

L'occasion était alléchante et Jonathan avait su tirer profit de la perte de revenus de ce centre. Laura et Paul, anciens propriétaires croulaient sous les dettes depuis plusieurs années et ils n'arrivaient plus du tout à faire face à tous leurs problèmes. Ils avaient quatre enfants dont deux grands qui faisaient des grandes études et par conséquent qu'ils leur revenaient chers, entre l'internat, les repas, les cours, les extras et bien d'autres choses les parents ne pouvaient plus suivre. Ils en pleuraient quand ils n'étaient pas là et se demandaient comment ils allaient pouvoir faire pour continuer à vivre surtout que le centre devait subir des travaux et que Laura ne pouvait plus donner de cours de chevaux après avoir eu un accident très grave lors d'une sortie avec des amis. Elle était restée plus de dix mois à l'hôpital et Paul ne faisait quasiment plus rien dans le centre puisqu'il passait son temps au chevet de sa femme et le reste du temps s'occupait de ses enfants. Laura ne pouvait plus monter à cheval. Elle avait eu des côtes de cassées, le coccyx et un genou bien bousillé. L'opération s'était somme toute bien déroulée mais il y aurait des séquelles et plus rien ne serait comme avant. D'ailleurs peut-être était-ce aussi bien car Laura avait maintenant une peur bleue de remonter. Elle avait bien essayé une fois mais le cheval avait eu un peu de nervosité ce jour-là et Laura était prise de panique et s'était par conséquent laissait tomber au sol pour de nouveau se faire mal. Paul devant ce malheur avait laissé tout tomber et les chevaux furent traités juste le soir et un peu le matin. Il n'y avait plus de cours, plus de naissance, plus de promenades mais les dettes tant qu'à elles venaient toujours et il y en avait des nouvelles comme celles de l'hôpital et de la maison qui avait pris feu un après midi. C'était un voisin qui avait alerté les pompiers pendant que les enfants étaient à l'école et que Paul était avec son épouse. Il n'y avait plus d'assurance hélas car pour ça aussi il avait laissé tomber, du moins ce n'était jamais lui qui s'occuper des papiers mais Laura, donc rien n'a été refait.

Tout était pour leur pomme et il n'en pouvait plus quand il la quittait et rentrait chez eux. Ils dormaient dans une maison de location en attendant mais le loyer était de plus de huit cent cinquante euros mensuels. Toutes les économies du couple étaient parties entre les soins, les écoles et une nouvelle voiture car leur Audi venait de rendre l'âme.

Une fois sortie de l'hôpital il fallait que Laura fasse de la rééducation et encore de grosses dépenses. Il devait faire face à tout ceci, Paul et il en parla avec sa femme en lui disant toutes les vérités. Les huissiers venaient de plus en plus chez eux et ils ne pouvaient plus payés. Ils avaient dû même acheter un lit spécialement pour sa femme dans le système médical. Ils devaient maintenant plus de soixante-dix mille euros à ce dix-sept juillet deux mille dix. Jusque-là Paul avait su épargner sa femme de toutes ces mauvaises nouvelles mais là il devait lui dire toute la vérité. Laura allait mieux et elle pouvait entendre cela et même mieux elle était en droit de tout savoir. Ils étaient assignés pour aller devant un juge s'ils ne trouvaient pas une solution. Le juge en question qui avait été désigné était le juge Ravel de Quimper. Le père proprement dit de Jonathan.

Quand le dossier lui avait été transmis il a tout de suite alerté son fils et sa femme en voyant la belle et bonne occasion pour faire l'acquisition de ce centre équestre pour son fils et Marine.

Jonathan sachant cela était fou de joie. Le projet qu'ils avaient lui et Marine mis en place allait enfin prendre forme. M Ravel dit à son fils qu'il allait s'occuper de tout avec sa mère.

Une fois au courant, Marine sourie de joie en entendant que ce centre était à vendre.

Évidement Jonathan avait caché la vraie cause de cette vente car il savait que Marine serait affectée par cela et que celle-ci serait capable de leur venir en aide plutôt qu'acheter.

Le week end, les parents de Jonathan devaient nous accompagner afin de visiter ce centre et de parler avec les propriétaires de choses et d'autres si nous étions réellement intéressés. Il nous restait cinq jours avant de se rendre à ce rendez-vous et cette visite globale…Nous l'avions déjà vu par le biais de notre école mais cela remontait à plus de trois ans. On nous avait un peu parlé que quelques problèmes étaient arrivés à ce centre comme un début de feu mais aussi une chute à cheval de Laura. Jonathan savait tout cela car lors de cette balade il en faisait parti avec son père et son oncle.

Ils avaient payé pour l'après-midi complète afin qu'ils puissent avoir les chevaux qu'ils désiraient et tout le temps nécessaire pour cette chevauchée. Jonathan m'avait confié cet accident quelques jours après sans vraiment se focaliser sur l'événement. J'en avais conclu qu'il y avait eu plus de peur que de mal mais la rumeur disait que cela était assez grave et un soir au moment du couché j'en ai reparlé avec Jonathan.

Il me confia que Laura avait eu une chute de cheval prés e la rivière et que celle-ci se soit cogné la tête par terre et c'est pour cela que son oncle avait averti les pompiers, ne négligeant pas un éventuel problème cérébral. Elle fut évacuée en hélicoptère mais pour lui elle n'avait rien de grave et ils ont dû ramener les chevaux dans les boxes ce jours-là. Je le regardais dans les yeux quand il me disait cela et voyant mon inquiétude par rapport aux ragots des gens, il me prit dans ses bras puissants pour me rassurer et me dit que je ne m'en fasse pas car les ragots allaient toujours bon train en

234

ces moments et en ajoutant que les gens avaient ce besoin de toujours en rajouter pour se sentir vivant aux yeux des autres. C'est vrai que toutes les actualités, les magazines peoples allaient toujours vers des désastres, des pertes, des morts, des divorces...jamais sur ce qui était bien dans la vie ou que très peu de lignes à ce sujet tandis que simplement une grande personnalité avait une page minimum quand celle-ci se retrouvait prise par la police avec une alcoolémie supérieure à ce que la loi acceptait et en plus elle avait l'image ou réputation subitement d'alcoolique. Jonathan m'embrassa et de ses bras musclés il me leva pour m'emmener sur le lit et me faire l'amour. Je ne me lassais pas de ses étreintes. Il me témoignait tellement son amour dans ses moments là que j'en perdais tous pouvoirs et raisons.

Deux jours avant cette visite, j'étais de plus en plus excitée et je ne pouvais plus penser à autre chose. J'en parlais toutes mes journées et ce soir dans ce restaurant ou Jonathan et moi mangions je voulais lui parler de mes craintes mais Jonathan de sa main sur sa bouche me demanda de me taire avec un petit sourire et au moins d'attendre le soir au lit pour qu'on puisse en parler car là il voulait profiter de moi et juste de moi seule et pas de ce centre équestre même s'il savait que celui-ci était d'une grande importance pour moi et que j'étais extrêmement emballée à l'idée que nous allions peut-être devenir propriétaire de ce centre.

Nous nous mangions ce soir là quelques fruits de mer en commençant pas des huitres puis des crevettes et des palourdes marinées au four. Comme accompagnements en boisson Jonathan avait choisi un vin blanc, un Chablis Grand Cru Blanc.

En dessert nous nous sommes fait plaisir en commandant une crêpe Bretonne à la chantilly puis après avoir payé l'addition nous sommes rendus à notre véhicule pour repartir chez « nous ».

Après la toilette et m'avoir passé une chemisette en dentelle noire je me mise au lit et attendant Jonathan qui était lui-même sous la douche je révisais certaines notes que j'avais pris soin de noter sur un classeur et qui concernait les centres équestres et leurs financements. Je tournais tout dans ma tête mais ce qui me faisait peur dans tout cela était le côté vraiment ce côté financier.

Bien sûr nous avons pu mettre un peu de côté depuis que nous travaillions chez son oncle mais pas assez pour pouvoir prétendre acheter un centre équestre, du matériel, des chevaux et tout ce qui allait avec pour le bon fonctionnement de cette entreprise.

Sur mon compte épargne j'avais pu mettre dix-huit mille euros en tout et pour tout et Jonathan m'avait dit que sur le sien il avait pu économiser un peu plus de vingt-cinq mille, ce qui faisait un total de quarante-trois mille en tout. Pas de quoi acheter ne serait-ce que le centre en fait. Une boule dans le ventre me prit, rien qu'en y pensant. De mon nuage ou je m'y étais installée depuis le début de la semaine je me mis à retomber les deux pieds joints sur terre en me disant que ça n'allait pas être possible ou alors qu'avec de la chance.

Il nous faudrait passer par la banque et qu'on nous accorde un prêt.

Jonathan en caleçon rentra et vint me rejoindre et je lui fis part de mes inquiétudes.

Il se tourna vers moi et plongea son regard dans le mien avec une grande douceur en ses yeux qui me faisaient toujours craquer.

Comme à son habitude Jonathan me rassura aussitôt et me dit que tout allait bien se passer aussi de ce côté car il était confiant que ce soit sur cet achat ou sur l'argent à fournir. L'écoutant parler comme cela, tout me paraissait réalisable et facile.

Notre projet allait enfin aboutir et nous allons pouvoir vivre pleinement de notre travail en commun, moi comme professeur de cours de chevaux et de dressage et lui de vendeur.

Nous avions fait les études nécessaires et nous avons obtenu tous les deux notre BPJEPS et en même temps nous avons effectués de nombreux stages chez divers centre équestre, haras pour savoir de quoi tout cela parle et être sûr que nous voulions vraiment faire ce métier. Nous avions tous les deux travailler chez un oncle de sa famille qui lui aussi a un centre équestre mais aussi un ranch et des vaches à viandes pour la vente. Cet oncle avait une grande exploitation située dans le SUD de la France. Je me mis sur Jonathan et yeux dans les yeux lui dis :

— Tu sais bébé je suis heureuse, notre rêve peut enfin se réaliser si ce centre nous convient mais c'est vrai qu'il ne faudra pas se laisser prendre par notre excitation de ce centre et nous emballer rapidement pour l'acheter. On ne sait jamais si celui-ci ne nous convient pas ou qu'il ne fait pas le sujet de notre étude.
— Quelle étude Marine ?
— Celle que j'ai commencé à faire mon amour depuis le début de la semaine.
— De ma table de chevet je pris une chemise en carton de couleur rouge ou y étais notifié en noir « étude pour notre bébé » et lui montra en sortant des feuilles de dedans.

Il les prit et il put lire :

ETUDE DU CENTRE DE PLEYBEN.

Combien de centre équestre existe autour de celui-là ?

REP.3

2 à Quimper.

1 à Concarneau

1à Brasparts.

1à Brest

1 Landivisiau.

1 à Saint Yvi.

2à Saint Evarzec.

1 centre équestre chateaulin.et 1 de chevaux pour balades et pensions.

1 à Crozon

1 à Cast.

Les centres équestres qui sont les moins loin sont ;

Châteaulin, Brasparts, Cast. Quimper, Landivisiau, Brest, Saint yvi, Saint evarzec, concarneau.

Quelles activités proposent-ils ?

Balades, cours, pensions, galops, dressage…

Quel est leur positionnement commercial ?

Châteaulin ; petite ville de plus de 20 000m²

Prestations ®(particulier/groupes)

Poney dès 4 ans.

Double poney dès 8 ans

Cheval dès 10 ans

Passage de galop.

Animations :

Balade en main poney.

Balade en groupe (cheval ou poney)

Anniversaires.

Groupe enfants (dès 18 mois)

Groupe de personnes en situation de handicap.

Stages.

Stage découverte

Stage loisirs/animation

Perfectionnement

Passage de galop

Préparation aux concours.

Compétitions.

CCE (concours complet d'équitation)

CSO (concours saut en obstacle)

Concours dressage

Endurance

Ce centre est un ESAT (établissement et services d'aide par le travail)

Voir le net pour plus de renseignements.

Autres services

Pension box

Location de camion

Ouverture de 9à12 et 14à 19h.

Tarifs de l'année.

Tarifs

Forfait annuel

32 séances.

Baby poney :280.

Poney galop 0à2 :490

Cheval 0à3 : 570

Cheval galop4 et plus 590

Forfait essai b poney 70

P 0à2 70

Ch 0à3 80

Ch 3 et plus 80

Cours particuliers   35 la seance.

Cours de 10 séances

Cours collectifs ou cheval de club :

B poney 120

P 0à2 165

Ch0à3   et ch 3 et plus   225

 Carte de 10 séances cours collectifs et cheval propriétaire. 135

Licence fédérale à prévoir 25 pour mineurs et 36 pour majeurs.

ILS ONT 25 BOX

2 SELLERIES

28 CHEVAUX

VESTIAIRE

CAMION VAN

2 VAN

2 carrières

2 manèges couverts.

12 hectares de pâture

Salle de cours.

9PERSONNES TRAVAILLANT POUR EUX DONT 4 HANDICAPES…1 PERSONNES TRAVAILLANT à MI-TEMPS.

Dont 3 monitrices d'équitation dont une qui à le BPJEP ; LE BAPAAT.

UNE à. BEES 1er degré option CSO...formation BFEEH DONT 25 ANS D'EXPERIENCE …coach en concours niveau régional, national et international (CSO, CCE).

Une autre qui a : BPJEPS Activités équestre, BTSA (gestation et protection de la nature-option Animation Nature.

Equipements.

Café d'accueil.

Restaurant et plateaux repas (sur réservation)

45 places de parkings

Possibilité d'hébergements sur place.

Wifi

Micro / sonorisation

Vidéo projecteur

Paper board.

5 salles à disponibilités. Pouvant accueillir de 10 à 100 personnes.

Service repas…………….formules

13.10/personne.

Entrée

Plat

Ou

Plat

Dessert

Café

14.60/personne

Entrée

Plat

Dessert et café.

16.60/ personne.

Entrée

Plat

Dessert

Café

Vins

Lieux ou manger ;

Terrasse

Cadre naturel

Locations de salles

Salle de restauration 40 couverts

Salle de restauration 70 couverts.

Hébergements

Chambres individuelles (lit double)

Chambres partagées (2 à 8 lits)

Aire de camping naturelle (19 personnes maximum)

Mobil-homes haut de gamme (4 à 6 personnes)

Peut être en pension complète, en demi-pension, en gestion libre.

Les petits plus ; Literie incluse, accès Wifi, petit déjeuner, cuisine, service blanchisserie, cadre naturel.

Le site internet est vraiment bien présenté (clair + photos) tout est bien indiqué.

Jonathan pris les feuilles suivantes et il put lire toutes les prestations et services de chaque centre que Marine avait pris soin de répertorier et d'en chercher ses services. Toutes étaient bien écrites et dans un travail soigné. Même un débutant aurait pu tout comprendre. Jonathan ne pouvait qu'être fier de Marine, elle était vraiment exceptionnelle.

De son bras musclé, Jonathan me prit contre lui et me déposa un baiser sur le front tout en fermant ses yeux. Il aimait sentir mon odeur du soir après une douche comme il me le disait si bien. Il avait toujours aimé mon parfum et encore plus mon parfum naturel.

Il me dit au creux de mon oreille que jamais il n'a cessé de m'aimer pendant ces trois années passées ensemble et que jamais cet amour ne cesserait. Rien ne pourrait nous séparer, j'étais sa raison de vivre, son oxygène, son équilibre, sa force et sa raison d'avancer dans cette vie. Je lui souris et vient me lover contre lui pendant qu'il continuait à feuilleter mes documents. Contre lui je me sentais protégée, il était tellement musclé. A force de continuer ses sports il avait pris encore plus de muscles et ses abdominaux étaient incroyablement bien sortis. On l'aurait dit bâti dans du roc.

Je venais me serrer contre lui de plus en plus près et lui caressais le torse pour venir le caresser petit à petit vers son nombril et plus bas. Il n'était jamais insensible à mes caresses et ce soir comme à chaque fois je pus encore le constater en touchant son sexe qui avait pris une grosseur énorme. Il posa les feuilles et la chemise et m'embrassa de nouveau tout en prenant soin de placer ses mains si grosses mais si douces et habiles sur mon corps.

Une nouvelle douche était la bienvenue. Nos corps étaient en sueur de nos prouesses et Jonathan me sidérait toujours de la forme qu'il tenait à chaque fois que nous faisions l'amour.

Allongés de nouveau sur le lit tout en mangeant une pomme que Jonathan avait été nous chercher, je vins sur son épaule et lui dit :

— Tu sais bébé, j'espère que nous l'aurions ce centre équestre mais il va falloir que je finalise mon étude pour un financement mais je ne veux pas que nous nous précipitions et que nous nous trompions en nous jetant sur n'importe quoi et que nous ne nous endettions pour rien.

— Je sais mon amour et on le prendra que ce que tu penses que celui-ci en vaut la peine. Mais il faut que tu saches que ce centre est une opportunité pour nous et que si celui-ci nous convient il nous faut le prendre au plus vite. Nous avons cette chance et je pense qu'il serait dommage de la laisser passer. Mes parents voudront une réponse pour ce Week end, tout au plus mardi soir.

Je relève ma tête et me mis à regarder Jonathan dans les yeux. Il fixait un point sur le plafond.

— Pourquoi tes parents ? Et pourquoi mardi tout au plus ?

Jonathan m'embrassa de nouveau. Il avait encore envie de moi ce soir et nous avions refait l'amour, plus longuement cette fois-ci. J'aimais toujours ces ébats sexuels, toujours plus longs la deuxième fois et avec plus de douceur. Il prenait plus de temps en me faisant des préliminaires et passait beaucoup de temps avec sa bouche sur mon sexe et mon clitoris. Il m'emmenait au septième ciel comme on pouvait le dire. C'était la deuxième fois que je connaissais cela. La première bien sûr était avec Emmanuel. Parfois je repensais à lui mais j'essayais de vite fuir mes pensées en m'occupant à autre chose.

Le lendemain, je repris mes notes et sa chemise pour aller me mettre sur la table de la salle à manger afin de petit déjeuner. Jonathan était parti faire son footing et ses parents évidement étaient au travail.

Mon ordinateur portable sur la table, j'ouvris la page World pour continuer mon travail.

Sur la page bleue je tapai :

1 Quelles sont les tendances ?

2 Quelles sont les difficultés et les contraintes de ce métier ?

3 Quel est le mois plus riche en activité ?

4 Quel est le budget moyen dépensé par chaque client ?

5 Quelles prestations proposer pour répondre à la demande ?

6 A quelle répartition du chiffre d'affaires entre les différentes prestations faut il s'attendre ?

7 Quelle est la conjoncture du secteur ; en croissance ou décroissance ? Pourquoi ?

1a Quelle est le nombre de pratiquants en équitation ?

2a Quelles zones d'implantation peuvent être intéressantes tant en termes de proximité vis-à-vis de la population ciblée, d'accessibilité et d'espace disponible ?

3a Quelle zone de chalandise (rayon dans lequel se trouvent vos clients potentiels) ?

Liens utiles pour l'ouverture du centre :

Fédération Française de -l'équitation :FFE(https://www.ffe.com)

Groupement hippique national :GHN(http://www.ahn.com.fr)

Institut Français du Cheval et de l'Equitation :IFCE

Faire UN RECOURS AU CROWDFUNDING de dons, le mécénat2.0

Penser aux aides financières de l'état et ou d'une collectivité territoriale.

Si installation comme agriculteur : aides classiques à l'installation agricole (DJA, prêts bonifiés) mais aussi aides spécifiques mises en place par certains conseils Régionaux.

Pour élevage de chevaux :

Étude approfondie sur le secteur du marché de l'élevage du cheval.

Quelle est la situation économique de la filière, quelles sont les tendances du secteur et quels sont les acteurs de la filière (nombre, implantation, caractéristiques, nombre moyen de chevaux par élevage, offre de service, prix pratiqués…)

Quelle est la conjoncture du secteur ; croissance ou décroissance ? Pourquoi ?

Quelles sont les tendances ?

Quelles sont les difficultés et les contraintes rencontrées par les éleveurs ?

Quel est le prix moyen d'un cheval ?

Quelles prestations proposer pour répondre à la demande ?

Quelle est la répartition du chiffre d'affaires ?

Evaluation la demande et identifier une zone d'implantation.

Qui sont les acheteurs (centre équestre, boucherie, chevaline, particuliers …) ?

Quelles sont les races les plus demandées ?

Les acheteurs sont-ils prêts à se déplacer ?

La vente se fait-elle plutôt au niveau local, national ou international ?

Quelles sont les caractéristiques de mon territoire (population, infrastructures, accès routier, etc…) ?

Analyse de la concurrence.

Combien d'élevages de chevaux sont déjà présents ?

Ou se trouvent-ils ?

Quels types de chevaux élèvent-ils ?

Quel est leur positionnement commercial ?

Combien de saillie font-ils par an ?

Combien de salariés sont-ils ?

Quel chiffre d'affaires réalisent-ils ?

Je me mis à sursauter quand Jonathan vint derrière moi et me déposa un baiser sur la tête tout en me mettant ses bras autour de mon cou.

Il sentait la sueur et je la sentais également contre moi mais j'aimais également quand il était comme cela. Nous faisions souvent l'amour après une de ses épreuves de sports. J'allais à sa rencontre et je venais l'embrasser et lui caresser le torse. Il essayait de reculer malgré son désir en me disant qu'il puait mais je continuais de plus belle en lui montrant bien que cela ne me dérangeait pas et même au contraire je trouvais cela plutôt excitant quelque part alors de ma langue je venais le torse et son cou ou il y avait de sa sueur mélangée avec son parfum. Quand on aime on ne compte pas comme on dit si bien et en plus c'était vrai j'aimais beaucoup cela et ce

246

n'était pas dégoutant. Sa sueur n'avait pas une mauvaise odeur. Elle avait un musc extra et ce petit goût salé me réveillé ma libido.

Pendant que ma langue venait du bout récolter les quelques gouttes qui ruiselaient dans son cou Jonathan regardait ce que je venais de taper sur mon PC.

— Très beau travail mon amour.
— Merci… et j'ai pas fini… il faudra que nous remplissions cela tous les deux si tu le veux bien ?

J'avais du mal à lui parler puisque ma bouche était occupée à l'embrasser et à le sucer. Ma langue descendait maintenant un peu plus bas et de ma main je levais son tee short pour venir m'attaquer à son torse, endroit très sensible de Jonathan. Il se laissa aller, il se rendait comme à son habitude et il me tenait la tête pendant que je dardais le bout de ma langue sur le bout de ses immenses pectoraux.

Ils pointaient eux aussi et mon coude venait frôler la partie basse de son Linqing ou son sexe tendait le tissu comme pour venir s'échapper. Comment laisser cela enfermé ? Quel humain pourrait faire cela ? Un kiki en cage…non d'une main habile je le lui délivrais pour le lui caressais en toute sa longueur. Jonathan émettait déjà des râles au-dessus de ma tête. J'aimais qu'il soit comme cela, a moi…qu'il se laisse faire, se donne…là je savais qu'il m'appartenait et je prenais plaisir à le lui montrer en mettant ma bouche sur ce dard menaçant tout en le regardant dans les yeux. Ma bouche emprisonna son gland et de ma langue experte je le caressais tout en le faisant rentrer et sortir. Les râles de mon homme devenaient de plus en plus forts et ne tenant pas plus longtemps il me prit par les hanches et me porta pour me coucher sur cette grande table et il me fit l'amour.

Après une bonne douche en commun et de nouveau des signes d'amour sous celle-ci, Jonathan et moi-même revenions vers cette table et nous nous installions pour répondre à ce que j'avais pu écrire. On ne pouvait pas répondre évidement à tout car il me fallait rencontrer les autres centres ou lieux d'élevages. Je pensais le faire aussi par téléphone dans l'après-midi.

J'avais été nous faire un café et nous discutions de ce projet, de ce centre. Je lui montrais mon projet, notre projet pour les aides. J'avais longuement travaillé sur cela pour le rédiger afin que des prêts ou des aides nous soient attribués.

Jonathan regarda attentivement cela et me dis que sa mère s'en occuperait car elle avait le bras long et en plus ils avaient cet oncle dans ce domaine, ce qui ferait sûrement un énorme poids supplémentaire sur notre balance de chance, quoique rien que ce projet si bien réaliser était une source sûre pour obtenir tout cela comme il me dit si bien. Je ne pouvais pas lui donner tort tout de même et mettre toutes les chances de notre côté était ce qu'il y avait de mieux.

247

Je sortis de mon ordinateur le projet en plusieurs exemplaires et le lui remit en prenant soin de le mettre dans une pochette cartonnée.

— Bien je vais aller le lui porter tout de suite. Je crois qu'elle à une pause ce midi et elle veut me voir pour je ne sais pas trop quoi.
— Bien bébé moi je vais encore fouiller sur le net afin de chercher des renseignements et comme tu ne seras pas là je vais donc en profiter pour téléphoner à ces centres équestres pour remplir mes fiches.

Jonathan m'embrassa tendrement et se mit en route en montant dans notre Audi grise. Il était vrai que ses parents avaient le bras long et qu'ils pouvaient encore une fois nous venir en aide. C'était déjà grâce à eux que nous avions su pour la vente de ce centre équestre et de plus cela faisait plus de trente ans qu'ils étaient dans cette banque Crédit Agricole qui était devenue celle de Jonathan. Moi j'étais à la poste que depuis trois ans alors leur demander un prêt me sera possible mais ce ne sera pas un énorme prêt alors je suis venu me joindre moi également au Crédit Agricole pour que notre prêt soit accepté tout en gardant mon compte à la poste. Nous avons fait un compte joint et des comptes à part pour nos dépenses. La mère de Jonathan veillait sur le compte de son fils, enfin un de ses quatre comtes exactement. Celui-ci servirait à payer le prêt comme elle avait si bien pu me dire un jour ou nous en avions parler. Sa mère voulait nous aider et je l'avais fortement refusé. Je ne voulais aucunement de son argent et je voulais que Jonathan et moi nous nous en sortions alors j'avais fait des heures supplémentaires pendant mes stages en cours et aussi quelques travails par ci par là pendant mes temps de libre pour amasser le maximum d'argent.

248

Samedi début d'après-midi. Quatorze heures exactement. Nous arrivions à la porte de Laura et Paul. Nous avions garé la voiture sur un parking extérieur. Monsieur Ravel était habillé assez décontracter. Il était vêtu d'un jean bleu foncé, d'une chemise bleue de marque Lacoste et d'un pull blanc également Lacoste. Sa femme était en tailleur bleu marine de marque Gautier, elle avait mis des bijoux en or massif et une paire de chaussures bon marché à hauts talons. Jonathan était tant qu'à lui vêtu d'un jean troué et d'un pull noir. Pour ma part je m'étais mise moi aussi en jean clair et d'un pull à col roulé. En ce mois de février il faisait encore un peu froid, l'hiver avait été long et il persistait dans le temps. D'après la météo on devait aller vers le doux prochainement.

La porte s'ouvrit sous nos coups de sonnette. Monsieur Paul vint nous accueillir avec un sourire. Il avait les cernes en-dessous des yeux et le noir y était bien coloré. Sa figure montrait des signes de grosses fatigues. On le suivit pour venir au centre de la salle à manger ou on pouvait voir sur les murs les trainées noires de fumées lorsqu'il y avait eu le feu. La cuisine, ou du moins l'endroit ou était la cuisine avant n'avait pas été remplacée et elle ne pouvait plus être vraiment active. Les éléments avaient eux aussi brûlés. L'incendie avait été déclaré à partir de ce coin de la maison.

Paul se proposa de nous faire visiter cette maison et d'aller nous mettre dans un mobil home qui se situé dans la cour. Il s'excusait auprès des parents de Jonathan pour cet accueil en cet endroit tout en nous disant qu'il n'avait pas pu refaire cette maison à cause d'un manque d'argent.

Le père de Jonathan le regarda dans les yeux et comme pour lui répondre de se taire cat on n'était pas là pour savoir ses peines, il se mit à tousser assez fort. Paul le regarda et ses joues passèrent au rouge. Le message était passé.

On rentra donc vers le salon ou ce qu'il en restait car là aussi tout était encore couvert de noir. Une grande cheminée était située au milieu d'un des murs et Paul nous dit qu'elle était encore opérationnelle après que Monsieur Ravel lui demanda dans quel état elle se trouvait.

On monta à l'étage et on put découvrir quatre chambres. Deux de ces pièces étaient très grandes et les deux autres étaient donc un peu plus petites. Il y avait des grandes fenêtres et des volets automatiques ou les commandes étaient sur le mur. Paul nous montra que ceux-ci fonctionner encore. Pas de problème pour le haut hormis ce noir de fumée qui était monté et avait recouvert la tapisserie.

Nous sortions par une porte pas loin de la cuisine et nous découvrons la buanderie et un grand débarras.

Une fois dehors Paul nous demanda si nous voulions aller bore un café avant de continuer cette visite. Je pouvais lire en lui une certaine tristesse et j'étais près de lui dire oui quand le père de Jonathan lui dit qu'il préférait continuer la visite et qu'il serait plus préférable de boire ce café après cette visite des lieux pour pouvoir discuter éventuellement si ce centre nous intéressait.

— Bien sûr, je comprends et veuillez me pardonner Monsieur.

Sa voix était remplie de mélancolie et j'en éprouvais une tristesse effroyable de le voir comme cela cet homme. Il faut dire que quand nous venions ici avec l'école on avait affaire avec une monitrice et pas les propriétaires directement et nous ne connaissons pas Paul. Nous avions vu une ou deux fois sa femme mais c'était tout. Il était toujours absent.

D'un regard je pus voir les paddoxs avoisinant ou quatre chevaux et quelques doubles poneys étaient comme emprisonnés. Ils avaient une botte de paille et un seau d'eau. On se déplaçait maintenant vers les box et on pouvait voir les chevaux dedans. Ils étaient amaigris et ça me faisait mal au cœur de les voir comme cela.

Dans d'autres box c'était la même chose et dans le paddox des poneys il y en avait deux qui vivait dans la boue. Toutes les petites pâtures étaient en boue. Je n'avais jamais vu cela de ma vie, bien sûr j'en avais entendu des choses épouvantables sur des écuries, centres et même sur des chevaux de particuliers mais jamais je n'avais assisté à tant de désolation. Comment pouvaient-ils lui et sa femme laissaient ses animaux comme cela ? D'accord ils revendaient mais de là à laisser ces animaux aussi maigres c'était pour moi quelques choses de honteux. Je ne regardais plus cet homme avec la boule au ventre de tristesse mais de colère. J'aurai voulu lui crier dessus et quand je m'apprêtais à le faire Jonathan me prit par la taille et m'embrassa dans le cou en me disant de me taire surtout. Il avait sûrement vu que je ne pouvais pas vraiment pouvoir supporter cela.

Dans le creux de l'oreille il me dit :

— On va les sauver si tout est OK pour toi.

Je me blottis contre lui et lui adressa un sourire tandis que son père continuait de parler avec le propriétaire des lieux. Après tout Jonathan avait raison si on achetait on pourrait venir en aide à ses chevaux et ses poneys et si on n'achetait pas on leur viendrait en aide tout de même. Je n'avais pas choisi ce métier pour voir de la maltraitance sur des chevaux mais pour l'amour qu'on pouvait échanger eux et nous les humains.

Le hangar était vaste plus de mille six cent mètres carrés. Dedans il y avait que quelques bottes de pailles…très mince cela pour subvenir aux animaux.

250

Nous arrivions la carrière qui elle n'était ni trop grande mais ni trop petite, elle devait faire mille deux cents mètres carrés. Sur le cotés il y avait un chariot et des barres de sauts posées dessus.

Le manège qui était encore en travaux était juste derrière. Paul dit qu'ils avaient dû arrêter les travaux suite à l'accident de sa femme. On voyait bien qu'il voulait continuer à en parler mais encore une fois le père de Jonathan ne le lui laissa pas l'occasion et il le coupa sans ménagement en lui parlant des pâtures.

— Elles sont un peu plus loin, il y en à cinq en tout et elles font toutes au minimum plus de trois hectares chacune.

Les deux hommes s'étaient arrêtaient maintenant devant le manège en construction.

— Est-ce que tous les matériaux sont là pour finir ce manège ?

Lui demande M Ravel en regardant bien dans les yeux le propriétaire qui lui fixait avec des yeux embrumés la grande place de sable blanc. Il se rappelait sa charmante femme faisant travailler ses chevaux auparavant et on pouvait voir une larme coulait le long de sa joue. Il était perdu dans ses tristes pensées et souvenirs quand le père de Jonathan le fit se ressaisir et revenir parmi nous sans aucune pitié ou empathie. En son métier comme il le disait lui-même il n'était pas question de laisser place à ses sentiments ni même se faire amoindrir par quoique ce soit des gens sinon ils seraient tous ces bandits encore dehors à faire d'horribles choses.

— Excusez-moi, mais je vous ai posé une question il me semble non ?
— HEU…oui pardon…vous disiez ?
— Est-ce que tout ce qui est ici est pour finir ce manège ou il manque des choses ?
— Non tout est là.
— Bien c'est déjà ça… allons mon vieux il faut vous reprendre. Si vous êtes dans la mise et que vous vouliez vous en sortir il vous faut prendre un peu sur vous et pas vous laisser abattre pour des détails sinon comment voulez-vous vendre ?

Je restais un peu en recul des deux hommes mais j'avais entendu ce que le père de Jonathan venait de dire à ce pauvre homme. J'en étais attristé pour lui et moi aussi je sentis une larme couler sur ma joue. Comment pouvait-on parler comme ceci à quelqu'un ? D'accord il était magistrat et devait traiter toutes sortes d'affaires plus ignobles les uns que les autres mais là il ne s'agissait pas d'un bandit mais de quelqu'un qui se séparait de TOUT, de toute leur vie… Je n'arrivais pas à

251

comprendre et je me sentis honteuse pour lui. Jonathan me regardant une fois encore m'essuya ma joue de mes larmes et me prit de nouveau par les épaules pour m'emmener un peu plus loin devant les doubles poneys qui ne bougeaient même pas de leur place. Ils avaient les sabots enterrés dans la boue.

— Regarde chérie ce désastre, tu ne peux pas te laisser attendrir par cet homme. Peut-être qu'il a son fardeau de malheur mais ce n'est pas une raison pour qu'il laisse ces chevaux dans une telle souffrance si ?
— Non, tu as raison mais tu sais même si j'ai mal pour ces chevaux, ça ne m'empêche pas de sentir une certaine tristesse pour cet homme. N'oublie pas que nous sommes venus ici faire du cheval pendant deux ans et que les chevaux étaient bien entretenus.
— Oui je sais mon tendre amour mais tu sais parfois les choses changes et les hommes aussi.

Jonathan posa sur mes lèvres un doux baiser qui me fit me sentir un peu mieux. A son contact, à chaque fois j'en oubliais la réalité et partait très loin d'où je pouvais me trouver juste avant.

Nous rejoignîmes sa mère, son père et Paul qui prenaient le chemin du mobil home.

Nous nous essuyons les pieds et nous nous assoyons sur des tabourets de fortune. Paul prit des tasses, des cuillers, du sucre et le café pour le placer sur la table en formica.

Il nous servit une tasse chacun et nous demanda si quelqu'un voulait du lait.

Dedans il avait allumé le chauffage d'appoint et le mobil home prit une température assez chaude désormais.

Sur la table était placé divers documents et des chemises en cartons étaient posées sur un petit meuble un peu plus loin.

Nous prenions tous notre tasse et trempions nos lèvres afin que se déverse en nous un peu de ce breuvage chaud qui allait nous aider à nous réchauffer un peu plus. Je regardais Paul qui regardait sa tasse dans ses mains. La fumée sortait de celle-ci et atteignait son front. Il était de nouveau sûrement parti une fois de plus au fond de ses pensées.

Posant sa tasse, M Ravel lui demanda .

— À combien estimez-vous votre centre ?

Cette question désarçonna le propriétaire qui devait se rendre compte qu'il était désormais devant le fait accompli, il se servit de nouveau une tasse de café et le sucra pour ensuite le porter à ses lèvres. Il but doucement son café en regardant droit devant lui. Le père de Jonathan qui nous avait prévenu de nous taire au moment de ces échanges sur les situations et des prix ne dit pas un mot lui aussi mais saisit à son tour la cruche de café et se servi.

— J'en demande deux cent quatre-vingt-dix mille euros.

M Ravel interrompit son geste et failli s'étrangler en buvant le peu de café qu'il avait dans sa bouche.

— Vous n'êtes pas sérieux là ? Vous vous trompez de chiffre mon cher, allons re prenez-vous. Et parlons sérieusement. Je vais même par conséquent vous demander déjà de nous excuser mais comprenez que ce centre équestre est pour ces jeunes gens et qu'il faut que je voie certaines choses avec eux et par conséquent nous devons nous concerter un peu afin que nous en parlions. Je vous propose que nous sortions et que nous nous concertions pendant que vous boirez votre café et que vous reprendrez la raison mon bien cher Monsieur. Disant cela Monsieur Ravel se leva et nous le suivîmes dans ce geste pour sortir.

— Peut-on refaire le tour du propriétaire mon ami ?

— Ou allez-y faîtes comme chez vous, je vous en prie, je vais en profiter pour passer un coup de fil en attendant que vous revenez.

— Bien vous avez raison, appelez quelqu'un qui vous remettra sûrement sur la voix de la raison, je pense que tout ceci doit être dur pour vous et que vous avez plus la clarté des choses en ce moment.

Ne le laissant pas répondre le père de Jonathan ouvrit la porte du mobil home et se dirigea vers les box ou les chevaux attendaient passivement un peu de caresses ou de nourritures aussi.

Nous étions tous devant ces box et Jonathan et moi-même en caressions un chacun tandis que ses parents discutaient ensemble au fond de cet endroit.

Le père de Jonathan revint vers nous et regardant bien droit dans les yeux son fils lui dit :

— Alors Jonathan qu'en penses-tu ? Du moins pardon, qu'en pensez-vous ?

Jonathan se retourna vers moi et me demanda mon avis, comme il me l'avait si bien dit, c'est moi qui choisirais et lui il se plierait. Du regard il m'interrogea.

— Voilà pour moi il à du potentiel ce centre équestre. Bien sûr il y a du travail à faire comme refaire la maison mais je ne pense pas que cela prendra énormément du temps à une entreprise pour effectuer ce qu'il y a à faire et nous nous pourrions nous mettre à faire notre tapisserie et nos peintures. Pour les box ils me semblent corrects. Il y à la carrière à refaire c'est sûr car il y a des trous et un manque de sable. Le manège est à finir je suis bien d'accord mais il y a tous les matériaux ici même.
Pour les pâtures ça devra faire l'affaire mais il nous faudrait sûrement en acheter deux ou trois autres pour la suite.
Moi je dis que ce centre est pas mal pour qu'on puisse exercer notre entreprise et tu pourras toi aussi donc Jonathan faire ton élevage et tes ventes, tu ne penses pas ?
— Voilà la sagesse à parler papa. Je suis d'accord avec Marine. Ce centre est bien.
— Oui mais il reste que à trouver cette somme.

Rétorquais-je directement.

— Ne t'inquiète pas de ces détails Marine, je me charge de tout cela avec mon mari. Jonathan est venu me voir la dernière fois avec un formidable travail que tu as fait et je peux te dire que vous aurez cet emprunt nécessaire mais laisse-moi m'occuper au moins de gérer cela ma chérie.

La mère de Jonathan avait pris l'habitude de finir ses phrases avec des petits surnoms gentils. Le père de Jonathan prit a son tour la parole.

— Bien puisque vous êtes d'accords sur tous les sujets nous allons retourner voir cet homme et essayer de faire affaire avec lui. Je vous demande juste une chose, même si je vous l'ai déjà dit dans la voiture, laissez-moi négocier tout cela. Nous sommes d'accord ? Je pense que nous pouvons baisser ce qu'il en demande, il est excessif.

Me penchant vers mon chéri je lui parle au creux de l'oreille même si cela est impoli. Jonathan me sourit et m'embrassa tendrement en se retournant ensuite vers ses parents et surtout cers son père qui nous observait.

— Papa nous voudrions aussi tous les animaux en ce lieux. Ils ont maigres et nous allons donc les soigner.

Le père nous regarda et sourit à son fils et à moi ensuite en nous répondant un signe affirmatif de la tête. Une fois entrer à l'intérieur et assis à nos places nous écoutions les deux hommes discutaient. Je tenais la main de Jonathan en dessous de la table marron clair. Il devait sûrement sentir que je lui écraser les doigts tellement j'étais anxieuse.

— Bien vous avez pu passer votre ou vos coups de téléphones Monsieur ?
— Oui monsieur et vous, vous aviez pu parler de tout ce ci ou il vous faut plus de temps pour réfléchir ?
— Nous avons eu le temps nécessaire pour parler et se mettre d'accord pour tout ceci mais je voulais juste vous prévenir que je me tiens au courant des ventes alentours si vous voyez ce que je veux dire ?

L'homme ne rétorqua même pas à cela. Il se servit de nouveau un café et nous en proposa une autre tasse. Seul M Ravel en reprit, sûrement pour la forme et pas pour l'envie, il préférait un thé ou un bon whisky.

— Donc vous nous demandez combien mon ami ?
— Je vous ai dit tout à l'heure que je voulais deux cent quatre-vingt-dix mille euros mais je peux baisser un de…
— Ah nous voilà revenu à la raison.

Interrompit le père de Jonathan avec un peu de sarcasme en sa voix.

Le propriétaire s'était interrompu brutalement sous le sarcasme de M Rivel.

— Pardon je vous ai interrompu lorsque vous alliez nous faire une demande plus convenable et non farfelue.

Le propriétaire le toisait du regard, il n'aimait pas ce ton que mon beau père prenait avec lui mais ne fit aucun commentaire malgré que ça devait lui démanger fortement et je pouvais que le comprendre.

— Je voulais dire que je pouvais baisser le prix de trente mille euros si vous le voulez ?

— Ah voilà qui est déjà mieux mais je dois vous dire que votre offre est largement au-dessus de ce que nous souhaitons de vous.

— Et qu'attendez-vous de moi exactement ? Ça serait plus simple si vous, vous me disiez le prix que vous seriez capable de vouloir mettre pour acquérir ce centre équestre.

— Monsieur n'est pas joueur à ce que je vois et pourtant ne voyez-vous pas que la vie est un jeu ? On perd on gagne. Ainsi va la vie.

— Je n'aime pas jouer Monsieur donc je vous saurais gré de me dire votre offre.

— Ne vous offusquez pas et je pense que vous êtes joueur Monsieur, allons un peu de franchise s'il vous plaît.

L'homme le regarda de nouveau avec un air étonné. Tout cela commençait à l'agaçait et il n'avait qu'une envie d'en finir avec tout ça. Mais il ne pouvait pas non plus tout gâcher par fierté et abandonner comme cela. Sa femme avait besoin de lui. C'est ce qu'il se pensait à ce moment-là. Les deux hommes levèrent leur tasse en même temps et la finirent.

— Bien disons cent mille euros.

L'homme le fixa et devint tout rouge e colère.

— Vous rigolez j'espère… je veux bien arrondir à deux cent cinquante mille. Je baisse de quarante mille tout de même.

— Oui là je rigole mon brave Monsieur. Je vais vous dire mon Monsieur que même à ce prix-là vous ne trouverez personne sur le marché pour vous reprendre votre affaire. C'est bien au-dessus de ce que cela vaut. Il y a la maison à refaire, le manège à finir et en plus une carrière à remettre en bon état, ce qui inclut sûrement de faire livrer le sable, niveler, tasser…et tout et tout…et je ne vous parle pas du reste.

— Je suis d'accord avec vous mais je ne peux pas vendre cela à perte.

— A perte ?? Monsieur, vous devez comparaître dans les jours à venir dans un tribunal qui sera en droit de faire saisir tout de votre centre pour essayer à payer ce que vous devez et de plus vous avez une importante dette de jeux au casino de Benodet. A cela rajoutez bien Monsieur ce que vous devez payer pour Madame encore et vos enfants…et j'en passe. Faut-il réellement que je fasse à cet instant étale de toute votre triste vie privée et dire à quel point vous croulez sous les dettes ? Vous avez déjà eu quatre personnes pour venir voir votre centre et aucune de ces quatre personnes n'ont répondu favorablement à votre vente et pourtant vous avez avec deux d'entre eux descendu également à cette somme que vous venez de me donner. De plus Monsieur, je ne vous parle pas des sanitaires qui pourraient descendre ici même en ce samedi accompagné de la SPA pour maltraitance sur des animaux qui sont sévèrement punissable par la loi prévue à cet effet depuis le dix juillet mille neuf cent soixante-seize. Vous feriez office de condamnation de la loi pénal des articles R521-1 aussi de R653-1 et R654-1, R6555-1 et aussi sous les articles du code rural sous les numéros L214-3, L215-11, L215- 4. Je vous signale que la loi vise une lourde amende pour cela et que vous risquiez deux ans aussi de prison. Alors Monsieur soyez raisonnable s'il vous plaît.

— Mais qui êtes-vous au juste et c'est du pur chantage ce que vous me faîtes.

Je regardais avec des yeux ébahis le déroulement de cet échange. J'étais outrée de ces propos même si c'est vrai que les animaux étaient mal traités mais de là à en arriver au chantage, je n'aimais pas cette tournure. Jonathan me prit la main et me fit un clin d'œil tout en se penchant sur moi pour me murmurer que son père savait ce qu'il faisait et que cela faisait partie des négociations. Il me fit rajout que chacun avait le droit de négocier comme il le voulais et que cet homme ne méritait plus de s'occuper de ce centre équestre et ni autre chose avec des animaux. Il avait réussi à me convaincre que tout ceci était qu'un simple scénario et que jamais son père n'appellerait qui que ce soit. L'homme, les yeux vers ses pieds et les joues rouges se mit à pleurer. Le père de Jonathan le laissa pleurer et reprit.

— Bon voilà nous vous offrons de quoi payer vos dettes et par conséquent de vous refaire dans la vie c'est-à-dire cent vingt- cinq mille euros. A vous de voir. En lui disant cela il sortit de sa pochette qu'il avait prit avec lui un dossier qu'il posa sur la table devant le propriétaire qui se moucha pour ne plus pleurer.

L'homme prit cette pochette cartonnée et l'ouvrit. Il put voir le papier d'assignation devant le tribunal de Quimper qui donnait date dans exactement six jours pour traiter une affaire d'un centre équestre de Pleyben contre les parties adverses ;

Hôpital de Quimper.

Hôpital de Brest.

Pharmacie de Pleyben.

Edf Energie.

Eau de la commune de Pleyben.

Vétérinaire de Pleyben

Vétérinaire du Faou

Vétérinaire de Châteaulin

Marechal Ferrand Guy Balet

Casino de Bénodet.

École de Brest

Ecole de Rouan

Ecole de Pleyben

Médecin de Pleyben

Médecin de pont de buis les quimerc'h.

Tous y étaient indiqué. L'homme était devant le fait accompli et en le regardant bien dans les yeux mon beau père lui ajouta avec un petit sourire.

— Je vous présente Madame L'avocate partie civile et moi-même Monsieur le Juge de cette affaire, à votre service.
— Mais c'est dégueulasse ce que vous faîtes. C'est de l'abus de pouvoir…du chantage…
— Non monsieur c'est juste vous aider de vous sortir de votre mise c'est tout. Vous avez besoin de cet argent au plus vite et ceci avant que les six jours se soient écoulés et nous acceptons de vous venir en aide malgré que vous ne le méritiez pas réellement au vu de que nous avons pu découvrir ici même, c'est-à-dire des animaux en grand danger. Quel homme êtes-vous pour laisser ces pauvres animaux dans la boue comme cela et sans avoir rien à manger ?

L'homme rouge de colère cria :

— Mais ils ont du foin, enfin de la paille et…
— Stop, il y a trois jours exactement deux personnes sont venues ici même et vous les avez invités à faire le tour de votre centre n'est-ce pas ?
— OUI et ???
— Ils étaient tous les deux du service de protection des animaux et ils ont pu constater par eux-mêmes que les animaux à ce jour ou ils sont venus à l'improviste n'avaient pas de paille ou de foin et pire pas d'eau et ils vous l'ont gentiment signalé et vous avez prétexté que vous attendiez d'avoir une rente dans les deux jours à venir. De plus le soir, ici même il y avait aussi deux personnes qui travaillaient pour vous. Voulez-vous que nous vérifiions les fiches de payes et que nous fouillons tout de vous en fait Monsieur ?

Je n'en pouvais plus de tout cela quand je me levais pour partir j'entendis l'homme dire tout doucement en pleurant une fois encore :

— Deux cent vingt mille alors ?
— Vous rigoler là ? Si on vous saisit on va vendre cela pour même pas cent mille donc je vous dis cent vingt-cinq mille point Monsieur et ne vous plaignez pas.
Le propriétaire regarda le dossier devant lui et se mit les mains dans les cheveux en disant :

— Mais mes dettes sont à une hauteur de plus de soixante-dix mille euros plus encore ce que je dois pour ce manège alors comment voulez-vous que je fasse pour m'en sortir ? Vous êtes juge donc vous devriez comprendre non ?
— Ce que je comprends c'est que vous avez un pied sur la falaise et que vous êtes prêt à tomber au fond de ce précipice c'est tout donc je monte jusque cent cinquante mille et c'est tout.
— Mais ce centre nous l'avions acheté plus de deux cent mille et…
Vous vous voulez me le prendre pour rien en fait.
— Vous êtes sur le point de rester avec vos dettes Monsieur et je dois vous dire qu'il y a d'autres centres aux alentours et que je me suis renseigné et que je les ai faits inspecter par des amis à moi et qu'ils sont très intéressants. Donc c'est la dernière fois que je vous renouvelle mon offre, à vous de voir.

Monsieur Paul pleurait. Il était sur le point de dire oui devant ce chantage grotesque quand je me levai et dit :

— Vous venez de vendre votre établissement si vous le voulez bien pour cent quatre-vingt mille euros Monsieur.

Il me regarda dans les yeux. Il s'était arrêté de pleurer mais ses joues étaient toujours aussi rouges. Le père de Jonathan me fixa avec un regard noir tandis que sa femme baissa les yeux vers le bas.

— Je suis d'accord pour ce prix mais plus en dessous et je veux que nous fassions les papiers de vente tout de suite entre nous et lundi cela ira au notaire si vous le voulez bien ?
— Oui.

— Attendez ! Pour ce prix que ma bru à eu la gentillesse de convenir avec vous il est inutile de dire que c'est le tout qui est acheté, y compris les chevaux, le matériel avec. On est d'accord là ?

Monsieur Rivel était rouge de colère et il avait élevé la voix et son ton employé était plutôt un ordre qu'une demande.

— Bien je concède à tout cela d'ailleurs ou voulez-vous que je mette ces chevaux ?

Les papiers allaient se faire quand la mère de Jonathan se leva et dit que c'était avec elle qu'il fallait qu'il voie cela. Elle le rassura en lui disant que cet accord était fait et qu'il était hors de question de revenir dessus. Tout le monde était en accord et nous sortions pour prendre l'air en laissant derrière nous ma belle-mère.

Le père de Jonathan une fois dehors me fusilla du regard et me dit que j'étais trop bête car il allait céder. A cela je lui répondis que je ne voulais pas lyncher quelqu'un pour m'approprier un bien. Il était une fois de plus tout rouge et il alla retoquait quelque chose quand Jonathan l'interrompit en lui disant que j'avais raison.

— Oui vous avez sûrement raison tous les deux. J'ai dû agir comme cela par rapport à mon métier. J'ai tendance à mélanger les deux parfois.

Il me regarda ce coup-ci avec un regard plus tendre, plus conciliant et nous nous proposa de repartir avec la voiture pour aller fêter cela. Lui et sa femme allait partir chez des amis et rentreraient que le dimanche en fin d'après-midi. Il prit le trousseau de clés de la Jaguar et le lança à Jonathan qui le rattrapa en l'air.

— Mais vous allez rentrer comment vous ?
— En taxi. Ne vous inquiétez pas.

En disant cela il sortit son portefeuille pour en extirper deux billets de cent euros pour les remettre à son fils.

— Allez- y les enfants c'est moi qui régal et amusez-vous bien et ne vous inquiétez pas pour ces papiers, tu sais comment est ta mère, elle est très très méticuleuse et prévoyante à ce sujet. Vous signerez tous les papiers conformes sûrement lundi mais

260

à cet instant vous voilà propriétaire de tout cela. On va voir avec lui quand est-ce que vous pourrez avoir les clés de votre nouvelle acquisition. En tout cas je vous félicite et je tiens à dire que je suis fier de ton parcours Jonathan et toi aussi Marine évidement. Il embrassa son fils sur la joue et en fit autant pour moi et broussa chemin en retournant vers le mobil home.

Le lundi après-midi La mère de Jonathan nous appela, elle avait avec elle divers documents à faire signer. J'étais sous la douche et je dis à Jonathan que j'allais venir les rejoindre dans quelques minutes.

Il m'embrassa et me regarda avec insistance, encore là il me troublait et je pouvais sentir un désir naître de nouveau en moi. Nous avions profité pleinement de notre fameux Week end en amoureux tout en savourant notre dîner au restaurant en finissant par une coupe de champagne et en profitant de la grande maison vide pour déguster romantiquement les deux bouteilles de champage que nous avions acheté l'après-midi dans la grande surface de Pleyben le fameux samedi. Nous avons bu ces bouteilles tout en nous aimant complétement que ce soit dans notre chambre ou dans les autres pièces sauf a chambre de ses parents bien évidement.

— Si ma mère n'était pas là, je te ferais bien de nouveau l'amour sous cette douche.

Ses yeux me dévisageaient et s'arrêtèrent sur mes petits seins et aussi sur mon sexe que je devais raser aujourd'hui. Je ne supportais pas les repousses et là c'était le cas. Ce week end je devais déjà le faire mais à chaque fois que je me mettais à cette tâche, Jonathan venait et m'en empêcha en mettant sa bouche sur cette partie. Il m'était donc impossible de finir cela et de m'occuper de ce problème.

— Prends ton temps mon ange je vais faire du café et discuter avec maman.

Avec une énorme tendresse il m'embrassa et me mit une petite claque sur mes fesses tout en m'adressant un sourire plein de sous-entendus.

Jonathan alla vers sa mère et lui proposa de boire un café avec lui. Elle accepta et sortit les documents qu'elle venait cette nuit chez ses amis de faire. Des amis qui étaient dans le métier de l'argent. Le mari travaillait dans la banque du Crédit Agricole, il en était le président et sa femme travaillait notaire. Ils avaient pu voir tous les détails ensemble ce Week end et faire ce qui était de mieux pour les contrats de vente et de prêts. Tout était déjà fait, mis sur dossier et il fallait juste les signatures. Elle avait sorti un Stylo plume et le déposa sur la table pour que son fils paragraphe chaque page et signe la fin de ces différents contrats.

En sortant de la douche, je vins vers ma belle -mère et lui embrassa les joues tout en regardant les quelques dossiers éparpillés de ci de là.

— Nous devons signer des documents Patricia ?
— Jonathan l'a déjà fait et tout est complet ma chérie.

Elle me regarda dans les yeux et j'en fis autant en lui souriant.

— Mais je n'ai rien à signer moi de mon côté, comme l'emprunt ou l'acquisition de ce centre ?
— Si bien sûr ma bru.

Elle sortit des documents de sa sacoche ou il y avait rangé dedans son ordinateur portable et pleins de chemises et me les fis signer sans avoir fait lecture de moi-même puisqu'elle me disait de quoi il en était question. Les signatures faîtes, elle se leva sans finir le fond de sa tasse.

— Je me sauve les enfants je vais aller donner tout cela à qui de droit et faire valoir pour que tout ceci vous appartienne au plus vite.

Trois semaines plus tard

Jonathan et moi-même avions eu les clés en main par le biais de son père et sa mère. Il était vrai qu'il se sont occupés vraiment de tout et que cela n'avait pas pris beaucoup de temps. Pendant cette semaine passée Jonathan et père allaient au centre pour commencer certaines choses. Je ne savais pas réellement de quoi cela parlait mais je laissais faire cela en toute confiance a mon homme et son père.

Arrivés là-bas je pus voir des camionnettes d'entreprises et un grand camion de déménagement arrivé dans la cour. Le conducteur descendit et un passager également. Ils nous saluèrent et le conducteur ouvra les portes arrière de son camion ou il était notifié « déménageurs bretons ». Je regardais ce camion et me dis que c'était le propriétaire qui devait faire son propre déménagement. Je ne m'en occupai pas et je me dirigeais vers les box voir les chevaux.

— Viens mon ange s'il te plaît.

Jonathan se trouvait à mes côtés et me sourit en me disant cela. Je le regardais dans le vert de ses beaux yeux. Puis le suivis.

Une fois devant la maison il me dit :

— Tu vas avoir du travail chérie.
— Ah ???
— Oui les déménageurs ne savent pas où mettre nos meubles mon amour et je pense que tu es la mieux placés pour le leur indiqué tu ne trouves pas ?
— Les déménageurs ??? Tu veux dire que ce camion est nos meubles Bébé ?
— Oui mon amour, ce sont bien nos meubles.
— Mais comment se fait-il que…

Je n'ai pas eu le temps de finir ma phrase que Jonathan prit la parole tout en m'adressant un sourire.

— Oui bébé, ce sont nos meubles. Avec mon père nous avons été faire la commande dans les magasins ou nous les avions vu toi et moi.
— Tu veux me dire chéri que ce sont les meubles que nous avions choisis où rêver ensemble en faisant nos lèche vitrines ?

263

Jonathan se mit à rire en me regardant et me dit oui en me regardant pour ensuite me prendre par la taille afin qu'on aille vers les déménageurs qui avaient déjà sorti des cartons. Je ne comprenais pas comment ils avaient pu faire tout cela car en regardant à l'intérieurs du grand camion je pus voir effectivement les meubles que Jonathan et moi avions choisi mais ils n'étaient pas du même magasin. J'en fis part à Jonathan qui me répondit :

— A chaque fois que tu voyais des meubles, le soir je marquais ce que tu avais choisi et quel magasin et quand j'en avait parlé à mon père, il m'avait alors dit qu'il allait s'occuper de tout cela aussi et nous avions donc été dans ces magasins pour les acheter et ils nous les livraient chez un ami de papa et maman qui à un grand entrepôt afin de pouvoir les stocker.

J'embrassais Jonathan à pleine bouche tellement j'étais heureuse. Tout était vraiment à nous et on n'allait pas tarder à concrétiser notre projet. Un toussotement nous fit reprendre conscience ou nous étions et surtout que nous n'étions pas tout seul.

— Désolé mais nous devons faire votre emménagement.

Toute la journée je restais dans la maison vide et refaites pour monter ou les meubles allaient. Une équipe étaient venue en renfort pour monter les meubles au fur et à mesure que ceux-ci arrivaient dans une pièce. Tout l'intérieur de la maison avait été refait pendant tout ce temps. Les murs avaient été débarrasser de leur ancienne tapisserie et nettoyés. Il était à ce jour recouvert d'une tapisserie de velours. Encore une fois c'était la tapisserie que j'avais si bien choisie dans des magasins spécialisés. Jonathan avait vraiment pensé à tout.

Dehors les paddocks avaient eux aussi été retapés et hormis quelques-uns qui avaient encore de la boue, la plupart avait de nouveau de l'herbe et des abreuvoirs étaient installés dedans.

C'était fou le travail réalisé en si peu de temps. Tout était presque fini. Le manège était également fini, Jonathan et son père avait fait venir des intérimaires pour le montage de celui-ci avec un expert en ce domaine. Pour pouvoir refaire les paddoks on avait mis les chevaux dans les pâtures et une personne de Pleyben s'occupait d'eux. Je pourrais connaître cette personne d'ici peu m'avait dit Jonathan car elle resterait à travailler avec nous et une autre personne devait également venir ces jours-ci pour voir si ce travail lui convenait ou pas. Je me posais juste la question du montant e l'emprunt et pour combien de temps on devait payer. J'en fis part à

264

Jonathan mais il me rassura immédiatement que ceci n'était pas l'objectif premier à voir mais plutôt ce que nous allons réellement faire dans ce centre et nous occuper de la pub à faire aussi.

Une semaine plus tard nous étions réellement installés dans notre nouvelle maison et nous allions célébrer la crémaillère avec ses parents et ma mère ainsi que quelques amis et les deux personnes qui travailleraient pour nous. Jusqu'à présent je ne savais encore rien d'elles et Jonathan ne voulait pas m'en dire plus à ce sujet mais je devais admettre que sur ce sujet je m'en moquais un peu puisque tout mon temps était pris par les chevaux, les poneys, les doubles poneys et ces deux chèvres que nous venions d'acheter quand j'avais craqué devant elles.

Raclette pour le soir, c'est ce qui était prévue et nous avions été faire nos courses dans l'Intermarché du village tout en prenant soin de choisir du bon Whisky et du bon vin pour ses parents.

J'étais encore aux préparatifs de la table quand un coup de sonnette retentit. Jonathan était dehors occupé à soigner les chevaux et les poneys alors je me dirigeai vers la porte et l'ouvrit. A ma grande surprise et joie Sarah et Emma étaient venues pour cette soirée. Nous ne nous étions pas revues depuis plus de six mois et ce fut une grande joie de les recevoir et aussi une superbe surprise. Une idée encore de Jonathan me pensais-je. Il arrivait encore à me surprendre malgré tout ce temps déjà passé ensemble. Nous nous installâmes à la table et je leur servis un apéritif et des petits gâteaux et nous nous mîmes à discuter de tout et de rien avant d'en arriver au sujet principal, ce centre et son bon fonctionnement. Mes amies étaient fières de mon parcours et du résultat abouti. Nous discutâmes longuement de souvenirs d'école et de nos stages faits pendant ces études. Sarah me raconta une anecdote quand Jonathan rentra chez nous avec un large sourire au visage et ses mains toutes sales.

Il s'approcha de notre table et fit la bise à nos invitées en leur demandant si elles allaient bien. Il vint vers moi et me déposa un tendre baiser sur mes lèvres, il avait dû faire preuve de retenue car ce baiser était assez bref et tout en le connaissant Jonathan à chaque fois m'embrassait plus longuement hormis aussi devant ses parents ou du monde en notre présence. Il passa à la salle de bain et alla se laver les mains pour revenir ensuite vers nous. Je lui servis un whisky qu'il but petit à petit tout en nous écoutant parler de chevaux. Jonathan se leva et s'excusa apurés de nos convives car il devait être un minimum habillé convenablement pour cette soirée.

La sonnette retentit une fois encore, c'était les parents de Jonathan qui venaient avec un énorme paquet sous les bras de Patrick et une bonne bouteille de whisky ainsi que quelques pâtisseries que tenait Patricia.

Jonathan redescendit quelques instants plus tard. Il avait échangé son pantalon militaire et son pull vert contre un jean à la mode et une chemise qu'il avait laissé entrouverte montrant les poils sur son torse et aussi sa belle musculature. En le regardant descendre les marches, mes yeux brillaient, j'étais émoustillées de le voir ainsi. Jonathan me faisait toujours le même effet comme au premier jour. Je le dévorais des yeux tout en lui adressant un sourire.

Ma mère arriva quelques instants plus tard avec un énorme bouquet de fleurs. Je me leva pour l'accueillir et mis ses fleurs dans un énorme vase. Tout en discutant je dressais la table en y déposant les patates et la charcuterie tandis que Jonathan mit le pain déjà coupé en tranches. Tous à la bonne franquette nous nous servions de ce que nous voulions. Le Whisky avait été savouré par les deux hommes de la table et le vin avait maintenant pris place. La soirée était à son comble et nous discutions pour la plupart du temps de nos anecdotes avec les chevaux.

L'heure était bien avancée quand un autre coup de sonnette retentit de nouveau. Jonathan alla ouvrir et il fit rentrer une jeune femme. Elle était assez grande tout habillée d'un jean et d'un pull noir. Elle avait sur sa tête un chapeau de cow boy avec lacets. Sa chevelure était elle aussi noire et ses yeux étaient d'un vert intense. Elle était la beauté même.

— Rentre.

Lui dit Jonathan en levant sa main en lui montrant comme un chemin pour venir à nous.

— Chérie et vous les amies je vous présente Tessy.
Tessy je te présente mon amie Marine, et ses amies Emma, Sarah, la maman de Marine et évidement tu connais mes parents.
—   Bonjour à tous et enchanté. Elle tendit à Jonathan une bouteille de champagne, qu'il prit pour la mettre au frais dans le frigidaire américain tout neuf.

Je regardais cette jeune femme qui nous éblouissait de son immense sourire et en nous montrant une belle dentition de dents blanches. Jonathan lui fit une place en face de moi et lui adressa la chaise pour elle s'asseoir.

Jonathan revint à mes côtés sur sa chaise et servit un verre de vin à notre nouvelle invitée puis nous resservit également. Il prit son verre et se leva en tapotta contre son verre sa petite cuiller. Tout le monde se taisa et l'écouta.

— Mon amour, les amis, la maman de ma chère femme et nos amies, je lève ce verre pour trinquer à notre rêve devenu réalité. Je suis heureux de vous avoir parmi nous ce soir et vous dire que maintenant toute l'équipe pour ce bon déroulement de ce projet est au grand complet.

Il me regarda droit dans les yeux et je regardais les siens brillaient de mille feux.

— Mon amour, je pense que tu ne verras pas d'objection à te présenter nos aides. Emma, Sarah sont tes amies depuis déjà plus de trois ans et elles ont bien voulu travailler avec toi dans ce centre qui est le tiens ma puce. Tessy ici présente se joindra à nous si tu es d'accord et elle aussi pour nous aider dans le travail également que ce soit sur le plan de dressages de chevaux, de promenades et bien d'autres choses que toi-même aura plaisir et soin d'organiser j'en suis sûr puisque nous avons pu en parler des heures et des heures ensemble et aussi me donner l'ai de nécessaire dans mon domaine ce qui veut dire l'élevage et les diverses ventes. Tessy à ses parents dans la partie ainsi que son frère Tristan.
Merci papa et maman de votre aide, de votre patience, de votre gentillesse et de votre amour, je vous aime tous et que cette entreprise qui est la nôtre fonctionne à merveille.

Nous nous mettions tous à applaudir le discours de Jonathan et je ne m'étais même pas rendu compte que tout le long de celui-ci des larmes d'émotions avaient coulé de mes yeux en buvant ses paroles. Mes amies allaient devenir mes collègues de travail, je n'en revenais pas et encore une fois de plus, Jonathan avait su se montrer très professionnel et touchant dans ses choix. Il ne pouvait pas me faire plus plaisir en prenant mes amies comme salariées. Tant qu'à Tessy elle m'inspirait une réelle confiance et j'étais sûre que nous allions bien nous entendre.

— Merci mon amour, je suis profondément touchée par tout ce que tu as fait et ce que tu as pu m'apporter, tu es vraiment un être exceptionnel et j'ai vraiment de la chance de t'avoir à mes côtés mon bébé.
— Oui surtout que c'était un peu mal barré cette histoire et quand je vois cela je me dis que c'est vraiment beau l'amour et que vous faites un beau couple vous deux et vous êtes à mes yeux un exemple de l'amour.
— Merci Emma.

Nous levions tous nos verres pour fêter notre nouvelle demeure et tout le long de la soirée nous avions pu rire tout en discutant. Tout était beau, comme magique et pourtant cela était vrai, même si j'avais encore du mal à le croire.

Toutes les publicités avaient été faites et on avait pu déposer des tracs partout, au bureau de tabac, au supermarché, aux boulangeries, dans les divers magasins, à la

MFR, aux écoles alentours et surtout on avait ouvert une page Facebook ou on pouvait voir le nouveau centre équestre et ses nouveaux propriétaires.

Il nous fallait finaliser tout cela et c'est ce que nous avions fait mes amies, Tessy et moi pendant la semaine qui suivait.

On avait répondu à de nombreux coups de téléphone aussi ou on nous posait diverses questions sur nos prestations. Je fis réponse à toutes ces questions en précisant que le centre sera réellement ouvert pour ces quinze mars car il nous fallait encore faire quelques travaux et nos campagnes. Je les invitais à aller voir d'ici deux jours la page sur internet ou tout ce que nous offrons en prestations sera inscrit.

Les filles et moi allions nous occuper des chevaux mais aussi les promener. Certains d'eux pouvaient être montés et d'autres non alors on les promenait à la longe. On travaillait certains chevaux aussi sous le manège fini d'ici peu ou en carrière mais en faisant très attention aux trous.

En ce lundi après-midi, Jonathan travaillait sur les portes des box car certaines avaient un peu de casse et aussi du mal à se fermer. Je venais le rejoindre pour lui demander quelque chose quand en me voyant arriver il me fit son plus beau sourire.

— Tiens ma petite femme qui vient me rendre une petite visite et seule ce coup-ci. Que me vaut se privilège ?
— Juste une demande si tu veux venir avec nous tantôt acheter quelques courses au supermarché et savoir ce que tu voulais manger ce soir ?

Jonathan se mit à avancer vers moi et me souleva pour m'embrasser. Il suait et son odeur mêlée avec son parfum me fit une drôle de sensation, encore plus que d'habitude. Il posa ses lèvres sur les miennes et pénétra à bouche de sa langue chaude. Je pouvais sentir sa musculature eu travers de mon pull. Tout en me tenant dans ses bras, il nous entraîna au fond ou il y avait de la paille posée là. Il me déposa dessus et se mit à genoux tout en me regardant de son beau regard. Il avança une main vers mes chevaux pour faire fuir une mèche rebelle avec une grande douceur. Je fermais les yeux tout en savourant la caresse de ses doigts maintenant sur ma joue puis sur mon cou. Ses lèvres de nouveau colées aux miennes, nous nous embrassâmes avec délice. Je passais ma main sous son pull à la rencontre de son torse. Mes doigts caressaient ses pectoraux tandis que sa main se glissait sous mon pull pour venir sur mes seins nus. Nous roulâmes dans cette paille tout en nous embrassant longuement et nous caressant. Jonathan trouva le bas de mon leggings et me caressa le sexe au travers. Je laissais ma tête partir en arrière sous ses caresses. Ses doigts se trouvèrent vite un passage pour aller en dessous de ce pantalon et fouilla maintenant mon sexe mouillé. Je le voulais, là tout de suite. Ma main alla chercher sa verge toute dure et je lui sortis pour lui inculquer des douces caresses auxquelles je savais que Jonathan ne pourrait pas y résister trop longtemps. Il prit mon leggings et me le baissa le long de mes jambes pour venir mettre sa bouche sur mon sexe. Ma respiration devenait de plus en plus rapide et je lui tirais presque les cheveux. Il vint sur moi et de sa verge bien dure il me pénétra pour me faire l'amour. Nous étions sur le point de jouir quand une voix nous appelant nous stoppèrent.

Tessy ne se trouvait pas loin de nous et elle fit demi-tour sans dire un mot de plus. Nous le regardâmes en nous reculottant et en nous gloussant. Elle n'avait pas dû nous voir et une fois qu'elle était hors de notre vue nous nous mirent à rire.

Je me relevai et embrassa Jonathan tout en lui murmurant au creux de son oreille que nous reprendrons cela ce soir s'il le voulait bien. En guise de réponse il me fit un immense sourire et m'embrassa de nouveau avant que je quitte ce lieu pour aller rejoindre mes amies. Je leur demandai si ça ne les dérangeait pas que seulement deux d'entre nous aille faire les courses pendant que deux allaient faire la présentation de ce centre sur le net. Tessy resta avec moi. Elle me fit un sourire. Je me sentais gênée à cet instant et je me demandais si vraiment elle ne nous avait pas vraiment vu, mais bon peu m'importait à cet instant ce qui comptait été de faire cette feuille.

Nous entrâmes dans la maison et je nous servis un bon café avant de me mettre à ouvrir world.

Nous faisons un brouillon avant et je me mis à taper au propre ce que nous avons fait. Je cliquai « enregistre » et l'installa.

Maintenant on pouvait voir sur Google notre centre équestre en photo, des chevaux dans une pâture ou en train de travailler sous note manège tout neuf et toutes les informations nécessaires pour savoir ce que nous proposons et nos tarifs…

Centre équestre de Marine et Jonathan.

Venez découvrir le centre équestre de Pleyben complétement refait et sous de nouvelles structures. Un lieu reprit par des nouveaux professionnels de chevaux tout en travaillant avec eux sous le calme, la confiance et l'amour. Vous passerez un bon moment que ce soit avec un de nos nombreux cheval, double poney ou poney.

A votre convenance, une simple balade à une chevauchée fantastique…

Nous vous proposons également cours, balades, dressage, trek, animations, jeux…

Nous vous accueillons toute la semaine :

Heures d'ouverture :

Du lundi au dimanche ; de 9hà 20h non-stop.

Pour des treks :

Réservation avant pour la bonne organisation.

Nos prestations :

Cours.

(Particulier/groupes)

Poney à partir de 3 ans.

Double poney à partir de 8 ans.

Cheval autorisé à partir de 10 ans.

Possibilité de passage de galops.

Possibilité apprentissage dressage.

CSO

Possibilité cours chevaux de trait et roulotte.

Entraînement et concours.

Stages.

Stage découverte

Stage loisirs

Perfectionnement

Passage des galops

Préparation aux concours

Animations

Balade en main poney, cheval

Balade en groupe

Anniversaire

Groupe enfants

Groupes de familles

Amusements divers

Compétitions

CCE

CSO

DRESSAGE

ENDURANCE

AUTRES SERVICES :

Pensions box

Location de camion 9 places permis C

Van

20 box

1 sellerie

20 chevaux

Vestiaire

Carrière

Manège

15 hectares de pâture

Nos moniteurs

Marine BLESSIERE

Monitrice équitation

Diplômes :

Titulaire du BPJEPS

Titulaire du BAPAAT

Titulaire d'un BEE 1er degré option CSO

Jonathan RAVEL

Moniteur équitation

Éleveur de chevaux

Vente de chevaux et matériels

Diplômes :

Titulaire du BPJEPS

Titulaire du CGEH

Titulaire du BTSA PA

Emma STRAUSS

Monitrice équitation

Diplôme :

Titulaire du BPJEP

Titulaire du BAPAAT

Sarah STANLEY

Monitrice d'équitation

Diplôme :

Titulaire du BPJEPS

Tessy RAMEZ

Monitrice équitation

Et dressage chevaux de trait

Diplôme :

Titulaire du BPJEPS

Titulaire du BAPAAT

Titulaire d'un BEE 1er degré

Option CSO, dressage.

10 ans de métier.

Titulaire d'un BTSA

TARIFS

Forfait annuel 32 séances ; baby poney 275 euros

Forfait annuel 32 séances poney galop 0 à 2 : 480 euros

Forfait annuel 32 séances cheval galop 0 à 3 : 560 euros

Forfait annuel 32 séances cheval galop 4 et plus :580 euros

Forfait essai 4 séances tous à 65 euros

Cours particuliers 35 euros

Possibilité de prix sur des cartes de 10 séances pour cours collectifs en cheval club ou en cheval du propriétaire.

La licence fédérale est à prévoir : 25euros pour les mineurs et 36 pour les majeurs.

Tel : 02 98 98 98 69

Jonathan rentra à la maison et proposa à Tessy de l'aider pour la mise en place du mobilier et des accessoires pour le bien être de celle-ci dans notre mobil home que nous lui attribuons contre un petit salaire. Tessy lui adressa un sourire puis me regarda pour me demander si elle pouvait disposer.

Après ma réponse ils prirent tous les deux pour leurs tâches tandis que je finalisais le reste sur le net.

Mes deux amies arrivèrent des courses tout en riant. Vu ce qu'elles avaient pris ça allait être pizzas ce soir avec un bon petit bordeaux.

Le téléphone sonna.

— Allo !!!
— Oui bonjour, je suis bien chez Monsieur Ravel Jonathan aux écuries de Pleyben ?
— Oui.
— Je suis le transporteur de gravier, sable et matériaux pour votre carrière et je voulais vous dire que nous pouvons vous livrer d'ici une demi-heure si cela ne vous dérange pas ?
— Oui bien sûr, pas de problème.
— Merci et à tout de suite.

Je sors de la maison et me mets en direction du mobil home de Tessy pour en informer Jonathan.

— Merde !
— De quoi merde Jonathan, j'ai fait une bêtise ?
— Non pas toi mon amour, il devait nous livrer cela dans trois jours et je n'ai pas fait de place pour mettre cela.

En me disant cela Jonathan avança de bons pas vers la carrière pour regarder cela de près. Je le suivais avec Tessy. Il regarda autour de lui et me dit :

— Il faudrait qu'on déplace tout ceci pour faire de la place bébé, mais je n'y arriverais pas tout seul.
— On est là nous. Ce n'est pas parce qu'on est des femmes qu'on ne peut pas relever les manches Don juan.

Intervint Tessy en le regardant. J'avais du mal à m'y faire à ces surnoms qu'elle lui donnait mais c'est vrai qu'ils se connaissaient déjà depuis quelques temps et je devais arrêter d'être jalouse pour rien. Jonathan se mit à rire et lui dit qu'il n'avait pas dit cela sur nous et que c'était d'accord pour cette aide si généreusement vantée.

A nous cinq nous avons vite évacué les barres, les cerceaux et tout ce qui se trouvait à cet endroit. Jonathan alla chercher des grandes bâches qu'il avait été acheter et nous les plaçons au sol avec des parpaings pour les faire tenir.

274

Les deux camions arrivèrent et le chauffeur vient parler à Jonathan. Après avoir donné ses consignes Jonathan lui demanda de le suivre au hangar pour qu'il puisse voir ou il devait mettre le matériel, autres que le gravier et le sable.

Les camions renversèrent leur contenu sur les bâches et nous aidions les deux hommes à débarrasser le restant pour les mettre sur le chariot élévateur.

Une fois le départ des camions, Jonathan se dirigea vers la maison pour téléphoner à son père et lui dire que le matériel pour la carrière était arrivé. La conversation finie, il raccrocha.

— Demain nous ne pourrons pas aller voir les chevaux Tessy, je vais avoir du travail. Est-ce que tu veux y aller seule ou je décommande pour demain et nous irions plus tard ?

— C'est toi qui vois Jonathan, tu es le boss et moi l'ouvrière.

Il la regarda et prit le téléphone pour dire qu'ils ne seront pas là demain mais qu'il rappellerait pour donner un autre jour.

Nous sortions tous pour aller nous occuper des chevaux quand Jonathan interpella Tessy en lui disant qu'ils pouvaient finir son emménagement, enfin si je le voulais bien et si je n'avais pas besoin ni de lui et ni d'elle.

Nous donnions le foin et les granulés aux chevaux pendant que les des chèvres venaient nous voir. Le vétérinaire arriva dans la cour pour faire les vaccins aux chevaux qui en avaient besoin. L'ancien propriétaire avait même sur ce plan là laissait tout tomber il m'avait fallu tout revérifier avec mes collègues. J'accompagnais ce vétérinaire auprès des chevaux et poneys à vacciner en congédiant mes deux amies afin qu'elles puissent aller chez elle si elles le voulaient pour se faire un brin de toilettes ou autres choses avant de revenir pour dîner. Beaucoup de vaccins étaient à faire et je dus amener les chevaux un par un devant le vétérinaire qui les examina attentivement.

Le soir nous étions tous réunis et nous mangions nos pizzas en buvant ce Nectar des Dieux. Nous discutions du travail du lendemain et Jonathan nous fit par de ce qu'il allait faire. Nous lui proposons de lui venir en aide après avoir nourris les chevaux quand un coup de téléphone sonna.

— Allo !!

— Oui bonsoir je suis bien au centre équestre de Marine et Jonathan ?
— Oui…
— Bonsoir et excusez-moi de vous appeler à cette heure ci mais je travaille très tard en ce moment et je n'ai pas pu vous appeler avant.
— Ce n'est pas grave, je vous en prie. Que puis-je pour vous Madame ?
— Je suis maîtresse d'une classe de primaire et je voudrais bien enseigner des choses sur les chevaux aux enfants et je pensais qu'il serait bon pour eux, qu'ils puissent les voir et pourquoi pas monter sur eux et en faire éventuellement.

— Mais bien sûr Madame, je pense que cela est vraiment une belle et bonne idée pour qu'ils puissent vraiment les comprendre. Rien de tel pour apprendre un animal de le voir au moins de tout près.

— Bien alors il faut que nous bloquions un jour si cela ne vous dérange pas ?

— Non pas du tout. Vous voudriez quand ?

— Disons, pourquoi pas ce vendredi si cela vous va.

— Oui, pour combien de temps ?

— La journée, ils annoncent du beau alors nous pourrions en profiter. J'ai déjà vu pour la cantine et tout il me manque plus que votre accord.

— Bien sûr. Mais combien d'enfants ?

— Une classe de trente.

— Parfait, je note cela et à partir de quelle heure ?

— Neuf heures ça ira ?

— Oui

— Pour le tarif nous verrons cela ensemble si vous le voulez bien ou disons qu'on peut déjà en parler.

— Comme vous voulez Madame.

— Bien alors parlons-en. C'est trente- cinq de l'heure mais vous dîtes sur votre page que vous pouvez faire des prix c'est bien cela ?

— Oui effectivement. Disons trente par enfants ça vous va ?

— Parfait.

— Bien, alors à vendredi Madame.

— A vendredi et bonne soirée à vous.

Je raccrochai et je me mis à regarder les autres avec un large sourire.

— Vendredi, il va y avoir toute la journée une classe. C'est-à-dire trente enfants qui vont venir faire du cheval ou du poney.

Un hourra en cœur fut crié par tout le monde et des verres se levèrent pour fêter cet évènement. La saison commençait, on ne pouvait mieux.

Sept heures du matin le réveil sonna et je l'éteignis. Je regardai Jonathan qui dormait encore. Je lui déposai un baiser sur la bouche et je me levai pour aller faire couler du café et prendre une douche.

Sous la douche, Jonathan vint me rejoindre et m'enlaça puis me shampouina. Je le laissais faire, c'était si bon. Il se serra tout contre moi et je sentis au bas de mon dos qu'il avait envie de moi. Je le laissais faire tandis que de ma main j'allais chercher

276

son membre gonflé pour le caresser contre mes fesses. Il me retourna et me prit dans ses bras et me leva pour me plaquer contre la paroi de la douche et me fis l'amour.

Un bruit dans la maison se fit entendre quand nous venions de jouir en même temps. Tessy venait de faire son entrée et on ne l'avait sûrement pas entendue toquer, trop pris dans nos ébats amoureux.

Jonathan sortit le premier de la douche en caleçon et salua rapidement Tessy qui riait à pleine dents. Je venais juste moi aussi de sortir quand elle se mise assise à la table en se servant le café.

— Je pense que je vais vous servir le café. Vous n'avez certainement pas eu le temps de le boire ce matin.
— C'est exact et bonjour Tessy.

Je m'approchai d'elle pour lui faire la bise puis partis vite pour m'habiller car moi aussi je n'avais pas pris mes vêtements avec moi. Tessy arrivait toujours vers les sept heures quarante et je me mis à regarder l'heure car je pensais qu'elle était en avance mais il était déjà sept heure quarante-cinq.

Nous étions à table quand la sonnette retentit. C'était Emma et Sarah. Elles rentrèrent et je m'excusais auprès d'elles pour ce retard que j'avais pris. Tessy sourit en me regardant et en regardant Jonathan. Je pense que ce coup-ci elle nous avait vraiment entendue pendant que nous faisions l'amour sous la douche les portes ouvertes. Sarah et Emma se servirent une tasse de café pendant que j'enfilais mon petit déjeuner rapidement puis nous sortîmes pour aller nourrir les animaux et le soigner. Grand jour de nettoyage aujourd'hui. Nous devons faire les box à fond.

Pendant que nous nous apprêtions à nos tâches, Jonathan se dirigea vers la carrière qui avait été vidée pendant que nous emménagions.

Il en fit le tour et retira toutes les grosses pierres qui se trouvées sur les grandes bâches en ce grand trou de plus de cinquante centimètres de profondeur.

Menant un cheval dans un paddok j'entendis des voix de l'extérieur qui venaient vers ici. Je pensais que c'était les agriculteurs à qui j'avais fait ma commande qui venaient me livrer le foin et la paille ou celle des granulés pour les chevaux mais ils m'avaient dit pas avant la fin de la matinée au minimum voire l'après-midi. Quatre personnes entraient et me saluèrent en me disant que c'était une boîte intérimaire qui les envoyer pour un travail. Ils étaient tous vêtus de chaussures de sécurité et ils avaient pris soin de prendre le repas du midi.

J'appelais Jonathan pour savoir s'il était au courant de quelque chose et en arrivant il leur serra la main et les affranchit du travail qu'ils allaient faire avec lui.

Les cinq hommes partirent chercher les outils et le reste. Les filles étaient elles aussi sorties pour voir ce qui se passait.

Je décidais d'aider Jonathan et je me rendais avec lui pour effectuer ce travail de dur labeur. Les filles nous rejoignirent une fois les tâches finies. Nous avions tout préparé et il ne restait qu'à faire comme disait si bien Jonathan.

À eux cinq ils prirent les bâches de la carrière et les dégagea pour les plier et les mettre un peu plus loin que les tas de sables et de cailloux.

Jonathan retourna dans le grand trou et vérifia le sol de celle-ci et aussi si la pente était toujours bien d'un pour cent au minimum. Une fois sûr de cela il demanda aux garçons de prendre le Géotextile qu'ils venaient de sortir du grand hangar pour le descendre dedans. Ils l'installèrent au fond a la place de ces bâches puis ils se mirent à chaque extrémité et la tendirent au mieux qu'ils le pouvaient. Pendant ce temps-là Jonathan alla chercher le petit bulldozer qu'on nous avait prêté au départ de notre arrivée ici, le remplit de cailloux concassés de deux à huit millimètres qui se trouvait sur la bâche extérieure. Son godet plein, il se dirigea vers le trou et renversa son contenu pour aller de nouveau le remplir et refaire cette opération à multiples reprises tandis que les quatre hommes munis de leur pelle attrapèrent les cailloux et replissèrent les deux brouettes que Jonathan avait mis là en les attendant, pour aller les vider au plus loin. Un restait à cet endroit et étala ces cailloux avec un râteau. Un travail de longue haleine les attendait en cette journée. Jonathan essayait d'aller le plus vite que possible et dès qu'un gros tas était dans ce trou, il descendait pour aller leur donner un coup de main.

Je me dirigeais vers le hangar et pris des autres pelles et deux râteaux que je tendais à mes collègues et nous nous rendîmes vers la carrière pour aider Jonathan et ces ouvriers dans ce travail de titans. Heureusement il ne pleuvait pas ce jour-là. Plus de trois heures plus tard, la couche de cailloux recouvrait le Géotextile. Jonathan et les ouvriers en sueur prirent le filet imperméable et le positionnèrent sur ce sol de cailloux nivelé. Ensuite ce fut au tour des dalles à être mises sous l'œil expert du chef de chantier et Jonathan reprit son engin pour de nouveau aller le remplir d'un mélange de graviers et cailloux concassés eux aussi pour servir de drainage. Dix centimètres durent être mis à la pelle. Il avait fallu mettre tout du long des planches pour que les travailleurs puissent avancer leur brouette extrêmement lourde. Un des garçons avait pris le rouleau et le passer sur ce qui venait d'être mis. Chacun leur tout ils se remplacèrent à cette tâche herculéenne. J'étais à pelleter quand une voix d'homme appela, c'était mon agriculteur qui venait me livrer ma commande de bottes de pailles. Allant à sa rencontre je lui dis ou il devait mettre cela et de bien les ranger sous ce hangar. Il devait faire plusieurs voyages pour me faire ma livraison. J'avais commandé quarante bottes rondes de pailles et trente de foin. Je laissais avec lui Emma pour bien lui indiquer ou tout devait être mis et surtout comment mettre ces grosses balles rondes et je retournais voir Sarah pour lui demander d'aller nous chercher de quoi manger à la boulangerie et au supermarché. Je lui remis deux chèques en blanc pour payer cela en lui demandant de bien ramener les factures puis je retournais vers la carrière ou tout le monde maintenant s'attaquait aux gros rondins de bois pour les mettre tout autour. Claude, le chef de chantier les percèrent au fur et à mesure qu'ils furent positionnés et les firent maintenir en y enfonçant dans le sol une tige de plus de cinquante centimètres de longueur.

Le livreur de granulés pour les chevaux arriva à son tour et je me rendis à lui pour moi-même lui montrer ou mettre ces énormes sacs remplis jusqu'en haut de la gueule. J'en avais commandé deux tonnes, ce qui représentait quatre énormes sacs. Sortant mon carnet de chèques de la cabane, je lui fis un chèque et il me remit ma facture que je rangeais directement dans le carnet de chèques.

Sarah arriva avec des sandwichs et des pâtisseries ainsi que de la bière, du coca cola et de l'eau. Nous faisions une pause bien méritée surtout pour les hommes qui ne s'étaient pas arrêtés un seul instant depuis le matin à part une fois vers dix heures pour boire un café.

Nous mangions encore quand Jonathan reprit son bull et alla le remplir maintenant du sable de rivière pour de nouveau le déverser dans la carrière. Il fit plusieurs aller et retour pendant que tous mangeaient à pleine dents les différents sandwichs et fruits posés sur une planche à même le sol et qui servait de table. Personne n'avait voulu manger à la maison. Ils voulaient rester près de leur travail et surtout ne pas faire une longue pause. Tous se remirent au travail ainsi que nous. Jonathan à l'aide de son bull amenait le sable, nous les filles on remplissait les brouettes, deux des garçons les apportés à leurs collègues et eux ils tiraient le sable avec les râteaux. Il était plus de dix-sept heures quand le sable remplissait les trois quarts de la carrière. Le chef demanda à ce qu'on prenne de nouveau le rouleau et qu'on le passe. Je demandais à Emma si elle voulait bien nourrir les chevaux et les poneys vu l'heure qui était déjà bien avancée.

Le travail fut fini à dix-neuf heures quinze, la nuit venait déjà et les hommes étaient fatigués. Jonathan leur dit de rester manger ici et qu'il ferait livrer des pizzas. Ils ne dirent pas non et en rentrant ils se mirent à table pour boire une bonne bière bien méritée. Je commandai différentes pizzas pour tout le monde pendant que Jonathan prit son portefeuille et en sortit quatre billets de cent euros pour leur en donner un chacun. Ils contestèrent mais Jonathan ne voyait pas cela comme cela et se montra très dissuasif.

Les pizzas arrivèrent et Jonathan alla chercher des bouteilles de vin dans la réserve.

Le lendemain matin après avoir pris un bon petit déjeuner avec Jonathan et Tessy, je sortis faire mes tâches journalières. Tessy me rejoignit et on se mit à l'ouvrage que nous nous étions fixés la veille, c'est-à-dire de vérifier le matériel dans la sellerie et d'ouvrir les nombreux cartons qui contenait notre matériel qu'on avait été acheté

279

quelques jours plus tôt dans un magasin décathlon à Quimper. Évidement vu tous les articles que j'avais pris chez eux et que j'étais une professionnelle dans le domaine, ils m'avaient fait une belle réduction et m'avaient même offert certaines choses comme des brosses, des couvertures et des bombes. Nous faisons le listing quand nous fumes rejointes par Emma et Sarah. Nous rangeâmes le matériel et le trousse de secours dans cette pièce. Nous avions plus de vingt licols, plus de quinze selles dont six pour poneys et différentes bombes et paire de bottes. Nous accrochions les filets sur des crochets conçus pour cela et nous rangions les couvertures neuves dans un meuble. Au sol, nous laissions les caisses où se trouvaient brosses dures et douces, étrilles, bouchons, éponges, couteau de chaleur, époussettes, cures pieds, peignes, onguent à sabots et pinceaux… Sur le mur on y installa aussi les longes, les perches et tout le nécessaire. Tout était répertorié sur un cahier et celui-ci fut rangé dans un classeur fermé à clé. Nous étions prêts pour l'ouverture du centre nous étions contentes.

Le vendredi arriva et la maîtresse avec les trente élèves arrivèrent en car. Quatre adultes étaient présents pour entourer ce beau petit monde. Cette journée commençait par une visite des lieux. Nous nous sommes répartis les enfants en formant cinq groupe de six.

Chacun connaissait son métier et savait ce qu'il devait faire. Toute la matinée à été sur des cours sur les chevaux, sur des réponses aux questions des enfants. Ils avaient pu aussi les approcher et nous aider à les mettre des box aux paddoks et on divisa les groupes pour que certains aillent faire du double poney sous le manège et les autres sur les chevaux dans la carrière. Ils ont l'après-midi assisté à du CSO de la part de Tessy et moi-même dans la carrière. Nous avions eu droit à des applaudissements et de félicitations.

Le soir Jonathan téléphona à la personne ou il devait aller voir les chevaux et conclut un rendez-vous pour le mercredi suivant. Puis il téléphona à un centre équestre qui mettait la clé sous le paillasson et prit rendez-vous pour nous deux le lendemain pour divers achats. A la fin de sa conversation il nous rejoignit Tessy et moi-même à table et nous expliqua tout de ces rendez-vous.

Le lendemain après avoir soigné les chevaux, nous montions dans la voiture et direction Lorient.

La propriétaire vint à notre rencontre et nous salua tout en nous invitant à venir boire un café chez elle. Nous avions échangé et nos passions et elle nous raconta pourquoi elle mettait fin à son travail. Elle vendit car elle avait perdu toute sa confiance aux chevaux depuis sa dernière chute et elle voulait également partir rejoindre son nouvel ami dans le Sud qui tenait une grande exploitation fermière.

Nous nous rendîmes à ses pâtures et regardions les chevaux à vendre. Nous en discutâmes et nous mirent d'accord sur un prix convenu pour lui acheter six de ces chevaux que Jonathan viendrait chercher dans une semaine. Nous passions au matériel et là aussi Jonathan lui fit une offre pour l'achat de tout ce qu'elle possédait si son prix était acceptable. Après plusieurs heures de négociations et de rires ils étaient une fois de plus en accord.

Nous rentrâmes de nouveau dans sa maison et nous faisions les papiers de ventes. Pour le payement ç'était Jonathan qui le faisait en sortant un chèque. Nous avions nos deux activités réunies, le centre équestre et l'élevage mais pour les comptes, ils n'étaient pas les mêmes. C'était deux comptes bien différents. Un pour le centre équestre et un pour l'élevage, la vente etc…il en était de même pour nos salariées, Emma et Sarah travaillaient en tant que salariées pour le centre et Tessy pour l'élevage et la vente avec Jonathan. Bien sûr nous nous donnions des coups de main s'il le fallait, que ce soit pour les tâches ou pour le travail si aucun des deux n'avaient réellement de priorités à faire.

Nous repartîmes de chez Madame Boulanger à douze heures quinze. Jonathan, une fois dans la voiture me demanda si j'avais faim, je lui répondis oui et nous nous dirigions au centre-ville de Lorient pour aller déjeuner dans un bon restaurant.

Nous avions choisi la carte et on nous servit en entrée de escargots pour Jonathan et crevettes pour moi. Jonathan tout en dégustant son plat me fit du pied sous la table et il me dévorait des yeux.

— Je t'aime Marine
— Moi aussi mon amour je t'aime.

On fut interrompu par le serveur qui je dois le dire était beau à croquer. Il nous demandait si nous avions fini tout en me dévorant des yeux. Jonathan le fixa d'un regard noir. Je sentais le rouge me monter aux joues et lui dis que oui nous avions fini.

— Il ne se gêne pas celui-là, devant moi il te fait du rentre dedans.
— Mais non tu exagères bébé.
— Bien, on va dire cela mais je n'aime pas ces attitudes.
— Je t'aime toi mon chère et je ne suis pas attiré vers un autre, qu'il soit moche ou beau, alors rassure toi mon amour, je suis à toi et rien qu'à toi.

Son pied ou il n'y avait plus sa chaussure vint me caresser le mollet pour ensuite monter vers mes cuisses. Il me déstabilisait complètement et je me sens de nouveau rougir tandis que à l'intérieure de mes cuisses se produisait le désir qu'il aille plus loin.

Des gens venaient dans la petite salle ou nous étions et j'ai dû mettre ma main sur son pied pour lui retirer. Je ne savais plus ou me mettre tellement je pensais que tout de mon état d'excitation se voyait. Je bus un grand verre d'eau pour me rafraîchir et m'excusa auprès de lui pour aller aux toilettes.

Quand je rejoints Jonathan à la table nos assiettes de viandes et légumes étaient servis.

Je me mis à table et mangea. Jonathan me regarda dans les yeux et me dis :

— Il a vraiment fallu que je me force à rester sur cette chaise mon amour car crois-moi, l'envie de venir te rejoindre était tellement intense que je croyais ne pas pouvoir vraiment résister.

Il me fit un large sourire et un clin d'œil. S'il savait que je le désirais moi aussi dans ces toilettes mais je n'allais pas lui dire cela sinon il aurait été capable de nous y emmener.

De retour au centre équestre, on rentra dans la maison pour prendre un café. Nous n'avions pas vu Tessy et ni sa belle voiture. Elle devait avoir été faire un tour. J'étais à la cuisine à faire tourner la cafetière quand je sentis des mains baladeuses sur mes hanches pour remonter sur mes seins qui se dressaient directement. La bouche de Jonathan m'embrassait le cou et je l'aidais en mettant ma tête en arrière lui offrant encore plus que mon cou. Ses mains avaient soulevé mon pull et il avait descendu mon soutien-gorge pour s'occuper de ses mains duces de mes deux petites dunes. J'avais arrêté tout mouvement et la cruche d'eau encore en main fut suspendu dans les airs. Sa main droite était maintenant à l'intérieur de mes cuisses pendant que sa langue fouillait ma bouche. Je jouis presque instantanément sous ses caresses en mon sexe. Il me retourna et me leva pour me mettre assise sur le plan de travail.

— Arrêtes bébé, ce n'est pas prudent Tessy pourrait venir et nous surprendre en train de…
— Tant mieux, ça ne sera que plus excitant.
— Mais non mon amou…

Je n'eus pas pu finir ma phrase que sa langue était désormais à l'intérieur de mes cuisses. Il savait vraiment la manier sa douce langue et il me fit une nouvelle fois jouir. Se relevant il m'embrassa de nouveau en pleine bouche tandis que je pouvais sentir son gros sexe rentrer dans mon vagin.

La porte s'ouvrit subitement et Tessy fit son entrée en nous regardant d'un air gêné. Elle se mit à rire et elle ressortit directement en disant qu'elle allait voir les chevaux. Je commençais à repousser Jonathan pour pouvoir me rhabiller tellement j'étais

282

gênée de la situation mais Jonathan d'un coup rapide se remit au fond de moi pour continuer notre ébat. Il jouit quasiment au bout de deux minutes…

Dehors devant les pâtures je rejoignis Tessy pour m'excuser et lui bafouiller une excuse mais celle-ci se mit à rire en me disant que c'était la nature et que tout allait bien pour elle.

D'un large sourire elle me demanda si elle pouvait aller maintenant boire un café…voyant ma gêne et le rouge à mes joues elle se mit à rire tout en partant en direction de la maison.

Trente minutes plus tard je rentrais également dans la maison. Jonathan et Tessy étaient tous les deux à la table en buvant un verre de whisky, ils riaient en se rappelant des souvenirs passés. Je me servis un grand verre de sirop de pêche et me joints à eux en me mettant au bout de la table pour faire ma gestion que je remettais toujours à a belle -mère. Elle s'occupait de tous les comptes en ce centre et aussi sur l'élevage. Elle faisait passer cela par ses amis comptables qui suivaient cela de près. L'emprunt avait été accepté rapidement et même un deuxième car deux banques nous avaient mis à disposition une énorme somme d'argent sur les comptes. Ma belle-mère avait effectivement fait du beau travail pour les dépenses à faire et elle n'avait rien négligée, que ce soit cette carrière à refaire, de la maison à rénover, le matériel à acheter, l'achat d'autres chevaux, les payes….

J'avais juste à payer et à lui remettre les factures. Les payes se faisaient par le comptable, il me donnait juste les feuilles de salaires à remettre et évidement le chèque je devais leur faire à nos employées.

Le téléphone sonna et voyant que Jonathan n'alla pas répondre je me levais pour le faire. C'était justement ma belle-mère qui me demandait si nous étions d'accord Jonathan, Tessy et moi d'aller dîner avec eux ce soir même à un bon restaurant de Quimper. Je demandai à Jonathan et Tessy s'ils étaient partant et je répondis par un oui.

Le soir nous étions tous à ce restaurant. Tessy qui nous avait rejoint était habillée par une jupe noire et d'un chemisier blanc cassé. Elle avait un collant voile couleur chair ou on pouvait voir ses belles et longues jambes bronzées. Elle avait mis un soupçon de maquillage, juste pour faire ressortir l'éclat de ses yeux. Elle était vraiment belle naturellement. Jonathan la regarda et lui en fit le compliment. Tessy le regardait et le lui retournait. C'est vrai que Jonathan pour cette occasion avait mis un costard bleu marine et une chemise blanche. Il était à croquer dans ce costume et j'étais fière d'être avec le plus bel homme de cette terre. Tant qu'à moi j'avais enfilé également une jupe bleu foncé et un petit pull. Jonathan qui m'avait vu comme cela à la maison n'avait pas pu résister à ses pulsions et il m'avait allongée sur le lit pour me le montrer avant de partir, ce qui nous fis venir en retard au rendez-vous. Le dîner se passa très bien et les discussions tournèrent sur le travail.

Emma, Sarah et moi-même étions à nos tâches quand Tessy et Jonathan partirent vers Lorient pour aller chercher les chevaux et tout le matériel de Madame Boulanger. Ils rentrèrent que le soir vers les vingt-deux heures. On devait descendre ces belles bêtes du camion et les emmener dans les box nettoyés pour eux cet après-midi par nos soins. Le matériel fut déchargé lui aussi et rangés dans une grande pièce fermée à clé.

Les chevaux étaient assez craintifs, le voyage avait été long et rude nous dit Jonathan en les regardant. Il y avait eu des bouchons sur Lorient même et Quimperlé. Ils s'étaient arrêtés pour dîner sur Quimper et faire une pause. Jonathan en avait profité pour aller saluer ses parents. Emma et Sarah n'avaient pas voulu rentrer chez elle et elles avaient voulu rester pour nous donner un coup de main bénévolement. Bien sûr nous avions mangé ensemble, c'était le moins que je pouvais faire pour leur gentillesse et surtout que c'était mes amies avant tout. Le nom de salarié était que pour les feuilles de payes etc…mais certainement pas pour moi et surtout pas dans mon cœur. A mes yeux, nous cinq formions une grande famille avant tout qui travaillait ensemble.

Je me dirigeais vers Jonathan qui regardait cette belle jument de race Connemara. Elle était en arrière dans le box et Jonathan lui parlais avec une grande douceur pour essayer de la tranquilliser. A ces côtés je la regardais et je le regardais. J'étais toujours autant prise d'admiration devant lui et surtout quand il parlait d'une voix douce au chevaux. Il me fascinait. Il était si musclé et grand que c'était tout de même étonnant qu'un homme aussi bien bâti que lui puisse avoir autant de sensibilité que ça envers les animaux. Je le regardais avec des yeux remplis d'amour et sentant mon regard il se retourna et me sourit en me faisant un baiser. Je le pris par le cou et l'embrassa plus longuement en lui disant que j'avais vraiment de la chance d'être avec un homme comme lui et que je l'aimais plus que tout. Le soir même, une fois tout le monde repartis nous faisions l'amour comme si c'était la première fois. À chaque fois que je mettais mes mains sur son corps c'était comme si je le découvrais et j'étais toujours autant excitée et folle de désir que nous nous aimions une fois encore.

Trois jours plus tard Jonathan repartait avec Tessy pour acheter à Lyon d'autres chevaux. Ce coup-ci ils allaient achetés des juments et un étalon de race Pur-sang arabe ainsi que deux juments Anglo Arabe et deux Appaloosa. Jonathan avait déjà acheté deux Paint horse, un mâle et une femelle pour que ceux-ci fassent de la reproduction. Jonathan et Tessy partait pour Lyon sur trois jours, le temps de faire le voyage aller-retour et les choisir dans la ferme d'élevage. Ils devaient dormir dans des hôtels et manger des sandwichs ou quelque chose comme ça. A leur arrivée, me donnant les factures et le carnet de chèques pour que je les range précieusement, je pus voir sur le talon du chéquier qu'ils avaient été mangés plusieurs fois dans des restaurants. Je ne fis pas réellement attention à cela et pour moi ils avaient le droit de bien manger que plutôt avaler de vulgaire casse dalles.

Pendant ce temps nous avions eu des gens qui étaient venus faire des balades, d'autres des cours. J'avais pu remplir mon agenda de rendez-vous pour plus d'un mois. Il y avait même eu des chevaux qui étaient arrivés en pension chez nous. Les affaires fonctionnaient maintenant très bien pour le centre équestre. J'avais même eu la MFR en ligne et nous étions en pour parler d'un engagement annuel pour les mercredis de période scolaire pour des cours d'équitation avec dix de leurs élèves qui voulaient faire du CSO et des concours.

Tout allait pour le mieux pour notre affaire et Jonathan dans les mois qui allaient suivre allaient pouvoir vendre son matériel acheté et ses chevaux. Son métier consistait en dehors de son élevage à acheter des chevaux en groupe et de les revendre bien plus chers que ce soit à d'autres centres équestres ou mieux à des particuliers. Tessy prenait son travail à cœur et elle lui était d'une aide précieuse. Elle n'avait plus beaucoup de temps à nous consacrer tellement elle était prise par ces éventuels déplacements. De mon côté je voyais de moins en moins Jonathan puisqu'il passait avec Tessy beaucoup de son temps sur les routes. Ils allaient faire leur achat partout dans la France et ils devaient partir parfois cinq jours d'affilés. Je profitais de tous les moments possibles pour être auprès de Jonathan et quand nous le pouvions nous nous reposions sur Emma, Sarah et Tessy pour sortir un peu entre nous deux. Un soir Jonathan après que nous ayons fait une fois de plus l'amour avec la même intensité, me dit une fois de plus qu'il voulait un enfant. Il avait longuement réfléchi durant ces années passées et il était prêt à être papa. Il fallait dire que nous gagnions largement notre vie maintenant et que tous les jours le centre équestre avait du monde. Emma donnait des cours chaque lundi, mercredi et vendredi en fin d'après-midi, et elle donnait aussi des cours le matin à des adultes. Sarah avait elle aussi son monde et elle s'occupait de cours de groupes d'école plus des cours de dressage. En travaillant avec nous, elles se sont perfectionnées et ont obtenu plus de diplômes et de niveaux. Tant qu'à moi je les aider aussi dans ces domaines. Jonathan avait vu ses premières naissances arrivées un peu plus d'un an après ces achats de ses pur-sang. Son élevage commençait réellement à voir le jour. Le centre équestre avait vu le jour il y avait cinq ans déjà et je comprenais sa demande et même j'étais également en accord de lui offrir ce qu'il avait toujours voulu. Plusieurs fois avec Jonathan tout au long de ces années nous avions abordé le sujet d'avoir des enfants, il en voulait trois mais j'ai toujours été récalcitrante à ce sujet. Je ne me voyais pas vraiment maman tandis que lui comme il me le disait à chaque fois il se voyait bien avec un enfant. *Il était fait pour être papa* comme il savait si bien me le dire. *Une vie sans enfant ne sera jamais une vie épanouie ni entière,* comme il me l'avait si souvent répétée. Il n'était pas dans la colère mais dans la déception de mes refus depuis ces quelques années. A ses yeux, lui donner un enfant serait le plus beau des cadeaux que je pourrais lui faire. Il m'avait un soir conté enfin le pourquoi de ce jour où il avait voulu mettre fin à ses jours, cette fameuse raison qui n'étant autre que ses parents et tout ce qu'il avait gardé en lui pendant toute son enfance et adolescence et c'est pour cela que ça lui coutait à cœur de devenir papa, un bon et merveilleux papa.

Dix mois plus tard

Les jeunes poulains gambadaient auprès de leur mère dans cette nouvelle pâture qu'on avait acheté un an plus tôt avec deux autres.

Jonathan était dans cette pâture à mettre de l'eau dans leur abreuvoir à l'aide du tracteur et de la citerne. Comme toujours je l'admirais. Il ne m'avait pas encore vu et une fois l'abreuvoir remplit il se mit assis au sol près de son tracteur pour admirer les jeunes purs sang qui jouaient. Tessy était un peu plus loin à mettre du foin dans le râtelier, sa jument pure sang était à lui tourner autour d'elle. Cette belle jument du nom de Chelsea lui avait été achetée par Jonathan il y avait plus de deux ans maintenant. On s'était rouspété par la suite par cet achat qui ne rentrait en rien dans nos dépenses alors pour clore la conversation, il m'avait dit qu'il l'avait acheté par ses propres moyens donc de son argent personnel. A moi il m'avait acheté deux chiens de race Malinois. Ils étaient beaux mais ce n'était pas le même cadeau et je dois avouer que ma jalousie avait été présente ce soir-là. Là ou je lui en avais voulu le plus c'est qu'il ne me l'avait pas dit mais j'ai pu le voir lors de carnets, cette jument était à son nom à elle et non à l'élevage Jonathan Ravel de Pleyben. Elle avait coûté la modique somme de trente-cinq mille euros et ils avaient été la chercher dans le Sud quand ils avaient été chez son frère pour effectuer des ventes de nos chevaux.

Tessy qui avait fini son remplissage de foin jouait maintenant avec Chelsea en courant dans cette grande étendue d'herbe. Elle rejoint Jonathan et se roula au sol à ses côtés pendant que sa jument venait la pousser gentiment de sa tête. Je pouvais l'entendre rire d'où je me trouvais et malgré les quelques arbres qui étaient devant moi.

Je les admirais sans dire un mot et Jonathan riait de voir Tessy s'amuser comme cela. Il commença à se relever quand Tessy se mit à lui bondir dessus pour le mettre au sol et à le chatouiller. Il se mit à rire avec elle et je sentis au fond de moi une boule qui commençait à se faire sentir. Mon téléphone sonna et Jonathan et Tessy regardèrent dans ma direction. Tessy se releva directement et retourna vers son tracteur tandis que Jonathan venait tranquillement vers moi en me faisant un large sourire. Celui-ci me fit reprendre mes esprits et disparaître ma boule au ventre.

— Bonjour mon amour. Quelle surprise, tu ne devais pas être en train de donner un cours ce matin ?
— Non ça été annulé et reporté.
— Ok. Tout va bien bébé ?
— Oui, oui tout va bien Nathan.

Il me regarda et m'embrassa pendant que les poulains continuaient leurs petits sauts et que Tessy arrivait maintenant à la porte.

— Tu es libre ce midi ?
— Je peux l'être si tu le veux.
— Oui j'aimerais vraiment car j'ai réservé une table pour deux au restaurant.

Jonathan me regarda dans les yeux et me fit un sourire.

— Un événement à fêter ? Tu as eu d'autres contrats ?
— Oui mais je t'en dirai plus à midi mon bébé d'accord ? Mais je veux te sentir dans mes bras mon amour.

Disant cela je pris Jonathan qui était passé par-dessous les fils électriques pour venir me rejoindre et le serra contre moi.

— Je t'aime mon tendre amour.

Plongeant mon regard dans ses yeux j'approchais mes lèvres pour venir l'embrasser sous les yeux de ses chevaux qui mangeaient le foin. Je repartis avec Jonathan dans le tracteur jusqu'à notre centre équestre et alla rejoindre les filles qui donnaient un cours.

Les regardant je me mis à sourire. Il faisait beau et tout allait pour le mieux. Je regardais ce nouveau cheval qui trottait divinement bien à la parole d'Emma. Avec elle, deux hommes et cinq femmes qui montaient nos chevaux, eux aussi avaient mis leurs montures aux trots.

Un peu plus loin Sarah dirigeait trois autres adultes pour un dressage de leurs chevaux. Les progrès de ces gens étaient considérables, faut dire que Sarah était elle aussi un excellent professeur d'équitation et de dressage. Elle avait la semaine dernière un cours sur la conduite d'une roulotte tirée par un cheval de trait. Ce beau cheval était de race Breton et on l'avait acheté avec un autre deux ans auparavant. La roulotte fut achetée à peu près à la même époque. Notre centre équestre qui était en pleine expansion comptait à ce jour plus de vingt chevaux, dix doubles poneys, huit poneys pour le bon fonctionnement du centre, onze pensionnaires et pour ce qui était de l'élevage de Jonathan il avait sept jument purs sang arabes et un étalon, trois juments Anglo arabe, trois juments Appaloosa et leur étalon, deux connemara et deux pures races espagnoles et leur étalon et ses quatre poulains et cinq naissances à venir. Les poulains étaient déjà réservés ainsi que deux des naissances à venir. Il vendait toujours autant de matériel et il s'était même rallié aussi avec le chef de chantier qui était venu ici au départ pour faire des constructions de carrière et de manège. Il était le patron de cette entreprise et le chef Monsieur Durand était le gérant. Tout fonctionnait bien mais j'avais remarqué que Jonathan ne s'investissait plus dans le centre équestre mais par contre Tessy oui. Elle partait toujours avec lui mais elle m'aidait au maximum dés qu'elle le pouvait. Elle était elle aussi une bonne personne ainsi que Emma et Sarah, c'est pour cela que j'ai pu compter sur elles.

A la table ou nous avions commandé un repas de roi, Jonathan me regardait attentivement. Il bouillait d'impatience de savoir quel contrat j'avais pu dénicher et de ne pas lui dire me faisait sourire. Je savais que ce contrat là lui ferait plaisir, il était plus dans ses cordes. Pendant l'entrée nous parlions de ses poulains et de ses juments qui étaient pleines. Il me disait qu'il espérait un bon pactole de ces six poulains à venir. Je le regardais bien dan les yeux quand il me contait qu'une autre de ses juments était pleine elle aussi. Il me fit un large sourire en me disant cela. A chaque fois qu'une de ses juments était pleine il était fou de joie mais il avait comme la plupart de ce métier-là, l'inconvénient de s'attacher trop aux petits et ça le déchirait de les faire partir même s'il savait qu'ils allaient être bien. Pour lui c'était comme son bébé qu'on retirait. Au moment du dessert il avait la larme à l'œil en me disant que dans deux semaines on viendrait chercher deux poulains. Ils avaient plus de dix-huit mois et ils étaient débourrés. C'était Tessy qui s'occupait de ce travail le plus.

— Combien de naissance sont à venir bébé ?
— Six.

Il était fier de me le dire et il me regardait de ses yeux verts si purs et si intenses que j'aurais presque eu envie de lui sauter au cou pour de nouveau lui faire l'amour sur cette table. Je me noyais dans ses yeux, il était si beau malgré les quelques années de plus, je crois même qu'il était encore plus beau surtout aujourd'hui.

— Tu te trompes mon amour.
— Non, je viens de te le dire Marine, une autre jument est pleine, j'en suis sûr, doc les cinq et elle ça fait bien six.

En me disant cela il se mit à rire. Parfois il aimait se moquer de moi.

— Sept en fait si je compte bien. Oui cette naissance à venir et pas six.
— Mais non mon amour, cinq plus un ça fait bien six non ?

Une fois de plus il rigola tout en mangeant sa glace à la vanille.

— Cinq plus un ça fait six, je suis exact mais tu ajoutes un à ton résultat et tu me dis combien ça fait ?

— Ben sept... mais je ne comprends pas. Tu as un cheval qui attend un bébé toi aussi ? Ou tu vas acheter une jument pleine ? C'est ça ? Voilà c'est ça ta surprise...j'ai trouvé. Tu as acheté une jument pur race et en plus elle est pleine...mais c'est génial mon amour, elle vient quand cette jument ?

— Elle est déjà ici bébé.

—Ah... elle est arrivée ce matin ou dans la nuit ?

— Non, elle était déjà là.

— Là tu me poses une colle. Mes étalons ne se sont pas sauvés et...

— Mais je ne parle pas de tes étalons mon amour.

— Pas de mes étalons ? Mais qui ?

— Un autre étalon en fait mais qui ne vit pas dans les pâtures, ni les box etc

— Explique-moi.

— La naissance est pour dans six mois et deux jours.

— Et elle est ou cette jument ?

— Devant toi mon amour.

— ??????

— Tu es l'étalon et je suis la jument en fait...

Et là en regardant son regard ébahi je me mis à rire à pleine dent presqu'en recrachant ma glace pralinée.

— Tu es... tu es...

— Oui chéri je suis... nous allons avoir un bébé.

— Mais c'est super...

Il se mit debout et il m'embrassa à pleine bouche comme si nous étions tout seuls.

— Champagne ce soir... enfin nous et toi qu'une coupe mon amour.

Il ria en payant la note et il laissa un pourboire de cinquante euros.

Jonathan prenait soin de moi et m'apportait le petit-déjeuner au lit. Il alla même jusqu'à se mettre à aider pour nos tâches et il était toujours de bonne humeur. Il riait pour rien, chantait tout le temps, sifflotait et admirait encore plus ses poulains. Quand il devait partir, il s'arrangeait pour revenir le plus rapidement possible. Il était toujours au petit soin pour moi... un peu de trop à force. J'en étais à mon cinquième mois de grossesse et nous avions déjà tout acheté et nous avions fait la chambre de notre bébé, ç'était un garçon. Ses parents et ma mère étaient fou de joie et ils avaient tous voulu participer aux achats pour la chambre, les filles aussi. Je ne devais plus rien porter, plus rien faire… juste prendre soin de moi et de notre bébé. Tous les soirs il m'embrassait et aller embrasser mon ventre, il lui parlait des heures et des heures, je m'endormais à force. Il ne voulait plus faire l'amour pour ne pas faire du mal à l'enfant. J'avais beau lui dire que cela ne gênait en rien et que j'avais vraiment envie de lui, il refusait tout rapport entre nous. ABSTINENCE… j'étais obligé de me faire des plaisirs solitaires en repassant à nous ou en le regardant dormir.

Certaines nuits, je lui caressais son membre ou bien je le mettais dans ma bouche et je le sentais grossir très vite, je me couchais sur lui et je l'avalais de mon corps mais Jonathan se réveillait tout le temps et me poussait subitement de lui avec dégout. Il me disait que j'étais folle de faire cela, que je faisais du mal à SON bébé et que LUI ne voulait pas. D'autres fois il m'insultait de perverse, d'obsédée…j'ai eu droit aussi à tueuse d'enfant et bien pire.

Je me mettais dans mon coin et je m'endormais en pleurant. J'en fis part à Sarah qui me consolait comme elle le pouvait. Jonathan avait repris ses voyages de plusieurs jours avec Tessy mais en me prévenant bien de ne pas faire quoique ce soit qui nuirait à son bébé. Il devenait assez arrogant et autoritaire. Jonathan avait changé et je venais parfois à regretter d'avoir arrêté cette pilule. Je n'avais plus à porter de seau ou de brouettes ni même faire du cheval, et comme il le disait si bien, on avait des employées expresses pour cela, il ne les avait pas choisies et prise pour rien. De l'entendre me parler de nos amies comme cela me fit fondre en larmes. Je ne le reconnaissais plus.

Un matin quand j'eus pris un cheval pour le mettre au travail sous le manège, un nouveau venu de la veille, notre chèvre vint à fuir devant lui. Prit de panique il me fit tomber à terre. Tessy voyant cela de loin accourra vers moi en appelant Jonathan. Ils me relevèrent et Jonathan voulu m'emmener chez le gynécologue pour faire un examen complet. Il me prescrit juste du calme et du repos quelques jours simplement. Le bébé n'avait rien eu et moi juste une petite peur et quelques hématomes. En rentrant, tout le long de la route en voiture, Jonathan me cria dessus en me traitant de toutes sortes de noms et me demandant qu'est ce qui avait bien pu me prendre ? Je lui dis que je devais travailler ce cheval au pas seulement et que celui-ci devait partir d'ici quelques jours mais il ne voulait pas comprendre ce que je lui disais mais se subitement il se radoucissait et s'excusa en me disant tout en pleurant que cet enfant était tout pour lui et que c'était tout ce qui comptait. Je tombais en larmes en l'écoutant me dire cela et moi aussi je me mis à craquer. Je lui disais que moi aussi j'avais le droit de vivre, de sortir, de continuer ma passion, de continuer à gérer mon centre équestre, que je voulais encore faire l'amour, que j'avais des besoins comme tout le monde et lui dis que TOUT de lui me manquait et que si jamais il ne me respectait pas je ferais TOUT pour que SON enfant dégage. Il me regarda avec un regard noir, il tapa sur le volant et accéléra subitement tout en ronchonnant des trucs inaudibles.

Arrivés à la maison, je montai dans la chambre pour me changer et me mettre un jogging. Jonathan rentra et me leva du sol pour me mettre sur le lit. Il mit sa main dans ma culotte et fouilla mon sexe en se léchant les doigts avant pour le lubrifier. Il descendit son pantalon et son caleçon et de son membre tout dur il me pénétra jusqu'à ce qu'il jouisse en moi. Il se retira de moi tout en me regardant droit dans les yeux et me dit :

— Voilà, Madame est heureuse, j'ai satisfait Madame et ses petites envies ? Tu as réussi à me faire mal à mon bébé pour moi tu es une vraie égoïste, je t'ai refait l'amour une fois et ce sera la seule fois.

Me crachant cela il partit de la chambre à grandes enjambées. Je n'avais même pas la force de crier. Je pleurais de tout mon corps. Il avait employé le mot amour pour cet acte, mais ce n'était pas faire l'amour cela c'était comme un viol. Il n'avait vraiment rien compris de ce que je voulais moi. Je voulais que nous nous aimions, pas juste sentir sa bite en moi en train de ma labourer comme on pouvait si bien le voir dans les films classés X. Je me levai pour aller sous la douche tout en continuant de pleurer. Je l'appelais mais il était déjà sorti dehors. Je pus le voir aller avec Tessy vers ses chevaux.

Il revenait le soir et me parla comme si rien ne s'était passé. Je ne le comprenais plus et voulu lui en parler mais il me coupa la parole en me disant qu'il ne servait à rien de revenir sur ce sujet. Le matin je me dirigeais vers les chevaux pour les nourrir. Emma était avec Sarah faire une randonnée avec des particuliers qui avaient payé pour quatre heures de balade. Ils étaient un groupe de quinze personnes mais ils voulaient partir pour huit heures. Évidement j'avais dit oui.

Ce matin là je pris des seaux pour nourrir les chevaux de leurs granulés et Jonathan voyant cela me prit les seaux de la main et me dit qu'il allait le faire. Je me tus et je pris la fourche pour leur remettre du foin. Jonathan me toisa du regard mais ne m'adressa pas la parole. A la vue de son regard, je vis que cela aussi je ne devais pas le faire. Tessy arriva et aussitôt Jonathan lui demanda de l'aider en mettant du foin dans les râteliers. De colère je rentrai dans la maison.

Midi arriva et j'avais préparé le déjeuner. Tout le monde rentra et l'atmosphère était de plus en plus tendue. Parfois il y avait des coups de gueule entre Emma, Sarah et Jonathan concernant le travail et surtout sur le fait que je ne devais pas bosser. Elles étaient d'accord pour faire les corvées et tout mais c'était moi et moi seule qui ne le voulait pas. Alors des haussements de voix se faisaient entendre entre nous et il partait à chaque fois. Seule Tessy arrivait à le calmer et à le ramener à la maison. Ils discutaient plus d'une heure dehors ensemble avant de revenir manger. Nous, on avait fini et ils mangeaient tous les deux pendant que les filles retournaient à leur travail. Ils se servaient du coq au vin quand le téléphone sonna.

C'était un groupe de personnes qui voulaient faire une randonnée le lendemain. Ils étaient plus de quinze dont dix avaient le galop six. Ils me demandèrent si c'était possible et s'ils pouvaient également faire du CSO. Je répondis oui.

Emma et Sarah venaient de rentrer et je les informais de la bonne nouvelle. Jonathan nous regardait mais ne dit pas un mot. Il se mit à réfléchir tout en mangeant.

— Tu ne vas pas bien Nathan ? Tu penses à demain ? Si tu ne veux pas venir, je comprendrais et j'irais seule les emmener si tu veux ?
— Non je viens aussi, je veux emmener mes bébés moi-même sans te vexer. Bien sûr tu viens avec moi.
— OK.

Jonathan devait emmener les deux poulains restant à son frère qui lui les revendait en Espagne.

 Le lendemain en ce dix hit février deux mille dix-huit, jour de mon vingt-neuvième anniversaire Jonathan se leva très tôt et alla petit déjeuner. Tessy était déjà là et elle avait fait couler la cafetière et préparer un bol à Jonathan qui lui dit merci. Me voyant arriver elle me salua et me demanda si je voulais également un café tout en s'excusant de ne pas avoir préparé mon bol. Elle me souhaita un bon anniversaire et elle était toute rouge en s'excusant de ne pas avoir apporté mon cadeau croyant que j'étais encore au lit.

Je la saluai à mon tour en lui disant qu'elle ne se fasse pas de soucis pour cela et qu'elle aura qu'à me le donner à leur retour. Je pris mon bol pour y verser du café chaud. Nous petit déjeunons dans un grand silence. Jonathan, une fois ses tartines finies et son café bu, se leva et alla à la douche. Il était en caleçon et sans gêne désormais il se pavanait dans la maison comme cela devant Tessy. Tout cela me mettait en colère mais je ne disais jamais rien depuis que je lui avais une seule fois fait une réflexion sur Tessy. Il s'était mis en colère immédiatement et je dus me taire. Au moment de partir, je les accompagnai à la porte et lui demandai un baiser en leur disant d'être prudent sur la route.

Je pus voir le camion partir avec les poulains dedans. Ils les avaient chargés la veille au soir dans la nuit pour qu'ils s'habituent bien à cet endroit clos.

Quelques heures après les filles arrivèrent, me souhaitèrent également un joyeux anniversaire tout en m'offrant leurs cadeaux. Un nouveau téléphone portable de la dernière génération et un nouvel Apple. On devait le fêter théoriquement ce soir mais comme Jonathan était parti avec Tessy, on projetait de le faire à leur retour même si on savait que Jonathan ne serait pas vraiment présent pour cet évènement. Dehors nous sortîmes les chevaux afin de les soigner en les brossant délicatement, les peigner et les seller. Le froid était là et nous avions mis pulls et bousons. Le groupe arrivèrent à huit heures précises. Il restait encore cinq chevaux à faire et les nôtres. Les hommes nous aidèrent à nous occuper des montures qui étaient pour eux pendant que nous nous occupâmes des nôtres. Sarah vint vers moi et me demanda :

— Tu es sûre de vouloir venir avec nous ? On préférerait que tu restes ici tu sais…
— Pour quoi faire ? Vous êtes mes amies et je pense que vous pouvez me comprendre non ?

Un homme du groupe vint vers nous et me demanda si cela serait possible de rester ici même lui et cinq de ses compagnons pour pratiquer du cheval dans la carrière. Je lui dis que tout était possible et que j'allais dans ce cas rester avec eux moi- même car il fallait bien deux personnes avec le reste du groupe. Tout le monde était d'accord.

Le groupe avec les filles, installé sur leur monture prirent la route pour aller sillonner les chemins qui traversaient le grand bois et allaient ensuite partir sur le bord du canal et revenir nous rejoindre un peu plus tard. C'est qui avait été mis en accord entre eux et nous.

Les six hommes qui étaient restes là se dirigèrent vers la carrière et se mirent à trotter et à galoper. Je les regardais faire. L'un d'eux vient vers moi et me demanda si c'était donc possible de faire du CSO. Je lui répondis une fois de plus que oui mais qu'il fallait que je mette les obstacles en place. Quatre m'aidèrent à tout mettre comme il fallait dans la carrière pendant que les deux autres hommes continuaient de galoper dans la carrière. Ils nous tournaient autour avec leurs chevaux et ils faillirent nous bousculer plusieurs fois.

Un des hommes qui m'aidait les remis gentiment à leur place en leur disant d'arrêter cela.

Une fois les obstacles mis en place, deux du groupe lancèrent leurs chevaux pour sauter au-dessus des barres.

Un du groupe vint vers moi et me demanda de leur montrer comment faire. Je lui répondis que je croyais qu'ils savaient tous en faire et donc qu'ils n'avaient pas besoin de moi mais il me dit qu'eux quatre ne savait pas faire cela et qu'ils avaient payé pour apprendre et qu'il exigea qu'on leur montre sinon il voulait le remboursement intégral du groupe et qu'il ferait une mauvaise réputation au centre car il était très connu du monde vu son travail dans le conseil général.

Il ne manquait plus que cela. Il était dix heures moins vingt et les filles ne rentreraient pas avant midi. Il me fallait leur donner des cours.

293

— Ok, je vais chercher mon cheval et je vais vous monter.

Une fois dans la carrière je lançais mon cheval pour passer au-dessus des barres. Mes sauts étaient réussis et les hommes en firent autant tandis que les deux qui savaient si bien faire du CSO étaient parti pratiquer cela sous le manège.

Un des hommes qui était descendu de sa monture releva les barres de deux crans plus haut. Une fois de plus je fis mes sauts devant ces hommes qui applaudissaient.

Monter à cheval me manquait énormément et je me laissais embarquer dans ce bonheur de sauter de nouveau.

On monta les barres ce coup-ci au maximum et les hommes qui les avaient montés rester près de l'obstacle pour mieux voir. Je talonnai une fois de plus mon cheval et il se mit au galop en direction des barres à sauter. Juste un peu avant celles-ci, je me levai et me pencha en avant pour faciliter mon compagnon dans son saut, il alla plus vite et commença à s'élever dans les airs quand un homme pris de peur bougea un grand coup. Mon cheval eut peur et se prit les sabots dans la barre du haut. Il trébucha sur cette barre tout en me projetant au-dessus de lui. J'atterrissais un peu plus loin et ma monture qui lui aussi tomba me retomba dessus pour ensuite se relever un grand coup en me piétinant le ventre et la poitrine pour prendre la fuite dans la carrière. Je hurlais de douleur sous ses coups de sabots et son poids.

Quelque chose coulait entre mes cuisses. Les hommes venaient vers moi pour me venir en aide. L'un d'eux appela les pompiers pendant qu'un autre me mis son blouson sur moi, du sang coulait de ma bouche quand j'essayais de parler. L'homme qui se tenais auprès de moi pris ma tête afin de la surélever un peu et me parla en me demandant des renseignements comme quel jour on était, ou quel était mon nom etc. Je lui répondis difficilement avant de perde connaissance.

Je me réveillais dans une chambre d'hôpital et à mon chevet se trouvaient Emma, Sarah et ma mère. Elles étaient placées de chaque côtés de ce lit et me fixaient sans dire un mot. Emma et Sarah avaient les yeux gonflés et tout rouge d'avoir pleuré et ma mère était en larme. Elle me regarda et me prit la main de son autre main de libre. Ses deux mains étaient désormais sur mon bras ou on avait placé des cathéters ou une perfusion été mise. Le tuyau transparent avec un produit allait jusqu'à une bouteille maintenue sur un pied à perfusion.

Emma et Sarah de l'autre côté me saisirent mon autre main tandis que je pus sentir les lèvres de Sarah venait me déposer un baiser sur ma joue. Je regardais autour de moi cette chambre et je me demandais bien ce que je faisais là quand je me rappelai la scène épouvantable. Je dégageais mes mains et malgré la douleur, je les posai sur mon ventre. Je sentis sous la blouse des bandes qui enveloppaient mon ventre. Ce ventre qui avait disparu. Je ne sentais plus ce beau ventre arrondi et tiré par le bébé de sept mois et trois jours. C'est vrai qu'il n'était pas énorme mon ventre mais

294

chaque jour je pouvais le voir et il avait prit déjà une belle forme, mais là plus rien…sous ces bandages, je pouvais sentir que mon ventre avait disparu.

Inutile de s'appeler Sherlock Holmes pour savoir que j'avais perdu mon bébé. Je me mis à pleurer et à crier.

— Ou est mon bébé ? Ou est mon bébé ?

Mes larmes coulaient le long de mes joues et je ne cessais de crier cette question dans un cri de douleur. Je voulais fuir cet endroit, cet hôpital. J'avais tué mon propre bébé. J'étais comme me le disait Jonathan indigne et je voulais qu'on me foute la paix et aller mourir dans mon coin.

Mes deux amies et ma mère se mirent à pleurer en même temps tout en me tenant mes mains agitées maintenant. Je voulais me lever, tout arracher pour sortir et courir…

— Non Marine, s'il te plaît, reste tranquille…
— Arrête Marine, reste allongée, tout va aller…
— Ne bouge pas Marine…

Voilà ce que mes oreilles entendaient comme brouhaha de mes amies et de ma mère tandis que je me débattais de leurs étreintes pour me lever.

Alertés par mes cris une infirmière entra dans la chambre avec un interne qui avait une poche dans la main et une aiguille. Ils passèrent tous les deux de chaque côté du lit et m'attachèrent les poignets aux barreaux du lit avec des sangles puis l'infirmière m'enfonça l'aiguille dans un des cathéters, saisit la poche que l'infirmier interne venais de préparer avec le long tuyau transparent et accrocha la poche sur le pied à perfusion.

— Voilà, ça va vous faire du bien. C'est un sédatif que je viens de vous administrer pour vous détendre. Il faut que vous dormiez encore un peu, vous en avez besoin après cette dure opération que vous venez de subir. Le médecin va venir vous voir d'ici peu.

Elle me disait cela d'une voix douce tout en me caressant mes cheveux. Petit à petit je sentais mon corps se détendre et le sommeil vint me gagner rapidement.

295

Quelques instants plus tard à mon réveil, mes amies et ma mère avaient laissé place aux parents de Jonathan et à lui-même qui était prés de moi. Il me tenait la main et des larmes coulaient sur ses joues.

Je n'osais pas le regarder et je revoyais cette scène horrible, ce satané cheval sur moi et ses sabots qui me piétinaient le ventre…l'endroit ou notre bébé était…l'endroit qui était une protection pour ce nouveau-né avait été l'endroit e sa mort dans d'horribles souffrances. Je me rappelais ce liquide chaud entre mes jambes, sûrement du sang et mon bébé qui avait été éjecté.

Je pleurais, criais de nouveau en allant jusqu'à m'étrangler la voix.

Jonathan qui me tenait toujours la main et qui pouvait entendre ce que je disais de cet assassinat et barbarie se mit à pleurer et en lâchant ma main se mit à déguerpir de la chambre.

L'interne rentra de nouveau dans la chambre et remplaça la poche vide pour en mettre un pleine.

Je demandais à tout le monde de sortir, de me laisser seule car je n'étais qu'une pauvre conne qui en avait fait qu'à sa tête et qui avait fait tuer son bébé. Je leur criais tout cela sans entendre ce qu'ils me disaient quand Jonathan rentra de nouveau dans la chambre, suivi de l'infirmière qui faisait rouler devant elle une couveuse. Elle s'approcha de moi et me dit d'une voix rassurante et gentille :

— Voici le petit et formidable Jonathan marine junior, votre bébé Marine. Un bébé né sous le signe de la chance car il est né bien avant terme mais en pleine santé malgré ce qui vous ait arrivé. J'ai pu comprendre par vos amis que vous avez eu un accident avec un cheval et que vous avez su protéger votre enfant en mettant vos bras comme un rempart sur votre ventre pour le protéger des sabots de ce cheval. Il vous doit d'être restée en vie ce bébé grâce à votre bon réflexe de maman. En tout cas je vous dis félicitation à vous et à ce monsieur pour ce merveilleux petit prématuré de sept mois et trois jours qui pèse à ce jour un kilo neuf cent soixante-quinze grammes. Je peux vous dire qu'il est hors de danger et qu'il mange très bien. Je vous le laisse juste quelques minutes car je pense qu'il vous est très utile de pouvoir le voir de tout prés avant que vous ne puissiez pouvoir aller en chambre seule avec lui.

Elle approcha de moi la grosse couveuse ou je pus voir notre bébé avec son teint rose. Ses yeux étaient fermés et il dormait comme un ange enveloppé dans une couverture bleue. Sa tête était couverte d'un bonnet donné et mis par les soins de l'hôpital. Il avait de nombreux tuyaux qui était dans la couveuse incubateur et qui se dirigeait vers le dessous de la couverture. Avec la couveuse était accompagné un écran qui était en fait des capteurs de monitorage afin de surveiller le rythme de son cœur, sa respiration et son taux d'oxygène. L'infirmière qui était restée dans la chambre avec nous m'expliquait tout ce matériel et ses fonctions. Elle me fit part aussi que notre bébé était nourri par un lait de lactarium.

Je ne quittais pas des yeux notre bébé et Jonathan qui lui était de l'autre côté du lit se pencha sur moi pour également le regarder tandis que sa main posée sur la mienne me caressait mes doigts. Je pus sentir ses larmes chaudes me coulait dessus. L'infirmière me détacha mes bras afin que je puisse toucher Jonathan Marine Junior, mais avant elle prit soin de me laver les mains avec du savon antiseptique.

Je mis mes mains dans cette grosse caisse transparente et toucha les petits doigts de notre bébé. Des larmes de bonheur coulaient aussi de mes yeux. J'admirais notre enfant tout en pleurant et en remerciant le ciel de l'avoir épargné.

L'infirmière donna encore quelques consignes avant de sortir pour nous laisser quinze minutes avec notre enfant.

Tessy entra après avoir toqué à la porte. Elle venait tout juste de rentrer de Marseille ou Jonathan, prévenu par mes deux amies avait dû la quitter en rentrant immédiatement. Elle vint auprès d'Emma, et tout en regardant Jonathan qui était venu du côté de la couveuse pour lui aussi y glisser ses gros doigts sur notre bébé, versa-t-elle aussi quelques larmes.

Je me mis à regarder Jonathan et je lui dis d'une voix faible :

— Je suis désolé Bébé… vraiment désolé mon amour, je ne voulais pas…

Pour toute réponse, Jonathan me prit par les joues et m'embrassa et me regardant dans les yeux :

— Chut mon amour et moi aussi je suis désolé, je n'ai été qu'un imbécile de te laisser seule et de t'avoir traité comme j'ai pu le faire depuis tout ce temps mais je veux que tu saches mon amour que je t'aime et que je t'ai toujours aimé et que tu as réussi à faire de moi l'homme le plus inquiet du monde et en même temps le plus heureux quand j'ai pu voir notre doux bébé. Tu es la femme la plus gentille du monde mais aussi la plus obtus mais c'est pour cela que je t'aime tant et je veux qu'ici à cet instant et devant tous ces êtres qui nous aime, je veux que tu deviennes ma femme pour la vie.

A ces mots Jonathan sortit un écrin ou était rangée une bague de mariage avec un gros diamant dessus. Mes mains toujours sur les doigts de notre enfant, je le regardais en pleurant de joie et lui dit un grand OUI.

Tout le monde applaudissait tout doucement pour ne pas effrayer le bébé et je pouvais voir sur leurs visages souriant des larmes de joie qui coulaient le long de leurs joues.

— Mes sincères félicitations à vous deux.

Nous dîmes le Médecin et l'infirmière qui venait de rentrer dans ma chambre. L'infirmière prit la couveuse et repartit dans le couloir tandis que le médecin me dit :

— Mademoiselle, tout s'est bien passé, j'ai dû vous faire une opération d'urgence en vous pratiquant une césarienne pour pouvoir sortir votre bébé. Là on va vous transférer vers une autre chambre pour que vous puissiez désormais être auprès de votre bébé mais il nous faudra lui donner un prénom pour qu'on puisse le faire enregistrer à la mairie. En attendant je vous demanderais de rester ici quelques jours pour observations… tout au moins soixante-douze heures.
Vous n'avez rien de sérieux à part quelques gros hématomes et Vous pourrez avoir d'autres enfants avec votre futur mari mais essayez maintenant de les faire venir à terme et de ne plus prendre de risques.

Le médecin me regarda tout en me tenant la main du bout de ses doigts et nous fit un sourire en nous disant cela, ce qui déclencha un rire collectif.

Épilogue.

Un an plus tard le Maire de Pleyben nous maria. Je pris le nom de mon époux. La salle toute entière applaudit cet événement. Tristan Ravel en fit autant en regardant ses parents liaient leurs amours et leur contrat dans un chaleureux baiser. Ce fut au tour du nouveau prêtre de la belle paroisse de Pleyben de nous unir devant Dieu et le prêtre célébra lui aussi cette union avec des yeux brillants et une voix un peu enrouée.

Avant de sortir, Monsieur le prêtre vient vers moi et me fixa dans les yeux en me disant :

— Je suis vraiment heureux pour toi Marine et je te souhaite tout le bonheur que tu mérites. Je te souhaite de trouver tout l'amour et la joie dans ce monde et dans ta future vie comme moi j'ai pu la trouver depuis déjà maintenant plus de dix ans auprès d'un amour éternel, l'amour de notre père à tous et je tiens à te dire merci car c'est grâce à toi que j'ai pu me tourner vers lui et me réfugier.

Au centre équestre ou nous avions pu acheter des terres alentours pour nos animaux devenus de plus en plus nombreux, nous allions célébrer en une grande fête notre mariage.

Nos témoins, Emma, Sarah et Tessy nous attendaient avec de nombreux amis réunis.

Tessy était avec son fiancé venu de Marseille et qui comptait parmi nos « salariés » et Emma et Sarah tant qu'à eux vivaient leur amour commun et passionnel dans leur nouvelle maison achetée près du centre équestre. Cela faisait maintenant qu'elles étaient pacsées et elles voulaient faire elle aussi un enfant, soit par insémination artificielle ou par adoption.

Jonathan me confia qua sa mère, par méfiance et amour pour lui, avait fait l'emprunt à son nom ainsi que l'achat de ce centre mais que lui n'était au courant de rien à l'origine. Je lui dis à l'oreille :

— Mon amour je ne suis pas aussi naïve qu'on veuille bien le croire mais j'ai toujours eu confiance en toi. Je savais tout cela depuis le départ. Moi aussi je sais me débrouiller dans les papiers et voir clair dans ce que je signe ou pas mais peu m'importait tout cela car pour moi ce n'était pas l'argent qui m'importait mais toi et toi seul et ton bonheur.

Jonathan pleura en me regardant et se mit à rire soudainement en m'embrassant et en me murmurant :

— Tu as toujours été la femme de ma vie et tu le seras pour toujours, je t'aime maintenant et pour toujours et en nous mariant en plus que j'ai fait mon bonheur en épousant une femme si sublime, j'ai pu tout remettre à nos deux noms. Ce centre et mon élevage ainsi que tous nos comptes t'appartiennent maintenant à toi aussi Madame Ravel.

Printed in Great Britain
by Amazon